Das Buch

Hauptkommissar Paul Wanner von der Kemptener Polizeidirektion steht vor einem Rätsel: Am Flussufer in Martinszell wurde ein unbekannter Toter gefunden. Allerdings zeigen die Spuren am Tatort, dass die Leiche nur dort abgelegt wurde. Wanner nimmt seine Ermittlungen auf, auch wenn der Familienvater eigentlich lieber seine Eheprobleme lösen würde. Als aber eine zweite Leiche an einem Steilhang des Grünten entdeckt wird, ist Wanners ganze Aufmerksamkeit gefragt. Der leidenschaftliche Bergsteiger und sein Team machen sich auf zu einer Besteigung des Grünten. Sie können den Toten mühevoll bergen und kommen so dem dunklen Geheimnis des Berges langsam auf die Spur.

Grünten-Mord ist der Auftakt zu einer Allgäu-Krimi-Serie um den Ermittler Paul Wanner.

Der Autor

Peter Nowotny, promovierter Agrarwissenschaftler und Vorsitzender der Oberallgäuer Volkshochschule, lebt seit vielen Jahrzehnten im Allgäu. Er ist begeisterter Bergsteiger und bereiste die ganze Welt, unter anderem als Reiseführer.

PETER NOWOTNY

GRÜNTEN-MORD

Ein Allgäu-Krimi

Ullstein

Besuchen Sie uns im Internet:
www.ullstein-taschenbuch.de

Überarbeitete Ausgabe im Ullstein Taschenbuch
1. Auflage Juli 2011
© 2004 Verlag Tobias Dannheimer GmbH, Kempten
Konzeption: HildenDesign, München
Umschlaggestaltung: Zero Werbeagentur, München
(unter Verwendung einer Vorlage von HildenDesign, München)
Titelabbildung: © Shutterstock/langdu
Satz: Pinkuin Satz und Datentechnik, Berlin
Gesetzt aus der Bembo
Papier: Holmen Book Cream von Holmen Paper Central Europe
Druck und Bindearbeiten: CPI – Ebner & Spiegel, Ulm
Printed in Germany
ISBN 978-3-548-28309-8

1 Der Mann hetzte bergauf, Schweiß lief ihm ins Gesicht und brannte in seinen Augen. Sein Herz raste, und das Stechen in der Lunge zwang ihn immer wieder stehen zu bleiben. Der Föhn, der aus Südwesten über das Illertal heranwehte, brachte nur kurzzeitige Kühlung. Ein Schauer durchfuhr den Mann, als ihn eine heftige Bö traf und ihn stolpern ließ. Die Dämmerung war hereingebrochen, und er wusste, dass er nicht mehr viel Zeit hatte, an das Versteck zu kommen. Er hatte seine Verfolger zwar noch nicht sehen können, aber er wusste sie hinter sich. Die geben nicht auf, dachte er verbittert. Einen Augenblick hatte er gehofft, sein Trick, den Wagen in Burgberg abzustellen, hätte geklappt und sie würden ihn unten im Dorf suchen. Aber als er sich dann vor dem Wald noch einmal umgedreht hatte, konnte er erkennen, dass sie hinter ihm waren, wenn auch noch ein gutes Stück unterhalb. Aber wer weiß, wie lange er selbst diesen mörderischen Wettlauf bergauf noch würde durchhalten können.

Er hatte den Weg durch die Schlucht zwischen Kreuzelspitze und Stuhlwand gewählt, weil er sich hier über weite Strecken vom Wald geschützt fühlte. Der Weg war zwar länger als der über die Schwandalpe, aber dort hätte er längere Zeit über Weideland laufen müssen. Er war gut durchtrainiert, vielleicht konnte er seinen Vorsprung noch ausbauen. Er überquerte den Wustbach, der wenig Wasser führte, und nach wenigen Minuten war er am steilen Weg zum Grüntenhaus. Keuchend quälte er sich bergauf, kürzte einige Serpentinen ab und stand in der einsetzenden Dunkelheit plötzlich vor dem Abzweig zum Burgberger Hörnle, der nach links führte. Schnell überlegte er, diesen Weg einzuschlagen. Vielleicht könnte er ihnen dann entkommen. Doch er erkannte, dass sie ihm zuvorkommen würden und er keine Chance mehr hätte, das Versteck zu erreichen.

Der Steig verlief jetzt im Hochwald, so dass er kaum etwas sehen konnte. Er kannte die Strecke, war sie oft bei Tageslicht gegangen und wusste auch um die Gefahr, die der dunkle Weg für ihn bereithielt. Seine Taschenlampe wagte er nicht anzuknipsen. Als er am oberen Waldsaum ankam und auf die Weide lief, wurde die Sicht wieder etwas besser. Bald konnte er die Silhouette des Grüntenhauses sehen und hielt darauf zu. Er wusste, wenn er es erreichte, bevor die Verfolger den Wald verlassen hatten, war seine Chance wieder größer.

Im Schatten des Hauses, das schwarz und verlassen vor ihm lag, blieb er stehen und wandte sich um. Unten im Illertal waren bereits die Lichter einiger Orte zu sehen. Nun im dunklen Wald war es schwierig, eine Bewegung auszumachen. Er starrte eine Weile angestrengt den Weg hinunter. Dann lief er los, zum nördlichen Grat hinüber. Erreichte er diesen, bevor sie ihn bemerkten, dann war sein Vorsprung weiter gewachsen. Er lief geduckt und keuchte schwer. Zweimal stolperte er, konnte sich aber wieder fangen. Als er bei der ersten Fichte am Grat war, warf er sich ausgepumpt auf den Boden und hielt sich den Mund zu, aus Angst, man könnte seinen keuchenden Atem hören. Aber er musste eine Pause machen, denn das steilste Stück des Aufstiegs stand ihm noch bevor. Es führte zum Sendemast hinauf und war im oberen Bereich wieder einsehbar. Dankbar stellte der Mann fest, dass es dunkler wurde, vielleicht schaffte er es doch zu entkommen. Er glaubte nicht, dass sie das Versteck kannten, deshalb jagten sie wohl so hinter ihm her.

Der Föhnsturm war hier oben wesentlich stärker zu spüren als im Wald. Er blies heftig aus südlicher Richtung und war erstaunlich warm. Laub wirbelte um den Mann herum auf, der sich nach oben quälte. Wenigstens brauchte er nicht auf Trittgeräusche zu achten, denn der Wind trieb sie von den Verfolgern fort. Kurz unterhalb des Senders blieb er im Stacheldraht eines Weidezaunes hängen und fluchte leise vor sich hin. Er riss sich los und schlug den schmalen, in der Dunkelheit gefährlichen Weg zum Jägerdenkmal ein. Ihm war klar, dass er jetzt doppelt aufpassen musste: der meist felsige Gratweg wurde stellenweise sehr schmal, und seine Gestalt konnte vielleicht gegen den Himmel gesehen werden. Das kurze Stück vom Sender zum Jägerdenkmal legte er schnell zurück. Bevor er sich an den Abstieg auf der Ostseite machen konnte, musste er einen Moment auf den Stufen des Denkmals verharren. Er versuchte ruhiger zu atmen und starrte angestrengt in die Richtung, aus der die Verfolger kommen mussten. Auf ungefähr eine halbe Stunde schätzte er seinen Vorsprung. Nicht viel, wenn man bedachte, dass das Versteck vierzig bis fünfzig Minuten entfernt lag und die Nacht hereinzubrechen drohte. Er musste vor ihnen ankommen und auch vor ihnen wieder weg sein – selbstverständlich *mit* dem »Gepäck«. Wenn ihm das gelang, hatte er ausgesorgt und konnte aus dem Allgäu verschwinden, wo der Boden in letzter Zeit zu heiß für ihn geworden war.

Es musste wohl am Sturm gelegen haben, dass er ihn nicht hatte früher kommen hören. Als er auf das Geräusch aufmerksam wurde und hochfuhr, seine Waffe aus der Tasche reißend, war es fast schon zu spät. Über die Stufen des Denkmals kam eine dunkle Gestalt auf ihn zu. Zum Glück hatte er auf dem untersten Stein gesessen, so konnte er mit einem Satz über die Geländermauer springen und sich dahinter fallen lassen. Sein Verfolger war offensichtlich von der schnellen Reaktion überrascht. Statt es ihm gleichzutun, war er stehen geblieben und bot einen dunklen Schatten gegen den lichteren Himmel. Der Schuss des Flüchtenden traf ihn und schleuderte ihn zu Boden. ›Verdammt, wie konnten sie schon hier sein?‹, durchfuhr es den Flüchtenden. Er schob sich rückwärts am Fundament entlang. Wenn es mehr von denen hier oben gab, hatte er nur noch eine kleine Chance zu entkommen. Vom Jägerdenkmal ging es nach allen Seiten steil und bedrohlich in die Tiefe. Nur die Treppenseite war ungefährlich, aber gerade dort lauerte jetzt die Gefahr. Er glaubte nicht, dass er den Angreifer tödlich erwischt hatte, dazu war es viel zu dunkel gewesen. Er richtete sich vorsichtig auf, eng an die Mauer des Fundamentes gepresst, jederzeit bereit zu schießen. Jetzt spielte es eh keine Rolle mehr, denn seinen Schuss mussten wohl alle gehört haben, die hinter ihm her waren. Die Tiefe rings um ihn, die er in der Dunkelheit nur noch erahnen konnte, und das Podest des Jägerdenkmals zwei Meter über ihm, auf dem noch weitere Verfolger warten konnten, waren zur Falle für ihn geworden. Er musste es riskieren, vielleicht war es ja doch nur einer gewesen, dem er genau vor die Füße gelaufen war.

Vorsichtig robbte er zu den Stufen zurück, angespannt auf verdächtige Geräusche lauschend. Doch der Föhnsturm übertönte alles. Als er wieder bei der ersten Stufe war, blieb er reglos liegen, die Waffe im Anschlag.

Seine Augen, inzwischen an die Dunkelheit gewöhnt, konnten auf den helleren Flecken der Felsen vor der Treppe jedoch nichts ausmachen. Also hatte er doch nicht so gut getroffen, oder andere hatten den toten Körper weggezogen. Er überlegte fieberhaft. Sein einziger Fluchtweg war der zum östlichen Abstieg unterhalb des schmiedeeisernen Gipfelkreuzes. Er musste schnell sein, mit ein paar Sätzen aus dem Bereich des Denkmals heraus und hinter die Felsen unterhalb des Kreuzes in Deckung gehen. Das Risiko, über Felsstücke zu stolpern und zu stürzen, war bei dieser Dunkelheit groß – aber im Vergleich zu dem, seinen Verfolgern in die Hände zu fallen, immer noch zu akzeptieren.

Noch immer war von der Anwesenheit anderer weder etwas zu sehen noch zu hören. Wenn er Pech hatte, kam er genau vor die Läufe ihrer Waffen. Aber das musste er riskieren.

Er schnellte hoch und rannte in Richtung des Abstieges. Nach wenigen Schritten stürzte er und schlug hart auf dem felsigen Boden auf. Blitzschnell rollte er sich herum, um gegen den Himmel zurückschauen zu können. Vom Denkmal her blitzte ein Schuss auf, der Sturm fegte den Knall genau auf ihn zu. Nun war das wenigstens geklärt: entweder konnte sein Angreifer noch selbst eine Waffe bedienen, oder es gab mehrere von ihnen hier oben. Er kroch über eine Felsstufe, konnte sich nur mühsam festhalten und schlug sich das Knie auf. Über eine schräge Platte rutschte er ab und verletzte sich abermals. Er wusste, dass der Weg hier nur fußbreit war, wo ein eisernes Marterl am Rande einer senkrecht abfallenden Rinne die Stelle markierte, an der ein 18-Jähriger abgestürzt war.

In dem Moment, als er sich hochziehen wollte, traf ihn die Kugel. Er hatte den Knall nicht mehr gehört, er spürte nur noch den Einschlag in seinem Körper. Seine Hände umklammerten das eiserne Gedenkkreuz, er versuchte sich daran hochzuziehen. Als er es geschafft hatte, auf die Knie zu kommen, blitzte vor ihm ein weiterer Schuss auf. Das Letzte, was er sah, war ein hasserfülltes Gesicht im Schein einer Taschenlampe. Den Tritt, der seine Hände vom Marterl löste, spürte er nicht mehr. Sich mehrfach überschlagend, stürzte er in die Dunkelheit der Rinne hinunter.

2 Hauptkommissar Paul Wanner saß in seinem Büro im ersten Stock des Polizeipräsidiums in Kempten und schälte einen Apfel. Zwar wusste er, dass gerade bei Äpfeln die Schalen wichtige Nährstoffe enthielten, aber er mochte sie nicht, weil sie seiner Meinung nach zu hart waren und zu lange im Magen blieben. Er war heute nicht ganz bei der Sache. Eigentlich sollte er sich mit einem mysteriösen Todesfall in Martinszell beschäftigen, den man ihm gemeldet hatte. Ein Unbekannter war dort tot neben der Iller aufgefunden worden, die Todesursache war noch nicht festgestellt worden. Wanner erwartete den Befund an diesem Vormittag. Was ihm aber mehr Sorgen bereitete, war das Verhältnis zwischen ihm und seiner Frau Lisa. Seit zwanzig Jahren waren sie verheiratet, und es war eigentlich immer gutgegangen mit ihnen, wenn man von den üblichen Reibereien mal absah, die in einer langjährigen Beziehung offenbar nicht zu vermeiden waren. Dabei hatte er sich doch bestimmt Mühe gegeben und manches Mal geschwiegen, wenn die lebhafte Lisa übers Ziel hinausgeschossen war. Er war eher der stille Typ, schluckte manches hinunter, was er besser nach außen gelassen hätte. Seine Magenbeschwerden lagen sicher auch darin begründet. Jetzt, Mitte vier-

zig, war er immer noch schlank, drahtig und von seinen Bergtouren gut durchtrainiert. In seinem Büro hingen an allen freien Plätzen Bergfotos, die er selbst geschossen und danach eingerahmt hatte. Seine Kollegen zogen ihn ständig damit auf und verglichen sein Büro mit einer Geschäftsstelle des Deutschen Alpenvereins. Das Allgäu kannte er gut, wie viele Gipfel er hier schon bestiegen hatte, müsste er in seinen Tourenbüchern nachlesen. Seine Touren führten ihn aber ebenso ins benachbarte Tirol, Vorarlberg oder in die Schweiz. Genauso gehörten aber auch die Anden, der Kilimandscharo oder der Popocatépetl zu seinen Bergerlebnissen.

Wanner wandte den Blick von einer Aufnahme der Trettachspitze ab und biss in den Apfel. Ja, was war eigentlich los mit seiner Ehe? Klar, er hatte als Leiter von Sonderkommissionen weniger Freizeit als andere Beamte, und viele Überstunden waren nachts zu erbringen. Das gefiel Lisa nicht, genauso wenig wie ihm selbst. Aber was sollte er tun? Es war einfach so, es war sein Job, und den wollte er voll ausfüllen. Manches Theater, mancher gesellschaftliche Abend waren daran gescheitert, dass er noch mal weggerufen wurde, obwohl Lisa bereits in der Abendgarderobe neben ihm gestanden hatte. Seit die Kinder aus dem Haus waren, gab es viele einsame Abende für sie, und Lisa war nicht der Mensch, sich damit einfach abzufinden. In letzter Zeit hatte es mehrfach gekriselt in ihrer Ehe. Paul Wanner hatte ihr deswegen das Angebot gemacht, ein paar Tage zu ihren Eltern nach Augsburg zu fahren. Er wusste aber selbst, dass damit nicht viel gewonnen, sondern alles nur aufgeschoben war. Mist, dachte er und warf den Apfelgriebs in den Papierkorb, wo ihn die an Mülltrennung gewohnte Putzfrau wieder herausholen würde.

Er sah zum Fenster hinaus. Der Herbst war in diesem Jahr ungewöhnlich früh gekommen, der Föhn jagte seit einigen Tagen schon die Blätter von den Bäumen. Laut Vorhersage sollte in wenigen Tagen ein Island-Tief die Schönwetterfront beenden und kältere Temperaturen bringen. Ob er wohl noch eine Bergtour würde machen können?

Es klopfte. Uli Hansen streckte seinen Kopf zur Tür herein. »Bisher haben wir noch nichts von der Obduktion gehört, sie scheinen sich nicht einig zu sein.« Und schon war die Tür wieder zu.

Uli Hansen gehörte zu seinem Team, war Anfang dreißig, ledig und immer gut aufgelegt. Er stammte aus Niedersachsen und hatte mit der Allgäuer Sprache so seine Schwierigkeiten. Mit dem Bergsteigen konnte er bisher nichts anfangen, das war ihm zu beschwerlich. Dafür sah man ihn gedresst und gestylt in angesagten Lokalen. Na ja, dachte Wanner, wenn er so eine Frau findet, soll's recht sein.

Er griff zu dem Bericht, den ihm die Kollegen auf den Tisch gelegt hatten. Der Tote von Martinszell war etwa dreißig Jahre alt, trug verschmutzte, aber gute Kleidung. Ausweispapiere fehlten, ebenso andere Hinweise, die eine Identifizierung erleichtert hätten. Bemerkenswert waren seine Designer-Halbschuhe mit Wandersohlen. Ein erster Fingerabdruckvergleich hatte bisher noch zu keinem Ergebnis geführt. Irgendwo, dachte Wanner, muss der Mann ja abgehen, und hoffte auf Kommissar Zufall. Er griff zum Telefon und rief Eva Lang zu sich.

Sie kam herüber, Mitte zwanzig, schulterlange Haare, hübsches Gesicht und heller Verstand. Er hatte sie in sein Team geholt und es noch nie bereut. Was er besonders an ihr schätzte, waren ihre Zuverlässigkeit und ihr freundliches Wesen. Wanner hasste es, wenn er mürrische Gesichter um sich sah. Über ihr Privatleben wusste man allgemein wenig, dazu schwieg sie eisern. »Dienst ist Dienst, und Schnaps ist Schnaps«, pflegte sie zu sagen.

»Hallo Paul«, sie schloss die Tür hinter sich und nahm auf dem Stuhl vor seinem Schreibtisch Platz.

Wanner sah kurz auf. »Hallo Eva. Der Tote von Martinszell ist noch nicht identifiziert. Bring ein Bild und eine entsprechende Beschreibung in die Zeitung und bitte um Hinweise aus der Bevölkerung. Warte aber noch, bis das Ergebnis der Obduktion vorliegt, sonst muss man womöglich korrigieren.«

Eva Lang hatte wie immer einen kleinen Notizblock dabei, in dem sie Aufträge festhielt. Während das ihre Kollegen übertrieben fanden, hielt es Wanner für durchaus richtig. So konnte nichts vergessen und nachträglich zu einer Überprüfung herangezogen werden. Sie erhob sich und wandte sich zur Tür. »Halt!«, rief ihr Wanner nach, »vergiss nicht das Anzeigenblatt in Immenstadt, das ist für den südlichen Teil des Landkreises zuständig! Und den Kreisboten!«

Wanner hatte bisher noch keine Veranlassung gesehen, selbst zum Fundort der Leiche zu fahren. Vielmehr hatte er Anton Haug hingeschickt, der sich entsprechend informieren sollte.

Allerdings änderte sich das schnell, als Anton Haug anklopfte und hereinkam. Haug gehörte schon länger zum SoKo-Team als Wanner selbst, war Ende fünfzig und rechnete gelegentlich die verbleibende Restzeit im Dienst aus. Besonders dann, wenn er bei seinen Ermittlungen nicht weiterkam oder sich verrannte. Man sah ihn kaum einmal lächeln, und laut lachen soll man ihn zuletzt auf dem Betriebsfest der Polizei im Jahr 2000 gehört haben. Er war meist mürrisch, was Wanner nicht besonders schätzte. Da er nicht verheiratet war, konnten die Kollegen dies durchaus verstehen. Dennoch galt er als sehr zuverlässig, erledigte Aufträge besonders penibel und zückte stets ein Mini-Diktiergerät, um sein phänomenales Gedächtnis zusätzlich zu unterstützen. Haug vertrat Wanner bei dessen Abwesenheit in der Dienststelle. Dann blühte er etwas auf, und Anweisungen häuften sich. Als man ihm seinerzeit Wanner als Leiter vor die Nase gesetzt hatte, war er tagelang kaum ansprechbar gewesen, schließlich war er der Ältere und fühlte sich übergangen. Es dauerte einige Zeit, bis Paul Wanner ihn überzeugen konnte, dass er keinerlei Intrigen gegen ihn betrieben, sondern sich um den frei gewordenen Posten ganz offiziell beworben hatte. Als er dann SoKo-Leiter geworden war, hatte er begonnen, Anton Haug besonders entgegenkommend zu behandeln und ihn auch immer wieder um Rat zu fragen. Seither hatten Haug und Wanner ein Stillhalteabkommen geschlossen, und jeder respektierte die Arbeit des anderen. Haug, das wusste Wanner, war sich darüber klargeworden, dass er in seinem Alter nicht mehr beruflich aufsteigen konnte. Also galt es, ihn aus einer beginnenden Resignation herauszuholen und seine lange Erfahrung für die Dienststelle zu sichern.

»Morgen Anton.« Paul Wanner bemühte sich, stets als Erster zu grüßen. Haug erwiderte den Gruß und zog sich den Stuhl näher an den Schreibtisch.

»Ich glaube, es gibt Arbeit für uns«, begann er. »Die Obduktion hat ergeben, dass der Mann von der Iller erschossen wurde. Vermutlich aber nicht am Fundort.«

»Also Mord?« Wanner legte ein Blatt Papier vor sich hin. »Weißt du schon was darüber?«

»Der Mann hat einen einzigen Schuss abgekriegt, der nicht gleich tödlich war. Die Kugel hat eine Arterie erwischt, und es kam, offensichtlich erst nach einiger Zeit, zum inneren Verbluten. Er könnte noch zwei Stunden gelebt haben. Im Umkreis des Fundortes sind weder Blutspuren noch sonstige Hinweise gefunden worden, die ihn als Tatort ausweisen. Nach dem vorläufigen Obduktionsbericht trat der Tod«, Haug schob den Bericht zu Wanner hinüber, »zehn bis vierzehn Stunden vor dem Auffinden ein. Keinerlei Papiere oder sonstige Unterlagen wurden bei dem Toten gefunden. Bisher ist auch keine Vermisstenmeldung eingegangen.«

»Wieso hat man die Schusswunde nicht gleich entdeckt?«, fragte Wanner und machte sich eine Notiz.

Haug zuckte mit den Schultern. »Keine Ahnung. Vielleicht sollte man mal nachfragen.«

»Wo genau ist der Fundort?«

»Bei Martinszell, neben dem Wehr auf der Ostseite der Iller.«

»Führt eine Straße vorbei?«

Haug dachte nach. »Davon steht natürlich nichts im

Obduktionsbericht, aber soviel ich weiß, gibt es dort höchstens Feldwege, auf denen die Bauern von Martinszell auf ihre Wiesen fahren.«

»Deine Meinung?« Wanner sah Haug fragend an.

»Im Moment noch keine, wäre zu früh. Erst mal müssen wir ihn identifizieren, dann kommt die ganze Ermittlungslatte.«

Wanner hatte die Antwort als logisch vorausgesehen. Aber er gab seinem Kollegen immer wieder das Gefühl, dass seine Meinung gefragt war. Im Verlauf der Ermittlungen würde er damit fortfahren, und er wusste, dass damit das Ergebnis immer mehr eingeengt werden konnte.

»Lass den Dienstwagen vorfahren, und komm mit, ich will mir die Sache doch mal selbst ansehen.«

»Soll uns noch jemand begleiten?«, fragte Haug und hoffte, dass Wanner dies verneinen würde.

Wanner zögerte einen Augenblick. Er wusste genau, warum sein Kollege diese Frage gestellt hatte. »Ich glaube, erst mal genügen wir zwei.«

Eine Viertelstunde später fuhren sie über den Berliner Platz zur B 19, dann durch Waltenhofen und bogen bei der Abzweigung nach Martinszell ab. Ins Dorf ging es steil hinunter, und beim Gasthof Adler mussten sie an einer Engstelle warten, um den Gegenverkehr heraufzulassen. Hinter der Illerbrücke hielten sie zunächst an. Über Polizeifunk wurden sie dann noch einige hundert Meter weiter Richtung Rottach beordert, wo sie an einer Abzweigung eingewiesen wurden. Ein schmaler Weg führte in die Wiesen hinein und hielt auf die Iller zu. Ein kurzes Stück mussten sie noch zu Fuß gehen, dann kamen sie zur abgesperrten Fundstelle. Sie lag etwa zwanzig Meter vom Illerufer entfernt und war vom Feldweg leicht zu erreichen. Einige Bäume und Büsche bildeten in der Nähe Sichtgrenzen. Der Ort war gut gewählt, um hier eine Leiche abzulegen.

Wanner starrte ins Wasser der Iller. Ruhig kam der größte Fluss im Allgäu aus dem Bogen der Illerschleife heraus, stürzte über das seine ganze Breitseite einnehmende Wehr und verschwand unter der Brücke Richtung Kempten. Vor einigen Jahren hatte es an dieser Stelle einen ziemlichen Wirbel um einen »Ort der Kraft« gegeben. Man konnte damals eine Zeitlang Menschen mit erhobenen Armen am Ufer stehen sehen, die Kraft in sich aufnahmen, oder das wenigstens glaubten. Wie immer war der Rummel, der auch in den Medien gebührende Aufmerksamkeit gefunden hatte, nach einiger Zeit vorbei, die Zeitungen hatten neue Sensationen gefunden.

Haug räusperte sich, sein Chef war heute mit seinen Gedanken nicht da, wo er sie eigentlich haben sollte. Sie sahen sich den Fundort der Leiche an. Niedergedrücktes Gras, ein paar Fußspuren, sonst war nichts zu sehen. So sehr sie auch die nähere Umgebung absuchten, es gab keinen Anhaltspunkt.

»Glaubst du, dass sie ihn weit getragen haben?«, fragte Haug mehr sich selbst als Wanner.

Der schüttelte den Kopf. »Glaub ich nicht. Irgendwie kommt mir die Sache etwas seltsam vor. Da legt man einen Leichnam neben die Iller, zwar etwas abseits, aber doch so, dass man ihn bald finden muss. Nimmt alle Papiere mit und hinterlässt so gut wie keine Spuren. Nicht mal Reifenspuren sind zurückgeblieben. Wie viele Fahrzeuge sind denn inzwischen darübergefahren? Wer hat eigentlich den Toten gefunden?«

Anton Haug kannte die Eigenart Wanners, Doppelfragen zu stellen. Man musste bei der Beantwortung stets aufpassen, nicht durcheinanderzukommen.

»Also mindestens vier Fahrzeuge vor uns, und zweitens war das ein Bauer von den Häusern, der hier den Weidezaun abbrechen wollte. Sein Name ist …«, er sah auf einen Zettel, »Johann Wetzel. Brauchst du ihn?«

Wanner schüttelte den Kopf. »Er kann mir im Moment sicher nicht mehr sagen als den Beamten vorher. Wie lag der Tote eigentlich da? Auf der Seite, auf dem Rücken oder wie?«

Anton Haug war etwas verwirrt. Danach hatte man sich noch nicht erkundigt. »Muss ich nachfragen!«, knurrte er unwirsch. »Wozu brauchst du denn die Lage des Toten?«

Ohne die Frage zu beantworten, sagte Wanner lediglich: »Bring mir gleich die Fotos vom Fundort, wenn sie fertig sind.«

Haug nickte zustimmend, und sie gingen zum Wagen zurück.

3 Willi Rind saß in seinem Büro und starrte auf den Computerausdruck. Er wusste nicht, ob er fluchen oder den ganzen Krempel zum Fenster hinauswerfen sollte. Beim Anblick der Zahlenreihen verzog er sein ohnehin schon faltiges Gesicht. Die massige Gestalt drückte die Federung des Bürostuhles bis zum Anschlag. Und als er seine Zigarre aus dem Aschenbecher nahm, zitterte seine Hand. Zum ersten Male wurde ihm dies bewusst. Aber es war auch das erste Mal, dass seine monatlich geführte Privatbilanz ein derart miserables Ergebnis aufwies. Er überflog die Aufstellung und sank noch weiter zusammen.

»Verfluchte Scheiße«, murmelte er vor sich hin, dann lehnte er sich zurück und blickte aus dem Fenster in den großen Hof, auf dem Baumaschinen und schmutzige Lkws standen. Sein großes Bauunternehmen, vom Großvater, einem braven Maurermeister, gegründet, vom Vater ausgebaut und zu dem gemacht, was es die letzten Jahre über war, stand praktisch vor der Pleite. Und er, der große Bauunternehmer, hatte die fetten Jahre der Baukonjunktur rigoros genutzt, um die Firma zu vergrößern, hatte dazu einen Kredit nach dem anderen aufgenommen, bis selbst die Banken, die gewiss nicht kleinlich bei der Vergabe von Geldern waren, ihm eine Warnung zukommen ließen. Er hatte nur gelacht und war zu dubiosen Geldinstituten gegangen, die ihm weitere Kredite zugeschanzt hatten, allerdings zu Zinssätzen jenseits der zwölf Prozent. Zu Tilgungen kam er seit einem halben Jahr nicht mehr. Seit der Baumarkt in Deutschland praktisch zusammengebrochen war und auch im Allgäu die Aufträge ausblieben, ging viel mehr Geld aus der Firma heraus als hereinkam. Und seine annähernd sechzig Beschäftigten wollten bezahlt, der Maschinenpark unterhalten sein.

Wenn er heute richtig gerechnet hatte, belief sich der Schuldenstand derzeit auf rund zwei Millionen Euro. Setzte er einen durchschnittlichen Zinssatz von zehn Prozent an, so brauchte er zurzeit jährlich zweihunderttausend Euro nur für die Tilgung der Zinsen. Und wenn Willi Rind die Tagespolitik in Zeitung und Fernsehen verfolgte, bestand nicht der geringste Hoffnungsschimmer, dass sich etwas zum Guten ändern würde. Die vielen kommunalen Aufträge, von denen er lange Zeit wie die Made im Speck hatte leben können, gab es nicht mehr, die Kommunen nagten selbst am Hungertuch. Vor allem die kleinen Nebengeschäfte, am Finanzamt vorbei, ohne Rechnungsstellung, nach Feierabend oder zu ähnlichen Bedingungen: alles vorbei. Seine fünfzehn Schwarzarbeiter aus Polen und Tschechien, bisher mühsam vor der Kontrolle versteckt, würden ihn, wenn's drauf ankam, ans Messer liefern, wenn sie sich dadurch selbst aus der Affäre ziehen konnten. Und Bruno Stängle, einer seiner vertrauten Mitarbeiter, wusste inzwischen so viel von seinen illegalen Machenschaften, dass er ihm gefährlich werden konnte. Zwar hatte Rind im Laufe der Jahre einiges Geld in der Schweiz deponiert, aber für den wohlverdienten Ruhestand reichte es noch nicht. Schließlich würde er nicht wie ein Bettler seinen Lebensabend verbringen wollen, sondern standesgemäß, wie es sich für einen Firmeninhaber gebührte. Villa am Meer, Jacht im Hafen, Mercedes oder BMW in der Garage, zwei »Gespielinnen« zum Zeitvertreib: So stellte sich Willi Rind die Zeit nach seinem Arbeitsleben vor. Dies alles schien in weite Ferne zu rücken, wie ihm seine Zahlenreihen soeben mitgeteilt hatten. Verflucht noch eins!

Es klopfte. »Moment noch, bin gleich so weit!«, rief Willi Rind in Richtung Tür. Mit geübten Handgriffen fuhr er den Computer herunter und schaltete ihn danach aus.

»Ja?«, brüllte er dann.

Bruno Stängle streckte seinen Kopf zur Tür herein. »Hast du 'nen Moment Zeit für mich?«

Rind passte die Unterbrechung seiner Gedanken nicht. »Was gibt's denn?«

Stängle schob sich durch die Tür, schloss sie umständlich hinter sich und steuerte auf den Stuhl vor Rinds Schreibtisch los. »Also«, er fingerte an seiner Jacke herum, »irgendwas ist im Betrieb los. Die Leute tuscheln, wenn sie glauben, dass sie niemand beobachtet, und ihre Mienen drücken auch nicht gerade Fröhlichkeit aus. Es gibt kaum noch Arbeit, sie hocken immer mehr in den Hallen rum und quatschen. So was hat es früher nicht gegeben!«

Willi Rind sah sein Gegenüber unwirsch an. »Was gibt's da zu tuscheln? Lass sie die Baustellen aufräumen und sieh zu, dass sie nicht rumhocken. Mir ist wieder ein Auftrag durch die Lappen gegangen, weil ein Unterländer im Angebot billiger war. Was soll ich machen? Ich kann nicht umsonst anbieten.« Er knüllte wütend ein Blatt Papier zusammen und warf es in den Papierkorb.

Stängle musterte ihn interessiert. »Wie steht's eigentlich mit Aufträgen?«

Rind blickte an ihm vorbei. »Das überlass gefälligst mir, ich werde schon welche herbringen.«

Bruno Stängle sah, dass er nicht willkommen war, und erhob sich. Was er herausfinden wollte, hatte er seiner Meinung nach gefunden: Die Firma schien in Schwierigkeiten zu stecken. Nun war er gespannt, wie sich sein Chef da herauswinden würde. Er selbst hatte schon vorsichtig Fäden gesponnen, um sich rechtzeitig absetzen zu können.

Als er den Raum verlassen wollte, stieß er fast mit einem Besucher zusammen, der, ohne anzuklopfen, die Tür aufgerissen hatte. Kevin Rind, der Sohn des Chefs, drängte sich an ihm vorbei. Er war Ende zwanzig, bleichgesichtig und langhaarig. Seine hagere Gestalt schien nicht zu seinem Alter zu passen, in dem Gleichaltrige auch schon mal sportlicher aussahen.

»Mach die Tür zu!«, rief er Stängle nach, als dieser weitergegangen war.

»Mach sie doch selber zu«, erwiderte dieser bissig und verschwand durch das Vorzimmer.

Kevin gab der Tür wütend einen Stoß, so dass sie krachend zufiel. »Der Stängle wird auch immer aufsässiger«, meinte er dann zu seinem Vater und setzte sich.

Willi Rind hatte dem Auftritt wortlos zugesehen. Er kannte Stängle, und er kannte seinen Sohn. Zwischen den beiden stimmte es schon lange nicht mehr. Irgendwann würde es zu einem Krach zwischen den beiden kommen, das ließ sich jetzt schon vorhersagen. Aber solange er, Willi Rind, noch Inhaber der Firma GROSSBAU RIND & SOHN war, würde er auch bestimmen, wer hier was zu sagen, zu brüllen oder zuzuschlagen hatte.

»Es könnte dir auch nicht schaden, wenn du anklopfen würdest«, wandte er sich an seinen Sohn, der wütend dasaß, die Beine übereinandergeschlagen. Als der ein Päckchen Zigaretten aus der Tasche holte und sich bedienen wollte, fuhr ihn sein Vater an. »Lass das! Du weißt, ich kann keinen Zigarettenrauch vertragen. Wie oft soll ich dir das noch sagen?«

Kevin warf die Zigarettenschachtel auf die Tischplatte und verzog sein Gesicht zu einer Grimasse. »Dann halt nicht. Eines Tages werde ich hier so viel rauchen, wie ich das für richtig halte.«

»Ja, eines Tages ... vielleicht.«

Kevin verließ ärgerlich das Büro, ohne den Grund seines Besuches genannt zu haben. Willi Rind wusste, dass sein Sohn seit einiger Zeit die Chefetage anzusteuern begann, wobei er jetzt noch in der Buchhaltung saß. Er sollte die Firma in- und auswendig kennenlernen, bevor ihm sein Vater einmal die Leitung übertragen wollte. Aber seit er sich einem Freundeskreis angeschlossen hatte, der im Halbweltmilieu verkehrte, war sein Tatendrang für die Firma rapide zurückgegangen. Am liebsten hätte ihn sein Vater aus der Firma entfernt. Aber wem sollte er dann einmal ihre Führung anvertrauen?

Kevin war ein Tunichtgut geworden, soff nächtelang mit seinen Freunden und war immer öfters morgens nicht ansprechbar. Willi Rind zerbrach sich den Kopf darüber. Am Alkohol allein konnte es nicht liegen. Er selbst hatte früher auch so manche Flasche geleert, war aber immer in der Firma gegenwärtig, wenn es darauf ankam.

Als er unlängst mit seinem Bruder Walter, Eigentümer der RIND-MILCH GMBH & CO. KG, mit dem er sich gut verstand und dem er als Einzigem wirklich vertraute, darüber sprach, hatte dieser nach einigem Nachdenken geantwortet: »Außer Alkohol und Weibern gibt's noch eine weitere Möglichkeit, einen fertigzumachen. Ich hoffe nur, dass dies bei Kevin nicht der Fall ist.«

»Was meinst du?«

»Das liegt auf der Hand.« Walter Rind hatte sich laut und vernehmlich geschnäuzt. Das war bei ihm stets ein Zeichen für Verlegenheit. »Wenn es die ersten beiden Gründe nicht sind, dann kann nur Rauschgift dahinterstecken. Und wenn das der Fall ist, dann gibt es zwei Möglichkeiten: entweder sofortiger Entzug oder du bist deine Firma los.«

Willi hatte seinen Bruder entgeistert angeschaut. »Du bist ja übergeschnappt! In meiner Familie gibt es kein Rauschgift.«

»Und woher willst du das so genau wissen?«

Willi hatte ihm nicht geantwortet. Ja, woher eigentlich? Er hatte zum Fenster hinausgestarrt, ohne die Regentropfen, die an die Scheiben geweht wurden, wahrzunehmen. Dann war er aufgestanden und gegangen. Walter hatte ihm einen Schirm angeboten, aber er hatte abgelehnt. Er war das kurze Stück zum Parkplatz vor der Molkerei gegangen, ohne auf die Nässe zu achten. Rauschgift, das würde manches erklären, was er in letzter Zeit an Kevin beobachtet hatte. Sein bleiches Gesicht, die Hohlwangigkeit, das nervöse Gebaren, die zunehmende Aggressivität, das leichte Zittern der Hände: Anzeichen, die darauf hinweisen könnten. Rind hatte bewegungslos hinter dem Steuer seines Wagens gesessen. Seine massige Gestalt füllte den Raum zwischen Lenkrad und Lehne aus. Wenn das der Fall ist, dachte er, ist das Ende der Firma wohl besiegelt. Zumindest, was das Familienunternehmen betraf. Seine Tochter Ramona kam für die Leitung des Baugeschäftes wohl nicht in Frage. Sie hatte bisher nie etwas dergleichen verlauten lassen, weil sie ihren Bruder für den Favoriten des Vaters hielt, was ja auch nicht verwunderlich war. Und welchen Schwiegersohn würde sie wohl eines Tages präsentieren?

Rind hatte den Motor gestartet und war durch den allmählich nachlassenden Regen zu seiner Firma zurückgefahren.

Der Herbst zog über das Allgäu. Die ersten Minusgrade wurden aus den Oberstdorfer Bergen gemeldet, reichlich früh dieses Jahr, dachte Rind. Auf Mädelegabel, Trettach- und Hochfrottspitze sah man schon den ersten weißen Überzug. Ob der Winter wohl früher kam als sonst? Der Winter und das Ende, sein Ende?

Willi Rind war in den großen Firmenhof am Stadtrand von Kempten gefahren und hatte das Auto in die Garage gestellt. Seit seine Frau ihn verlassen hatte, war alles schiefgelaufen. Sie hatte sowohl ihn als auch die Firma und vor allem Kevin unter Kontrolle gehabt. Ein

Teil des Geldes, das er investiert hatte, gehörte ihr. Bisher wollte sie es noch nicht zurückhaben. Aber eines Tages wird es wohl so weit sein. Und was dann?

Als er die Treppe zu den Büroräumen emporgestiegen war, hatten ihn zwei wachsame Augen verfolgt. Die Gestalt hinter der Säule hatte sich nicht gerührt, bis Willi Rind seine Bürotür hinter sich geschlossen hatte, dann war sie zum Ausgang gehuscht.

Willi Rind begann zu glauben, dass ihm noch allerhand bevorstehen würde, und er sollte sich nicht irren.

4 Wanner betrachtete eine Aufnahme in seinem Büro, die er am Kraterrand des Kilimandscharo früh um 7 Uhr gemacht hatte, kurz bevor sie damals zum Uhuru Peak weitergegangen waren. Sie waren unter Führung einer Burgberger Bergschule in vier Tagen zum Gipfel aufgestiegen, hatten bestes Wetter und festen Schnee im Schlussstück gehabt. Er musste noch an den Schauer denken, der ihm am höchsten Punkt Afrikas über den Rücken gelaufen war. Der höchste Punkt des Schwarzen Kontinents, unglaublich! Was für ein Erlebnis! Und damals ahnte er schon, dass er so schnell nicht mehr aus Kempten wegkommen würde, die Leitung der SoKo verlangte einfach zu viel von seiner Zeit.

Kein Wunder, wenn das Zusammenleben mit Lisa schwierig geworden war. Als er sie auf einer Bergtour kennengelernt hatte, war das der Anfang einer glücklichen Zeit, die in ihrer Heirat gipfelte. Und als Bernd und bald darauf auch Karin geboren wurden, war ihr Glück vollständig. Was Wanner nun noch anstrebte, war der Bau eines eigenen Hauses und ein schöner Garten. Aber so weit war er noch nicht. Sein Bausparvertrag wuchs zwar jährlich, und auch ein bisschen Geld hatten sie gespart, doch im gleichen Zeitraum waren Grund

und Häuser immer teurer geworden. Wanner stellte sich ein Baugrundstück in einem der Orte südlich von Kempten, vielleicht in der Gegend um den Grünten vor. Lieber fuhr er täglich zum Dienst nach Kempten, als weiter in seinem Mietshäuschen am Vicariweg zu sein. Lisa aber wollte in Kempten bleiben, das wusste er. Die vielen Einkaufsmöglichkeiten, das kulturelle Leben, ihre Freundinnen, das alles mochte sie nicht oder noch nicht aufgeben. Wie sollte das nur weitergehen?

Er holte einen Apfel aus der Schublade, auf der »Vertraulich« stand, und begann ihn zu schälen. Ein paar Sonnenstrahlen fielen auf seinen Schreibtisch, der voller Akten und Zettel war. Wanner ging zum Fenster und öffnete es. Obwohl in der Stadt, war die Luft rein und frisch, und er atmete durch. Gegenüber auf dem First des Nachbarhauses saßen zwei Krähen und krächzten sich lauthals gegenseitig an, wobei sie die Schnäbel weit aufrissen. Warum sollte es bei Vögeln anders sein als bei Menschen?, dachte Wanner. Heutzutage reißt jeder seinen Schnabel auf, wenn er meint, dass er im Recht sei. Und am schlimmsten sind die Autofahrer. Wehe, du fährst einem in sein Vorfahrts-, Park- oder sonst welches Recht hinein. Aggressionen ohne Ende, wohin man auch sieht. Was ist bloß aus dieser Republik geworden? Was waren das noch für Zeiten, als in den 50er, 60er und 70er Jahren alles an einem Strang, und zwar in die gleiche Richtung, zog.

Paul Wanner schloss das Fenster wieder. Die Krähen flogen auf, die Sonne verschwand hinter einer Wolke. Ich werde auch nicht gescheiter, dachte er missmutig, was kann ich schon ändern?

Das Telefon riss ihn aus seinen trüben Gedanken. Alex Riedle war am anderen Ende. »Du, Paul, wir haben ein paar Neuigkeiten vom Toten an der Iller. Kann ich rüberkommen?«

Wanner sah auf seine Uhr. »Wir machen eine Besprechung, in einer halben Stunde, sag es den anderen!« Er lehnte sich im Sessel zurück und überlegte. Jedes Mal überfiel ihn das gleiche Prickeln, wenn es bei einem neuen Fall mit der Arbeit losging. Es musste wohlüberlegt werden, welche Schritte einzuleiten waren und in welcher Reihenfolge. Wie die Mitarbeiter eingesetzt wurden und welche Logistik notwendig war. Er hatte die Leitung. Ein Fehler von ihm konnte die ganzen Ermittlungen in die falsche Richtung lenken und Zeit kosten, Zeit, die man nicht hatte. Je früher man nach einem Verbrechen auf Touren kam, desto größer waren die Chancen, Fehler der Verbrecher zu finden. Und ohne Fehler, das wusste Wanner, war es bisher noch nie abgegangen. Ihre Aufklärungsquote war auch entsprechend hoch, was Polizeipräsident Hans-Joachim Gottlich bei jeder Gelegenheit in der Öffentlichkeit auch betonte. Ach, die Öffentlichkeit! Wanner wunderte sich, dass noch niemand von der Presse aufgetaucht war, die hatten doch sonst so gute Spürnasen. Das wollte er nachher noch ansprechen, Wanner machte sich eine Notiz.

Das Telefon auf seinem Schreibtisch schrillte. Wann endlich würde er einen neuen Apparat mit einem angenehmeren Rufton erhalten? »Ja, Wanner.«

»Guten Tag Herr Wanner, hier Klaus Schloss von der Zeitung. Wie geht's denn so?«

»Rufen Sie mich an, um mich nach meinem Befinden zu fragen?« Der ironische Ton in Wanners Stimme war nicht zu überhören.

»Na ja«, Schloss zögerte etwas, »sagen wir mal, nicht nur. Ich habe läuten hören, dass ein Toter bei Martinszell mit einer Schusswunde aufgefunden wurde. So etwas riecht nach Mord. Können Sie mir schon was darüber sagen?«

»Woher wissen Sie das schon wieder?« Wanner war genauso erstaunt wie ärgerlich. Woher, zum Kuckuck, hatte der Pressemensch davon Wind bekommen?

Schloss lachte etwas verlegen. »Das kann ich Ihnen natürlich nicht sagen, man hat so seine Informanten.«

Wanner beließ es zunächst einmal dabei, aber er würde der Angelegenheit nachgehen. Blöde Sache! Wer wohl da wieder geplaudert hatte? Er schüttelte sich, ein Zeichen seines Unbehagens.

»Wir werden morgen eine Pressekonferenz einberufen, vorläufiger Zeitpunkt 14 Uhr. Bis dahin hoffe ich, selbst mehr zu wissen.«

Schloss blies enttäuscht in die Muschel. »Na schön, dann bis morgen, danke und tschüs.«

Wanner sah auf die Uhr. Er hatte noch Zeit, sich einen Kaffee aus dem Automaten zu holen. Draußen auf dem Gang lief ihm Riedle über den Weg. Er hustete vernehmlich, als er Wanner sah. Aha, dachte dieser, nun kommt wohl bald wieder die Herbstgrippe, oder ist es schon die Vorwintergrippe? Hoffentlich gelang es, ihn samt Husten und Schnupfen durch den Fall zu schleppen. Wenn der mal abgeschlossen war, sah man weiter. Wanner füllte den Becher wie immer zu voll und musste gleich einen Schluck trinken, bevor er ihn in sein Büro balancierte.

Im Konferenzraum der SoKo waren schon alle versammelt. Eva Lang saß erwartungsvoll hinter ihrem Notizblock, Riedle hielt sich ein Taschentuch vor die Nase. Haug starrte an die Decke, und Uli Hansen sah interessiert aus dem Fenster, unter dem zwei junge Mädchen vorbeigingen und laut kicherten.

Als Wanner eintrat, kam Ordnung in die Reihen. Er setzte sich ans Tischende, Haug zu seiner Rechten, ihm gegenüber Riedle, neben diesem Eva Lang und ihr gegenüber Hansen. Es blieben noch drei Plätze übrig, auf denen gelegentlich Staatsanwalt, Polizeipräsident, Pressesprecher oder jemand von der Spurensicherung Platz nahm. Heute wollte Wanner noch niemanden dabeihaben, ihre Kenntnisse von dem Fall schienen ihm zu dürftig. Er wollte erst mal hören, was überhaupt bekannt war.

Er klopfte an Haugs Wasserglas.

»Wir sollten in diesem neuen Fall vorgehen wie immer, um ihn so schnell wie möglich lösen zu können. Was uns von der Obduktion vorliegt, ist Folgendes: Der Tote ist zwischen 25 und 35 Jahre alt und schmächtig. Er war vollbekleidet, seine Schuhe hatten auffallende Sohlen, wie man sie sonst nur zum Wandern oder Bergsteigen benutzt. Zum Tode hat eine Schusswunde im Unterleib geführt, wobei sie nicht sofort tödlich war, sondern im Verlauf von etwa zwei Stunden zum inneren Verbluten geführt hat. In dieser Zeit hätte der Mann also noch gerettet werden können, wenn ihm ärztlich geholfen worden wäre. So wie es aussieht, wurde der Mann nicht am Fundort erschossen, sondern dorthin gebracht, wobei nicht festzustellen war, ob er zu diesem Zeitpunkt noch lebte.«

Eva Lang hob den Finger.

Wanner hatte es eingeführt, dass bei seinen Besprechungen Wortmeldungen angezeigt werden sollten. Er hielt nichts von Diskussionen, in denen einer den anderen nicht verstand, weil alle durcheinanderredeten. »Wir«, so hatte er gesagt, »sind bei der Polizei und nicht in einer Talkshow im Fernsehen. Hier soll jeder ohne Unterbrechung seine Meinung äußern können.«

Haug hatte zwar etwas von »Oberlehrer« gemurmelt, hielt sich aber an die Spielregel.

Wanner nickte Eva zu.

Sie sah noch mal schnell auf ihren Notizblock. »Erstens: wann genau ist der Tod eingetreten, und zweitens: hat man an der Kleidung oder an den Schuhen des Toten irgendwelche Spuren entdeckt, anhand derer festgestellt werden könnte, wo er umgebracht worden ist?«

»Die Todeszeit liegt zehn bis zwölf Stunden vor dem Auffinden, das wäre also«, Wanner rechnete kurz nach, »gestern Abend gegen 22 Uhr gewesen. An der Kleidung wurde nichts Besonderes festgestellt, aber in den Schuhsohlen hatten sich einige Steinchen verklemmt, die noch analysiert werden.«

Riedle hob den Finger und legte das Taschentuch auf die Tischplatte, was Wanner ärgerlich registrierte.

»Ja?«

»Hat man in der Kleidung des Toten irgendetwas gefunden, a: an persönlichen, b: an sachlichen Utensilien, wie etwa Etiketten oder Ähnliches. Nach Papieren brauche ich wohl nicht erst zu fragen.«

»Es wurden keinerlei Unterlagen gefunden, aus denen die Herkunft des Toten oder sein Name hervorgehen.«

Hansen hatte sich eine Notiz gemacht. Nach seiner Aufforderung fragte er: »Gibt es schon irgendeine Vermisstenanzeige?«

Wanner sah Eva Lang an. Die schüttelte den Kopf. »Bisher hat sich niemand gemeldet, kann aber noch kommen.«

»Meine Frage nach Etiketten in der Kleidung ist noch nicht beantwortet«, warf Riedle ein.

Wanner schaute die Unterlagen durch. »Hier habe ich was«, sagte er nach einigem Suchen. »Im Sakko und in der Hose wurde nichts entdeckt, die Schuhe sind von MINARDI, einer seltenen italienischen Marke, nicht ganz billig. Sie sind so gearbeitet, dass sie über die Knöchel reichen. Offensichtlich wurden die Sohlen nachträglich aufgezogen. Sie sind, wie ich bereits erwähnte, eher zum Wandern als für das vornehme Parkett.«

»Vornehme Schuhe mit einer Wandersohle«, Haug redete gleichzeitig mit erhobenem Finger, »wer trägt denn so was?«

Wanner zuckte mit den Schultern. »Wir werden's rauskriegen. Noch ein Wort zur Presse: Vorhin rief die Zeitung an, Klaus Schloss war am Apparat. Er wusste, dass wir eine Leiche mit einer Schusswunde haben. Woher konnte er das wissen?« Sein Blick wanderte ringsum, die Gesichter zeigten ehrliches Erstaunen. »Hat jemand von uns«, sein Blick ging zur Decke, um niemanden ansehen zu müssen, »versehentlich Informationen weitergegeben?«

Empörung bei seinen Kollegen, und Wanner winkte ab. »Ich kann es mir ja auch nicht vorstellen, dass von uns etwas nach außen gedrungen ist. Vielleicht war es der Johann Wetzel. Morgen, 14 Uhr, setze ich eine Pressekonferenz an. Die Damen und Herren werden wenig begeistert sein, wenn sie unsere dürftigen Kenntnisse verarbeiten sollen, aber wir kriegen sie erst mal los.« Wanner hasste die ewige Fragerei bei solchen Gelegenheiten. Deswegen nahm er auch immer gerne den Pressesprecher der Polizeidirektion mit. Am liebsten würde er erst nach gelöstem Fall eine Verlautbarung herausgeben, in der auf einer Seite der Fall und seine Lösung dargestellt waren.

»Was ist mit HJG?« Haug sah ihn fragend an.

HJG war die übliche Abkürzung für ihren obersten Chef. »Er will diese erste dürftige Verlautbarung mir überlassen. Erst, wenn mehr Ergebnisse vorliegen, wird er sich, wie immer, einschalten.«

Da sich niemand mehr zu Wort meldete, schloss Wanner die Sitzung und kehrte in sein Büro zurück. Dort ließ er das eben Besprochene noch einmal Revue passieren, fand aber nichts, was vergessen wurde oder was zu einer Spur führen könnte. Erst mal musste der Tote identifiziert werden, dann konnte man anfangen, erfolgreich zu recherchieren.

Er sah auf das gerahmte Foto vom Matterhorn und seufzte. Eigentlich wollte er jetzt lieber dort oben sein als hier unten.

5 Ramona Rind, 26 Jahre alt, war eine Schönheit. Sie hatte eine Figur, dass sich die meisten Männer nach ihr umdrehten. Ihre türkisfarbenen Augen strahlten, und der gebräunte Teint passte hervorragend zu den langen hellblonden Haaren. Stets gepflegt, in ERCADES Größe 36 gekleidet, stach sie aus jeder Umgebung heraus. Auf Gesellschaften konnte sie der ungeteilten Aufmerksamkeit der Herren und des aufrichtigen Neides der Damen gewiss sein, was sie nicht sonderlich aufregte. Natürlich hatte sie schon Männerbekanntschaften gemacht, aber eine feste Bindung wollte sie nicht eingehen, noch nicht wenigstens. Es gab noch zu viel zu erleben, wozu man möglichst ungebunden sein sollte. Solange war *sie* es, die den Kurs ihres Lebens bestimmte.

Ramona Rind arbeitete bei ihrem Onkel in der RIND-MILCH GMBH & CO. KG als Chefsekretärin. Das war zwar nicht gerade der Job, der sie auf Dauer befriedigen würde, aber ein sicherer Platz, von dem aus sie sich nach einer angemessenen Beschäftigung umschauen konnte. Vielleicht ließe sich dabei sogar eine Beziehung in obere Etagen aufbauen, man konnte ja nie wissen. Also hatte Ramona beschlossen, bis dahin jeder festen Sache aus dem Weg zu gehen. Was aber nicht hieß, dass sie nicht Einladungen annahm, Gesellschaften, Kino oder Tanzveranstaltungen besuchte. Danach war aber bei der Haustür Schluss. Meistens wenigstens.

Willi Rind betrachtete seine Tochter mit einem weinenden und einem lachenden Auge. Der Vaterstolz sprach aus seinen Augen, wenn er sie sah. Natürlich konnte sie ihn um den Finger wickeln, wenn sie etwas von ihm wollte. Andererseits dachte er mit Sorge an den Augenblick, da sie ihm einen Schwiegersohn präsentierte. Ob der ihm wohl passen würde? Hoffentlich fiel sein Engel nicht auf irgendeinen Beau herein, der ihm was vormachte und es nur auf das Geld abgesehen hatte. Aber was sollte Rind machen? Die Zeit, als man Kindern noch dreinreden oder gar vorschreiben konnte, war längst vorbei. Heute musste man froh sein, wenn man von der Tatsache einer demnächst stattfindenden Hochzeit in Kenntnis gesetzt wurde. Und seit seine Frau ihn verlassen hatte, hing er noch mehr an Ramona.

Ramona liebte ihren Vater, ohne sich aber von dem Gefühl fesseln zu lassen. Sie wollte frei sein, auch von Familienbanden. Eine Beziehung besonderer Art verband sie mit ihrem Bruder Kevin. Von Kind auf hatten sie sich gut vertragen. Aus dem Spielkameraden wurde allmählich ein Kumpel und später ein Berater. Sie sah deswegen auch mit zunehmender Besorgnis die Veränderungen, die sich bei ihrem Bruder in der letzten Zeit gezeigt hatten. Sprach sie ihn darauf an, dann reagierte er nur unwirsch. Den Ton, den er dabei anschlug, hatte es früher nie zwischen ihnen gegeben. Sie fühlte sich zurückgestoßen und ausgegrenzt. Was hatte Kevin nur? Warum kam er nicht mehr zu ihr, wenn er Probleme hatte?

Ramona Rind beschloss, ihrem Bruder zu helfen. Dazu musste sie aber erst wissen, worum es bei seinen offensichtlichen Schwierigkeiten ging. Er durfte aber nichts davon wissen, bis sie die Ursachen herausgefunden hatte. Doch wie sollte sie es anstellen? Konnte sie jemanden einweihen, damit sie eine Hilfe hätte? Ramona grübelte darüber, als das Telefon sie aus ihren Gedanken riss. Es war der Geschäftsführer Hollerer der Molkerei in Blaichach, der dringend ihren Chef sprechen wollte. Sie verband die beiden und legte auf.

Ob sie einmal mit ihrem Onkel darüber sprechen sollte? Sie hatten ein gutes Verhältnis, und sie vertraute ihm wie ihrem Vater. Es sollte eine Gelegenheit sein, bei der sich so ein Gespräch quasi von selbst ergäbe.

Walter Rind betätigte die Sprechanlage. »Ramona, könntest du mir die Unterlagen der Molkerei in Blaichach bringen?«

»Ja, einen Augenblick bitte.« Sie sah, dass die Telefonverbindung noch bestand und beeilte sich. Den Hollerer konnte sie nicht leiden. Er hatte ein Auge auf sie geworfen und machte sie bei jeder Gelegenheit an. Sie wusste, dass er Junggeselle war, etwa Mitte vierzig, und seine Haarfülle schon einige Zeit eingebüßt hatte. Wohl oder übel musste sie geschäftlich mit ihm verkehren, hielt die Gespräche aber immer so kurz wie möglich.

Sie fand ihren Onkel hinter dem Schreibtisch stehend und legte ihm die Unterlagen vor. Wenn er beim Telefonieren stand, hatte das nichts Gutes zu bedeuten. Sie verließ den Raum wieder und schloss die gepolsterte Tür hinter sich. Was gab es wohl da schon wieder?, fragte sie sich und setzte ihre Arbeit am Computer fort.

»Ja, bitte?«, sagte Ramona. Die heisere Stimme Hollerers drang unangenehm an ihr Ohr. »Hallo, meine Beste, wie geht's denn immer so? Viel Arbeit beim Onkel?« Hollerer kicherte ins Telefon.

Ramona zählte bis drei, dann antwortete sie so ruhig wie möglich: »Danke, gut. Allerdings hab ich so viel zu tun, dass ich keine Zeit für unnütze Fragen habe.« Das war hart, eigentlich wollte sie ihre Abneigung nicht so deutlich ausdrücken. Schließlich waren sie ja Geschäftspartner.

Hollerer war dann auch hörbar eingeschnappt. »Na, na, so unfreundlich? Welche Laus ist Ihnen denn heute schon über die Leber gelaufen?«

Ramona entschuldigte sich, und sie beendeten ihr Gespräch.

Walter Rind erschien in der Tür. »Hast du mal 'nen Augenblick Zeit für mich?« Er sah nicht besonders gut aus, und Ramona beeilte sich, ihm in sein Büro zu folgen. Er wies auf den Besucherstuhl. »Setz dich!«

Dann holte er aus den Unterlagen ein Papier heraus, sah kurz darauf und blickte sie an.

»Hör mal, was ich dir jetzt sage, muss unter uns bleiben, und zwar absolut!«

»Aber das ist doch selbstverständlich, Onkel Walter.«

»Gut. Du weißt, dass wir eine intensive geschäftliche

Verbindung zur Molkerei in Blaichach haben. Seit vielen Jahren schon, ich habe sie damals als eine der Ersten aufgebaut. Wir sind unter dem alten Geschäftsführer immer gut zurechtgekommen. Aber seit Hollerer dort das Sagen hat, tauchen immer wieder, vorsichtig ausgedrückt, kleine oder größere Unstimmigkeiten in unseren Geschäften auf. Bisher habe ich das geschluckt, wollte keinen Unfrieden provozieren. Aber langsam geht er mir auf den Wecker! Heute wollte er schon wieder einen Preisnachlass, oder er drohte mehr oder weniger unverhüllt damit, uns auszulisten.« Rind klang verbittert.

Ramona wusste, wie groß der Umfang dieser geschäftlichen Beziehung war und erschrak. Wenn sie ausgelistet würden, wäre ein nennenswerter Teil ihrer Einnahmen verloren. In diesen Zeiten könnte man so schnell keinen Ersatz finden. Und genau damit spekulierte Hollerer. Was für ein fieses Geschäftsgebaren!

Rind wandte sich an seine Nichte. »Also zu niemandem ein Wort! Wir werden nach einem Weg suchen müssen, der uns weiterhilft. Aber Blaichach möchte ich keinesfalls verlieren.«

Ramona nickte und erhob sich. »Dir wird schon was einfallen, Onkel Walter! Wenn ich dazu etwas beitragen kann, so sag's mir ruhig. Ich helfe dir gerne, das weißt du!«

»Ja, ich weiß das und danke dir.« Walter Rind sah seine Nichte freundlich an und wandte sich seinem Schreibtisch zu. Gut, jemanden zu haben, auf den man sich verlassen kann, dachte er, während Ramona den Raum verließ.

Er lehnte sich in seinem Sessel zurück und dachte nach. Keinesfalls konnte er die Verbindung mit Blaichach sausenlassen, da stand zu viel auf dem Spiel. Er wollte nicht nur das Milchwerk, sondern auch die Arbeitsplätze erhalten. Seine Leute würden aus allen Wolken fallen, wenn sie keine Arbeit mehr hätten. Aber wie konnte er das verhindern? Er holte ein Päckchen Zigaretten aus der Tasche und fischte sich eine heraus. Dann erinnerte er sich an die Mahnung seines Arztes und steckte sie zurück. Er trat ans Fenster. Der Herbst hatte mit seinen Farben zu zaubern begonnen. Einzelne Federwölkchen zogen schnell über den Himmel. Die Luft war klar und von angenehmer Temperatur, allerdings kündigte sich eine Föhnlage an.

6 Paul Wanner ließ wieder einmal zu viel Kaffee in den Becher laufen und verbrühte sich beinahe die Finger. Er musste selbst den obligatorischen Fluch dafür unterdrücken, um nicht noch mehr zu verschütten. Vorsichtig hob er den Becher etwas und schlürfte einen Fingerbreit Kaffee heraus. Den Rest balancierte er in sein Büro. Gerade wollte er sich setzen, als es klopfte und Uli Hansen seinen Kopf hereinstreckte.

Er wollte schon Paul mit »Grüß Gott Herr Hauptkommissar« anreden, als ihm einfiel, dass sie im Team ja alle per du waren. Er gehörte erst ein paar Wochen zu ihnen, und manches war noch neu für ihn.

Hallo Paul!, das wollte noch nicht so recht über seine Lippen gehen, also sagte er einfach:

»Grüß dich! Darf ich kurz stören?«

Wanner setzte den heißen Becher ab und nickte. »Was gibt's?«

»Wir haben die Zeitungen verständigt wegen des Toten von der Iller.«

Paul registrierte den Genitiv. Die meisten hätten gesagt: »wegen dem Toten«. Der Junge konnte Deutsch, das war schon mal was.

»Ja, und?«

»Morgen erscheinen je ein Bild und eine entsprechende Notiz. Mal sehen, was dabei herauskommt.«

»Noch kein Anruf wegen eines Vermissten?«

»Nein, ich hab nachgefragt. Bisher scheint ihn keiner zu vermissen.«

Das Telefon klingelte.

Anton Haug war am Apparat. »Große Neuigkeit«, sagte er kurz. »Der Tote könnte mit Drogen in Verbindung gestanden haben. Ein paar Einstichstellen wurden gefunden.«

Wanner pfiff durch die Zähne. »Wenn das stimmt, hätten wir wenigstens einen Anhaltspunkt, der vielleicht weiterhelfen könnte.«

»Ich wollte es dir nur gleich sagen.« Haug legte auf.

»Gibt's was Neues?« Uli Hansen sah neugierig aus.

»Der Tote könnte Rauschgift genommen haben, man hat Nadelspuren gefunden.«

Hansen war erstaunt. »Da müssten wir ja mal die Kollegen vom Rauschgiftkommissariat einschalten, vielleicht kennen die ihn sogar.«

Genau daran hatte Wanner auch gedacht.

»Gut, setz dich mit ihnen in Verbindung und gib mir gleich Bescheid.«

Als Hansen gegangen war, dachte Wanner an die Pressekonferenz. Irgendetwas musste er denen ja erzählen.

Er nahm einen Zettel und begann das Wenige in eine zeitliche Ordnung zu bringen. Was war mit dem Rauschgift? Wanner wollte noch auf Hansens Bescheid warten, dann war immer noch zu überlegen, ob man die Erkenntnis weitergeben oder etwas davon zurückhalten sollte.

Er sah auf die Uhr. Eine Stunde hatte er noch Zeit. Er griff zum Hörer und rief bei Staatsanwalt Max Riegert an. Der hatte ihm beim letzten Fall eindringlich erklärt, er wolle so oft wie möglich über den Fortgang bei der Aufklärung eines Mordfalles unterrichtet werden. Wanner konnte ihm ja das Wenige sagen, vielleicht hatte er dann ein paar Tage Ruhe. Er hasste die bürokratischen Wege, solange er keinen dringenden Sinn in ihrer Einhaltung sah. Am anderen Ende wurde nicht abgehoben. Auch recht, sagte sich Wanner, wenigstens habe ich es versucht. Schade nur, dass solche Gesprächsversuche als Beweis nicht aufgezeichnet werden konnten.

Wanner griff nach dem Becher, aber der war leer. Wenn der Tote von der Iller wirklich mit Rauschgift zu tun gehabt hatte, bestand eine große Chance, ihn zu identifizieren. Das heißt, wenn seine Dealer dies verrieten. Es konnte aber auch umgekehrt sein, dass sie untertauchten und eine Zeitlang Gras über die Sache wachsen ließen. Schließlich gab es einen Toten, und sie mussten davon ausgehen, dass die Polizei sehr intensiv in seinem Umfeld recherchieren würde. Blieb immer noch die zweite Möglichkeit, dass jemand den Mann suchte. Und Wanner glaubte, dass dieser Weg eher zum Ziel führen würde.

Er war ungeduldig. Der Anfang zur Aufklärung dieses Falles, das wusste er, war die Identität des Toten.

Und dann überschlugen sich die Ereignisse. Als das Telefon klingelte, wusste Wanner instinktiv, dass es losging.

Eva Lang war die Erste. »Ich habe das Ergebnis der Untersuchung dieser kleinen Steine in den Sohlen des

Toten. Allerdings sagt es mir nicht viel, aber du weißt hier bestimmt mehr.«

Wie umständlich diesmal! Wanner antwortete ungeduldig: »Sag schon, was herauskam!«

»Also, das Material der Steine ist Helvetische Kreide ...«

»Was?«, rief Wanner voller Überraschung. »Helvetische Kreide?«

»Ja, genauso steht es hier, ich bringe dir den Bescheid nachher rüber. Helvetische Kreide. Weißt du, was das ist?«

Wanner wäre kein echter Allgäuer, wüsste er nicht, was Helvetische Kreide ist.

»Ohne Oberlehrer sein zu wollen«, meinte er salbungsvoll, »möchte ich dir zur Kenntnis geben, dass Helvetische Kreide eine der vier hauptgeologischen Formationen im Allgäu ist.«

Eva Lang schnaufte. »Es ist ja klar, dass auch dieser Fall wieder mit Bergen zu tun hat.« Damit spielte sie auf ein Ereignis an, das ein Jahr zurücklag und bei dem eine Bergsteigerin abgestürzt war. Hinterher war festgestellt worden, dass sie hinuntergestoßen worden war. Wanner war ihrer Route gefolgt und hatte den Mordfall später klären können.

»Bring mir den Befund gleich her.« Wanner konnte ein gewisses Maß an Aufregung nicht unterdrücken. Wenn es stimmte, kamen für den Aufenthalt des Toten nur wenige Gebiete im Oberallgäu in Frage: Besler bei Obermaiselstein, Hoher Ifen mit Gottesackerplateau und Grünten. Und bei Letzterem nur der Gipfelbereich.

Wanner hatte sich diese Namen auf einen Zettel geschrieben und ihn oben rechts mit »1« nummeriert. Er starrte darauf. Wenn der Mann im Kleinen Walsertal oder bei Obermaiselstein ermordet worden war, wie kam er dann an die Iller bei Martinszell? Es wäre doch logischer, wenn man ihn irgendwo bei Fischen, Riezlern oder Oberstdorf abgelegt hätte. Also Grünten! Zumindest war dieses Gebiet das nächstliegende zum Fundort. Grünten-gipfel. Wanner wusste, dass die geologische Beschaffen-heit dieses Berges kompliziert war und nur der felsige Gipfel eindeutig der Helvetischen Kreide zugerechnet werden konnte. Der Mann musste also vor seinem Tod am Grüntengipfel gewesen sein.

Eva Lang klopfte an und brachte den Befund. »Und?«, fragte sie. »Ist dir schon was eingefallen?«

Wanner nickte und überflog den Text. Eva setzte sich ohne weitere Aufforderung. Ohne aufzusehen sagte Wanner: »Nimm solange Platz, ich bin gleich so weit.« Sie lächelte spitzbübisch und schlug die Beine überein-ander.

Wanner hatte gleich im Stehen gelesen. Nun setzte er sich und sah Eva an. »Hier steht außerdem noch, dass die Steinchen ziemlich fest im Profil der Sohle steckten, ein Zeichen, dass der Mann fest aufgetreten oder gelaufen war. Wenn jemand am Grünten läuft …«

»… dann joggt er«, ergänzte Eva Lang.

»Oder er läuft davon.«

Paul Wanner erklärte Eva, warum er auf den Grünten gekommen war. Natürlich gab es noch die anderen Ge-biete im Oberallgäu, aber die lagen zu weit vom Fund-ort der Leiche entfernt, so dass der Grünten einfach naheliegend war.

»Wir wissen zwar, dass der Mann gegebenenfalls am Grünten war, aber ob er dort auch erschossen wurde, geht natürlich aus den eingeklemmten Steinchen nicht hervor. Er kann auch vorher dort gewesen sein und dann später an anderer Stelle erschossen worden sein. Allerdings muss es einen zeitlichen Zusammenhang geben, sonst hätte er wahrscheinlich die Schuhe gewechselt. Und noch etwas: Diese merkwürdigen, nachträglich aufgezogenen Sohlen auf ein Paar Schuhe, die dafür gar nicht hergestellt worden sind – sie deuten ebenfalls darauf hin, dass der Berg eine Rolle in der Geschichte zu spielen scheint.«

Das Klingeln des Telefons riss ihn aus weiteren Erläuterungen.

Anton Haug fragte etwas ungehalten, ob er denn die Pressekonferenz vergessen habe?

Wanner schlug sich an die Stirn. Verdammt, die war ihm ganz entfallen. Er nahm hastig seine Unterlagen und eilte zum Konferenzraum. Ein halbes Dutzend Presseleute, von denen er zwei nicht kannte, wartete dort und empfing ihn mit deutlich ungehaltenem Gemurmel. Der Pressesprecher runzelte die Stirn. Wanner entschuldigte sich. »Ist sonst nicht meine Art, mich zu verspäten. Aber ich habe im letzten Augenblick noch eine Meldung hereinbekommen, die uns erste Hinweise in dem Mordfall des unbekannten Toten von der Iller gibt.«

Sofort erhöhte sich das Interesse der Presseleute. Als sich einige Arme in die Luft streckten, sagte Wanner schnell: »Lassen Sie mich Ihnen erst die uns bisher bekannten Tatsachen erläutern, danach können Sie Fragen stellen.«

In kurzen Zügen schilderte er dann das bisherige Ergebnis der Ermittlungen. Er betonte, dass sie erst weiterkämen, wenn sie wüssten, wer der Tote war, und das brauche einfach seine Zeit. Während seiner Erläuterungen dachte Wanner fieberhaft nach, ob er das Untersuchungsergebnis der Schuhsohlen mitteilen sollte oder nicht. Dann hielt er es aber doch zurück. Es war gut, wenn er beim nächsten Mal wenigstens das vermelden konnte, falls sie bis dahin nichts Neues herausgefunden hatten. Er vertröstete die Anwesenden, was sein Schweigen über den Verspätungsgrund anging, mit dem Hinweis auf die laufenden Ermittlungen.

Aufgrund des mageren Ergebnisses waren dann auch die Fragen der Journalisten relativ kurz. Sie machten sich ihre Notizen, schossen ein paar Aufnahmen von Wanner, Haug und Eva Lang und verschwanden relativ schnell wieder in ihre Redaktionen.

»Hol mal den Riedle und den Hansen her, und kommt alle in mein Büro«, wandte Paul sich an Haug, der den Verspätungsgrund ja ebenfalls nicht kannte.

Haug erhob sich. »Muss ja was Wichtiges sein«, sagte er dann und schielte eifersüchtig auf Eva Lang, die mit unschuldiger Miene seinen Blick erwiderte.

»Ja, kann man sagen!«

Zwanzig Minuten später saßen sie alle in Wanners Büro.

Dann berichtete er seinen Kollegen vom neuesten Stand der Dinge. »Wir wissen also bisher, dass der Tote irgendwo im Gebiet der Helvetischen Kreide gewesen sein muss, möglicherweise am Grünten, wovon ich ausgehe. Wenn man die kurze Entfernung vom Grünten

nach Martinszell einkalkuliert, erscheint mir das naheliegend.«

Riedle hob den Kugelschreiber. »Und was wäre, wenn
man den Toten möglichst weit vom Tatort weggebracht
hat?«

»Daran habe ich auch schon gedacht. Aber wie willst
du einen Mann vom Besler oder gar vom Ifen an die
Iller bei Martinszell bringen?«

»Wie bringst du einen Mann vom Grünten dorthin?«
Riedle blieb hartnäckig.

»Wir wissen, dass der Unbekannte noch etwa zwei
Stunden gelebt hat. Hätte er da nicht irgendwie selbst
oder mit Unterstützung noch bis zur Grüntenhütte
absteigen können, wo es ja einen befahrbaren Alpweg
gibt?«

»Mit seiner Schusswunde?«, fragte Hansen ungläubig.

Wanner zuckte mit den Schultern. »Möglich ist be-
kanntlich viel. Wenn jemand sich in Todesangst befindet, könnte er durchaus dazu in der Lage sein. Und, wie
gesagt, vielleicht half ihm jemand.«

»Du gehst also davon aus, dass ihn jemand am Grünten angeschossen hat, dann liegen ließ oder ihm ins Tal
half? Warum hat er ihn, wenn er schon auf ihn geschossen hatte, nicht noch eine Kugel verpasst? Oder haben
Unbeteiligte ihm geholfen, warum gingen die dann aber
nicht zur Polizei?«

Wanner sah an die Decke. »Wir werden das herausfinden.«

Eva Lang hatte eifrig mitgeschrieben. »Mir gehen die
komischen Schuhsohlen nicht aus dem Kopf. Wieso lässt
jemand seine Salonschuhe mit Wandersohlen versehen

und zieht nicht gleich richtige Bergschuhe an, wenn er auf den Grünten gehen möchte?«

Wanner nickte. »Hier müssen wir nachfassen. Vielleicht setzt du dich gleich mit den Schuhmachern der Region in Verbindung und fragst nach, ob in letzter Zeit – die Sohlen waren ziemlich neu – solche Schuhe besohlt worden sind. Nimm einen Schuh als Muster mit und zeig ihn den Leuten. Vergiss auch nicht, die Schuh-Express-Läden in den Kaufhäusern aufzusuchen, die meiner Meinung nach vorrangig für so etwas in Frage kommen.«

Eva Lang blies die Backen auf. »Wie viele solcher Schuhmacher gibt es denn im Oberallgäu?«

Hansen grinste. »Über den Daumen gepeilt, würde ich sagen: viel mehr als du ahnst.«

Eva schnitt eine Grimasse in seine Richtung und wandte sich dann Paul Wanner zu. »Also gut, ich werde gleich morgen damit anfangen.«

»Es wird so wie immer sein«, Wanner sah sein Team der Reihe nach an, »dass wir Überstunden machen werden, wenn es die Lage erfordert. Ihr wisst, dass ihr die Überzeit wieder ausgleichen könnt, wenn der Fall abgeschlossen ist. Vorher, das möchte ich klarstellen, geht das nicht, und auch an Urlaub ist nicht zu denken …«

Riedle nieste laut und vernehmlich.

»… und auch Krankheiten sind tunlichst zurückzustellen!«

Anton Haug winkte müde ab. »Wissen wir alles schon. Gegenüber dem letzten Mal hast du es aber heute noch ausdrücklicher gesagt.«

Wanner gähnte. »Ich habe niemanden ermordet und

auch keinen Mord in Auftrag gegeben, um uns Arbeit zu verschaffen. Ich schiebe ebenso Überstunden wie ihr!«

Er machte sich einige Notizen. »Also, wir gehen die nächsten Schritte wie folgt an: Eva besucht die Schuhmacher im Oberallgäu. Gegebenenfalls müssten die Nachforschungen auf das West-, Ost- und Unterallgäu ausgedehnt werden.«

Eva Lang riss die Augen erschrocken auf, verkniff sich aber einen Kommentar.

»Anton, du koordinierst alle eingehenden Ergebnisse und legst sie mir vor. Alex verfolgt die Vermisstenanzeigen, und der Uli hilft der Eva bei den Schuhmachern so lange, bis ich ihn woanders brauche.«

Eva grinste in Richtung Hansen. So, dachte sie, jetzt bist du auch bei den Schuhmachern gelandet!

Wanner kippte den Rest des mittlerweile kalten Kaffees in sich hinein, schüttelte sich und sagte: »Damit wollen wir heute aufhören. Ab morgen geht's dann rund. Ich wünsche euch einen schönen Feierabend.«

Sie wünschten ihm das Gleiche und verließen das Büro.

7 Als Paul Wanner an diesem Abend heimkam, ahnte er noch nicht, dass er die ersten Überstunden des laufenden Falles gleich im Anschluss machen musste. Lisa hatte ihm eine Brotzeit hergerichtet und einen Zettel auf dem Tisch liegen lassen. »Bin bei Paula. Guten Appetit!«

Also würde er den Abend allein verbringen müssen. Als er in das mit Rindersalami belegte Brot biss, spürte er erst, was für einen Hunger er hatte. Er holte sich ein Bier aus dem Keller und begann gerade genussvoll mit dem zweiten Brot, als ihn das Läuten des Telefons aus seinen Gedanken riss.

Es war der diensthabende Beamte der Abendschicht. »Herr Hauptkommissar, uns wurde soeben eine Vermisstenmeldung hereingegeben. Ich dachte, die würde Sie interessieren. Die Beschreibung könnte auf den Toten von Martinszell passen.«

Wanner schluckte den letzten Bissen hinunter und kündigte dem Diensttuenden seine umgehende Ankunft im Präsidium an.

Er holte seine Lederjacke und fuhr zur Dienststelle. Na also, dachte er, jetzt beginnt es zu laufen. Er bekam die Meldung auf sein Büro, wo er sie aufmerksam studierte. Gesucht wurde ein gewisser Kevin Rind, 29 Jahre alt, schlank, lange Haare. Vermisst seit zwei Tagen. Aufgegeben hatte die Suchanzeige sein Vater, Willi Rind, Bauunternehmer. Wanner kannte ihn, er war eine wichtige Unternehmerfigur der Stadt. Er zog die Unterlagen aus seiner Schublade und entnahm ihnen das Foto des Toten. Kevin Rind also. Wanner war überzeugt, dass es der Gesuchte war, den sie an der Iller gefunden hatten. Das würde Aufsehen erregen, nicht nur in Kempten. Die Firma Rind baute im ganzen Allgäu. Was war da wohl los?

Er rief Riedle an, der gleich abhob. »Alex, es geht los. Die erste und bisher einzige Vermisstenmeldung ist vorhin eingetroffen. Gesucht wird ein gewisser Kevin Rind, Sohn des Bauunternehmers Rind. Der Beschreibung nach könnte er es sein. Komm her, wir fahren zu den Eltern.«

»Gib mir zehn Minuten.« Riedles Stimme klang nicht weiter überrascht, schließlich war er lange genug Polizist, um sich von solchen Anrufen nicht mehr überraschen zu lassen. Bevor er auflegte, nieste er aber deutlich in die Muschel. Schließlich musste er auf seine sich im Anzug befindliche Grippe hinweisen.

Wanner hatte den Dienstwagen gleich selbst aus der Garage geholt und fuhr Riedle bis zum Tor entgegen.

»Du glaubst, dass er unser gesuchter Mann ist?«, wandte er sich an Wanner.

Der nickte. »Irgendetwas sagt mir, dass wir jetzt weiterkommen werden.«

Sie bogen am Berliner Platz links ab und folgten der

Kaufbeurer Straße stadtauswärts. In der Heisinger Straße fanden sie bald die unbeleuchtete Firma GROSSBAU RIND & SOHN. Nach einigem Suchen entdeckte Riedle den Zugang zu einer Villa, die hinter einem großen Hof lag. Hier brannte im ersten Stock noch Licht. Riedle drückte auf einen überdimensionalen Klingelknopf. Eine Lampe oberhalb vom Eingang ging an, und aus der Sprechanlage fragte eine Stimme nach dem Begehr.

»Kripo Kempten, Wanner und Riedle«, rief Letzterer in die Anlage, »können wir Herrn Willi Rind sprechen?«

Ein Summen ertönte, und das Tor sprang auf. Als sie zur Haustür kamen, sah ihnen Willi Rind angespannt entgegen.

Wanner übernahm die Gesprächsführung. »Herr Rind?«, sagte er und zückte gleichzeitig seinen Ausweis.

Der nickte. »Kommen Sie wegen Kevin? Mein Sohn ist seit kurzem verschwunden …«

»Dürfen wir reinkommen?« Wanner stellte Riedle kurz vor und folgte Rind durch eine kleine Eingangshalle in ein gemütlich eingerichtetes Zimmer, in dem eine im Viereck aufgestellte Ledergarnitur um einen runden, mit einer Glasplatte gedeckten Tisch sogleich ins Auge fiel.

»Wollen Sie nicht ablegen?«, fragte Rind, aber Wanner schüttelte den Kopf.

»Wir möchten Sie nicht lange stören. Aber wir haben hier ein Foto mit der Bitte, es sich genau anzuschauen. Ich möchte Sie darauf aufmerksam machen, dass es für Sie eventuell eine sehr schlechte Nachricht sein kann, die wir mit diesem Bild bringen.« Wanner reichte Rind das Foto, der es totenbleich nahm und einen Blick darauf warf.

»Nein …«, er schrie auf, »um Gottes willen, das ist ja

Kevin. Mein Gott, was ist mit ihm los?« Verstört sah er Wanner an.

»Herr Rind, in diesem Falle muss ich Ihnen die traurige Nachricht überbringen, dass man Ihren Sohn Kevin in der Nähe von Martinszell tot neben der Iller gefunden hat, gestorben an einer Schusswunde.«

Willi Rind starrte entsetzt das Bild in seiner Hand an. »Kevin«, flüsterte er, »mein Sohn.« Ein Schluchzen kam aus seiner Kehle, und die Hand, die das Foto hielt, begann heftig zu zittern.

»Herr Rind, wir möchten Ihnen unser Beileid ausdrücken.« Wanner hatte es nie gelernt, bei Todesnachrichten ein unberührter Überbringer zu sein. Er räusperte sich und sah Riedle an. Der schaute mit versteinerter Miene vor sich hin. Manchmal, wie in diesem Augenblick, ist der Beruf eines Polizisten eben ein Scheißberuf, fuhr es Wanner durch den Kopf.

Dann wandte er sich an den Hausherrn: »Herr Rind, sind Sie in der Lage, uns einige Fragen zu beantworten?«

Der sah ihn verstört an. »Muss das jetzt sein?«

Riedle schaltete sich ein. »Es tut uns leid, wenn wir Sie gleich befragen müssen. Aber je schneller wir uns ein Bild machen können, desto schneller können wir entsprechende Ermittlungen einleiten.«

Rind konnte nur mühsam die Tränen zurückhalten. »Sie sagten, er starb an einer Schusswunde?«

Wanner nickte. »Wir müssen davon ausgehen, dass Kevin ermordet wurde, und zwar nicht an der Stelle, wo man ihn fand, sondern anderswo. Wollen Sie uns ein paar Fragen beantworten?«

Rind nickte schweigend.

»Wer wohnt hier im Haus?«

»In der ersten Etage meine Tochter Ramona, in der zweiten mein Sohn Kevin, ich selbst im Erdgeschoss.«

Wanner räusperte sich. »Und wo ist Ihre Tochter jetzt?«

»Sie ist verreist.«

»Wann haben Sie Ihren Sohn das letzte Mal gesehen?«

»Vor … sechs oder sieben Tagen, er war bei mir im Büro.«

»Hatten Sie ein geschäftliches Gespräch mit ihm?«

»Ja«, bestätigte Rind und holte ein Taschentuch heraus, »wir besprachen finanzielle Dinge unserer Firma.«

»Unsere Firma«, Wanner betonte das *unsere*, »gehört sie denn nicht Ihnen allein?«

»Doch, das schon. Aber mein Sohn ist ja … war ja als Erbe dafür vorgesehen.«

»Waren Sie allein?«

»Ja.«

»Wo ging Ihr Sohn nach dem Gespräch hin?«

»Das weiß ich nicht. Er arbeitete in der Buchhaltung, aber ich habe ihn vom Fenster aus wegfahren sehen.«

»Und Sie haben keine Ahnung, wohin er gefahren sein könnte?«

Willi Rind war am Ende seiner Fassung. »Nein, ich weiß es wirklich nicht.«

»Können Sie sich vorstellen, wer Ihren Sohn ermordet haben könnte?«

Rind schüttelte den Kopf. »Nein, wer macht denn so etwas?«

Wanner stand auf. »Fürs Erste möchte ich Schluss machen. Allerdings muss ich morgen wiederkommen, es sind noch weitere Fragen zu klären. Leider kommen wir nicht darum herum.«

Willi Rind nickte »Ich weiß. Bitte tun Sie alles, um den Mörder meines Sohnes zu finden.«

Sie fuhren schweigend zur Dienststelle zurück. Wanner sah auf die Uhr. Es war kurz vor 23 Uhr. Der Wind hatte im Laufe des Abends zugenommen, fegte jetzt durch die Straßen von Kempten, wirbelte Blätter durch die Luft, bog die Bäume. Die Temperatur war noch immer erstaunlich mild, es musste Föhn sein.

»Morgen früh geht's richtig los, heute können wir nichts mehr tun«, meinte Wanner zu Riedle. »Fahr heim und ruh dich aus.«

Riedle nickte zustimmend. »Also, dann bis morgen!«

Als sein Mitarbeiter gegangen war, zögerte Wanner einen Augenblick, dann stieg er die Treppen zu seinem Büro hinauf. Er konnte es nicht sein lassen. Die ersten Gedanken, so pflegte er zu sagen, sind immer die besten.

Er knipste die Tischlampe an, holte einen Zettel aus der Box, nummerierte ihn rechts oben säuberlich mit »2« und schrieb darauf: »Toter von Martinszell: Kevin Rind«.

Er zog eine Karte des südlichen Landkreises aus der Schublade und hängte sie mit einigen Reißnägeln an sein Info-Brett. Dann klebte er einen roten Plastikpunkt auf den Fundort, einen weiteren auf den Grünten. So, dachte er, jetzt haben wir schon zwei, weitere werden folgen. Und dann machen wir ein Netz daraus!

Dann fuhr er nach Hause, zum Vicariweg.

Lisa wachte auf, als er ins Schlafzimmer trat. Schlaftrunken fragte sie nach der Uhrzeit, war aber im nächsten Moment wieder eingeschlafen. Wanner löschte die Lampe und legte sich hin.

Er konnte lange nicht einschlafen, seine Gedanken kreisten um einen Toten namens Kevin Rind, um dessen moderne Schuhe mit den zusätzlich angebrachten Wandersohlen, um die Einstichstelle, die auf Rauschgift deutete, und um den Grünten, dessen Gipfel aus Helvetischer Kreide bestand. Und um einen Vater, der keine Frau mehr hatte und soeben seinen einzigen Sohn, vorgesehenen Erben seiner Baufirma, verloren hatte. Wie kriegen wir das wohl alles zusammen?

Darüber schlief er schließlich ein.

Am nächsten Morgen herrschte hektische Betriebsamkeit im Präsidium. Nachts hatte es einige Unfälle wegen umgestürzter Bäume gegeben, und ein Brand hatte eine Schreinerei im Stadtgebiet vernichtet.

Wanner betrat sein Büro, nahm den Hörer ab und rief das Team zu sich.

Es dauerte keine zehn Minuten, bis alle versammelt waren.

Wanner wies auf die Karte. »Die ersten zwei Orte unseres Falles sind bekannt. Wir haben gestern herausgefunden, dass der Tote Kevin Rind heißt, der Sohn vom Bauunternehmer Willi Rind war und mit Vater und Schwester in einer Villa beim Baugeschäft lebte. Jetzt heißt es angreifen: Wir klopfen das gesamte Umfeld der Familie ab, Schwerpunkt natürlich Kevin. Alex, du übernimmst Kevin, Eva Ramona und Anton die Firma. Hansen hält die Stellung hier und sammelt alles, was reinkommt. Versucht rauszubekommen, was irgendwie interessant für unseren Fall sein könnte. Und wenn ihr die Spurensicherung benötigt, lasst mich das wissen. Aber denkt daran: Dazu brauchen wir dann hieb- und stichfestes Material. Ich fahre nochmals zu Willi Rind und mach dort weiter, wo wir gestern Abend abgebrochen haben. Noch Fragen?«

Anton Haug meldete sich. »Was ist mit dem Rauschgift?«

»Ich gehe mal selbst bei den Kollegen vorbei und versuche mir ein Bild zu machen.« Wanner erhob sich. »Heute 17 Uhr erste Berichte hier bei mir.«

Sie verließen den Raum. Wanner ging zum Kaffeeautomaten, holte sich einen Becher, verbrühte sich wieder zwei Finger und verkniff sich einen Fluch. Sein erster Schluck war ein einziges Schlürfen. Die beiden jungen Beamten im Sozialraum grinsten sich an. Man konnte die Temperatur des Automaten auch etwas niedriger einstellen, allerdings musste man wissen, wo.

Er rief bei der Fahrbereitschaft an und fragte nach einem Dienstwagen. Aber es gab an diesem Tag keinen mehr, so musste er seinen eigenen Kombi benutzen. Er fuhr nochmals die Strecke zu Willi Rind hinaus. Unterwegs dachte er über die Fragen nach, die er stellen wollte. Wie war das Verhältnis zwischen Vater und Sohn? Wusste Rind, dass sein Sohn Rauschgift nahm? Wusste er, woher es stammte? Kannte er den Umkreis seines Sohnes? Es gab noch genügend weiße Flecken auf der Ermittlungskarte.

Wanner fuhr in den Hof hinein, dessen Tor offen war. Er parkte vor der Haustür der Villa und klingelte. Eine Frauenstimme tönte aus der Sprechanlage und fragte, wer da sei.

»Kripo Kempten, Wanner. Ich möchte gern mit Herrn Rind sprechen.«

»Tut mir leid, Herr Rind ist krank und kann keinen Besuch empfangen.«

»Es ist dringend und dauert nicht lange. Bitte fragen Sie Herrn Rind, ob er ein paar Minuten für mich Zeit hat.«

In der Sprechanlage knackte es. Kurz darauf ertönte der Türsummer, und Wanner ging ins Haus. Eine Dame um die fünfzig in einem grauen Kostüm musterte ihn kühl und sagte: »Bitte folgen Sie mir! Aber der Arzt hat ausdrücklich jeden Besuch untersagt.« Sie betonte *jeden*.

Wanner folgte ihr in das Zimmer, in dem er bereits am Abend zuvor mit Riedle gewesen war. Rind saß auf dem Ledersofa und hatte einige Papiere vor sich liegen. Wanner fiel auf, wie viel dieser massige Mann über Nacht von seiner Haltung eingebüßt hatte. Er zog seine Schlüsse für die Frage nach dem Vater-Sohn-Verhältnis daraus.

Rinds Augen lagen eingefallen in den Höhlen, ein scharfer Zug hatte sich um den Mund gebildet. Er gab Wanner die Hand und wies auf einen Sessel. »Haben Sie schon etwas herausgefunden?«

Wanner schüttelte den Kopf. »Ist noch zu früh. Wir sind dabei, Ermittlungen in alle entsprechenden Richtungen durchzuführen. Ich möchte auch nicht lange stören, aber wir brauchen Antworten auf verschiedene Fragen.«

Rind nickte müde. Er machte eine wortlose Geste und lehnte sich zurück.

»Wie haben Sie sich mit Ihrem Sohn verstanden?«

Rind sah an die Zimmerdecke. »Er war mein einziger Sohn und Erbe für das Baugeschäft«, wich er einer direkten Antwort aus.

Wanner verzog etwas das Gesicht. »Das ist keine Antwort auf meine Frage«, sagte er dann so sanft wie möglich.

Rind schüttelte den Kopf. »Nein, entschuldigen Sie. Ich habe meinen Sohn geliebt und er mich. Bis sich das Verhältnis vor einiger Zeit zu ändern begann.«

»Wann war das?«

Rind dachte nach. »Es mag einige Monate her sein. Kevin schien von Tag zu Tag nervöser zu werden. Er war nicht mehr so genau bei der Arbeit und seine Bürozeiten wurden kürzer.«

»Können Sie den Zeitpunkt nicht etwas genauer benennen?«, fragte Wanner.

»Etwa zu Beginn des Sommers, genauer lässt es sich nicht festlegen, weil es nicht über Nacht kam, sondern so nach und nach.«

Wanner ließ es zunächst damit bewenden und wandte sich der nächsten Frage zu. Sie war besonders wichtig, und er stellte sie unverhofft.

»Wussten Sie, dass Ihr Sohn Rauschgift nahm?« Täuschte er sich oder war da ein kurzes Flackern in den Augen seines Gegenübers?

Rind starrte ihn an. »Rauschgift? Was wollen Sie damit sagen?«

»Eben genau das, was ich sagte: Wussten Sie, dass Ihr Sohn Rauschgift nahm?«

»Woher wollen Sie das denn …«

Wanner unterbrach ihn. »Bitte antworten Sie auf meine Frage, ja oder nein?«

Willi Rind wand sich. »Er ist mir in den vergangenen Wochen schon etwas seltsam vorgekommen. Er machte oft einen abwesenden Eindruck …«

»Herr Rind!« Wanners Ton war immer noch sanft, aber seine Blicke passten nun nicht mehr dazu.

Rind stand auf und trat ans Fenster. »Wissen Sie eigentlich, was Sie da von mir verlangen? Ich soll meinen eigenen Sohn ans Messer liefern, jetzt, wo er sich nicht einmal mehr verteidigen kann?«

»Ich bin verpflichtet, einen Mord aufzuklären und kann keine Rücksicht auf familiäre Bindungen nehmen. Wollen Sie, dass wir den Mörder Ihres Sohnes finden?«

»Natürlich will ich das! Aber müsste die Angelegenheit mit dem Rauschgift an die Öffentlichkeit gebracht werden?«

Wanner stand ebenfalls auf. »Dies wird sich nicht vermeiden lassen, weil möglicherweise der Schlüssel zu dem Mord hier zu finden ist. Wenn ich Ihre Worte richtig deute, haben Sie sehr wohl von der Sucht Ihres Sohnes gewusst. Hat er auch gedealt?«

Rind schwankte zwischen schweigen und antworten. Wanner hakte nach, als er dies bemerkte. »Herr Rind, Sie müssen mir alles sagen, was Sie wissen! Nur so kommen wir weiter. Wenn wir es hier nicht klären können, muss ich Sie mit aufs Präsidium nehmen. Sie könnten sehr schnell in den Verdacht geraten, etwas zu vertuschen oder Mittäter zu sein.«

Sein Gegenüber sah ihn an. »Also gut, ich werde Ihnen sagen, was ich weiß. Bitte, nehmen Sie wieder Platz.«

Wanner setzte sich. Er musste, soweit es ihm möglich war, aufpassen, dass ihm Rind die Wahrheit sagte. Deshalb wählte er einen Sessel, *in* dem er das Fenster im Rücken hatte.

Rind wollte gerade etwas sagen, als es läutete. Er verließ den Raum, ließ die Tür aber einen Spaltbreit offen. Wanner hörte Stimmengemurmel, konnte aber einzelne Worte verstehen.

»... wirst schon sehen ... hüte dich ... Kevin wusste ... wo ist ... Schnee ...« Dann klappte die Haustür wieder zu, und Rind kehrte zurück.

»Entschuldigung, nur einer meiner Mitarbeiter. Er wollte etwas über die morgige Arbeit wissen.«

Du lügst, dachte Wanner, und ich werde es mir merken. »Sie wollten mir gerade etwas sagen?«

Rind schien zu zögern. Seine Bereitschaft zu reden war offensichtlich durch den Besuch gestört worden. »Etwa vier Monate mag es her sein«, begann er langsam und nach Worten suchend, »als Kevin eines Tages im Büro auftauchte und mit mir ein Gespräch über die finanziellen Aussichten der Firma begann. Ich war verwundert, denn bis dahin hatte er sich kaum darum gekümmert, wie die Firma lief. Hauptsache war ihm, dass sie lief und er sein Geld bekam. Ich wurde misstrauisch und antwortete nur allgemein. Zuerst wollte ich herausfinden, warum er diese Fragen stellte und ob jemand anderes dahintersteckte. Aber aus der Buchhaltung hatte er ja genügend Einsicht in die Lage der Firma, soweit dies aus den Büchern hervorging.« Rind sah Wanner dabei nicht an.

»Ihr Sohn wusste also, dass die finanzielle Lage Ihrer Firma, sagen wir mal, schlecht war?«

Rind blickte auf. »Das war nicht zu vermeiden. Allerdings stand nicht alles in den Büchern, wenn Sie wissen, was ich meine?«

Wanner nickte. »Das ist im Moment nicht meine Sache. Fahren Sie fort!«

»Kevin setzte mich unter Druck und wollte genauer über die Verhältnisse Bescheid wissen. Schließlich habe ich ihm gestanden, dass wir höher, viel höher verschuldet sind, als es den Anschein hatte, und ich um die Existenz der Firma fürchte. Er hörte sich das an und sagte dann in etwa: ›Mach dir mal keine Sorgen, ich werde das regeln.‹ Wie er das machen wollte, verriet er nicht. Er hat sich dann sehr schnell verabschiedet, und wir haben eine Zeitlang nicht mehr darüber geredet. Vor vierzehn Tagen tauchte er plötzlich wieder in meinem Büro auf. Er hätte was für mich, sagte er. Was er mir dann unterbreitete, verschlug mir die Sprache. Er machte mir den Vorschlag, unsere Firma mit dem Erlös von Rauschgift zu sanieren, das er beschaffen konnte. Woher sagte er mir nicht. Es musste aber hochkonzentrierter Stoff gewesen sein …«

»Woher wollen Sie das wissen?«, unterbrach ihn Wanner.

»Nun, ich hatte den Eindruck, dass es nicht große Mengen gewesen waren, von denen er sprach, die aber gleichwohl eine Menge Geld gebracht hätten.«

Paul Wanner sah sich an einem Scheideweg. Rauschgift, noch dazu mit offensichtlich großem Wert, war nicht sein Revier. Hier musste er die Kollegen vom Rauschgiftkommissariat einschalten. Aber da Rind gerade am Reden war, wollte er ihn nicht unterbrechen. Blöderweise hatte er kein Diktiergerät dabei, um die Aussage gleich aufzunehmen. Hoffentlich erzählte Rind später das Gleiche noch einmal so brauchbar. »Und dann?«

»Ich habe ihm klipp und klar gesagt, er solle verschwinden. Ich würde kein Rauschgift brauchen, um meine Firma zu sanieren. Er aber lachte bloß und meinte, dass ich wohl bald ihn, Kevin, darum bitten würde. Danach ging er, nicht ohne darauf hinzuweisen, dass er bald Bescheid wollte. Zu mehr ist es nicht mehr gekommen …« Rinds Stimme brach, und er wandte sich hastig ab.

Wanner hatte sich einige Notizen gemacht und schaute nun darauf. »Haben Sie irgendeine Beobachtung gemacht, dass Ihr Sohn in der Firma einen Vertrauten hatte?«

Rind schüttelte den Kopf. »Nicht dass ich wüsste. Aber sein könnte es natürlich schon. Wenn man eine Verbindung nach außen geheim hält, erfährt man ja nichts davon.«

»In welchen Kreisen hat Ihr Sohn verkehrt?«

»Mit Leuten seines Alters, soweit ich weiß, manche nicht gerade vertrauenswürdig aussehend, aber das sagt schließlich nichts. Ab und zu verriet er mir, dass er einen Club in der Innenstadt besuchte, wo es oft hoch herging. In der letzten Zeit schien er mir unter psychischem Druck zu stehen, den ich mir aber nicht erklären kann.«

»Irgendwelche Namen von seinen Freunden hat er nicht genannt?«

»Nein, ich erinnere mich nicht.«

»Noch eine Frage, die Sie allerdings nicht zu beantworten brauchen. Sie interessiert mich persönlich: Wie haben Sie innerlich auf das Angebot Ihres Sohnes reagiert?«

Rind sah niedergeschlagen aus. »Meine Schulden sind so hoch, dass es natürlich verlockend wäre, sie loszuwerden, ohne die Firma aufs Spiel zu setzen. Aber es war mir immer klar, dass ich das nie auf diese Weise würde lösen können. Man kann schließlich nicht einfach Geld aus einem Rauschgiftverkauf nehmen und seine Schulden bezahlen. Ich weiß nicht, was das Finanzamt dazu gesagt hätte.« Er lachte in einem rauen Ton und musste dann husten.

»Wie hatte sich das Ihr Sohn vorgestellt?«

»So weit haben wir den Fall nicht besprochen, ich hatte ja kein Interesse daran. Vielleicht wollte er die Firma gar nicht sanieren, sondern brauchte sie und mich als Eigentümer dazu, um uns als Pfand für die Waren einsetzen zu können und dann ins Ausland abzuhauen. Irgendwann hatte er mal von Kanada oder Argentinien gesprochen, allerdings im Zusammenhang mit Urlaub.«

Wanner dachte einen Augenblick nach. Was er bisher erfahren hatte, half ihm nicht viel weiter. Andererseits klang die Aussage Rinds plausibel.

Er verabschiedete sich und fuhr zur Dienststelle zurück. Am Berliner Platz musste er wegen einer Baustelle warten. Wenn Kevins Vater wirklich nicht mehr wusste, als er sagte, kamen sie über den Vater nicht weiter. Wenigstens noch nicht. Vielleicht gab es im weiteren Verlauf der Ermittlungen einen Punkt, an dem man noch mal einhaken konnte.

Der Fahrer hinter ihm hupte. Wanner sah, dass die Ampel grün war und fuhr weiter. Als er sein Büro betrat, fand er einige Zettel auf seinem Schreibtisch. Er sah sie flüchtig durch. Es war nichts darunter, was sich auf den Fall bezogen hätte.

Er rief Hansen an. Doch der hatte keine Neuigkeiten für ihn. Weder Haug noch Riedle waren zurückgekehrt. Sollte er die kurze Verschnaufpause nutzen, um die Kollegen vom Rauschgift noch einmal selbst anzurufen? Er versuchte es bei dem mit ihm befreundeten Hauptkommissar Richard Meier, mit dem er schon einige Male zu tun gehabt hatte.

Meier meldete sich sogleich.

»Hallo Richard, hier Paul Wanner. Hast du mal 'ne Minute für mich?«

»Servus Paul! Kann ich dich gleich zurückrufen? Ich habe noch jemanden hier«

»Könnten wir uns im Konferenzraum treffen? Sagen wir in einer Viertelstunde?«

»Geht in Ordnung. Bis gleich.«

Sein Telefon klingelte. Das hörte sich an, als läge es in den letzten Zügen. Anton Haug kündigte seine Rückkehr für die nächste Stunde an. Weiter sagte er nichts und legte auf. Danach rief Wanner bei Eva Lang an und erkundigte sich nach den Schuhmachern.

»Ich habe mir die Gelben Seiten zu Hilfe genommen und bisher etwa zwei Dutzend befragt, aber ohne Erfolg. Jetzt kommt das südliche Oberallgäu dran. Sobald ich was habe, melde ich mich wieder.«

Wanner ging zum Konferenzraum hinüber, die Viertelstunde war fast um.

Meier betrat den Raum. Er war etwa in Wanners Alter. Sie begrüßten sich, dann berichtete Wanner von seinem Gespräch mit Willi Rind. Meier hörte schweigend zu. Als Wanner geendet hatte, begann Meier: »Was du mir hier erzählst, bestätigt unseren Verdacht, den wir seit einigen Monaten in Richtung harte Drogen haben. Wir sehen mit Sorge, dass im Allgäu offensichtlich ein neuer Schwerpunkt entstanden ist und gehen davon aus, dass heute Kempten nicht nur ein Zentrum von Milch und Butter, sondern auch von Kokain und Heroin ist. Carl Hirnbein, der Notwender, würde sich im Grabe umdrehen, wenn er davon wüsste. Vielleicht bräuchten wir wieder einen solchen wie ihn.«

Wanner nickte. Seit die Gruppe »Wir 18« das Musical vom Notwender aufgeführt hatte, war Carl Hirnbein wieder bekannt geworden. Meier räusperte sich. »Bei deinem Gespräch sind absolut keine Namen gefallen?«

»Nein, ich habe extra nachgefragt. Entweder weiß er keine, oder er verrät keine. Wobei ich eher Ersteres annehme. Warum sollte er jetzt, wo sein Sohn tot ist, nicht zur Aufklärung beitragen wollen?«

Meier überlegte. »Damit hast du uns schon mal in eine Richtung gebracht, in der wir jetzt weiterermitteln können. Der Rest ist die übliche Routinearbeit, die sich entsprechend lang hinziehen wird. Aber vielleicht kriegen wir einen Fuß in die Tür, bevor noch mehr passiert.«

»Du glaubst also, dass Kevin Rinds Tod mit dem Stoff zusammenhängt?«

»Mit aller Vorsicht würde ich sagen: ja. Alles andere wäre ein merkwürdiger Zufall. Rind ist erschossen worden. Wir wissen, welch harte Burschen in diesem Geschäft tätig sind, ihnen traue ich eine solche Gewalttat am ehesten zu.«

Wanner besah sich seine Fingernägel. Man kriegt sie einfach nicht sauber, wenn man im Garten gearbeitet hat, dachte er und ließ seine Hände in die Hosentaschen gleiten. Seit sie auch von der Nachbarwohnung den kleinen Gartenstreifen zur Bearbeitung überlassen bekommen hatten, grub und mähte Paul Wanner gern nach Feierabend, oder besser gesagt in seiner möglichen Freizeit, darin. »Wir müssen uns absprechen, wie wir vorgehen wollen. Es wäre ja blöd, wenn sich unsere Ermittlungen überkreuzen würden. Wer hat Vorfahrt?«

Meier kratzte sich hinterm Ohr. »Das wird gar nicht so einfach sein, jetzt, wo wir einen Anhaltspunkt gefunden haben, der vielversprechend ist.«

Wanner deutete auf sich. »Mord hat Vorrang.«

Meier wich seinem Blick aus. »Ich muss das mit meinen Kollegen besprechen, die Tragweite ist zu groß. Aber wir werden natürlich sehr eng zusammenarbeiten.«

»Ja, machen wir. Falls ihr etwas in unserer Angelegenheit rausbekommt, ruf mich umgehend an.«

Meier versprach es, und sie kehrten in ihre Büros zurück.

Draußen hatte sich ein böiger Wind erhoben, fegte durch die Straßen und riss eine Menge Laub von den Bäumen.

8 Ramona Rind war einige Tage abgetaucht. Zusammen mit Susi Allger, ihrer besten Freundin noch aus der Schulzeit, war sie ins Tannheimer Tal gefahren. Sie hatten sich in Grän im Hotel Engel einquartiert, einem Luxushotel mit Wellnessbereichen. Der riesige Komplex beherrschte den kleinen Ort und bot seinen Gästen alle Möglichkeiten für einen angenehmen Aufenthalt. Ramona träumte manchmal auch tagsüber. Sie wusste, dass sie gut aussah und die Männer sich nach ihr umschauten. Aber ihre Ziele lagen höher, bis dahin musste sie noch warten, auch wenn es manchmal schwerfiel. So verabredete sie sich öfters mit Susi Allger aus Immenstadt, und sie fuhren zu einem Ort ihrer Wahl, gingen Skilaufen oder Winterwandern, oder stiegen auch schon mal auf einen der niedrigeren Vorberge im Allgäu. Ende August hatten sie zusammen den Kleinen Hirschberg oberhalb von Bad Hindelang bestiegen. Ein besonders hübscher Weg führte durch den Hirschbachtobel nach oben. Gut zu laufen, aber mit einem Höhenunterschied von rund 600 Metern.

»Hallo, woran denkst du gerade?« Susis Stimme riss sie aus ihren Gedanken.

Ramona hob ihr Glas mit einem Früchtecocktail und

sog am Halm. »Ach, nichts Weltbewegendes. Dieses und jenes …«

»… und an diesen oder jenen Mann«, meinte Susi lachend und nippte an ihrem Longdrink.

Ramona grinste ein wenig. »Na ja, manchmal fällt einem so was schon ein.«

»Was ist eigentlich los mit dir? Nichts in Aussicht?«

Ramona schüttelte den Kopf. »Nichts, absolut nichts.«

»Wer's glaubt wird selig«, erwiderte Susi und wandte sich den anderen Gästen zu, die eingekehrt waren. Drüben saß ein älteres Ehepaar und unterhielt sich lautstark über die letzten Börsenkurse.

Hinter ihnen, etwas verdeckt, trank ein einzelner Mann ein Bier und starrte zu den beiden Frauen herüber. Susi schätzte ihn auf Mitte dreißig, gutaussehend. Auch Ramona hatte bereits einen Blick riskiert. Auf der anderen Seite tuschelte und turtelte ein junges Pärchen. Mehr war um diese Zeit nicht los, und der Ober gähnte hinter vorgehaltener Hand.

Über die Treppe kam ein Gast herunter, dem sie zunächst keine Aufmerksamkeit schenkten. Erst als er an ihnen vorbeiging und sich zu dem einzelnen Herrn an den Tisch setzte, wurde Ramona aufmerksam. Zu auffällig hatte der Ankömmling versucht, sein Gesicht vor den beiden Damen zu verstecken, indem er auf die andere Seite geschaut hatte. Das war doch … Ramona sah möglichst unauffällig noch mal hin, aber der Ankömmling saß mit dem Rücken zu ihnen. Irgendetwas an seinem Gang hatte Ramona stutzen lassen. Den kannte sie doch! Aber woher? Wenn man jemanden am Gang erkennt, ist das ein Zeichen, dass man ihn öfters gesehen hat, dachte sie. Sie wandte sich wieder Susi zu, die eben ihr Glas geleert hatte.

»Ich dachte schon, ich kenne den, der da eben reingekommen ist. Aber ich komme nicht drauf, weil er sein Gesicht abgewendet hat.«

»Und, ist das so wichtig?«

»Nein, natürlich nicht! Aber wenn jemand vor mir sein Gesicht verbirgt, macht mich das stutzig.«

»Vielleicht einer, der mal …« Susi machte eine nicht gerade damenhafte Geste, die nicht deutlicher hätte sein können.

»Ach, lassen wir das lieber, bevor du noch ordinär wirst.« Ramona wirkte ärgerlich und griff zu ihrem Glas.

»Na, na, wieso bist du so prüde? Das kenne ich ja noch gar nicht an dir«, entgegnete Susi spöttisch und sah ungeniert zu dem Tisch hinüber, an dem die beiden Männer offenbar ein intensives Gespräch begonnen hatten.

»Guck doch nicht so auffällig dorthin! Die glauben sonst noch, wir wollen was von ihnen.« Jetzt war Ramona ernsthaft ungehalten.

»Vielleicht ist das ja jemand aus deinem Betrieb?« Susi hatte das nur so nebenbei bemerkt, war aber von der Reaktion Ramonas völlig überrascht, die sich ganz undamenhaft an die Stirn schlug und rief: »Du meine Güte, natürlich, jetzt weiß ich, wer das ist …«

9 Wanner schälte einen Apfel und dachte nach. Was hatten sie bisher herausbekommen? Am Ufer der Iller lag ein Toter, der Steinchen vermutlich vom Grüntengipfel in seinen Schuhsohlen hatte. Offensichtlich war er nicht am Fundort getötet worden. Nun stellte es sich heraus, dass es Kevin, der Sohn des Großbauunternehmers Rind war, und er erschossen worden war. Bei dem Toten hatte man Spuren gefunden, die auf Einnahme von Rauschgift schließen ließen. Sein Vater wusste nichts davon, oder gab das zumindest so zu Protokoll. Wir müssen im Milieu des jungen Rind weitersuchen, überlegte Wanner und biss in den Apfel. Dort muss der Anfang des Fadens zu finden sein. Es sah ganz nach einem Mord im Rauschgift-Milieu aus, entweder als Racheakt oder als Warnung für andere.

Wanner blickte auf seine Fotoreihe an der Wand. Trettach, Mädelegabel, Hochfrottspitze: Alle hatte er schon bestiegen. Nicht ganz einfach, zugegeben, aber doch geschafft. Und die Aussicht von ihren Gipfeln gehörte zum Feinsten im Allgäu.

Er war gerade gedanklich auf einem der Gipfel unterwegs, als es klopfte und Eva Lang hastig die Tür aufriss.

»Ich glaube, ich habe was!«, rief sie außer Atem und kam herein.

Sofort war Wanner wieder im Dienst. »Jetzt schnauf erst mal durch! Was hast du gefunden?«

»Wahrscheinlich den richtigen Schuhmacher. Mit dem vierzehnten Anruf hab ich den Schuh-Express in Sonthofen erwischt. Der Schuster konnte sich erinnern, dass er ein Paar Designerschuhe mit dem ausdrücklichen Wunsch, Wandersohlen aufzuziehen, gekriegt hat. Er hat sich zwar gewundert, aber die Sohlen wunschgemäß auf die nicht dazu passenden Schuhe geklebt.«

»Gute Arbeit«, lobte Wanner seine Mitarbeiterin, »jetzt brauchst du bloß noch zu sagen, er hat den Namen irgendwo aufgeschrieben, dann kriegst du eine Eins!«

Eva Lang schüttelte betrübt den Kopf. »So weit ging das Glück dann doch nicht. Aber er konnte mir eine einigermaßen genaue Beschreibung des Mannes geben, der die Schuhe hingebracht hatte, wobei sie dann aber von einem Jungen wieder abgeholt worden sind.«

»Und, auf wen passt die Beschreibung?« Wanner sah gespannt aus. Kam jetzt schon ein Durchbruch, oder dachte er zu schnell voraus?

Eva Lang setzte sich kerzengerade auf und sagte feierlich: »Die Beschreibung passt auf Kevin Rind!«

Wanner warf schnell den Apfelgriebs in den Papierkorb.

»Kevin Rind also hat in Sonthofen seine Schuhe, die nicht zum Wandern gedacht waren, mit einer Wandersohle versehen lassen. Wann war das?«

»Der Schuster meinte, so vor drei bis vier Wochen, war sich aber nicht ganz sicher.«

»Sah Kevin Rind wie ein Bergsteiger aus?«

»Wie sieht ein Bergsteiger denn aus? Ohne lange Haare und korpulent?« Eva grinste.

Wanner schaute sie nachdenklich an. »So gesehen ist deine Gegenfrage berechtigt. Anders gesehen möchte ich aber gerne wissen, ob ein Mann wie Kevin Rind, Erbe eines großen Baugeschäftes und offensichtlich schon seit einiger Zeit mit Rauschgift in Berührung, Bergsteigen geht. Und wenn, warum kauft er sich keine richtigen Wanderschuhe?«

»Vielleicht war das sein besonderer Stil: Designer-Schuhe mit Wandersohlen. Mal was anderes.«

»Gar nicht dumm gedacht«, erwiderte Wanner ruhig und machte sich einige Notizen auf der Rückseite eines beschriebenen Zettels.

»Also, jetzt wissen wir schon einiges, und wenn Haug und Riedle zurückkommen, sollte noch mehr dazukommen.«

Als hätte er sein Stichwort gehört, kam Haug herein. »Wie halten wir es, soll ich hier gleich berichten oder warten, bis die anderen dabei sind?«

Wanner blickte auf die Uhr. Dann wandte er sich an Eva Lang: »Schau mal, ob du den Alex auf seinem Handy erwischst. Wir könnten uns alle dann um 16 Uhr bei mir treffen. Vorerst noch ohne die Oberen. Und sag's auch dem Hansen!«

Eva nickte und verließ den Raum.

Wanner blickte Haug an, der sich ebenfalls anschickte zu gehen. »Und, hat es sich gelohnt?«

Haug nickte. »Du wirst es um 16 Uhr hören.« Er klang nicht unbedingt begeistert, aber Wanner wusste, dass dies nichts zu bedeuten hatte. Haug konnte die größten Überraschungen mit mürrischem Gesicht vorbringen, so als hätte er ohne jeden Erfolg ermittelt.

Gleich darauf rief Riedle an. Wanner teilte ihm den Besprechungstermin mit und legte auf.

Als er zum Automaten eilte, um sich noch einen Becher Kaffee zu holen, begegnete er dem Leitenden Polizeidirektor Hans-Joachim Gottlich. Jovial wie immer, rief dieser ihm »Hallo Wanner, wie steht es mit den Ermittlungen?« zu.

Wanner berichtete kurz und erwähnte auch die Besprechung um 16 Uhr.

»Ah, gut! Ich möchte gern dazukommen. Man muss von allem Anfang an genau unterrichtet sein, schon wegen der Presse.« Wanner stimmte ihm höflich zu. Aber zuerst, dachte er bei sich, wolltest du davon nichts wissen.

Gottlich saß dann auch pünktlich um 16 Uhr im Besprechungszimmer, wohin Wanner die Konferenz umdirigiert hatte. Auch Pressesprecher Wolf hatte er mitgebracht. Bereits eine Minute nach vier zog Gottlich seine Taschenuhr heraus und sah demonstrativ darauf. Wanner wusste, dass seine Kollegen wohl nicht mehr lange auf sich warten lassen würden und sagte nichts. Dann kamen alle auf einmal, und Wanner setzte sich. Er fasste in Anbetracht der Anwesenheit Gottlichs ihre bisherigen Ergebnisse zusammen und forderte dann Haug auf, als Erster zu berichten.

»Ich habe über die Baufirma Grossbau Rind & Sohn‹ Erkundigungen eingeholt, sowohl bei Banken als auch bei Leuten, von denen ich annahm, dass sie die Firma kennen …«

»Aha«, sagte Gottlich. »Weiter!«

Haug sah etwas irritiert aus. »Zusammengefasst ist Folgendes herausgekommen: Von drei Banken hier in Kempten, mit denen die Rind-Bau zusammengearbeitet hat, haben mir zwei unumwunden bestätigt, dass Rind so gut wie pleite ist. Die dritte Bank wollte dies nicht so direkt unterstreichen, war aber ebenso der Meinung, dass Rind-Bau nicht mehr lange bestehen würde.«

»Aha«, sagte Gottlich wieder. »Weiter!«

Haug räusperte sich. »Woher die Schulden kamen, war nicht so klar festzustellen. Sie setzen sich wohl aus Investitionen, Zinsen, Schuldenrückzahlungen und Barabhebungen zusammen, Letztere in nicht geringer Höhe.«

»Aha«, sagte Gottlich.

›Weiter!‹, fiel Wanner ein und sah todernst in die Runde.

»Zu den Investitionen wäre zu sagen, dass sie in den letzten zehn Jahren immer größeren Umfang angenommen haben. Eine Reihe von LKWs und Baugerätschaften, wie Bagger, sind neu gekauft worden. Dies ist in der Branche nicht üblich, manche kaufen sich gebrauchte Geräte und sparen dabei größere Summen.«

Gottlich blieb stumm. »Aha«, meinte Wanner, »das muss man wissen.«

Haug fühlte sich spürbar unsicher. Er blickte von einem zum anderen und fuhr fort: »Die Tilgungen wie die Zinsen sind nur eine Folge von neuaufgenommenen Krediten, wobei Rind offensichtlich auch andere, nicht in Kempten beheimatete Geldinstitute in Anspruch genommen hat, die hohe Zinsen verlangen.«

Alle schwiegen.

»Rätselhaft sind die großen Barabhebungen, die die Firma in den letzten zwei Jahren vorgenommen hat. Was mit dem Geld geschehen ist, kann nicht nachvollzogen werden.«

»Um welche Summen handelt es sich dabei?« Wanner sah von seinen Notizen auf.

»Bargeld wurde mindestens in Höhe von 200 000 Euro abgehoben, und zwar meistens von Kevin Rind. Aber auch der alte Rind holte sich einige Tausender ab.«

Gottlich meldete sich. »Wie hoch sind die genauen Verbindlichkeiten zum heutigen Tage?«

Haug sah auf seinem Zettel nach. »Ungefähr zwei Millionen Euro, Herr Präsident.«

»Aha«, sagte dieser, »hier müssen wir ansetzen.« Er erhob sich. »Wanner, Sie führen die Ermittlungen in gewohnter Präzision weiter. Ich möchte zweitägig um 11 Uhr Bericht.«

Er grüßte und verließ der Raum.

Hansen, der sich manchmal ein Grinsen nicht hatte verkneifen können, beherrschte sich mühsam. »Wanner, machen Sie jetzt weiter!«, ahmte er die Stimme Gottlichs nach.

Wanner blieb ernst. »Wir wollen hier zusammenarbeiten. Dazu gehört es, dass auch Vorgesetzte ihre Meinung einbringen können. Riedle ist der Nächste mit seinem Bericht.«

»Ich habe also Erkundigungen über Kevin Rind eingeholt, so weit das möglich war. Er muss zweierlei Freunde oder Bekannte gehabt haben: zum einen diejenigen, mit denen er geschäftlich oder privat verkehrte und die allgemein bekannt waren, zum anderen Personen, die weitgehend im Verborgenen bleiben und weder mit einer Beschreibung noch einem Namen zu fassen sind.« Riedle holte sein Taschentuch heraus.

Eva Lang meldete sich. »Kannst du uns ein paar Namen von der ersten Kategorie nennen?«

»Ich bin noch nicht dazugekommen, habe sie aber morgen.«

Den Knüller hatte sich Wanner bis zum Schluss aufgehoben. Jetzt berichtete er über Eva Langs Erfolg bei der Suche nach der eigenartigen Schuhbesohlung.

»Nicht schlecht«, murmelte Haug. Riedle, echt überrascht, vergaß zu niesen, und Hansen nickte Eva anerkennend zu.

»Was schließen wir daraus, dass Rind junior, wohnhaft in Kempten, in Sonthofen ein paar Designerschuhe mit Wandersohlen beschlagen lässt?«, fragte Riedle.

»So weit sind wir noch nicht«, antwortete Wanner und fixierte ihn. »Mir geht es nicht so sehr um den Ort, *wo* die Schuhe besohlt worden sind, sondern um die Tatsache, *wie* die Schuhe besohlt worden sind und *warum* in dieser Weise.«

Sie besprachen das weitere Vorgehen, wobei jeder seine Meinung ungeniert zur Kenntnis gab. Wanner war insgeheim stolz darauf, dass sein Team damit nicht zurückhielt und alle über die Gedankengänge der anderen auf dem Laufenden waren.

»Wenn also«, sagte Haug, »Kevin Rind ein paar Wandersohlen brauchte, dann sicher nicht, weil er Bergsteigen wollte, sonst hätte er sich vermutlich ein Paar Wanderschuhe gekauft. Also könnte man daraus schließen, dass er nur gelegentlich für einen Geländegang bereit sein wollte, ohne auf den Komfort oder das Aussehen seiner Tagesschuhe verzichten zu müssen.«

Wanner blickte Hansen an. »Was meinst du?«

Hansen, der bisher eher schweigsam geblieben war, setzte sich senkrecht hin. »Was Anton sagt, klingt plausibel. Wäre nur festzustellen, was einen Bauunternehmer-Erben veranlassen könnte, so zu handeln.«

Wanner nickte Eva Lang zu. »Ich meine auch«, antwortete sie, »dass wir uns damit gedanklich weiterbeschäftigen sollten, vielleicht hat jemand eine Idee dazu, und sei sie auch noch so verrückt.«

Riedle, der wusste, dass er dran war, ergriff gleich selbst das Wort. »Kevin Rind wollte speziell auf den Grünten gehen, das sollten wir einfach mal als Ausgangspunkt nehmen. Was wollte er dort oben? Denn dass er da war, beweisen die Steinchen aus …«, er sah Wanner hilfesuchend an, der half ihm und sagte: »… Helvetischer Kreide.«

»… ja genau. Vielleicht sollten wir jemand auf den Gipfel des Grünten schicken, der sich dort mal ein bisschen umschaut, bevor der Winter einsetzt.«

Automatisch blickten alle Wanner an. Der suchte vergeblich den Becher mit Kaffee, und erwiderte dann: »Die Idee ist nicht schlecht, auch wenn es sich nur um einen Nebenschauplatz handeln dürfte. Allerdings wird es schwer werden, irgendwas Brauchbares dort oben zu finden, weil in den letzten Tagen sicher noch viele Besucher am Gipfel waren.«

»Vielleicht«, warf Eva ein, »sollten wir mal bei den Gemeinden Burgberg und Rettenberg nachfragen, ob irgendein Gegenstand abgegeben wurde, der im Gipfelbereich oder auf einer der Anstiegsrouten gefunden wurde.«

»Wunderbar«, sagte Wanner, »das kannst gleich du übernehmen.« Eva nickte und hielt den Auftrag auf dem Notizblock fest.

Wanner blickte auf den Kalender. Es war kein Problem, jetzt noch eine Tour auf den Grünten zu machen, solange kein Schnee gefallen war. Mit dem Wagen konnte er bis zur Grüntenhütte fahren, von der aus es nur noch etwa eine Dreiviertelstunde zum Gipfel war.

»Willst du mitkommen?«, wandte er sich an Hansen.

Der erschrak. »Auf den Gipfel? Wie weit ist das denn?«

Wanner grinste. »Etwa eine Dreiviertelstunde, weder Seil noch Eispickel sind notwendig. Nur ein Paar Schuhe mit entsprechenden Sohlen, so etwa wie sie Kevin Rind trug, ich meine die Sohlen.«

Hansen war es sichtbar unbehaglich zumute. »Dann muss ich mir erst welche kaufen. Wo gibt's die denn?«

Wanner nannte ihm ein Spezialgeschäft für Wanderschuhe und empfahl ihm auch, in der Buchhandlung Dannheimer eine Wanderkarte von dem Gebiet zu kaufen. »Brauchst du Eva wegen der Schuhfarbe?«, wollte er scheinheilig wissen.

Hansen wehrte ab. »Das krieg ich auch selbst hin.«

Die Runde sah im lachend hinterher, als er den Raum verließ.

Es war Ende September, und keiner von ihnen ahnte, dass der große Paukenschlag unmittelbar bevorstand.

10 Gerhard Kirchner war Jäger mit Leib und Seele. Nicht, dass er schießwütig gewesen wäre. Sein Interesse galt vor allem der Hege des Wildes und der Pflege des Waldes. Er hatte jetzt das Revier um den Grünten seit fünfzehn Jahren. Er erfüllte das vorgegebene Abschusssoll, achtete aber auch bei Neupflanzungen darauf, dass sie eingezäunt wurden und der Zaun immer wieder nach Baumstürzen repariert wurde. Auf diese Weise war es gelungen, am Grünten einen vertretbaren Anteil an Wald und Wild zu halten.

Kirchner wohnte in Rettenberg auf der Nordseite des Berges. Der Weg in sein Revier war daher kurz, was eine intensive Begehung möglich machte. Er kannte den Grünten wie kein anderer, stand mit den Forstämtern in Kontakt und hielt enge Beziehungen zu den Bauern, die in seinem Revier Grundbesitzer waren. Gab es Konflikte, dann versuchte er zu vermitteln. Er war deshalb bei Bauern und Forstämtern gleichermaßen angesehen.

Am liebsten aber streifte er durch sein Revier, beobachtete, was darin vor sich ging und war daher über Zustand, Wildbesatz und Wald stets auf dem Laufenden. Die Burgberger Seite des Berges hatte er übernehmen können, sein Revier ging etwa bis zur Alpe Rossberg hinab.

Gerhard Kirchner war ein Mann Ende fünfzig, hager, mit einer kühnen Nase, die ihn an den legendären Adlerkönig Leo Dorn aus Hinterstein erinnern ließ. Sein Bart hatte nur wenige graue Haare, obwohl er nichts tat, diese zu verhindern. Er lebte allein in einer Mietwohnung, nur seine Münsterländer-Jagdhündin Kira war um ihn. Er hatte sie schon sieben Jahre, selbst abgerichtet und gut in Pflege. Kirchner machte ohne sie keinen Schritt ins Gelände, das hatte zu einem engen Verhältnis zwischen Herrn und Hund geführt.

An diesem herbstlichen Nachmittag waren Gerhard Kirchner und seine Hündin wieder am Grünten unterwegs. Der Jäger hatte sein Gewehr und den jagdüblichen Rucksack dabei. Wegen des Windes hatte er sich einen grünen Lodenumhang über die Schultern geworfen. Ein gerader, fester Haselnussstock mit eiserner Spitze diente ihm bei seinen Wegen quer durch das steile Gelände als Stütze. An seiner Brust hing ein Fernglas mit fünfzehnfacher Vergrößerung.

Bei Zweifelgehren, einer romantisch gelegenen Jungviehalpe, angekommen, blieben Herr und Hund stehen. Kirchner hob sein Fernglas an die Augen und spähte die vor ihm liegenden Südhänge des Grünten hinauf, ließ den Blick bis hinüber zum Rossköpfle schweifen und über das grasige, durch Felspartien unterbrochene steile Gelände, das sich Richtung Rossberg hinabzog. Keinerlei Leben ließ sich feststellen, kein Wild, keine Touristen, lediglich ein paar Dohlen umkreisten den Berg. Aus dem felsigen, jäh aufschwingenden Gipfelbereich zogen sich einige Rinnen herab, im Sommer Bahnen für Muren, im Winter schoben sich darin Lawinen zu Tal, die den Wanderweg häufig verschütteten und ihn bis weit ins Frühjahr hinaus unpassierbar machten. Der Jäger liebte diese Gegend auch wegen der Aussicht. Der Blick hinunter ins einsame Starzlachtal, auf das bewaldete Wertacher Hörnle und die Spitzen der Hindelanger Berge hatten für ihn immer wieder etwas Faszinierendes.

Nicht weit unterhalb der Alpe Rossberg lagen die Erzgruben, die zwischen dem fünfzehnten und neunzehnten Jahrhundert ausgebeutet, dann aber wegen Unergiebigkeit aufgelassen worden waren. Der Große Wald stammte noch aus jener Zeit, als man die Gegend nahe den Gruben aufforstete, um genügend Holz zur Verhüttung und in den Schächten als Stützen zu haben. Der Wald blieb nach Schließung der Gruben stehen und bildete schließlich das größte zusammenhängende Waldgebiet im Oberen Allgäu.

Kirchner war so in Gedanken versunken, dass er das kurze Winseln seiner Hündin überhört hatte. Nun bekam er einen leichten Stups mit ihrer feuchten Nase und wandte sich ihr zu. »Ja, ja, ich weiß schon«, sagte er freundlich und tätschelte liebevoll ihren Rassekopf, »dich interessieren meine Gedanken weniger. Also gehen wir weiter.« Er hängte sich sein Fernglas wieder um, und sie setzten ihren Weg fort.

An zwei Stellen war der Weg durch Erosion beschädigt, und Kirchner musste aufpassen, dass er nicht wegrutschte. Er hatte Kira von der Leine gelassen. Sie suchte sich schnell und sicher ihren Weg durch die schroffen

Hänge. Er brauchte dabei keinerlei Bedenken zu haben, dass sie wildern würde, dazu war sie zu gut abgerichtet.

Als Kirchner oberhalb einer mächtigen Felswand den Grüntengipfel passiert hatte und der Weg stärker anzusteigen begann, gab Kira in den steilen Hängen plötzlich Laut.

Kirchner blieb sofort stehen und sah zu seiner Hündin hinauf. In dem hochgewachsenen Gras, das im Sommer kein Rind mehr abweidete, weil das Gelände zu steil war, sah er sie nur undeutlich. Sie schien etwas gefunden zu haben. Kirchner pfiff. Sie reagierte mit lautem Bellen. Der Jäger schätzte die Entfernung ab und begann, zu Kira hinaufzusteigen. Der grasige Hang hatte eine starke Neigung, die nach oben noch zunahm. Weitere hundert Meter oberhalb mündete er in eine Rinne, die sich durch die Felsen am Gipfel hindurchwand.

Gerhard Kirchner dachte an seine Knie und hielt einen Augenblick inne. Dann erreichte er schließlich seine Hündin, die neben einem niedrigen Felsstück saß. Als sie ihn kommen sah, winselte sie kurz auf und wandte ihren Blick wieder abwärts. Kirchner beugte sich vor, um nach dem Objekt ihrer Aufmerksamkeit zu sehen.

Da lag ein Revolver, und an seinem Schaft klebte geronnenes Blut.

11 Für den kommenden Tag hatte der Wetterbericht im Radio anhaltenden Föhn, um zwei Grad höhere Temperaturen und gute Fernsicht versprochen. Der Tag schien also gut geeignet zu sein, um auf den Grünten zu steigen und sich dort ein wenig umzusehen. Bei solchem Wetter konnte man auch einen Nichtbergsteiger, wie es Uli Hansen war, gefahrlos mit auf den Gipfel nehmen. Wanner wusste, dass sie eine hervorragende Weitsicht vom Denkmal haben würden. Uli Hansen würde sich freuen. Vielleicht waren dem Neuling ja die Berge etwas schmackhaft zu machen, und man konnte ihn dann im nächsten Jahr mal auf eine Bergtour mitnehmen, dachte Wanner.

Er rief Eva Lang an, konnte sie aber in ihrem Büro nicht erreichen. Das Gleiche passierte ihm bei Anton Haug. Erst Alex Riedle ging an den Apparat.

»Hör mal, Alex«, sagte Wanner, »wir müssen an die Presse denken, die wird uns bald wieder auf die Pelle rücken. Könntest du …«

Ein heftiges Niesen unterbrach ihn, und eine stark näselnde Stimme antwortete: »Ich bin ziemlich erkältet, Kopfweh und so, du weißt schon. Könntest du selbst …«

»Meine Güte! Schon gut. Ich hoffe, du nimmst was dagegen, wir brauchen jetzt jeden Mann, um voranzukommen. Musst du etwa ins Bett?« Die Ironie war nicht zu überhören.

»Nein, nein«, erwiderte die Stimme ganz ohne Näseln, »geht schon! Wolltest du noch was?«

»Ich brauche einen Bericht für Gottlich und einen für die Presse, wobei beide identisch sein können, wenigstens im Moment noch.«

»Okay, ich mache den Bericht und bring ihn dir dann vorbei.«

Wanner freute sich, dass er den Bericht nicht selbst schreiben, sondern nur durchsehen musste, was ja viel schneller ging. Er überdachte nochmals den Fall, dann schüttelte er den Kopf.

»Führst du orthopädische Halswirbelübungen durch?«, fragte eine Stimme hinter ihm. Er fuhr aus seinen Gedanken auf und drehte sich um. Eva Lang grinste spöttisch.

»Ja, so was Ähnliches«, antwortete Wanner etwas verlegen und setzte sich. »Nimm Platz. Was gibt's Neues?«

»Nach den Schuhmachern habe ich mich um Ramona Rind gekümmert, wie ausgemacht. Sie ist sechsundzwanzig und arbeitet bei ihrem Onkel Walter Rind, Inhaber der Rind-Milch GmbH und Co. KG, als Chefsekretärin, und zwar seit …«, sie sah auf ihren Notizblock, »… fünf Jahren. Sie hat mittlere Reife und eine kaufmännische Ausbildung. Sie sieht gut aus, treibt Sport, hauptsächlich Wandern, Biken oder Tennis, und hat eine entsprechende Figur.«

»Was ist mit einem Freund?«

»Angeblich nichts Festes, nur Gelegenheitsbekanntschaften, die nie lange anhalten. Sie hat eine Freundin namens Susi Allger, mit der ist sie öfters unterwegs. Die wohnt in Immenstadt und ist mit Ramona zwei Jahre auf die Internatsschule ›Maria Stern‹ gegangen.«

»Hast du etwas über ihr Verhältnis zu Vater und Bruder rausgekriegt?«

»Ramona ist eine starke Persönlichkeit, sie hat zwar mit ihrem Vater ein gutes Verhältnis, lässt sich aber von ihm offenbar nicht viel reinreden. Mit dem Bruder sei sie oft zusammengewesen …«

»Hat man ihr schon von seinem Tod berichtet?« Wanner sah aufmerksam einem Blatt zu, das der Wind an die Scheibe geweht und dort festgehalten hatte.

»Ich gehe mal davon aus«, meinte Eva etwas zurückhaltend, denn sie hatte das nicht nachgefragt.

»Könnten wir sie zunächst auf ein gedankliches Nebengleis schieben?«

»Im Augenblick, würde ich sagen, deutet nichts darauf hin, dass sie in den Mord an ihrem Bruder verwickelt sein könnte.«

»Wer erbt die Firma?«, fragte Wanner.

»Ich kenne das Testament des alten Rind nicht. Normalerweise müsste es wohl Ramona sein, wenn es nur zwei Kinder sind.«

»Glaubst du, sie könnte ein Baugeschäft führen?«, meinte Wanner nachdenklich.

»Warum nicht? Das Zeug dazu hat sie sicher oder könnte es sich aneignen. Learning by Doing, sagt man wohl dafür.«

Wanner griff in die Schublade und suchte einen Apfel.

Er holte ein halbverfaultes und angeschimmeltes Exemplar heraus, das wohl schon Monate dort gelegen hatte. Wanner fluchte und warf das unappetitliche Stück in den Papierkorb.

»Aber, aber, Herr Kommissar!«, sagte Eva leicht vorwurfsvoll. »Dies entspricht nicht der Biomüllentsorgung nach Paragraph sowieso. Damit macht man dem Landrat und dem Oberbürgermeister aber keine Freude!«

»Wenn du es ihnen nicht sagst, werden die das nie wissen«, erwiderte Wanner. »Außerdem kann ich mich auf meine Putzfrau verlassen, die aus dem Papierkorb immer das rausholt, was nicht reingehört. Es kann höchstens sein, dass sie mich mal wieder am Gang draußen anspricht und vorwurfsvoll sagt: ›Du nix schmeißen fertig Apfel in Papierkorb!‹ Sie stammt aus Antalya.«

Eva lachte. »Noch weitere Fragen?«

»Nein, das reicht erst mal über Ramona Rind. Sie scheint ja auf die positive Seite der Familie zu gehören. Wenn sich im weiteren Verlauf noch Fragen ergeben, lass ich es dich wissen!«

Eva stand auf. Im Hinausgehen sagte sie noch: »Übrigens gibt's jetzt gerade ein Sonderangebot an Rubinette-Äpfeln am Wochenmarkt. Sehr zu empfehlen!«

Wanner notierte den Namen. »Und wie lange sind die haltbar?«

Eva sah zur Schublade hinüber und lächelte. »Also, in Schubladen und geheizten Büroräumen ist die Haltbarkeitsdauer natürlich begrenzt. Man kann Äpfel aber auch zu Hause im Keller lagern und jeden Tag einen davon ins Büro mitnehmen, das erhöht die Apfelqualität ungemein.«

»Und wenn man im Büro feststellt, dass man den täglichen Apfel zu Hause vergessen hat?«

»Dann schreibt man sich einen Zettel, der ständig neben der Haustür aufgehängt wird. Aber jetzt muss ich gehen, ich schreibe noch einen Bericht über das Bisherige.« Sie verließ den Raum.

Wanner holte ein Papiertaschentuch und putzte die Schublade sauber. So könnte man es auch machen, dachte er, vielleicht probier ich's mal.

12 Ramona und Susi spazierten um den Haldensee herum. Die beiden Frauen genossen die angenehmen Temperaturen und die noch schneefreie Strecke. Im Hotel am Ostufer des Sees kehrten sie zu Kaffee und Kuchen ein und genossen die stilreine Tiroler Einrichtung des Lokals.

Ihre Unterhaltung drehte sich um Mode, Zeitschriften und natürlich Männer.

Susi biss gerade genussvoll in ein Stück Käsesahnetorte und wandte sich mit vollem Mund an Ramona. »Ich kann es einfach nicht glauben, dass du keinen festen Freund hast. Ist was los mit dir?«

»Was soll mit mir los sein«, antwortete Ramona leicht gereizt.

»Es könnte natürlich auch sein, dass du es mir einfach nicht sagen willst«, schmollte Susi und trank ihre Tasse Kaffee leer.

»Du wirst die Erste sein, die es erfährt, wenn es sich ändern sollte«, meinte Ramona lachend und winkte der Kellnerin. Sie bezahlte für beide, und sie liefen auf dem unteren Weg zurück nach Haldensee.

Um weiteren Fragen ihrer Freundin zuvorzukommen, startete nun Ramona ihrerseits zum Angriff. »Und was ist mit dir? Willst du, wenn du mich dauernd fragst, etwa von dir ablenken?«

Susi setzte eine betrübte Miene auf. »Bisher hatte ich nichts als Pech mit den Männern. Zuerst einen Verheirateten, dann einen, der auswandern wollte, und zuletzt einen, der nur das eine wollte und sonst nichts.«

»Arme Susi«, spöttelte Ramona, tätschelte ihrer Freundin aber den Arm. »Nimm es nicht so schwer, der Richtige wird schon noch kommen!«

»Dein Wort in Gottes Ohr!«, seufzte Susi. »Ich bin mal gespannt.«

Im Hotel angekommen, gingen sie zur Rezeption, um den Schlüssel zu holen. Der Empfangschef gab Ramona einen Zettel, auf dem stand, dass sie dringend zu Hause anrufen solle.

Susi fragte, was los sei, als sie das ernste Gesicht Ramonas sah.

»Ich weiß nicht, ich soll zu Hause anrufen. Es muss was passiert sein.«

Im Zimmer holte sie ihr Handy aus der Schublade des Schreibtisches und wählte die Nummer von zu Hause. Susi verließ diskret den Raum.

Sie spazierte den Flur auf und ab und dachte über die Gespräche vom Nachmittag nach. Ramona hatte leicht reden, so wie sie aussah, bekam sie allemal einen Mann. Wahrscheinlich sogar eine ganze Auswahl davon. Sie selbst schätzte ihre Aussichten nicht so groß ein. Mit Figur der Konfektionsgröße 40 war der Kreis der Bewerber schon deutlich kleiner. Zwar hatte sie ein hübsches Gesicht, aber Beine und Po hatten vom Überfluss verhältnismäßig viel abbekommen.

Plötzlich wurde die Zimmertür aufgerissen und Ramona kam kreidebleich herausgewankt. »Susi!«, ihre Stimme brach und sie fiel in ein wildes Schluchzen.

Susi lief zu ihr hin. »Um Gottes willen, Ramona, was ist denn passiert?«

Ramona hob ihr tränenüberströmtes Gesicht und sagte tonlos: »Kevin ist tot, ermordet …«

»Das gibt es doch nicht! Mein Gott, Ramona, das ist ja furchtbar!«, flüsterte Susi. Sie ergriff den Arm der Freundin und führte sie in das Zimmer zurück. Ramona sank in einem Sessel zusammen und weinte hemmungslos. Susi kannte Kevin, mochte ihn aber nicht.

»Mit wem hast du gesprochen?«, fragte sie leise.

»Mit Vater. Wir müssen packen, ich muss zu ihm zurück. Es … ist … entsetzlich!« Und wieder begann sie zu weinen. Susi streichelte ihre Schultern.

»Ja! Tut mir so leid! Arme Ramona«, sagte sie dann. »Du weißt, wenn ich dir helfen und beistehen kann, dann tue ich alles für dich. Sag mir, wenn du mich brauchst.«

»Ich danke dir dafür. Ich werde dich sicher brauchen. Entschuldige, dass wir unseren Aufenthalt auf diese Weise abbrechen müssen …«, erwiderte Ramona leise.

»Aber das ist doch selbstverständlich«, sagte Susi. »Wir können wieder einmal hierherkommen, wenn uns danach ist. Es ist ja nicht weit.«

Ramona nickte. Dann erhob sie sich und die beiden begannen zu packen.

Dass Ramona im Café Bruno Stängle erkannt hatte, der mit abgewandtem Gesicht zu dem Mann mit dem Bier gegangen war, hatte sie zu diesem Zeitpunkt vergessen.

Der Wind hatte aufgefrischt und erzeugte Wellen am Haldensee. Die ersten Schatten der umliegenden Berge fielen auf seine Ufer.

13 Gerhard Kirchner starrte völlig überrascht auf den Revolver, der offensichtlich noch nicht lange im Freien gelegen hatte. Dass am Schaft Blut klebte, erkannte er als Jäger auf den ersten Blick. Er streichelte Kira, sagte »brav« und »sitz«, worauf diese sich aufsetzte. Kirchner sah sich um. Wo ein Revolver lag, konnte es ja auch noch mehr geben, was nicht hierher gehörte. Er steckte seinen Stock neben dem Revolver in den Boden, um ihn wieder finden zu können, und machte sich in einem Umkreis von etwa dreißig Metern auf die Suche, wobei ihm Kira auf seine Aufforderung hin mit ihrer Nase half. Doch zunächst war nichts Weiteres zu finden, was mit dem Revolver in Zusammenhang zu bringen war.

Kirchner überlegte. Eigentlich konnte er nur von oben gekommen sein, denn wer würde eine Schusswaffe vom Weg herauftragen und sie hier wegwerfen? Er sah nach oben. Das Gelände stieg immer steiler an, die Felsrinne, die er vom Weg aus gesehen hatte, lag direkt über ihm. Jemand musste also den Revolver von dort oben hier heruntergeworfen haben, was nur in diesem steilen Gelände möglich war, denn von der Entfernung her würde es wohl niemand fertigbringen, eine Waffe so weit zu werfen. Ein gutes Stück musste sie auch noch gerutscht oder geschlittert sein, bevor sie der kleine Felsbrocken aufhielt, wo Kira sie gefunden hatte.

Gerhard Kirchner sah mit dem Fernglas nach oben. Auf den ersten Blick konnte er nichts Außergewöhnliches erkennen. Etwa zwanzig Meter weiter lag eine meterhohe Felsbarriere im Weg, was sich dort dahinter verbarg, konnte man von hier nicht ausmachen. Der Jäger schickte seine Münsterländerhündin nach oben mit dem Auftrag: »Kira, such!« Mühsam kämpfte diese sich in dem steinigen und steilen Gelände nach oben, schnüffelte mal hier, machte kleine Umwege, schnüffelte auf der Gegenseite und kam so der Felsbarriere immer näher. Kurz davor blieb sie stehen und sah zu ihrem Herrchen herunter. »Such, Kira, such!«, kam dessen Befehl, und die Hündin erreichte schließlich den Felsen. Unmittelbar danach gab sie Laut, und zwar in einer Weise, die Kirchner einen ungewöhnlichen Fund verriet. In ihrer Stimme, die sich zweimal überschlug, war fast Hysterie zu spüren. Er pfiff und rief, aber sie gehorchte nicht, wurde stattdessen immer lauter, so dass sich Kirchner so gut es ging beeilte, nach oben zu kommen. Stellenweise auf allen vieren schob sich der Jäger den schroffen Hang hinauf, bis er den Felsen erreichte, wo er schwer atmend liegen blieb. Sein Herz und sein Puls rasten. Das rechte Knie schmerzte von einem Ausrutscher kurz vor dem Ziel. Wenn das nur ein abgestürztes Stück Wild ist, dachte er, muss ich Kira noch etwas beibringen! Mich so bergauf zu hetzen!

Er umkletterte die Felswand und richtete sich dahinter auf einem kleinen Stück fast ebenen Bodens auf.

Kira stand mit aufgestellten Rückenhaaren vor ihm und winselte laut. Als er den Hund erreicht hatte, bückte er sich.

Seine Augen weiteten sich vor Entsetzen. Vor ihm lag die blutverschmierte, übel zugerichtete Leiche eines Mannes.

Der Wind hatte aufgefrischt und blies über die Südhänge des Grünten, bog das lange Gras und wirbelte vereinzelte Blätter durch die Luft. Die fahle Sonne stand schräg und würde wohl in zwei Stunden den Horizont erreichen. Über dem Jägerdenkmal am Grünten zogen zwei Raben ihre Kreise.

14 Lisa Wanner war die geborene Frohnatur. Sie stammte aus einer Familie, in der noch viel miteinander gesprochen, gelacht und musiziert wurde. Ihre Eltern, ursprünglich in Waltenhofen daheim, waren nach einer Versetzung des Vaters nach Augsburg gezogen, wo sie seither lebten. Lisa hatte das Wegziehen ihrer Eltern stets bedauert, da ihr die Ansprache und das vertraute Zusammensein mit ihnen fehlten. Nicht, dass sie mit Paul Wanner unglücklich gewesen wäre. Aber seine häufigen, dienstlich bedingten Abwesenheiten ließen bei ihr langsam Unzufriedenheit mit ihrem Dasein aufkommen. Zwar hatten sie immer wieder miteinander darüber zu sprechen versucht, und sie wusste es ja auch schon vor der Hochzeit, dass sie einen Kriminalbeamten heiraten würde. Aber jetzt, wo es so weit war, sah es doch anders aus. Sie liebte ihren Freundeskreis, traf sich mit Freundinnen, ging öfters ins Kino oder Theater und bummelte vor allem liebend gern durch die großen Kaufhäuser in Kempten. Im neuen Forum traf man sie öfters und wenn eine Veranstaltung in der Big Box stattfand, fehlte sie selten. Lisa Wanner hatte immer wieder versucht, ihren Mann zu überreden, sie zu begleiten. Und manchmal fehlte ihr dann das Verständnis, wenn er lieber in einem der großen Sessel versank oder auf der Couch ein Nickerchen machte.

Paul wiederum verstand seine Frau nicht, wenn sie ihn, der endlich Ruhe vom anstrengenden Dienst bei ihr suchte, zum Ausgehen überreden wollte. Dies hatte feine Risse in ihrer Ehe zur Folge, was zwar beide bedauerten, es aber nicht fertigbrachten, aufeinander zuzugehen. Wie so häufig waren es nur Kleinigkeiten, die den Anfang bildeten und die sich danach zu ernsten Folgen ausweiteten.

Lisa Wanner kannte die Scheidungszahlen. Aber wie viele der Betroffenen dachte sie nicht daran, dass auch ihr einmal Gleiches geschehen konnte. Und Paul Wanner war in seinen Gedanken, was die Ehe mit Lisa anging, erst gar nicht so weit vorgedrungen. Er hatte seinen anstrengenden Dienst und war froh, wenn er heimkam, mit Lisa Brotzeit machen und sich danach auf der Couch ausstrecken konnte. Vielleicht hätte er seine überdurchschnittlichen Kombinationsgaben auf seine Ehe ausweiten sollen, aber das tat er nicht. So dauerte es eine ganze Weile, bis er begriff, dass sich zwischen Lisa und ihm eine Kluft geöffnet hatte. Manchmal überlegte er in seinem Büro, wenn es gerade die Situation erlaubte, was da geschehen war. Er kam aber nicht weit, weil er keine Zeit hatte oder sich keine nahm, tiefer in diese Gedankenwelt einzudringen.

Lisa, die glaubte, dass Paul sein Interesse an ihr teilweise verloren hatte, brachte andererseits kein Gespräch in Gang, das zur Aufklärung hätte beitragen können. So wurden die Risse in ihrer Beziehung langsam, aber ständig größer, obwohl keiner von ihnen sie wollte.

Eine zusätzliche Belastung war seit einiger Zeit der Wunsch Pauls nach einem eigenen Haus mit Garten und Bergsicht. Aber woher sollte man einen entsprechenden Bauplatz bekommen, und vor allem: reichte denn je die Finanzierung dafür aus, die sie aufbringen mussten? Lisa kannte die Kontostände der Familie und las von den Kreditbedingungen in der Zeitung. Zwar waren die Bauzinsen gegenüber früher beträchtlich gesunken, dennoch: eine hohe monatliche Belastung würde bleiben. Und, so fürchtete sie, dann wäre es mit ihren Geschäftebummeln, mit den Treffs bei ihren Freundinnen und allen Vorteilen, die eine größere Stadt mit sich brachte, vorbei.

Das war die Situation, in der sich Hauptkommissar Paul Wanner und seine Frau Lisa befanden, als es galt, den kaltblütigen Mord an Kevin Rind aufzuklären. Wanner konnte nicht ahnen, dass dieser erst die Spitze eines Eisberges war, der ihnen noch viele Rätsel aufgeben würde.

15 Ramona fuhr nach Kempten zurück. Je näher sie der Firma kam, desto langsamer wurde ihr Tempo. Wie wird Vater darüber hinwegkommen?, überlegte sie. Kevin war sein einziger Sohn und als Erbe für die große Firma vorgesehen. Das war so klar, dass darüber eigentlich nie ernsthaft diskutiert worden war. Sie als Frau stand, wenigstens auf diesem Gebiet, nur in der zweiten Reihe, und sie hatte sich auch nie darüber beklagt. Eine Baufirma zu leiten hatte nicht die Priorität in ihren Zukunftsplänen. Wie würde es nun wohl weitergehen? Würde ihr Vater einen Geschäftsführer einstellen wollen, die Firma aufgeben oder doch an sie, Ramona, denken? Und wenn Letzteres eintrat, was würde sie ihm für eine Antwort geben?

Ramona hielt schließlich neben der Villa an. Sie blieb noch einen Moment sitzen, um sich zu sammeln. Sie wusste, es würde jetzt schwer werden, ihrem Vater gegenüberzutreten, aber es musste sein.

Sie stieg aus und wandte sich der Haustür zu. Bevor sie noch ihren Schlüssel hervorholen konnte, ertönte der Türsummer, und die schwere Türe sprang auf. Zögernd ging sie ins Haus. Ihr Vater hatte wohl schon am Fenster gestanden und sie kommen sehen.

Sie legte ihre Jacke an der Garderobe ab und drehte sich um, als sie eine Tür gehen hörte. Ihr Vater stand bleich und übernächtigt im Türrahmen und streckte die Arme nach ihr aus.

Trotz aller psychischen Vorbereitungen, die Ramona für diesen Augenblick eingeübt hatte, brach sie in Tränen aus und umarmte ihn. Eine Weile standen sie stumm in ihrem Schmerz, dann wischte sich Willi Rind über die Augen und sagte mit heiserer Stimme: »Komm erst mal herein, ich habe dir von Frau Herz einen Tee machen lassen. Dann müssen wir uns besprechen, wie es weitergehen soll und vor allem, wegen der Beerdigung ...« Seine Stimme brach, und er wandte sich hastig ab.

Ramona setzte sich in einen der weichen Sessel, aus denen man fast nicht mehr aufstehen konnte und die sie nicht mochte. Elvira Herz, die Haushälterin, seit vielen Jahren schon bei ihnen angestellt, kam mit einem Tablett herein, auf dem zwei Tassen, eine Kanne, Milch und Zucker standen. Sie begrüßte Ramona ernst und verließ den Raum wieder. Ramona erschien sie ungemein bleich, Ringe unter den Augen unterstrichen noch die Blässe und ihr geradezu elendes Aussehen. Ramona nahm es zur Kenntnis, ohne mehr als an die Anteilnahme zu denken, die Elvira Herz wohl zur Schau trug. Später sollte sie sich an diese Szene erinnern. Dann würde sie sich Vorwürfe machen, dass sie nicht mehr darüber nachgedacht hatte.

Willi Rind setzte sich ihr gegenüber und schenkte die beiden Tassen ein. Dann räusperte er sich. »Wir wollen mal unsere Gefühle außer Acht lassen«, begann er ruhig,

»und uns auf die Gegenwart und Zukunft konzentrieren. Die Polizei hat bisher noch keinerlei Spuren gefunden, die auf den Mörder hindeuten. Das Einzige, was sie gefunden haben, waren Spuren auf Kevins Schuhsohlen, die vermuten lassen, dass er unmittelbar vor seinem Tod noch am Grünten gewesen sein muss …«

Ramona verschluckte sich und setzte überrascht ihre Tasse ab. »Am Grünten?«, fragte sie dann erstaunt, »was hat er denn dort gemacht? Er war doch kein Bergsteiger.«

Rind zuckte mit den Schultern. »Das wissen sie noch nicht, und ich frage mich, ob sie das auch jemals herausbekommen werden.« Er brach ab. Jetzt kommt mein schwerster Teil, dachte er und fuhr fort: »Nun muss ich dir etwas sagen, was mir die Sprache verschlagen hat und es bei dir auch tun wird, wie ich dich kenne.« Er nahm einen Schluck Tee und stellte die Tasse wieder vorsichtig auf den Tisch.

»Du machst mich neugierig!«, antwortete Ramona, die sich keinen Reim auf diese geheimnisvolle Bemerkung ihres Vaters machen konnte.

»Kevin war offensichtlich in einen Rauschgiftring geraten und auch süchtig geworden …«

»Waaas?«, rief Ramona entsetzt und sah völlig perplex ihren Vater an. »Rauschgift?«

Rind nickte. »Einige Zeichen deuten darauf hin, wie mir die Polizei mitteilte. Leider muss ich es glauben, denn es passt in das Bild, das Kevin seit einiger Zeit geboten hatte.«

Ramona nickte langsam. Rauschgift also. Das war es, das waren seine Probleme. Daher auch das veränderte

Aussehen und die aggressive Art in den letzten Wochen. Eine andere Erklärung konnte es fast nicht geben.

Sie sah ihren Vater entgeistert an. »Wie ist er denn dazu gekommen?«

Der zuckte wieder mit den Schultern. »Bisher weiß man auch das nicht.«

»Hast du davon gewusst?« Die Frage kam plötzlich und unerwartet.

Rind zuckte zusammen, seine schwere Gestalt schien zusammenzusacken. Er griff nach der Zigarrenschachtel, unterließ es aber, eines der kostbaren Stücke herauszunehmen, als er den vorwurfsvollen Blick seiner Tochter bemerkte.

»Nein, hab ich nicht!«, erwiderte er mit Nachdruck und schlug den Deckel der Zigarrenkiste zu.

Einen Augenblick herrschte Schweigen im Raum. Durch die Fenster war plötzlich das Geräusch des Windes zu hören, der über die Dächer pfiff und neue Stürme ankündigte.

Ramona stand auf und trat ans Fenster. Ihr war bewusst geworden, dass sie vielleicht eine der letzten schönen Wochen am Haldensee verbracht hatte.

»Wie wird es jetzt weitergehen?«

Willi Rind war sitzen geblieben. Er wiegte den Kopf hin und her und antwortete: »Das wird auch von dir abhängen!«

Ramona drehte sich um. »Wieso von mir?«, fragte sie erstaunt, gleichzeitig aber kannte sie schon die Antwort.

»Unsere Firma ist seit drei Generationen ein Familienunternehmen. Und wenn es als solches fortgesetzt werden soll, dann musst du seine Leitung nach mir übernehmen. Würdest du das tun?«

»Und du, würdest sie mir zutrauen?«

Rind nickte. »Alles lässt sich lernen, auch das Management einer Baufirma. Man muss sich nur interessieren und dazu anlernen oder ausbilden lassen.«

Ramona dachte nach. Plötzlich hob sie den Kopf und wollte von ihrem Vater wissen: »Wie steht es eigentlich um unsere Firma, ich meine finanziell?«

Rind zuckte merklich zusammen. Sein Gesicht verfinsterte sich zusehends, und er ballte die Fäuste.

»Nicht so rosig«, entgegnete er vorsichtig, doch Ramona hatte die Veränderungen bei ihrem Vater bemerkt.

»Bevor du von mir eine Antwort auf deine Frage bekommst«, sagte sie etwas lauter als bisher, »möchte ich mit dir die Bücher durchgehen und eine klare Antwort auf meine Frage erhalten. Das wirst du mir wohl zugestehen müssen.«

Willi Rind nickte langsam. »Ja, das verstehe ich. Und einmal musst du es ja sowieso erfahren: Wir sind so gut wie pleite!«

»Pleite?« Ramona war sprachlos. Sie sah ihren Vater an, als hätte er eben gesagt, dass eine Sturmflut das Allgäu überschwemmen werde.

»Ja, pleite!« Rind sah sie an, aber es schien ihr, als schaue er durch sie hindurch.

»Wie konnte es denn so weit kommen?«, fragte Ramona, mühsam nach Fassung ringend.

Ihr Vater stand auf. »Investitionen, keine Aufträge, Kredite, Zinsen, Rückzahlungen. Willst du noch mehr wissen?«

»Nein, vorerst nicht. Aber wir werden uns darüber noch mal unterhalten müssen. Wie kommst du auf die Idee, mir eine pleite Firma zur Weiterführung anzubieten?«

»Nun ja, es gibt immer wieder Möglichkeiten, das endgültige Aus abzuwehren. Der Baumarkt wird sich erholen, Aufträge wieder vermehrt hereinkommen …«

»Ach, und woher willst du das so genau wissen? Liest du keine Zeitung? Weißt du nicht, wie viele Firmen täglich, ich wiederhole: täglich, in Konkurs gehen?«

Rind wurde ärgerlich. »Davon verstehst du noch nichts«, wischte er ihre Bedenken beiseite, »man kann nicht alles so ernst nehmen, wie es in der Zeitung steht.«

»Was soll das nun wieder heißen?« Ramona fuhr auf. »Willst du die Wirtschaftszahlen anzweifeln, die für ganz Deutschland offiziell ausgedruckt sind?«

Rinds Gesichtsausdruck verhärtete sich. Aus dem Trauergespräch war eine knallharte ökonomische Auseinandersetzung geworden. Verdammtes Geld! Aber ohne ging es nicht, also musste man weiter versuchen, daran zu kommen.

»Wir sollten das Gespräch ein anderes Mal fortsetzen. Lass uns an die Beerdigung denken. Es gibt noch viel zu tun. Aber überleg dir mein Angebot gut!«

Ramona zögerte mit einer Antwort. Dann sagte sie bestimmt: »Zuerst will ich die gesamte finanzielle Situation offengelegt haben, dann können wir weiter darüber reden. Ich habe keine Lust, mich in ein wirtschaftliches Abenteuer einzulassen, nur um die Firma Rind noch eine Zeitlang über Wasser zu halten. Meine Zukunft habe ich mir eigentlich schuldenfrei vorgestellt, wenigstens solange ich darüber zu befinden habe.«

Ihr Vater nickte mürrisch. »Na schön, überleg es dir. Aber gib mir Bescheid, wenn du dich entschieden hast.«

Ramona verließ das Zimmer. Draußen atmete sie auf. Bevor sie in das Auto stieg, blieb sie einen Augenblick stehen und sammelte sich. Kevin tot und die Firma pleite! Was sie nun gehört hatte, überdeckte fast die Trauer um den toten Bruder, die jetzt zurückkehrte und sie wieder voll umfing. Sie fuhr in die Garage und kehrte ins Haus zurück, wo sie sich in ihre Wohnung im ersten Stock begab.

Willi Rind holte sich eine Zigarre aus der Schachtel und zündete sie an. Als sie den richtigen Zug hatte, trat er wieder ans Fenster und schaute hinaus. Es dämmerte. Der Wind hatte sich etwas abgeschwächt und kam aus einer anderen Richtung. Wenn Ramona die Firma nicht übernehmen möchte, sollte ich sie verkaufen oder schließen, bevor noch mehr Schulden entstehen, sinnierte er. Was soll ich mich noch lange damit plagen? Ich ziehe Geld ab und verschwinde. Der Verkauf sollte trotz allem noch eine Million übriglassen, muss eben der Lebensabend etwas reduziert werden.

Rind ging zum Telefon und rief das Beerdigungsinstitut an, um Einzelheiten der Beisetzung zu besprechen. Kevins Leiche war vom Gericht zwar noch nicht freigegeben, aber wenn das geschähe, wären alle Vorbereitungen schon getroffen. Er dachte noch einmal an das letzte Gespräch mit Kevin zurück. Woher hätte er das Rauschgift genommen? Und wer hätte es verkauft und wem? Schade, dass sein Sohn ihm damals nicht mehr verraten hat, einen Namen wenigstens. So könnte man jetzt entweder der Polizei sehr behilflich sein, die augenscheinlich noch im Dunkeln tappte, oder … Er schüttelte den Kopf. Nein, das war nicht zu machen. Er wollte seine letzten Jahre am Meer in südlicher Sonne verbringen und nicht im Knast einer grauen Haftanstalt.

Er öffnete das Fenster und ließ frische Luft herein. Ein paar Krähen flogen mit lautem Krächzen über das Nachbarhaus und ließen sich am Dachfirst nieder. In diesem Jahr gab es besonders viele von diesen schwarzen Totenvögeln, dachte er. Ihre hässlichen Stimmen fielen ihm auf die Nerven. Er schloss das Fenster und ging in sein Büro.

16 Als Wanner am Abend heimkam, erwartete ihn Lisa mit einem guten Abendessen. Es gab Maultaschensuppe und danach Tafelspitz vom Allgäuer Rind mit Kartoffeln und Meerrettich. Als Nachspeise hatte sie Apfel-Gratin gewählt, nach einem Rezept aus der Zeitung.

»Was gibt es denn heute zu feiern?«, fragte der überraschte Kommissar.

Lisa lächelte. »Vielleicht einfach die Tatsache, dass ich heute keine Absage bekommen habe und ich davon ausgehen kann, dass wir mal einen gemütlichen Abend miteinander verbringen. Ich hoffe, es schmeckt dir, guten Appetit!« Sie verschwand im Flur und kam mit einer Flasche Etschtaler Rot zurück, die er öffnete.

Er schenkte ein und wandte sich an seine Frau: »Schon lange keine solchen Aussichten mehr gehabt!«, meinte er lächelnd und prostete ihr zu. Der Abend schien etwas Besonderes werden zu wollen, und beide freuten sich auf das Zusammensein, das ihnen die Möglichkeit einer Aussprache geben würde.

Die Freude hielt genau so lange an, bis Wanner den Löffel in die Suppe getaucht hatte und ihn gerade genussvoll an die Lippen führen wollte.

Da klingelte das Telefon.

Im Nu war der Zauber dieses Augenblicks verschwunden. Lisas Gesicht verzog sich zu einer ärgerlichen Grimasse, und sie sagte: »Lass es läuten, du bist heute nicht zu Hause.«

Paul Wanner wünschte sich, er könnte es so machen, wie seine Frau vorschlug. Das gute Essen, der Wein …

Doch das Telefon schrillte unbarmherzig weiter.

Mit einem unterdrückten Fluch stand er auf und hob ab.

Es war Eva Lang. Ihre Stimme klang aufgeregt. »Paul, du musst sofort kommen. Sie haben eine Leiche am Grünten gefunden. Der Mann wurde vermutlich erschossen. Wir müssen heute noch hin, ich habe schon nach einem Hubschrauber gefragt und die anderen verständigt.«

Paul Wanner schielte auf seinen Teller und den Etschtaler Roten. Er seufzte so tief, dass es sogar Eva am anderen Ende der Leitung hörte. Dann sagte er ruhig: »Ich bin gleich da!« und legte auf.

Lisa sah ihn entgeistert an. »Musst du schon wieder weg? Was soll dann aus dem guten Essen werden? Und aus unserem Abend?« Unerwartet fing sie zu weinen an.

Wanner trat zu ihr und nahm ihre Hand: »Es tut mir ja so leid! Ich hatte mich genauso auf diesen Abend und das gute Essen gefreut wie du. Aber sie haben einen Erschossenen am Grünten gefunden, mir bleibt gar nichts anderes übrig: ich muss hin.«

»Ist das Allgäu jetzt ganz verrückt geworden?«, fragte Lisa und wischte sich die Tränen ab. »Schon wieder ein

Mord? Hört das denn gar nicht mehr auf?« Sie wandte sich um und ging in die Küche, damit ihr Mann nicht sehen konnte, wie ihr wieder Tränen in die Augen schossen.

Wanner zog sich um, holte seine Bergstiefel und den Anorak, suchte seine Mütze und wollte Lisa noch einen Kuss geben. Aber sie hatte die Tür zur Küche nachdrücklich zugemacht, und daher beließ er es bei einem Gutenachtgruß durch die Tür. Ich kann auch nichts dafür, dass es schon wieder einen Toten im Allgäu gibt, dachte er verbittert. Natürlich wäre ihm der Abend mit Lisa lieber gewesen als eine unsichere Kletterei auf einen Berg, an dem ein Toter lag. Mussten die sich ausgerechnet am Grünten umbringen? Er schlug wütend die Autotür zu und fuhr zur Dienststelle.

Eva Lang empfing ihn bereits an der Tür.

»Erzähl«, sagte Wanner kurz und betrat sein Büro.

Eva begann: »Gegen 17.30 Uhr kam ein Anruf von der Polizei-Inspektion in Immenstadt. Die hatten auf der Notrufleitung ein Gespräch reinbekommen, mit schlechtem Empfang. Wahrscheinlich von einem Handy in einer ungünstigen Lage. Am Apparat war ein Gerhard Kirchner, Jäger am Grünten, der bei einem Pirschgang einen toten Mann gefunden hat. Die Leiche sei grässlich zugerichtet, aber der Jäger glaubt, eine Einschussöffnung gesehen zu haben. Er fragte noch, was er machen solle, als die Verbindung unterbrochen wurde. Erst nach einiger Zeit war er wieder zu hören, sein Akku sei schlecht. Man fragte ihn nach der genauen Position und bat ihn, auf die Polizei zu warten. Dieses Gespräch haben die Kollegen von Immenstadt dann uns hereingemeldet.«

Wanner sah sie durchdringend an. »Ein Toter am Grünten, weißt du, was das bedeutet?«

»Ich habe sofort daran gedacht. Es kann doch kein Zufall sein, wenn der Grünten in zwei Mordfällen auftaucht, und zwar einmal als sicherer Tatort, wie jetzt, und einmal als wahrscheinlicher wie bei Kevin Rind.«

Wanner nickte langsam. Seine Gedanken hatten zu rotieren begonnen. Eva hatte völlig recht. Zwischen den beiden Morden, falls der zweite einer sein sollte, würde sich eine zumindest geographische Gemeinsamkeit, nämlich der Grünten, abzeichnen.

Er holte seine Taschenlampe, als das Telefon klingelte. Es war die Flugbereitschaft. Sie konnte keinen Hubschrauber zur Verfügung stellen, weil es schon zu dunkel und die Ortsangabe sowieso zu undeutlich sei, um jetzt noch fliegen zu können.

»Na klar«, antwortete Wanner, »das konnte ja wohl auch nicht anders sein!« Mit grimmiger Miene legte er den Hörer auf. Gleichzeitig wusste er, dass die Anrufer natürlich recht hatten: In der eingebrochenen Dunkelheit konnte man nicht an irgendeinen Steilhang fliegen, um ein paar Kriminalbeamte abzusetzen. Ergo mussten sie so weit es ging mit dem Auto fahren und den Rest zu Fuß aufsteigen. Hätte der Jäger nicht schon am Vormittag seine Runde drehen können?

Ein weiterer Anruf brachte die Meldung, dass Riedle nicht mitkommen könne. Er läge mit 38 Grad Fieber im Bett, so die Auskunft. Wanner verbiss sich eine Bemerkung. Mit 38 Grad war er früher noch forsch unterwegs gewesen. Er wünschte gute Besserung und legte auf.

Mittlerweile hatten nacheinander Anton Haug und Uli Hansen das Büro betreten, Letzterer in nagelneuen Wanderschuhen. Auf mindestens Größe 44 taxierte Wanner sie.

»Habt ihr eure Lampen dabei?«, fragte er in die Runde. Alle nickten. »Und funktionieren sie auch noch lange genug?«

»Ich hole lieber noch meine Ersatzbatterien vom Büro«, meinte Eva eilig und verschwand.

»Ich habe mir heute Mittag noch eine neue Lampe mit Batterien gekauft«, sagte Hansen grinsend, »meine war nämlich die Treppe runtergefallen und hat den Geist aufgegeben.«

Haug sagte nichts. Seine Batterien waren offensichtlich in Ordnung.

Wanner wandte sich an ihn. »Ich glaube, wir brauchen keinen Allrad, denn dort, wo alle Wege am Grünten enden, kann man auch ganz normal hinfahren.«

Haug nickte. »Wer fährt?«

»Hansen kann den Dienstwagen holen und unsere Sachen einladen. Eva hat die Spurensicherung verständigt, die mit ›großer Freude‹ zugesagt hat. Aber sie fahren natürlich extra. Ein Arzt ist schon von den Immenstädter Kollegen hingeschickt worden.«

Hansen verschwand und holte den Dienstkombi. Als Eva wieder erschien, verließen sie Wanners Büro und fuhren los.

Als sie Kempten in Richtung Waltenhofen hinter sich gelassen hatten, sagte Wanner in das Schweigen hinein: »Denkt ihr das Gleiche wie ich?«

»Na klar«, antwortete Haug mürrisch, »was hätte uns denn noch anderes passieren können als ein weiterer Mord, noch dazu am Grünten? Nicht am Hochvogel, nicht am Hohen Ifen, nein, am Grünten muss es sein!«

Hansen, der gerade auf die neue Schnellstraße hinter Waltenhofen eingebogen war und unter der neuen Eisenbahnbrücke hindurchfuhr, fluchte plötzlich vor sich hin.

»Was ist los?« Wanner erwartete irgendeinen Einfall seines Kollegen, doch der antwortete nur: »Mit den Bergschuhen kann ich gar nicht richtig kuppeln, bremsen und Gas geben, dauernd verhake ich mich mit den breiten Sohlen.«

»Sag bloß, du fährst mit den Bergschuhen?«, rief Haug hellwach und erschrocken von hinten.

»Ihr habt ja gesagt, ich soll welche kaufen …«

»Ja, aber doch nicht zum Autofahren, sondern zum Bergsteigen! Das ist verdammt noch mal ein Unterschied. Willst du uns vielleicht irgendwo dranfahren?«

»Lass gut sein«, mischte sich Wanner ein, »er hat es noch nicht wissen können. Sonst«, er wandte sich Hansen zu, »zieht der Fahrer seine Außendienstschuhe oder Gummistiefel immer erst am Tatort an. Wenn es nicht gehen sollte, kann ja Anton weiterfahren.«

»Nein, nein, geht schon.« Hansens Antwort kam hastig. »Kein Problem!«

Evas Stimme kam ungeduldig vom Rücksitz. »Habt ihr vielleicht noch Zeit, über etwas anderes, nämlich einen Mord am Grünten zu sprechen als über eure dämlichen Schuhe?«

Wanner drehte sich halb zu ihr um. »Was wir bisher wissen, ist zu wenig, um von einem Mord zu sprechen.

Was hat der Jäger gesagt: Ein Mann, der ziemlich zugerichtet aussieht. Es könnte also sein, dass es ein Bergsteiger ist, der vom Gipfel abstürzte und an der Stelle, wo er gefunden wurde, liegen blieb, vielleicht durch einen Stein oder Felsen aufgehalten. Dass er eine Einschussöffnung gesehen hat, kann zwar, muss aber nicht richtig sein. Warten wir also erst mal ab, dann können wir immer noch zu raten anfangen ...«

Haug meldete sich vom Rücksitz. »Wenn es aber doch so ist, dass wir es mit einem Mord zu tun haben, dann lass uns das doch mal durchdenken, bis wir angekommen sind. Wie fahren wir überhaupt zum Tatort?« Er sagte bewusst: Tatort.

»Wir fahren über Kranzegg zur Grüntenhütte, müssen von dort ein Stück bis zum Rossköpfle aufsteigen, und von diesem nach Westen über den schmalen Weg Richtung Zweifelgehren Alpe absteigen. So, wie ich die Ortsbeschreibung verstanden habe, müsste der Tote in direkter Linie unterhalb des Jägerdenkmals liegen.«

»Du meine Güte«, ließ sich Uli Hansen vernehmen. »Für mich sind alle Namen nur böhmische Dörfer.«

Eva Lang beugte sich vor und klopfte Hansen auf die Schulter. »Das lernst du alles noch, wenn du lange genug bei uns bist. Stell dir vor, solche Berge wie den Grünten haben wir Hunderte. Ich kann mich aber auch um einige verschätzt haben. Du wirst also noch viel Gelegenheit haben, deine kriminalistischen Fähigkeiten auszuprobieren, wenn es auf jedem davon einen Mord geben sollte.« Sie kicherte und setzte sich wieder zurück.

»Verarschen kann ich mich auch selber«, knurrte er. »Wie soll ich weiterfahren?«

Wanner zeigte ihm die Ausfahrt von der Schnellstraße.

»Meine erste Bergtour im Allgäu, und das auch noch bei Nacht. Da bin ich jetzt mal gespannt, wie romantisch das wird.« In Uli Hansens Stimme klang keinerlei Begeisterung an.

»So ist das halt bei uns im Allgäu. Normalerweise machen wir Bergtouren während des Tages. Aber weil wir bei der Kripo sind, dürfen wir auch des Nachts hinauf.« Wanner grinste vor sich hin, aber Hansen konnte das in der Dunkelheit nicht sehen.

Wanner dirigierte ihn hinter Rettenberg auf die schmale Straße zur Kammeregg Alpe, ließ ihn aber beim Steinbruch halten und den Platz wechseln. »Jetzt kommt was für gebürtige Gebirgler«, meinte er ironisch. Dann fuhr er auf der steilen, kurvenreichen Straße oberhalb des Steinbruchs durch den kleinen Parkplatz zur Kammeregg Hütte und lenkte das Fahrzeug in der Dunkelheit an ihr vorüber. Kurze Zeit später kam eine steile Kehre, in der Hansen nur noch »Du meine Güte ...« sagen und den Kopf schütteln konnte.

»Ach, warte nur, es kommt noch schlimmer«, rief Wanner. Bald darauf erreichten sie die dunkle Grüntenhütte, 1477 Meter hoch gelegen und die meiste Zeit des Jahres bewirtschaftet. Dort, wo der Asphalt endete, bog Wanner rechts ab und fuhr langsam, größeren Steinen ausweichend, nach oben, bis ein steileres Stück die Weiterfahrt unmöglich machte.

»Genauso gut hätten wir bei der Hütte parken können«, knurrte Haug, als er seine Sachen aus dem Kofferraum zusammensuchte.

Wanner antwortete nicht, sondern zog im Schein der Taschenlampe, die Eva hielt, seine Bergschuhe und den Anorak an, dann half er Eva gleichermaßen. Als sie fertig waren, schloss Wanner den Wagen ab, und sie machten sich in der Dunkelheit auf den Weg, wobei Wanner führte und Haug den Schluss bildete. Eva hielt sich hinter dem Führenden, dahinter versuchte Hansen seiner ersten Bergtour etwas Positives abzugewinnen. Nach einiger Zeit merkten sie, dass die Dunkelheit gar nicht so tief war, wie es den Anschein gehabt hatte. Im Osten kündigte sich ein halber Mond an, und Sternenlicht hellte die Nacht etwas auf.

Bis zum Kalten Brunnen kamen sie ohne Schwierigkeiten voran. Danach bog Wanner ab und folgte einer Trittspur durch die Weideflächen schräg aufwärts, die er von früher kannte. Damit kürzte er den Weg ab. Von einigen Ausrutschern und Stolperern abgesehen, begleitet meistens von einem halblauten Fluch, kamen sie gut voran. Das Licht ihrer Taschenlampen war hell genug, um die Spur und die größten Hindernisse zu sehen. Wanners Tempo war auf die Verhältnisse abgestimmt, schließlich konnte er nicht riskieren, dass einer seiner Begleiter einen Unfall erlitt. Nach zuletzt steilem Anstieg erreichten sie den Grat, auf dessen anderer Seite der Weg nun bergab führte. Als sie die dort stehenden Fichten passiert hatten, sahen sie ein Stück unterhalb einige Lampen leuchten, die hin und her schwankten und den Ort des Geschehens anzeigten.

Wanner stieß einen schrillen Pfiff aus. Er schwenkte seine Lampe und bekam gleichermaßen optische Antwort. Eine Viertelstunde später langten sie am Ziel an.

Viel zu sehen war nicht, deshalb rief Wanner: »Guten Abend! Hauptkommissar Wanner und drei Begleiter von der Kripo Kempten. Wer ist alles hier?«

»Polizeiobermeister Franz Sennhuber von der Dienststelle Immenstadt sowie Dr. Berger aus Burgberg und Gerhard Kirchner, Jäger aus Rettenberg«, erscholl eine Stimme vor ihm.

»Sonst niemand?«, wunderte sich Wanner.

»Wir haben einen Kollegen nach Immenstadt zurückgeschickt, als wir erfuhren, dass Sie kommen werden.«

»Es ging leider nicht schneller, weil wir nur bis zur Grüntenhütte fahren konnten«, erwiderte Wanner und begrüßte die Anwesenden. Dann stellte er sein Team vor.

»Ist von der Spurensicherung keiner anwesend?«, fragte er, als ihm dies einfiel.

»Nein, wir haben bisher niemanden gesehen«, kam Sennhubers Antwort.

»Wahrscheinlich am Grünten verlaufen«, murmelte Haug. »Wunder wäre es ja keins bei dieser Finsternis!«

»Ist Ihnen kalt?« Wanner fiel es plötzlich ein, dass die anderen schon seit Stunden hier ausgeharrt hatten.

»Nein«, hörte man Dr. Berger antworten, »kalt nicht, aber man könnte einen Bissen brauchen. Als ich gerufen wurde, hatte ich seit Mittag nichts mehr gegessen, und da war es auch nur eine Schinkensemmel gewesen.«

»Ach Gott, da hätten wir ja auch daran denken können«, sagte Wanner ärgerlich.

»Kein Problem«, mischte sich plötzlich Kirchner ein, »wenn Sie mir gesagt hätten, dass Sie Hunger haben, hätte ich Ihnen schon vor einiger Zeit was anbieten können.

Ich gehe nämlich nie ohne Notration aus.« Er wühlte im Dunkeln in seinem Rucksack herum und holte eine Tüte heraus, der er ein zusammengelegtes Brot entnahm. »Zwar kein Schinken, aber immerhin bester Allgäuer Bergkäse vom Sommer aus der Sennerei in Untermaiselstein.«

Dr. Berger wehrte verlegen ab, aber Kirchner hielt ihm das Brot so dicht unter die Nase, dass er dem guten Duft des Bergkäses nicht widerstehen konnte und hineinbiss. Dann suchte Kirchner ein zweites Mal in seinem Rucksack und zog einen Flachmann hervor. Er schraubte den Deckel ab und hielt ihn Dr. Berger ebenfalls hin. »Nicht nur essen, sondern auch trinken gehört zum Überleben.« Dr. Berger ergriff ahnungslos die Flasche und nahm einen tüchtigen Schluck, bekam aber augenblicklich einen solchen Hustenanfall, dass er fast vom schmalen Weg gerutscht wäre. »Donnerwetter«, keuchte er mühsam, »was haben Sie denn da für ein Teufelszeug drin?«

Kirchner grinste. »Spezial-Enzian, 52 Prozent, beste Qualität.«

»Das merkt man.« Dr. Berger hustete und gab die Flasche zurück. »Der weckt ja Tote auf!«

Ohne es zu wollen, hatte er damit das Startzeichen zum eigentlichen Thema gegeben. Im Nu war der Anflug von Humor aus der Gruppe gewichen.

»Wer kann kurz berichten?«, fragte Wanner.

»Ich glaube, das sollte am besten Herr Kirchner machen«, antwortete Sennhubers Stimme aus dem Dunkeln. »Er war der Erste am Fundort.«

»Bitte, Herr Kirchner, erzählen Sie uns, wie der zeitliche Ablauf war, und wo genau Sie den Toten gefunden haben.«

Gerhard Kirchner schilderte seinen Pirschgang mit Kira, wie diese den Revolver und schließlich den Toten gefunden hatte und er dann zu diesem aufgestiegen war. Dann hatte er mit seinem Handy die Polizei in Immenstadt angerufen, aber einen sehr schlechten Empfang gehabt. Dann endlich waren zwei Polizisten und Dr. Berger erschienen, später erhielten sie die Nachricht, dass aus Kempten einige Kriminalbeamte unterwegs seien. Er war der Meinung, dass der Tote eine Schussverletzung aufwies.

Dr. Berger war wegen der einsetzenden Dämmerung nicht mehr zu dem Toten aufgestiegen, konnte also aus eigener Sicht nichts beitragen.

»Wo liegt der Tote?«, wollte Wanner wissen.

Kirchner leuchtete Hang aufwärts in die Dunkelheit. »Dort oben, etwa hundert Meter von hier, aber schon bei Tag schwer zugänglich, jetzt bei Nacht ist es unmöglich, dorthin aufzusteigen oder gar den Toten zu bergen.«

Wanner überlegte. »Wenn das so ist, dann hätten wir nicht mit der ganzen Mannschaft hierherkommen müssen, aber niemand konnte uns Genaueres sagen. Na ja«, er wandte sich an Haug, »ich würde vorschlagen, dass Dr. Berger, Eva und Herr Kirchner absteigen und wir vier uns die Wache hier teilen. Kollege Sennhuber, können Sie noch bleiben?«

»Natürlich, Herr Hauptkommissar, jetzt bin ich schon mal hier. Das sind doch wohl auch Überstunden?«

»Klar«, kam die kurze Antwort, dann fuhr Wanner fort: »Jetzt ist es bald 22 Uhr. Herr Sennhuber und Anton übernehmen die erste Wache, ich steige mit Hansen zur Zweifelgehren Alpe hinab und versuche dort eine Übernachtungsmöglichkeit zu ergattern. Um ein Uhr kommen wir herauf, und ihr könnt absteigen. Um vier Uhr löst ihr uns wieder ab. Gegen Morgen wird es üblicherweise am kältesten sein, ich lasse euch dann meinen Anorak hier. Ich versuche einen Hubschrauber mit dem ersten Tageslicht zu bekommen, der Dr. Berger und uns zwei nochmals heraufbringt, mit was Heißem zum Trinken und ein paar belegten Semmeln. Und vielleicht auch mit der Spurensicherung«, setzte er noch hinzu.

Eva ließ sich die Autoschlüssel geben und machte sich mit Sennhuber, Kirchner und Kira auf den Weg in Richtung Grüntenhütte, während Wanner und Hansen zur der unweit liegenden Alphütte Zweifelgehren abstiegen. Vielleicht konnten sie dort ja in der Hirtenunterkunft eine Art Bett finden und sich hinlegen. Der Mondschein war inzwischen heller geworden, so dass der Weg wenigstens zu erahnen war. Wanner gab Hansen die Anweisung, dicht hinter ihm zu bleiben und den Strahl der Lampe unmittelbar auf den Weg zu richten.

Die Nacht war windstill und sternenklar.

Als Wanner und Hansen bei der Hütte angekommen waren, fanden sie diese verschlossen vor. Wanner ließ sich von Hansen leuchten und holte einen kleinen Bund mit Spezialschlüsseln hervor, mit deren Hilfe er in kürzester Zeit die Tür geöffnet hatte. Er wusste, dass Zweifelgehren zusammen mit der Oberen Schwande bewirtschaftet wurde und deshalb niemand hier übernachten würde. Sie traten ein, fanden eine Petroleumlampe neben der Tür hängen, die ihnen bald ausreichendes Licht spendete. Im Raum stand ein breites Holzbett, auf dem eine Schicht Heu lag, das wohl mal als Matratze gedient hatte. Dann entdeckten sie noch zwei alte Decken, die zwar wenig appetitlich aussahen, aber sicher die gröbste Kälte abhalten würden.

Hansen schielte entsetzt auf dieses Nachtlager. Wo war er da bloß hingeraten? Seine Vorgesetzten in Niedersachsen hatten ihm das Allgäu wärmstens empfohlen, aber von einer Außendienstnacht im Heu einer alten Alphütte, nein, davon hatten sie kein Sterbenswörtchen erzählt. Ich bin bloß gespannt, was noch alles auf mich zukommt!, dachte er und sehnte sich nach seinem weichen Bett, einem gemütlichen Abendessen bei einem Weizenbier und … aber daran wollte er in diesem Augenblick überhaupt nicht denken!

Paul Wanner, der karge Übernachtungen in Hütten vom Bergsteigen her gewohnt war, zog seine Schuhe aus und stellte seine Armbanduhr zur vereinbarten Zeit auf »Alarm«.

Dann sagte er zu seinem Kollegen: »Schau zu, dass du ein bisschen schlafen kannst. Die Nacht wird wenig romantisch.«

Mit zwei Fingern hob Hansen die Decke an und legte sich aufs Heu. Dann sinnierte er noch eine Weile, was er über Ungeziefer wusste, das speziell im Heu einer Alphütte vorkommen konnte, schlief aber darüber ein.

17 Am Morgen waren alle in Wanners Büro versammelt. Auch Riedle hatte sich von seinem Krankheitsanfall erholt und saß wieder ohne vorgehaltenes Taschentuch am Tisch. Die Nacht am Grünten war so verlaufen, wie Wanner sie geplant hatte. Mit einem Hubschrauber konnte schließlich der Tote geborgen und ins gerichtsmedizinische Institut gebracht werden. Ein Obduktionsergebnis lag noch nicht vor, war aber für diesen Vormittag versprochen worden.

Nach der aufregenden Nacht waren alle Beteiligten übermüdet zum Dienst erschienen. Sie fanden Wanner mit zwei Bechern Kaffee und tiefen Ringen unter den Augen in seinem Sessel vor. Er lud sie zu einer Besprechung für den nächsten Tag ein, wenn die angeforderten Unterlagen vorliegen würden. Er wollte unbedingt eine klare Linie in ihre Vorstellungen bringen, bevor die Journalisten auftauchten. Dann hatte er Hans-Joachim Gottlich Bericht erstattet, der erst am Morgen von dem zweiten Toten verständigt worden war. Auch die Staatsanwaltschaft bekam einen entsprechenden Bericht.

Gottlich hielt Wanner noch mit verschiedenen Fragen auf. Sie betrafen vor allem die Möglichkeit des Zusammenhanges zwischen den beiden Mordfällen, die noch nicht feststand, ihm aber gesichert erschien. Wanner staunte über seinen Vorgesetzten. So zielsicher hatte er sich bisher nie geäußert, bevor nicht endgültig feststand, was geschehen war.

»Herr Polizeipräsident, lassen Sie uns warten, bis wir wissen, wer der zweite Tote ist und wie er ums Leben kam. Erst dann können wir die Ermittlungen entweder gemeinsam oder aber getrennt laufen lassen«, schlug Wanner vor und stand auf.

»Ich habe das so im Gefühl: Sie werden sehen, dass die beiden Fälle zusammenhängen!«, erwiderte Gottlich.

Wanner verabschiedete sich, kam aber gleich darauf noch einmal ins Zimmer zurück.

»Entschuldigung, hätte ich beinahe vergessen. Wie halten wir es mit der Presse? Die wird bald auftauchen.«

Der Vorgesetzte dachte nach, dann meinte er: »Ich glaube, es würde genügen, wenn wir zwei und Pressesprecher Wolf eine Pressekonferenz abhalten, dann können die anderen weiterarbeiten. Wir können aber auch noch Staatsanwalt Riegert mit dazunehmen, dann ist er gleich informiert.«

Wanner stimmte zu. »Gut, ich werde die Konferenz vorbereiten und Riegert verständigen. Als Termin würde ich morgen Nachmittag 16 Uhr vorschlagen.«

Gottlich sah in seinen Terminplaner und nickte. »Gut, machen wir. Verständigen Sie heute die Presseleute und wer sonst noch in Frage kommt.«

Wanner verließ das Büro und kehrte in seins zurück.

Dort dachte er nach. Was hatten sie bisher erreicht? Der Tote von der Iller war offensichtlich am Grünten gewesen. Am gleichen Berg hatten sie jetzt eine neue

Leiche gefunden. Ob es zwischen den beiden einen Zusammenhang gab, würde sich herausstellen, wenn der Obduktionsbericht vorlag. Nun würde es natürlich notwendig sein, mit Hansen bei Tag auf den Berg zu steigen, um nach Spuren zu suchen. Diesmal würden sie aber die Spurensicherung brauchen, denn anders als bei Kevin Rind waren nicht nur ein paar Steinchen in Schuhen stecken geblieben. Also sollte er mit weiteren Kombinationen eigentlich so lange warten, bis das geklärt war.

Wanner dachte an Lisa. Als er in der Früh durchfroren heimgekommen war, fand er weder Frühstück noch einen Hinweis von ihr vor. Sie schlief noch. Wanner ließ sich minutenlang warmes Wasser auf den Rücken plätschern, was seine Lebensgeister spürbar wiedererweckte. Dann ging er leise in die Küche, bereitete sich Kaffee und schnitt sich zwei Scheiben des guten Holzofenbrotes ab, das sie sich jeweils samstags auf dem Markt besorgten.

Wanner hatte nur einen Augenblick überlegt, sich hinzulegen. Er gab den Gedanken aber gleich wieder auf. Würde er jetzt einschlafen, so wäre der halbe Tag verloren und der nächste Abend wieder im Büro zu verbringen. Er trank stattdessen die doppelte Menge Kaffee als sonst üblich und fuhr, da Lisa immer noch nicht aus dem Schlafzimmer gekommen war, zur Dienststelle zurück.

Am Abend hatten sie sich dann über das missglückte Essen unterhalten. Wanner hatte darauf bestanden, dass er ja nicht anders konnte als wegzufahren, da seine Anwesenheit notwendig gewesen war. Lisa meinte dagegen, es hätte ja wohl auch sein Stellvertreter Haug genügt, um sich nachts die Beine am Grünten in den Bauch zu stehen, wenn sie wegen der Dunkelheit eh nichts ausrichten konnten. So ging das eine Weile hin und her.

Zum ersten Mal hatte Lisa konkret den Wunsch geäußert, zu ihren Eltern nach Augsburg zu fahren und ein paar Wochen zu bleiben. Schließlich studierten beide Kinder an der dortigen Uni und würden sich freuen, wenn ihre Mutter in der Nähe war. Zuerst wollte Wanner sagen, dass er sich das überlegen müsse. Aber es fiel ihm noch rechtzeitig ein, dass es nichts zu überlegen gab. Seine Frau hatte diesen Wunsch geäußert, und er, Wanner, konnte gar nichts dagegen haben, er hatte schließlich diesen Vorschlag als Erster gemacht. Die Bedenken waren doch alles Quatsch, sicher kamen sie wieder zusammen. Jener Abend letzthin hatte so schöne Ansätze gezeigt, dass ihm heute noch warm ums Herz wurde.

Doch dann war der Tote vom Grünten dazwischengekommen.

Nun warteten sie ungeduldig auf das Ergebnis der Untersuchung. Schließlich war es Eva, die den Hörer nahm und dann die Gerichtsmedizin anrief. Haug sah Wanner fragend an, doch der nickte nur. Mochte Eva doch selbständig handeln, wieso sollte sie ihn wegen eines Telefonates um Erlaubnis fragen?

Das Gespräch dauerte eine Weile. Sie bedankte sich und sagte noch: »… in Ordnung, schicken Sie ihn dann gleich mit einem Boten her. Vielen Dank und tschüs.«

Sie sagte immer »tschüs«, obwohl Wanner diesen Ausdruck so liebte wie etwa »Schnäppchen«.

Er schreckte hoch. »Was hast du eben gesagt?«

Eva verzog den Mund und wiederholte: »Ich sagte, die Untersuchung hat ergeben, dass der Mann erschossen wurde. Es gibt aber nicht nur *ein* Einschussloch, wie es der Jäger entdeckt hatte, sondern zwei Löcher. Das zweite konnte man erst durch die genauere Untersuchung des übel zugerichteten Toten finden. Und jetzt kommt's: Sie haben eine Kugel im Körper entdeckt und sind gerade dabei, das Kaliber festzustellen. Sie schicken dann einen Boten mit allem herüber.«

Die Männer am Tisch hatten aufmerksam zugehört. Jetzt hätte man eine Stecknadel fallen hören können. Alle sahen Wanner an. Der blickte nachdenklich auf seinen Kugelschreiber, dann sagte er: »Jetzt wissen wir also dieses. Es deutet sich ein Zusammenhang zwischen den beiden Mordtaten an, fragt sich nur, welcher. Ihn müssen wir finden. Aber der Reihe nach. Folgende Fragen sind zu klären: Wer ist der Tote? Wo ist die Mordwaffe, welches Kaliber hatte sie und, wenn schon eine Verbindung zu Kevin Rind zu bestehen scheint: hatte auch dieser Unbekannte mit Rauschgift zu tun? Weiterhin ist Willi Rind mit einem Foto des Toten zu befragen, ob er ihn kennt.«

Dann verteilte er einzelne Aufträge schwerpunktmäßig auf seine Mitarbeiter und behielt sich die Gesamtkoordination vor, die durch den zweiten Mordfall an Bedeutung zugenommen hatte. »Wir bleiben in engem Kontakt. Wenn ich nichts anderes hören lasse, möchte ich jeden Morgen acht Uhr einen kurzen Bericht von euch, kann auch telefonisch sein. Es sei denn, es passiert etwas Entscheidendes, dann ist natürlich sofortige Kontaktaufnahme notwendig. Wir müssen jetzt ein neues Puzzle zusammensetzen, von dem wir noch nicht wissen, wie viele der Teile, die wir bei Kevin Rind zusammengetragen haben, auch hier hineinpassen. Offensichtlich hatte auch dieser Tote keine Papiere bei sich, sonst hätten diese bei der Untersuchung gefunden werden müssen …?« Er sah Eva an, die den Kopf schüttelte.

»Das bedeutet also«, ließ sich Riedle vernehmen, »dass wir das gleiche Spiel wie bei Kevin Rind am Anfang betreiben müssen: Foto und Anfrage in der Zeitung, warten auf Vermisstenmeldung!«

Wanner zuckte mit den Schultern. »Ja, bleibt nichts anderes übrig. Seht zu, dass das Bild möglichst deutlich herauskommt, ohne gleich die Leser zu erschrecken. Alex, übernimm das gleich mal, damit wir möglichst morgen schon die Anfrage in der Zeitung haben.«

Der nickte und verließ das Büro.

»Was fällt euch sonst noch kurzfristig ein?«, wandte sich Wanner an die übrigen.

Eva hob die Hand. »Wir müssen wohl erst sicherstellen, dass Kevin Rind mit Rauschgift zu tun hatte, bevor wir den zweiten Toten damit in Verbindung bringen. Allerdings könnte man die Ermittlungen gleich parallel dazu laufen lassen, um Zeit zu sparen.«

Hansen meldete sich. »Wir müssen unbedingt so schnell wie möglich auf den Gipfel des Grünten gehen, vielleicht finden wir einige Spuren.«

»Sehr gut«, sagte Wanner, »jetzt, wo du neue Schuhe hast, bist du aufs Bergsteigen ganz scharf, wie mir scheint!«

Hansen öffnete den Mund, um etwas zu erwidern, doch Wanner kam ihm zuvor. »Ich akzeptiere den Vorschlag von Eva, und deiner ist so gut, dass ich bereits einen Hubschrauber samt Spurensicherung für 12 Uhr bestellt habe.« Er grinste Hansen an. Immerhin hatte der Junge mitgedacht, nur war Wanner schneller gewesen.

Es klopfte und ein Bote brachte den Bericht von der Gerichtsmedizin. Wanner dankte und riss den Umschlag auf. Er überflog den Text, ohne dabei Wichtiges auszulassen, eine Kunst, die jahrelanges Training im Lesen von Akten mit sich gebracht hatte.

»Also hier steht, kurz zusammengefasst: Erstens, der Mann wurde erschossen, zwei Kugeln trafen ihn, eine davon war tödlich. Dann stürzte er über Felsen, wahrscheinlich vom Grüntendenkmal oder vom Felsen in der Nähe, eine größere Strecke abwärts, was die Spezialisten anhand der Schürfwunden und Knochenbrüche festgestellt haben. Außerdem brach er sich zwei Wirbel und das Genick. Die im Körper aufgefundene Kugel hat Kaliber 7.65. Zeitpunkt des Todes war vor etwa anderthalb Wochen.«

Alle begannen sofort nachzurechnen. Und Haug, der immer einen Kalender dabeihatte, wusste als Erster die richtige Antwort: »Gleiche Zeit wie Kevin Rind!«

Wanner fuhr hoch. »Gleiche Zeit, gleicher Ort! Jetzt steht fest, beide Fälle hängen zusammen. Anton, fahr sofort mit einem Bild des Toten zu Willi Rind und zeig es ihm. Er soll es sich genau anschauen, ruf mich von dort aus an und gib mir Bescheid.«

»Ist in deinem Umschlag vielleicht zufällig ein Foto des Toten dabei?«, erkundigte sich Haug wie nebenbei und stand auf.

Wanner drehte das Kuvert um und schüttelte es. Und tatsächlich war ein Foto beigefügt.

»Lass es kopieren und leg eins Riedle auf den Tisch, der wartet schon darauf für die Zeitung.«

Haug nickte und verließ eilig das Büro.

»So«, sagte Wanner und atmete tief durch, »jetzt nehmen wir einfach an, dass die beiden Fälle zusammenhängen, alles andere wäre ein Zufall, wie er nur in Krimis vorkommt. Alles hängt jetzt von der Identifizierung des Toten vom Grünten ab.«

»Wie nennen wir denn den Fall?«, ließ sich Hansen vernehmen.

»Willst du ihm etwa einen Namen geben?«, fragte Eva erstaunt.

»Nun ja, ich habe mal in einem Krimi gelesen, dass ein Fall, der einen Namen hat, immer präzise damit angesprochen werden kann.«

Wanner schüttelte den Kopf. »Was soll das denn wieder heißen? Wir haben zwei Fälle, die vermutlich auf einen hinauslaufen, den werden wir wohl noch unter Kontrolle behalten können!«

»Schade«, erwiderte Uli Hansen, »dabei ist mir ein so guter Name eingefallen.«

Eva war nicht umsonst eine Frau: ihre Neugier siegte. »Welchen hattest du dir denn ausgedacht?«

Hansen sah Wanner fragend an, dann verkündete er hoheitsvoll: »Grünten-Mord.«

»Du solltest nicht so viele Krimis lesen«, war Wanners Reaktion, während Eva Lang anerkennend nickte. »Nicht schlecht! Grünten-Mord!« Dann kicherte sie. »Hoffentlich glaubt jetzt keiner, der Grünten sei ermordet worden.«

»So ein Quatsch«, Hansen fuhr beleidigt auf, »diesen Titel kann man ohne Weiteres richtig verstehen … wenn man will.«

»Hört jetzt endlich mit diesem Unsinn auf! Es gibt wahrhaftig Wichtigeres zu bedenken als einen Namen für einen Mordfall. Zum Beispiel: Wem gehört die gefundene Waffe, ist sie registriert und wurde aus ihr geschossen? Los, Uli, setzt dich mal in Trab und versuch das so schnell wie möglich herauszufinden! Vergiss aber nicht, wir wollen Mittag mit dem Hubschrauber auf den Grünten fliegen. Zieh dir deine Bergschuhe an, diesmal brauchst du nicht selbst zu fahren. Mütze und Handschuhe nicht vergessen, und Pullover oder Anorak, was du eben hast, dort oben kann es windig sein.«

Als Hansen das Büro verlassen hatte, gähnte Wanner und rieb sich die Augen. »Grünten-Mord! So ein Unsinn! Oder doch nicht?«

Er schickte Eva mit mehreren Aufträgen in ihr Büro zurück und holte sich einen Becher Kaffee. Er war so in Gedanken versunken, dass er die verstellte Temperatur am Automat nicht mitbekam. Als er in sein Büro zurückkehrte, hatte er einen grimmigen Gesichtsausdruck und zwei mit seinem Taschentuch umwickelte Finger.

18 Der Polizeihubschrauber brachte Wanner und Hansen zum Grünten. Sie flogen über die Iller, und Wanner zeigte nach unten. »Dort ist die Stelle an der Iller, an der wir den ersten Toten gefunden haben«, rief er durchs Helm-Mikrophon Hansen zu, der den Daumen hob, zum Zeichen, dass er verstanden hatte. Der Pilot nahm direkten Anflug auf den Grat am Grünten, zwischen Sendeturm und Denkmal.

»Ich lande mit einer Kufe am Grat, passt auf beim Rausspringen, dass ihr nicht abstürzt«, rief er Wanner zu. Der signalisierte »verstanden« und gab die Information an Hansen weiter.

Es war so weit, der Pilot landete mit der linken Kufe am Grat, die rechte ragte in die Luft hinaus. Eine fliegerische Meisterleistung. Wanner bewunderte ihn. Er kletterte als Erster hinaus, suchte Halt neben der Kufe des Hubschraubers und half Uli beim Aussteigen. Dann nickte er dem Piloten zu und hielt den Daumen in die Höhe. Mit Getöse hob der Helikopter ab und verschwand in einer halsbrecherischen Kurve den Hang abwärts. Über Handy wollte Wanner Bescheid geben, wann man sie holen konnte.

Zum Grüntendenkmal waren es nur rund 150 Meter.

Als der Krach des Hubschraubers verklungen war, wandte sich Wanner an seinen Kollegen. »Wir gehen jetzt auf das Denkmal zu und suchen langsam und sorgfältig den Steig und das Gelände daneben ab.«

Hansen nickte. »Wonach suchen wir eigentlich?«

Wanner zuckte mit den Schultern. »Das weiß ich auch nicht. Zeig mir jedenfalls alles, was du findest, und was eigentlich nicht an die Stelle gehört, wo du es gefunden hast.«

»Alles klar!« Hansen sah Wanner an, und der wusste sofort, dass gar nichts klar war.

Sie waren allein auf dem Grünten. Das Wetter lud nicht sonderlich zum Bergsteigen ein, der Wind hatte aufgefrischt und die Alpenkette lag unter einer Wolkendecke begraben, die bis 1900 Meter herunterreichte.

Als sie das Fundament des Denkmals erreicht hatten, war ihre Ausbeute gleich null. Nun teilte Wanner das Denkmal und die zum Gipfelkreuz weiter östlich führende Fläche so ein, dass jeder von ihnen ungestört suchen konnte. Sie nahmen sich zuerst das Fundament vor, das bis zu zwei Meter hoch war, dann stiegen sie die Stufen hinauf und gingen getrennt um den schönen Rundbau. Am südseitigen Eingang, der offen, aber mit einem eisernen Gitter abgesperrt war, trafen sie sich wieder. Beide schüttelten den Kopf. Nichts. Hansen blickte in das Innere der Gedenkstätte. Einige Kränze vom letzten Grüntentag, an dem der gefallenen Gebirgsjäger jedes Jahr gedacht wurde, lehnten an der Wand. Wanner trat hinter seinen Kollegen und sah ebenfalls in den Raum hinein. Er wollte sich bereits abwenden, als er stutzte. Da war etwas, was er aus dem Augenwinkel wahrgenommen hatte, und was nicht hierhergehörte. Er schob Hansen kurz beiseite und bückte sich. Ja, hier lagen drei Zigarettenkippen, eine davon noch halb lang. Es musste also jemand im Rahmen der Türöffnung gestanden und geraucht haben. Ein Bergsteiger, der am Gipfel rauchte? Nun, das gab es natürlich. Aber einer, der drei Zigaretten rauchte und dabei unter der Türöffnung gestanden hatte, musste sich den Ort wohl mit Absicht gesucht haben. Hansen hatte die Kippen ebenfalls bemerkt. »Meinst du, die haben eine Bedeutung?«, wollte er wissen.

Wanner teilte ihm seine Gedankengänge mit und fragte ihn: »Was macht jemand, Mann oder Frau, hier oben in der Türöffnung eines Denkmals, wobei er drei Zigaretten raucht?«

Hansen dachte nach. »Könnte er die Namen im Inneren studiert haben?«

Wanner wiegte zweifelnd seinen Kopf. »Was fällt dir noch ein?«

»Wenn jemand hier oben rauchten wollte, hat er in der Tür vielleicht Schutz vor dem Wind gesucht.«

Der Kommissar holte eine Plastiktüte aus seiner Tasche und beförderte vorsichtig die Kippen hinein, wobei er darauf achtete, sie nicht anzufassen. Der Junge ist gar nicht dumm, dachte er, aber es gibt noch eine dritte Möglichkeit. Hier könnte jemand gestanden und auf einen anderen gewartet haben, der sich verspätet hatte oder dessen Ankunft nicht genau bekannt war. In seinem Kopf begann sich eine vage Idee auszubreiten. Er konnte sie noch nicht fassen, aber er hatte das Gefühl, dass er nahe dran war, Licht in das Dunkel zu bringen.

»Wir suchen weiter Richtung Gedenkkreuz, das du da drüben siehst, und nochmals weiter bis zu dem schmiedeeisernen Gipfelkreuz.«

Während Hansen vorsichtig über die unebenen Felspartien ging und dabei den Boden fest im Auge hatte, kehrte Wanner noch einmal um und zu den Stufen zurück. Ein Gefühl sagte ihm, dass er etwas übersehen hatte. Aber was? Sorgfältig suchte er an der Wand hoch, in die verschiedene Steine aus jenen Gegenden in die Mauer eingelassen waren, in denen die Gebirgsjäger beider Weltkriege gekämpft hatten. Er ging auf alle viere und kroch die Treppen hinauf. Nichts. Dann stieg er wieder hinunter und wollte Hansen folgen, der eben beim Gedenkkreuz angekommen war.

Vielleicht war es nur eine Lichtveränderung am Himmel, die ihm plötzlich einen dunkleren Fleck auf der untersten Treppe zeigte. Er bückte sich sofort. Es war keine Verfärbung des Steines, das sah er, dort musste etwas hingetropft sein. Aber was es war, ließ sich mit bloßem Auge nicht feststellen. Er holte eine weitere kleine Plastiktüte aus der Tasche und kratzte mit seinem Taschenmesser an dem Fleck herum. Doch offensichtlich war die Flüssigkeit in den grobporigen Stein eingezogen. Er markierte die Stelle vorsichtig mit einem kleinen Kreuz. Da muss die Spurensicherung her, dachte er.

»Paul, komm mal her, hier ist etwas!«, rief plötzlich Hansen vom Kreuz her. Wanner stieg zu ihm hin.

»Was gibt es denn?«

»Schau dir mal das Kreuz genau an. Hier sind uralte Farbe, Rost und Beschädigungen. Aber da«, er zeigte auf eine Stelle am senkrechten Balken, »sieht es so aus, als

135

wäre hier etwas entlanggeschmiert worden. Relativ frisch, so wie es aussieht. Und da wir nicht wissen, wonach wir suchen, dachte ich, du könntest dir das mal anschauen.«

Wanner besah sich die Stelle genau. Ja, hier war eine Flüssigkeit entlanggewischt worden, und wie sie aussah, könnte es Blut gewesen sein. Er teilte Uli seinen Fund auf der Treppe mit.

»Wenn dies hier Blut ist, könnte der Fleck auf der Treppe ebenfalls welches sein. Wir müssen das so bald wie möglich analysieren lassen, bevor es der Regen wegwäscht. Hier, nimm mein Handy und ruf die Spurensicherung an, sag, sie sollen unbedingt mit dem Hubschrauber herkommen, es ist sehr wichtig. Ich schaue mich noch im Gelände um.«

Während Hansen die Rufnummer eingab, blickte Wanner hinter dem Kreuz in die dortige Steilrinne, die unzugänglich erschien, von Felsen durchsetzt war und nach etwa zwanzig Metern einen Knick machte, so dass man ihr Ende nicht einsehen konnte. Wer dort hinunterstürzte, hatte keine Chance mit dem Leben davonzukommen, so wie das Gedenkkreuz es hier ja auch zeigte. Etwa drei Meter unterhalb des Kreuzes ragte ein kleines Felsstück aus der Rinne, nur etwa tellergroß. Es bestand, auf seine helle Farbe zu schließen, aus Helvetischem Kalk. Und darauf konnte Wanner zwei Flecken erkennen, die selbst von hier oben nicht natürlich erschienen. Vorsichtig kletterte er hinunter. Eigentlich hätte er sich anseilen müssen. Aber Seil hatten sie keins mitgenommen, und Uli konnte ihn auch nicht festhalten. Er fixierte den Stein und bemühte sich, nicht in die Tiefe zu schauen.

Diese Rinne ist eigentlich keine Sache ohne Sicherung!, dachte er. Vorsichtig ging er auf alle viere, bis er den hellen Kalkstein erreicht hatte. Ohne Zweifel, die Flecken konnten nur Blut sein, wie er vermutet hatte, und sie waren vor nicht allzu langer Zeit erst daraufgekommen. Wanner probierte, ob der Stein lose war, aber er schien das Stück eines unterirdischen Teiles zu sein.

Uli Hansen, der nicht beobachtet hatte, wohin Wanner verschwunden war, rief seinen Namen. Wanner antwortete, und Hansens Gesicht erschien am Rande des Grates neben dem Kreuz. »Um Gottes willen, was machst du denn da unten?«, rief er entsetzt.

»Hier auf diesem Stein sind ebenfalls Blutflecken, der Stein lässt sich aber nicht bewegen. Wir müssen jemanden von der Spurensicherung abseilen und den Stein untersuchen lassen. Hast du jemanden angetroffen?«

»Komm erst mal herauf, ich kann das nicht mit ansehen. Wenn du abstürzt …« Hansen wandte sich ab, er konnte den Tiefblick nicht ertragen.

Nach einigen Minuten erschien Wanners Gesicht über dem Grat, danach schwang er sich herauf und blieb gleich am Steig sitzen.

»So«, meinte er grinsend, »jetzt kannst du weitererzählen.«

»Wie kann man nur so leichtsinnig sein!« Hansen war die Entrüstung in Person.

»Ja, ist schon gut. Das nächste Mal lasse ich dich als den Jüngeren absteigen.«

Hansen schaute ihn mürrisch an. »Spotte nur! Dort bringen mich keine zehn Pferde hinunter. Ach, übrigens, die von der Spurensicherung kommen, sobald sie einen Hubschrauber kriegen.«

»Gut! In der Zwischenzeit können wir mal ein erstes Fazit ziehen. Was ist hier geschehen? Zwei Männer sind am Grünten, entweder gleichzeitig oder unmittelbar hintereinander. Wer zuerst oben war, können wir nicht feststellen. Einer hat einen Revolver. Er wird erschossen und stürzt diese Rinne da hinunter, denn das scheint mir sicher zu sein. Dort, wo sie unten ausläuft, hat der Jäger den Toten und noch ein Stückchen weiter den Revolver gefunden. Zweiter Fall: Ein Mann, von dem wir inzwischen wissen, dass er Kevin Rind heißt, steht am Grünten. Ich habe vorhin diese kleinen Steinchen liegen sehen, die sich durchaus in einer Schuhsohle hätten festklemmen können. Aufgefunden wird er aber tot an einer Stelle an der Iller. Dort wurde er nicht erschossen, wohl aber hingebracht. Also: Wo wurde er erschossen? Wenn das auch hier oben geschah, müssen sich irgendwelche Hinweise finden lassen. Wenn nicht, stehen wir weiter vor einem Rätsel.«

Nach einer Dreiviertelstunde war das typische Geknatter eines Hubschraubers zu hören. Schnell näherte er sich und landete dann genauso akrobatisch auf dem Verbindungsgrat zum Sendeturm wie schon zuvor. Drei Mann verließen vorsichtig die Einstiegstür und kamen mit Taschen und kleinen Koffern zum Denkmal gestiegen. Wanner und Hansen hatten fasziniert zugesehen.

»So etwas hätte man fotografieren und dann unter der Rubrik: ›Routinearbeit der Polizei – Täglich in Lebensgefahr!‹ veröffentlichen müssen«, rief Hansen in den Lärm des abfliegenden Helikopters hinein. Wanner nickte. Dann gingen sie den Ankommenden entgegen. Wanner kannte sie von früheren gemeinsamen Fällen. Hans Kern, der Älteste, begrüßte ihn herzlich. »Auf diese Weise komme ich mal auf den Grünten. Seit ich Probleme mit den Knien habe, geht's nicht mehr so, wie ich gerne möchte. Müsst ihr eure Ermordeten neuerdings unbedingt auf einem Berg finden?«

Wanner zuckte mit den Schultern. »Da musst du schon den Mörder fragen, warum er es so kompliziert macht. Vielleicht will er auch nur unsere bergsteigerische Begabung prüfen.«

Dann wies er die drei Männer ein und fragte nach einem Seil. Ein solches hatten sie zwar nicht dabei, aber sie konnten einige Lederriemen, die zu ihrer Ausrüstung gehörten, so zusammenbinden, dass man sich bis auf Armeslänge dem Stein in der Rinne nähern konnte. Wanner holte noch seinen Ledergürtel aus der Hose und band ihm Hans Kern um. Zusammen mit Hansen und den beiden anderen bildeten sie eine Kette. Nun ließ Wanner Kern vorsichtig in der Rinne abwärtsgleiten. Als der ans Ziel gekommen war, begann er seine Untersuchungen, die nach zehn Minuten beendet waren.

Er wandte sich nach oben. »Bin fertig! Komme wieder hoch. Haltet mich mal fest.«

»Alles klar«, antwortete Wanner, und sie sicherten Kern, bis er am Grat zurück war.

»Uff«, schnaufte dieser. »Mal was anderes, als nur Spuren in Schlaf- oder Wohnzimmern zu suchen.«

Wanner bat die Männer der Spurensicherung, nach weiteren Hinweisen auf der Fläche zwischen Grüntendenkmal und Gipfelkreuz zu suchen und wandte sich danach an Hansen: »Komm, wir schauen mal an den ostseitigen Abstieg hin, vielleicht findet sich ja dort auch noch was!«

Sie stiegen unterhalb des Gipfelkreuzes auf dem Steig, der zur Grüntenhütte hinabführte, abwärts und kamen bald an eine felsige Stelle mit einer Eisenleiter.

Wanner wandte sich an Hansen. »Geh du mal an die untere Seite und such aufwärts, ich suche von oben nach unten. Achte vor allem auf Flecken, die nicht auf die Felsen gehören!«

Hansen nickte und stieg vorsichtig das etwa vier Meter lange Stück hinab, das unten wieder in den Pfad mündete. Beide suchten sorgfältig die Felsen ab. Als sie sich begegneten, schüttelten sie den Kopf. Nichts!

»Noch mal das Ganze, diesmal du von oben und ich von unten«, meinte Wanner und kletterte zum Pfad hinab. Gerade als er sich zum Aufstieg umdrehen wollte, sah er ihn. An einer Stelle, wo man eigentlich schon an der Felsenstufe vorbei und auf dem Pfad ging, war ein dunkler, in die Länge gewischter Fleck an der Wand.

»Uli, komm mal, ich glaube, ich hab was gefunden«, rief er hinauf. Sein Kollege kam herunter und musterte den Fleck.

»Den sollten sich mal Kern und seine Männer näher anschauen«, meinte er zu Wanner, der nickte. »Geh noch mal hoch und sag es ihnen. Wenn sie oben fertig sind, sollen sie doch hierherkommen. Ich warte solange, oder besser gesagt, ich gehe den Pfad noch ein Stückchen entlang und suche weiter.«

Hansen verschwand über die Leiter nach oben, und Wanner suchte den Weg entlang, der unterhalb einer Felswand etwa fünfzig Meter nach Osten verlief.

Aber er fand nichts mehr.

Er ging zu dem Fleck an der Felswand zurück und schaute ihn sich noch einmal an. Es hatte den Anschein, als wäre an dieser Stelle etwas an der Wand entlanggezogen oder -geschleift worden. Der Fleck war in einer Weise in die Länge gezogen, aus der man unschwer die Richtung entlang des Weges ausmachen konnte.

Wanner dachte nach. Wenn das so ist, wie ich denke, dann ist man hier abgestiegen!

Kern und seine Männer tauchten auf. Wanner wies sie ein und sah ihnen gespannt bei der Arbeit zu. Er bewunderte ihre Sorgfalt und die aufeinander abgestimmten Handgriffe. Nach kurzer Zeit wandte sich Kern an Wanner. »So, das dürfte reichen. Wir können das Material dann im Labor untersuchen.«

»Verwechselt aber die Röhrchen nicht«, scherzte der Kommissar.

»Keine Angst«, meinte einer der übrigen Männer aus Kerns Mannschaft grinsend, »das passiert uns nur bei jedem zweiten Mal.«

Alle lachten und wandten sich zum Denkmal zurück.

»Wann holt uns denn der Hubschrauber wieder?«, wollte Kern wissen.

»Wenn wir hier fertig sind, melde ich mich per Handy, dann dürfte es noch etwa eine halbe Stunde dauern, bis er auftaucht.«

Sie gingen sorgfältig die Möglichkeiten durch, die das Gelände am Gipfel etwa noch für weitere Spuren zu bieten hätte. Aber es fand sich nichts mehr. Wanner holte die beiden Plastiktüten mit den Zigarettenkippen und den abgekratzten Steinkrümelchen aus seiner Tasche und übergab sie Kern.

»Schaut mal hier genau hin und bestimmt die DNA, die Kippen lagen in der Denkmaltür. Ich möchte gerne wissen, ob sie einem der beiden Toten zugeordnet werden können. Ist nur so eine Idee von mir. Wenn man bedenkt, wie viele Leute auf den Grünten steigen, kann sie sonst wer dorthin geworfen haben. Die andere Tüte stammt von einem Fleck an der Treppe. Aber inzwischen habt ihr ja dort gearbeitet.«

Kern nickte und steckte die beiden Tüten ein. Hansen hatte inzwischen den Hubschrauber angefordert, und sie warteten auf der Treppe zum Denkmal auf ihn.

Plötzlich hatte der Wind zugenommen. Hoffentlich würde der Hubschrauber noch landen können! Die Wolkendecke kroch weiter herunter und rückte näher. Etwas Unheimliches lag über der Landschaft. Bald würde das Wetter zum Winter hin umschlagen, das spürte man hier oben besonders deutlich.

Dann hörten sie den Hubschrauber kommen.

19 Vom Heimflug aus telefonierte Wanner mit seiner Dienststelle und ließ Gottlich ausrichten, dass er sich vermutlich um eine halbe Stunde verspäten würde. Entweder solle er, Gottlich, einstweilen anfangen oder die Presseleute vertrösten.

Sie landeten um 16.25 Uhr, und Wanner hastete in sein Büro, um die Unterlagen zu holen. Dort lagen einige Zettel auf seinem Schreibtisch, die er rasch überflog. Die Gerichtsmediziner hatten schnell gearbeitet. Der Revolver wies Fingerabdrücke des Toten auf. Außerdem war aus ihm nur ein Schuss abgefeuert worden. Registriert war er unter einem Holger Rasmussen aus Hamburg, der ihn aber vor zwei Monaten als gestohlen gemeldet hatte.

Wanner nahm diesen Zettel und kritzelte schnell Alex' Namen und »Nachprüfen bei HH-Kollegen« darauf. Die restlichen Zettel waren ohne eilige Bedeutung. Dann lief er mit großen Schritten in den Konferenzraum, in dem sie die Pressekonferenz anberaumt hatten. Fünf Reporter, Pressesprecher Wolf und Gottlich waren anwesend. Letzterer blickte etwas hilflos drein und war bei Wanners Anblick sichtlich erleichtert.

»Meine Damen und Herren«, rief er erfreut, »wir

143

können nun nach der Begrüßung fortfahren, und ich darf das Wort an den Ermittlungsleiter, Hauptkommissar Paul Wanner, übergeben.«

Der setzte sich zurecht, dankte Gottlich für die Einleitung und gab einen Bericht über das bisherige Geschehen. Dabei hielt er sich an die Wahrheit, plauderte aber nicht alles aus, was sie wussten. Es waren einige Dinge, die brauchten nicht an die Öffentlichkeit zu gelangen, solange man mit diesem Wissen noch Vorteile beim Ermitteln haben konnte.

Mit einer Reihe von Fragen beschäftigten die Reporter anschließend die drei Kriminalpolizisten noch eine Zeitlang. Vor allem Klaus Schloss ließ nicht locker. Er ahnte wohl, dass man ihnen nicht alles gesagt hatte. Wanner gab dies auch zu, verwies aber auf den Stand der laufenden Ermittlungen. Man musste davon ausgehen, dass außer den beiden gefundenen Männern noch weitere Personen in den Fall verwickelt waren, die nicht unbedingt aus der Zeitung zu erfahren brauchten, wie dicht oder wie weit ihnen die Polizei auf den Fersen war. Nach einer Dreiviertelstunde zogen die Reporter ab, wobei man ihren Mienen die Unzufriedenheit über die mäßigen Auskünfte der Polizei deutlich anmerkte. Hans-Joachim Gottlich beeilte sich daher bei seinem Schlusswort, ihnen zu versichern, dass sie in wenigen Tagen mehr erfahren konnten, weil er sicher sei, dass dann die Ermittlungen schon wesentlich weiter fortgeschritten seien.

Als sie dann allein waren, klang es wie ein leiser Vorwurf, als er sich an Wanner wandte: »Hätte man denen nicht noch ein bisschen mehr erzählen können? Sie wissen doch schon über manche Zusammenhänge Bescheid?«

Wanner schüttelte den Kopf. »Es ist einfach zu früh! Wir sollten ja wohl zumindest den Toten identifiziert und einen Zusammenhang mit dem ersten Mord hergestellt haben, bevor wir in die Öffentlichkeit gehen. Übrigens vielen Dank, dass Sie die Presseleute um Mithilfe bei der Identifizierung des Toten vom Grünten gebeten haben. Das hilft uns bestimmt weiter.«

Gottlich setzte eine joviale Miene auf. »Das war doch selbstverständlich, nur so kommen wir auch vom Fleck.«

Wanner berichtete ihm dann genauer als in der Pressekonferenz von den neuesten Erkenntnissen, die sie am Grünten gewonnen hatten.

Gottlich dachte nach, dann meinte er: »Und was halten Sie persönlich von der ganzen Sache? Ich meine, was kombinieren Sie, auch wenn noch nicht alles untermauert werden kann?«

Wanner sah auf seine Uhr. »Würde es Ihnen beiden etwas ausmachen, um 17.30 Uhr nochmals hierherzukommen? Ich hole dann mein ganzes Team dazu, und wir besprechen alles, soweit wir dies können.«

Gottlich nickte. Zwar sollte er um 18 Uhr spätestens zu Hause sein, weil seine Frau mit ihm noch ein Konzert in der Big Box besuchen wollte, aber er konnte ja die Konferenz früher verlassen. Verspäten wollte er sich nicht mehr als eine Viertelstunde, weil er sonst Schwierigkeiten bekam. Und denen wollte er tunlichst aus dem Weg gehen.

Zur angegebenen Zeit waren dann alle versammelt.

»Lassen Sie mich zusammenfassen«, sagte Wanner aufblickend. »Wir haben einen Toten an der Iller gefunden. Er wurde mit einem einzigen Schuss getötet, aber nicht am Fundort. Den Spuren in seinen Schuhsohlen nach könnte es am Grüntengipfel gewesen sein. Der Tote wurde als Kevin Rind identifiziert. Weitere Nachforschungen haben ergeben, dass er mit Rauschgift zu tun hatte. In welchem Umfang und mit wem wissen wir noch nicht. Zweitens: Auf der Südseite des Grünten wurde ein Mann gefunden, der zwei Schüsse abbekommen hat, dann eine steile Felsrinne hinunterstürzte oder gestürzt wurde. In seiner Nähe lag ein Revolver, aus dem ein Schuss abgefeuert war. Die Fingerabdrücke am Schaft stammen nur von dem Toten selbst. Auffallend ist die Tatsache, dass die beiden Männer etwa zur selben Zeit, und, wenn ich mir mal einen kühnen Gedankensprung erlauben darf, auch am selben Ort getötet wurden. Das kann kein Zufall sein, also müssen wir jetzt einen Zusammenhang suchen. Dazu ist notwendig, dass wir den zweiten Toten kennen. Auf alle Fälle können wir davon ausgehen, dass mehrere Personen in diesen Fall verwickelt sind, schon wenn wir annehmen, dass Kevin Rind eine größere Strecke transportiert werden musste. Ich schlage daher vor, dass wir alle Kraft darauf verwenden, diese offenen Fragen als Erste zu klären.«

Wanner beendete seine Zusammenfassung mit einem Blick auf den Leitenden Polizeidirektor Gottlich. Der sah in die Runde und wandte sich dann an Wanner. »Eine saubere Arbeit, die Sie bisher geleistet haben, Respekt. Weiter könnte noch niemand sein. Nun denn, machen

Sie weiter so, und halten Sie mich stets auf dem Laufenden. Ihr Team ist gut eingearbeitet, das sieht und hört man. Brav, brav. Nun würde ich noch gerne die Ansicht der Kollegen hören, aber leider ist mir ein Termin dazwischengerutscht, den ich wahrnehmen muss. Ich danke Ihnen für die geleistete Arbeit und hoffe natürlich, dass wir der Presse schon sehr bald die Aufklärung dieses mysteriösen Falles mitteilen können. Guten Abend!«

Als ihr oberster Chef gegangen war, ging ein leichtes Grinsen über die Gesichter der Mitarbeiter.

Wanner verteilte die Arbeit für die nächsten Tage und bestellte das Team für den kommenden Tag zur gleichen Zeit ein, diesmal zu sich ins Büro. Dann ging er zum Kaffeeautomaten, stellte fest, dass er kein Wasser enthielt und kehrte in sein Büro zurück. Er legte die Füße auf den Tisch und lehnte sich zurück. Ein bisschen Zeit, dachte er, muss ich jetzt haben, sonst schlafe ich noch ein. Er sah nochmals die Zettel durch, schob sie aber beiseite. Morgen, dachte er, wissen wir mehr.

Als die Putzfrau Camile Cirat mit Eimer und Besen ins Büro kam, um wie an jedem Abend hier sauberzumachen, fand sie einen schlafenden Kommissar im Sessel vor. Sie schüttelte den Kopf. Dass die Polizei auch in Deutschland im Büro schläft, hätte sie nicht gedacht. Woher sollte sie auch wissen, dass Wanner in den letzten Tagen viel zu wenig Schlaf gehabt hatte?

Sie ging zu Wanner, rüttelte sanft an seinem Arm und sagte: »Hallo Wanner, du aufstehen, heimgehen und schlafen, nix Büro. Ich saubermachen, du im Weg. Wieder Apfel in Papierkorb?«

Der so Angesprochene fuhr hoch, nahm innerlich fluchend die Füße vom Tisch und murmelte eine Entschuldigung. Zu blöd auch, dachte er, dass mich ausgerechnet die Putzfrau erwischt hat. Er zog seine Jacke an und machte sich auf den Heimweg.

20 Am nächsten Nachmittag versammelte sich das Team wie verabredet in Wanners Büro. Der hatte ein Flip-Chart aufgestellt und begann gleich nach der Begrüßung zu zeichnen. In der Mitte fing er mit dem Wort »Grüntengipfel« an. Es folgte ein Pfeil nach links, über den er »Kevin Rind« schrieb. Der Pfeil endete an einem Punkt »A«, an dem »Iller« stand. Unter den Pfeil schrieb Wanner »ca. 7 km«. Vom Grünten nach rechts zeigte ein Pfeil in halber Höhe auf Punkt »B«, darunter zog Wanner einen Strich. Über dem Pfeil stand »unbek. Toter« und »Revolver«. Vom Grünten folgte nun eine gestrichelte Linie, die Wanner parallel von »Kevin Rind« zur »Iller« zog, darunter schrieb er »Blutfleck an Wand«. Dann folgte wieder eine gestrichelte Linie von Punkt »A« nach Punkt »B«, und Wanner malte ein dickes Fragezeichen darüber. Und dahinter setzte er noch das Wort »Rauschgift«.

Bis dahin war alles in großem Schweigen geschehen. Die Kollegen folgten seiner Zeichnung. Und als Wanner fertig war, meldete sich Eva Lang. »Nach deiner Zeichnung gehst du von Zusammenhängen aus, die aber durch die Blut- und Fingerabdruckanalysen noch nicht feststehen.«

Wanner nickte. »Ganz richtig. Ich bin aber überzeugt, dass es genauso kommen wird. Etwas in meinem Inneren sagt mir das.«

Haug hob den Finger minimal über den Tisch. »Wenn wir nun also davon ausgehen, dass es so ist, wie du uns das aufgezeichnet hast, dann müssen wir als Erstes das Umfeld von Kevin Rind erweitern, um hinter den oder die Dealer zu kommen. Die andere Seite wäre, zuerst den Toten zu identifizieren und dann von dort aus die Dealer zu ermitteln. Beide Wege müssten zum Ziel führen, wir sollten daher auch beide gleichzeitig begehen.«

Wanner nickte und blickte Riedle an, der signalisierte Zustimmung, ohne sich zu äußern, auch Uli Hansen gab sein Einverständnis. Dann sah Wanner auf die Uhr. »Das Ergebnis müsste jeden Augenblick hier sein, so hat man es mir versprochen.« Er unterbrach die Sitzung für einen Augenblick und fragte nach den Analysen. Dann legte er auf und wandte sich an seine Kollegen. »Der Bote ist schon unterwegs …«, und da es im gleichen Moment an die Tür klopfte: »… und auch schon hier.«

Wanner überflog das Ergebnis, ohne eine Miene zu verziehen. Dann sagte er wie nebenbei: »Am Gipfel des Grünten fand sich Blut von Kevin Rind in der Nähe des Denkmal-Fundamentes und an der Wand beim östlichen Abstieg. Die Kugel, die ihn getroffen und tödlich verletzt hat, stammt aus dem Revolver, den man unterhalb des zweiten Toten fand. Bleibt offen, aus welcher Waffe und von wem die beiden Schüsse auf diesen gefeuert wurden.«

Eva klatschte Beifall. »Bravo! Jetzt wissen wir, dass deine Zeichnung stimmt.«

»Gut, wir sind ein Stück weitergekommen. Vielleicht klappt es ja auch bald mit dem Zeitungshinweis auf den unbekannten Toten oder sonstigen Hinweise aus dem Grüntengebiet, die wir gleichzeitig erbeten hatten.« Dann verteilte er die Arbeit für die nächsten Tage und schloss die Runde.

Als er wieder allein war, begann er anhand seiner Zeichnung auf dem Flip-Chart die ganze Sache nochmals zu durchdenken. Da sind zwei Männer gleichzeitig am Grünten und werden dort ermordet. Also müssen noch weitere Personen dort oben gewesen sein, mindestens zwei. Der Weg schien durch den Blutfleck an der Felsenwand klar zu sein: Ziel war der Alpweg bei der Grüntenhütte als das am nächsten gelegene Wegstück, vom dem aus man eine direkte Verbindung ins Tal und nach Martinszell an die Iller hatte. Es galt ausfindig zu machen, ob sich Rind und der zweite Tote positiv gegenüberstanden, dann hatten die anderen beiden geschossen, oder negativ, dann …

Wanner stutzte. Logische Folgerung seiner Gedanken: Dann hat einer auf den anderen geschossen und wurde gleichzeitig von dessen Kugel getroffen. Wenn man davon ausgehen konnte, dass zunächst die Verletzung von Kevin Rind die weniger schwere war, müsste also der unbekannte Tote zuerst auf Rind geschossen und dieser darauf das Feuer auf den Schützen erwidert haben. Dabei wurde der Unbekannte so schwer getroffen, dass er in die Rinne stürzte und seinen Revolver durch eine unbewusste Armbewegung wegschleuderte, so dass dieser noch ein Stück weiter unten zu liegen kam.

Wanner stand auf und ging zum Kaffeeautomaten. Der hatte wieder genügend Wasser und auch die richtige Temperatur. Was Wanner nur übersah, war die Tatsache, dass der Becher nicht genau unter der Auslauftülle stand und so der halbe Kaffee außen vorbeilief. Wütend sah sich der Kommissar um, ob ihn jemand sehen konnte, dann gab er dem Automaten einen Tritt in die Flanke. »Bin ich wirklich zu blöd?«, knurrte er dabei und ging mit dem halbvollen Becher ins Büro zurück.

Dort überdachte er noch einmal seine Schlussfolgerungen. Was aber hatten diese komischen Schuhe von Kevin Rind zu bedeuten? War er schon früher auf dem Berg gewesen und wenn ja, warum und wie oft? Und warum hatte er sich dann nicht gleich ein Paar Bergschuhe gekauft, statt diese Sohlen aufmontieren zu lassen? Überhaupt: diese Sohlen! Wer lässt sich Wandersohlen auf normale Halbschuhe aufziehen? Vielleicht jemand, der glaubt, dass er aus dem Büro schnell zu einer Bergtour aufbrechen muss und daher schon die Schuhe parat hält? Wanner verfolgte die Sache mit den Wandersohlen noch eine Weile, fand aber keinen schlüssigen Beweis für ihre Notwendigkeit. Nach einiger Zeit hakte er diesen Teil der Ermittlungen vorläufig ab. Er wollte ihn nicht aus dem Gedächtnis verlieren, aber zumindest zum jetzigen Zeitpunkt schien er nicht von entscheidender Wichtigkeit zu sein. Eigentlich, so setzte Wanner seine Gedanken fort, haben uns die Sohlen ja schon erheblich weitergebracht. Hätten sich nicht die Steinchen der Helvetischen Kreide darin festgeklemmt, würden wir heute noch ein ganzes Stück weiter von der Lösung entfernt sein, als wir es jetzt sind.

Er holte seine Jacke von der Garderobe und machte sich auf den Heimweg. Wer weiß, was morgen wieder alles los ist, dachte er, aber vielleicht kommen wir ja ein Stückchen vorwärts.

Lisa blickte unübersehbar auf ihre Armbanduhr, als Wanner das Wohnzimmer betrat. Er gab ihr einen Kuss und setzte sich an den Tisch, auf dem sich ein einzelnes Gedeck verlor. Zugegeben, es war kurz vor 20 Uhr, aber hätte sie nicht warten können? Er machte sich über die Brotzeit her, Räucher-Ripple mit Senf und frischem Schwarzbrot, dazu eine Halbe Bier. Die Welt geriet schon wieder halbwegs in Ordnung. Als Wanner fertig war, trug er das Geschirr in die Küche, ordnete es in die Spülmaschine und wischte dann den Tisch ab. Lisa war schon in den Abendfilm vertieft. Es lief ein alter *Tatort*, in dem Manfred Krug und Charles Brauer die Hauptrollen spielten. Wanner mochte die beiden und ihre Art, Fälle zu lösen. Er wollte aber nicht in den angefangenen Film schauen und legte sich stattdessen auf die Couch. Dann stand er noch einmal auf, holte sich die Tageszeitung und begann, nach interessanten Artikeln Ausschau zu halten. Dazu gehörten auch die Todesanzeigen, er wollte immer informiert sein, wer gestorben war. Das hatte nicht nur einen privaten Grund, sondern war auch dienstlich gedacht.

Es dauerte nicht lange und Wanner fiel die Zeitung aus der Hand. Wieder mal, dachte Lisa mit einem Seitenblick und deckte ihren schlafenden Mann zu.

21 Am übernächsten Tag regnete es im Allgäu. Schwer hingen die grauen Wolken über den Bergen, deren Spitzen nicht mehr zu sehen waren. Die Temperatur war über Nacht gefallen, der Wind hatte aufgefrischt.

Als Wanner sein Büro betrat, klingelte das Telefon. Es war Eva Lang. »Hallo Paul! Heute steht die Suchfahndung in der Zeitung, und wir haben schon einen Anruf von einem Herrn Guggemos aus Schweineberg erhalten, der nach eigenen Angaben eine wichtige Aussage zu machen hätte. Er ist nicht ganz einfach zu verstehen, spricht perfekten Dialekt. Er lässt anfragen, ob es uns angenehm wäre, wenn er so gegen Mittag in die Dienststelle kommen würde, um seine Aussage zu machen. Scheint ganz schön wichtig zu sein!«

»Ging es nicht telefonisch?«, fragte Wanner

»Nein, auf keinen Fall, Herr Guggemos wollte persönlich vorbeikommen. Er hätte sowieso noch nie ein Polizeipräsidium von innen gesehen und wollte das gleich mit erledigen. Ob ihn wohl jemand führen würde?«

Wanner bekam einen Lachanfall. »Das scheint mir ja

ein kleiner Witzbold zu sein. Aber gut, ruf ihn an und sag ihm, er kann gerne gegen Mittag bei uns vorbeikommen.«

An diesem Vormittag geschah nichts Aufregendes mehr. Es meldeten sich auch keine weiteren Zeugen auf die Suchfahndung in der Zeitung hin. Wanner überdachte die bisherigen Erkenntnisse und die daraus resultierenden Vermutungen. Was hatten sie bisher? Zwei ermordete Männer, die vermutlich in Verbindung standen, ohne dass diese bisher gefunden werden konnte. Er überdachte noch mal die bisher geführten Gespräche mit Willi Rind, seiner Tochter Ramona und Richard Meier vom Rauschgiftkommissariat. Willi Rind schien tatsächlich keine Hintermänner in der Rauschgiftszene zu kennen. Seine Überraschung war echt gewesen. Über Ramona Rind hatte er sich anhand der Berichte ein Bild gemacht, in dem eine Mittäterschaft keinen Platz fand. Obwohl sie ein Motiv hätte: Schließlich erbte sie nun alles allein, was sie vorher hätte mit ihrem Bruder teilen müssen. Irgendwie war Wanner aber nicht bereit anzunehmen, dass sie in die ganze Sache verwickelt war. Man könnte jedoch die Beschäftigten der Firma GROSS-BAU RIND & SOHN mal unauffällig überprüfen! Wanner kam dieser Gedanke ganz plötzlich. Er machte sich eine Notiz und würde sie dann an Riedle weitergeben. Vielleicht brachte es was, vielleicht auch nicht. Beim Recherchieren muss man auch Luftlöcher in Kauf nehmen, wie Wanner aus Erfahrung wusste.

Er stand auf und öffnete das Fenster einen Spaltbreit. Der Regen hatte wieder aufgehört, der Himmel hing aber noch voll regenschwerer Wolken. Ein kühler Luftzug wehte ins Zimmer. Wie kommen wir jetzt weiter?, überlegte Wanner.

Plötzlich hörte er auf dem Gang vor seinem Zimmer laute Stimmen, gleich darauf klopfte es an die Tür, und Hansen streckte seinen Kopf herein. »Paul, hier ist Besuch für dich aus Schweineberg, ein Ehepaar Guggemos will dich sprechen.«

Bevor Wanner antworten konnte, wurde Hansen von einer unsichtbaren Macht ins Zimmer geschoben, dahinter tauchte ein riesiger Berglerhut über einem bartumstandenen Gesicht auf, aus dem zwei freundliche Augen Wanner vergnügt anstarrten.

»Grüeß Gott! I bin der Xaver Guggemos aus Schweineberg. Send Ihr der Kommissar Wamper?«

Wanner schaute verblüfft auf die Szene, die sich plötzlich durch das Hereinkommen einer Frau weiterbelebte. Die schaute ihn ebenfalls ganz freundlich an und sagte: »Grüeß Gott! I bin die Josefa Guggemos, au aus Schweineberg.«

Wanner wollte gerade eine Handbewegung zu den Stühlen machen, als die beiden auch schon saßen und ihn anstrahlten. Hansen hatte verblüfft zugesehen, und nun ging ein breites Grinsen über sein Gesicht. Na warte, dachte Wanner, dir lass ich das Grinsen schon vergehen.

Hansen wollte sich eben zum Büro hinausschieben, als ihn ein Zuruf des Kommissars zurückhielt. »Bleib mal gleich hier und nimm die Zeugenaussage der beiden auf.« Und an diese gewandt, fuhr er fort: »Mein Name ist

156

Wanner, das hier ist mein Kollege Hansen, der wird mit Ihnen ein Protokoll machen.«

Die beiden nickten Hansen freundlich zu. »Ka der des au?«, fragte Xaver Guggemos und wandte sich wieder Wanner zu.

»Herr Hansen ist schon seit längerer Zeit Polizist, der kann das also auch.«

Josefa Guggemos zog plötzlich ihren Lodenmantel aus und hängte ihn an Wanners Garderobe. »Ganz sche hoiß do herin!«, stellte sie dann fest und setzte sich wieder. Xaver nickte, ließ aber seinen Hut auf.

Hansen holte ein kleines Diktiergerät und stellte es vor dem Ehepaar auf. »Ich nehme Ihre Aussage gleich auf Band auf, wenn Sie nichts dagegen haben?«

»Noi, noi, hend mir it!«, erwiderte Josefa. Ihr Mann nickte, war aber über die vorschnelle Antwort seiner Frau etwas indigniert.

Hansen warf Wanner einen Blick zu, sagte aber nichts weiter. Der grinste vor sich hin. Warte nur, es dauert sicher nicht lange und du verstehst nur noch Bahnhof!

»Können wir anfangen?« Als die beiden nickten, schaltete Hansen das Gerät ein.

»Sagen Sie mir bitte Namen und Adresse, laut und deutlich …«

»Josefa Guggemos, Schweineberg 84 …«

»Er hot aber mi gmoint!«, fuhr Xaver Guggemos dazwischen, dann beugte er sich zum Gerät und sagte ziemlich laut: »Xaver Guggemos, Schweineberg Haus Nummer 84.«

»So bitte, wer will jetzt die Aussage machen, Sie oder Sie?« Hansen sah die beiden an.

»Also eigetli i«, meinte Xaver Guggemos und fixierte seine Frau.

»Ja, isch scho reacht«, gab diese die Erlaubnis dazu.

»Also bitte, Herr Guggemos, erzählen Sie!«

Xaver Guggemos wollte sich gerade in Positur setzen, als seine Frau schnell zu sprechen begann: »Des war so: Wir wolltet an Ausflug zum Grünte mache …«

Ihr Mann fiel ihr ärgerlich ins Wort: »I soll berichte, i und it du!«

»Ja, isch scho reacht!«

»Also mir send auf Burgberg gfahre und nachher zu deam Gaschthof *Alpenblick*, wo mir parkt hend.«

»Ja, genau so war's«, pflichtete Josefa bei.

»Mir hend an schene Parkplatz krieat, es waret bloß no zwei Auto am ganze Platz.«

»Ja, zwoi Audi«, kam die Ergänzung von Josefa.

»Noi, des oine war a Mazda und des andere a Opel«, erwiderte ihr Mann ärgerlich.

»Des waret gwieß zwoi Audi …«

Hansen schaltete das Gerät ab. Dann sah er Frau Guggemos an und sagte deutlich genervt:

»Möchten Sie nicht eine Tasse Kaffee in unserer Kantine trinken, solange Ihr Mann seine Aussage macht?«

»Noi, noi, i mag jetz koin Kaffee, i mueß lose!«

»Was müssen Sie jetzt?«

»Lose, was mei Ma sait«

»Lose? Wir haben hier doch keine Lotterie.«

Frau Guggemos wandte sich an Wanner. »Wo isch jetz der her? Der verstoht ja rein gar nix!«

Wanner konnte nur mit Mühe ernst bleiben. »Herr Hansen ist aus Norddeutschland und tut sich noch etwas schwer mit der Allgäuer Sprache ...«

»Nocher solltet er abr z'erscht eisere Schproch learna, bevor er eis verhört!«

»Herr Hansen verhört Sie nicht, er befragt Sie nur als Zeugen. Sie haben sich ja als solche gemeldet, aber wir wissen immer noch nicht, was Sie uns zu sagen haben. Vielleicht lassen wir *alle* mal Herrn Guggemos zu Wort kommen. Bitte!«

Der warf einen mahnenden Blick in Richtung Ehefrau und begann noch einmal: »Also mir waret auf deam Parkplatz vom *Alpenblick* und hend do parkt.«

Hansen warf einen verzweifelten Blick auf Wanner und fragte gerade heraus: »Soll ich das alles aufnehmen?«

Der nickte ungerührt. »Vielleicht ist es wichtig!«

Hansen ließ das Gerät weiterlaufen. »Bitte fahren Sie fort. Bisher sind wir seit einer halben Stunde erst auf dem Parkplatz eines Gasthauses namens *Alpenblick*.«

»Ja, aber des isch wichtig! Also mir hand an schene Platz ghett, links nix und rechts nix.«

»Was meinen Sie mit links und rechts nix?«, fragte Hansen dazwischen.

»Also koi anderes Auto.«

»Aha, also weiter, bitte.«

»Nacher send mir auf deam Weag ganga, der zur Talstation führt.« Xaver Guggemos verfiel gelegentlich in eine verständlichere Sprache.

»Was für eine Talstation?«

»Dia vom Grünte Material Lift.«

»Aha«, Hansen versuchte mitzudenken. Diese Allgäuer, kaum zu verstehen!

»Und was ist dann passiert?«

»Passiert isch nix. Bei de Erzgrubn hend mir wieder umkehrt, weil a Wind aufkomme isch und mir gmoint hend, dass es zum Regna kutt.«

»Bei welchen Erzgruben?« Hansen begann zu schwitzen.

»Wisset ihr des it?«, warf Frau Guggemos dazwischen. »Do hend se amol a Erz abbaut und jetzt send dia Löcher no da.«

Hansen blickte verzweifelt auf Wanner, der sich nur noch mühsam das Lachen verkneifen konnte. »Ja, das ist richtig. Auf der Südseite des Grünten wurde jahrhundertelang Erz abgebaut.«

Josefa blickte Hansen triumphierend an. »Also, jetz hörsch es!«

Hansen wurde die Sache allmählich zu bunt. »Könnten Sie, Herr Guggemos, mir jetzt endlich sagen, weshalb Sie hergekommen sind und was Sie zu unserem Fall für eine Zeugenaussage machen können?«

Xaver Guggemos blieb ungerührt. »Also bei de Erzgrubn send mir umkehrt und wieder z'ruckglaufe …«

»Was, auf dem Weg zu den Erzgruben hat sich gar nichts ereignet?« Hansen war fassungslos.

»Noi, ereignet hot se erscht wieder ebbes, wia mir zum Parkplatz z'ruckkomme send.«

»Wieso erzählen Sie mir dann den ganzen Spazierweg, wenn sich dort nichts ereignet hat?«

»Ja, mei. Halt dass Sie wisset, was mir tue hend.«

»Und dann?«, flüsterte Hansen.

»Also, wia mir zum Auto z'rückkomme send …«

»Jawoll«, ließ sich Frau Guggemos vernehmen, der es gar nicht passte, dass sie ausgeschaltet wurde.

»… z'ruckkomme send, han i mir denkt: der blede Hund hätt' sei Auto au andersch nastelle könna.«

»Welcher blöde Hund?«

»Der mit sei'm Opel …«

»Audi«, verbesserte Josefa, »I han die olympischen Ringe auf der Motorhaub'n g'sehn.«

Xaver Guggemos war unsicher. Wenn sich seine Frau sogar das Emblem gemerkt hatte, war es wohl besser, es bei einem Audi zu belassen.

»Also der Audi hot so näh an meim Wage parkt, dass i schier numme neikomme bin.«

Nach einigem Nachdenken glaubte Hansen, den Sinn verstanden zu haben.

»Aber Sie sagten doch, dass rechts und links nichts war?«

»Ja, des war vorher, abr wia mir zruckkomme send, waret zwoi Autos rechts und links.«

»Und dann?«

»Dann han i mi aufgregt, weil i numme neikomme …«

»Des hast jetzt scho gsagt«, fiel ihm Josefa ins Wort.

Hansen schaltete das Gerät ab und wandte sich an Wanner: »Ich brauche jetzt erst mal eine Pause. In zehn Minuten geht's weiter.«

Wanner hatte vergnügt dieser Zeugenbefragung beigewohnt. Irgendwann während des Gesprächs fiel ihm der Name Guggemos besonders auf. Hatte er schon einmal mit einem Guggemos zu tun gehabt? Was erinnerte ihn an den Namen? Er kramte seine Gedächtnisschubladen durch – und siehe da, plötzlich fiel es ihm ein. Er wandte sich daher in der Pause an das Ehepaar und fragte: »Mir kommt Ihr Name so bekannt vor in Verbindung mit einem Ereignis, von dem sogar in der Zeitung gestanden hat. Ist das richtig?«

Kaum hatte Wanner diese Frage gestellt, da ging ein Leuchten über die beiden Gesichter, und Xaver und Josefa Guggemos sahen sich glücklich an. Es war, als wäre über Kempten soeben die Sonne aufgegangen.

Xaver Guggemos nickte eifrig. »Ja, mir zwei send z'Hawaii gwea. Mei war des sche.«

Josefa saß plötzlich mit verklärten Augen da. »Mei, und so was hend mir verlebe dürfe.«

Hansen betrat das Büro. Seine Miene drückte Entschlossenheit aus.

»Wir wollen jetzt auf den Kern Ihrer Aussage kommen. Bisher können wir mit Ihrem Besuch nichts anfangen.«

Josefa fixierte ihn abweisend. »Sie müesset halt losen!«, meinte sie beleidigt.

»Wieso soll ich losen?«, fragte Hansen verwundert.

»Losen heißt zuhören«, warf Wanner ein.

»Ich lose ja schon die ganze Zeit«, rief Hansen und schaltete das Gerät wieder ein.

»Also, wie geht es weiter? Wir waren dabei, dass ein Auto so nahe an Ihrem Auto parkte, dass Sie fast nicht einsteigen konnten.«

Xaver nickte. »Genau so war's! Und weil in der Zeitung g'schtanda isch, ma soll Auffälligkeiten im Grüntengebiet melden, send mir jetz do.«

»Wie denn, die ganze Angelegenheit besteht nur aus einem Auto, das zu nahe an Ihrem geparkt hatte?« Hansen riss die Augen auf und schien aus allen Wolken zu fallen.

»Ja, so weit scho. Aber plötzlich isch oiner vom Grünte ra'komme, mit am Trum Rucksack, den hot er in sein Kofferraum nei und isch ganz schnell weggfahre.«

»Ja und, haben Sie sich bei ihm wegen des engen Parkens beschwert?«

»Noi, it so direkt. I hab mir denkt, sagsch nix, er fährt ja futt.«

»Und dann?«

»Grad, wie mir ins Auto steige wolltet, sieh i des da am Boden liegen.« Xaver Guggemos zog ein Päckchen aus der Tasche und legte es auf Wanners Schreibtisch. »Des muess aus seim Rucksack gfalle sei, weil des vorher it do war.«

Wanner ergriff das etwa kiloschwere Päckchen und besah es sich von allen Seiten. Dann öffnete er den Verschluss und roch am Inhalt. Er tauchte den Finger hinein und zog ihn, mit einem weißen Pulver beschichtet, wieder heraus, vorsichtig leckte er daran. Dann stieß er einen Pfiff aus. Wenn er sich nicht täuschte, war das reines Kokain, was ihm da Xaver Guggemos aus Schweineberg auf den Tisch gelegt hatte.

Wanner hatte sich erhoben. Er sah erst das Päckchen an, dann Xaver Guggemos. »Und Sie sind sich sicher, dass, bevor der Mann mit dem Rucksack erschien, nichts auf dem Boden gelegen hatte?«

Xaver öffnete den Mund, aber Josefa kam ihm zuvor. »Ganz gwieß nix!«

Ihr Mann schüttelte den Kopf. »I bin rings ums Auto gange, weil i gsuecht hab, ob wo a Kratzer drin isch – hab abr koin findn könne.«

»Und der Mann hatte einen Rucksack dabei? Wie bei einer Bergtour?«

»Des kommt jetz auf die Bergtour a – abr der hat bestimmt seine fünfzig Liter ghett.«

»Was meint er mit fünfzig Liter?«, fragte Hansen erstaunt.

Wanner grinste. »Die Größe eines Rucksacks wird in Litern gemessen.«

Josefa Guggemos blickte Hansen mitleidig an. So was wusste doch jedes Kind! Aber sie sagte nur: »Jawoll, so isch es!«

Ohne es abzusprechen, übernahm jetzt Wanner die Zeugenaussage. Seit das weiße Päckchen vor ihm auf dem Tisch lag, hatte die Aussage plötzlich eine ganz andere Dimension angenommen. Was erst als Wichtigtuerei aussah, hatte eine dramatische Bedeutung erlangt.

Er wandte sich freundlich an Xaver Guggemos. »Können Sie uns den Mann beschreiben?«

Der dachte einen Moment nach, ebenso Josefa. Gerade als sie antworten wollte, sagte er schnell: »Zwischen dreißig ond vierzig Johr alt, groß, mit am braunen Anorak.«

»… und am Kratzer am Hirn!«, setzte Josefa triumphierend hinzu.

»Ist Ihnen sonst noch etwas an dem Mann aufgefallen?«

»Er hat's ziemle eilig ghett, drum hat er ja au des Päckle verlore.«

»Was war das für ein Auto?«

»Also schwarz …«, fing Josefa an, doch ihr Mann fiel ihr ins Wort. »Noi, der war dunkelblau und hat hinten ausgschaut wia a Kombi.«

»Hat er nur so ausgeschaut oder war es ein Kombi?«

»… schwarz, hab' i doch selber gsehn«, ließ sich Josefa nicht aus der Ruhe bringen.

»Also entweder schwarz oder dunkelblau, Kombi und Marke Audi«, stellte Wanner fest.

»Jawoll, genau so! Und er hat fünf Türe ghett.«

Wanner wandte sich an Hansen. »Uli, schau doch mal in unserer Mustermappe mit Autotypen nach und bring sie her. Vielleicht können wir damit eine bessere Festlegung erreichen.«

Hansen verließ das Büro.

Josefa schaute ihm nach und wandte sich mitleidig an Wanner. »Mei, gell, ma hat's heitzutag it oifach mit'm Personal!«

Wanner gab hierauf keine direkte Antwort, sondern fragte, ob er ihnen einen Kaffee bringen lassen könnte.

»Jetz scho, danke!«, antwortete Xaver Guggemos und wischte sich über die Stirn. Der Hauptkommissar sah es und empfahl ihm, doch seinen Hut hier im Büro abzunehmen.

Xaver nahm den Hut ab, behielt ihn aber in einer Hand. Dann fuhr er sich mit der anderen durch sein dichtes Haar und sah Wanner abwartend an.

Hansen kam wieder und brachte einen Autotypen-Katalog. Er suchte eine Weile darin herum, deutete dann auf eine Seite und hielt diese dem Ehepaar Guggemos hin.

»War es ein solcher Typ?«, fragte er. »Wissen Sie, es ist sehr wichtig, dass wir genau wissen, wie das Auto ausgesehen hat, weil wir es in die Fahndung stellen müssen.«

Xaver und Josefa Guggemos betrachteten einige der vorgestellten Typen, wobei sie leise miteinander das Für und Wider eines jeden Typs besprachen. Schließlich nickten beide gleichzeitig und gaben das Ergebnis ihrer Prüfung bekannt.

»Also mir glaubet beide, dass er so ausgschaut hat.« Xaver reichte Wanner den Katalog hinüber und deutete mit seinem Zeigefinger auf ein Bild. Das Bild war allerdings kaum mehr zu sehen, der Finger verdeckte es bis zur Hälfte.

»Tun S' mal Ihren Finger auf die Seite!«, mahnte Wanner freundlich.

Josefa packte den Katalog, hielt ihn Wanner mit beiden Händen hin und sagte resolut: »Des da war er!«

Wanner erkannte einen Audi Quattro Kombi. »Und die Farbe?«

»Also ganz schwaaz war er it«, meinte Xaver. »Er müsst doch dunkelblau gwea sei.«

»Und jetzt sagen Sie mir noch die genaue Uhrzeit und zur Sicherheit auch das Datum, wann Sie auf dem Parkplatz waren.«

Die beiden brachten das relativ schnell zuwege. Wanner bat Hansen, zwei Becher Kaffee zu holen und danach die Fahndung herauszugeben.

Bevor dieser das Büro verließ, wandte er sich noch

einmal an das Ehepaar Guggemos. »Fällt Ihnen noch irgendetwas ein, was uns bei der Fahndung nach dem Auto helfen könnte?«

Josefa dachte stirnrunzelnd nach. »Ja mei, i weiß ja it ob des vo Bedeutung wär, aber hättet Sie au die Nummer habe wölle?«

»Die Nummer? Meinen Sie die Autonummer?« Hansen war völlig perplex.

»Ja genau!«

»Sagen Sie bloß, Sie sitzen die ganze Zeit hier und wissen die Autonummer und sagen uns kein Sterbenswörtchen davon?« Hansen musste den obersten Hemdknopf öffnen. Das gibt es doch nicht! Wissen die Nummer und sagen nichts! Er war am Explodieren.

»Ja mei«, erwiderte Josefa halb beleidigt, »Sie hend uns ja au it danach gfragt.« Und diesmal war es Xaver Guggemos, der seiner Frau durch Kopfnicken zu Hilfe kam.

Hansen sah hilflos auf Wanner, der sein Gesicht hinter einem Taschentuch verborgen hatte und nur noch mit Mühe ernst bleiben konnte. So, das war's für das vorherige Grinsen!

Wanner nahm das Tuch vom Gesicht und fragte ganz ruhig: »Und wie lautet die Nummer?«

Josefa stieß ihren Mann an. »Jetz sag du's ihm!«

Xaver räusperte sich und antwortete: »Des war HRO-JJ 99.«

Wanner hatte mitgeschrieben. »Sind Sie sicher?«

»Ganz gwieß!«

Hansen sah erstaunt drein. »HRO – das ist doch Hansestadt Rostock«, sagte er dann nachdenklich.

»Wie kommt wohl ein Rostocker auf den Parkplatz beim Gasthaus *Alpenblick*?«

»Das werden wir herausfinden. Hol doch bitte den Kaffee für unsere Gäste, sie haben uns heute entscheidend geholfen!«

Xaver und Josefa Guggemos sahen sich strahlend an. Nun hatten sie es sozusagen schwarz auf weiß, dass sie einen wichtigen Beitrag zur Klärung dieses Falles geleistet hatten, der so groß in der Zeitung aufgemacht war.

Wanner bedankte sich bei dem sympathischen Ehepaar und versprach, es persönlich beim nächsten Tag der offenen Tür durchs Haus zu führen.

22 Als Paul Wanner an diesem Samstagabend heimkam, hatte Lisa mit dem Essen auf ihn gewartet. Es gab abgeschmelzte Maultaschen und einen gemischten Salat mit Joghurt-Dressing. Eine Flasche Etschtaler Rot stand noch ungeöffnet auf dem Tisch. Wanner holte den Korkenzieher, öffnete sie und schenkte ein.

Lisa sah ihn ernst an. »Haben wir heute etwas Zeit zum Reden?«

Ihr Mann warf einen Blick auf das Telefon und antwortete: »Ja, natürlich. Wenn wir nicht gestört werden!«

»Es wird ja wohl nicht schon wieder einen Toten irgendwo im Allgäu geben«, seufzte Lisa und hob das Glas. Sie stießen an.

Paul nahm noch einen Schluck des Roten und sagte dann: »Na, was hast du auf dem Herzen?«

»Wir haben beide festgestellt, dass es nicht mehr so wie früher mit uns ist«, fing sie an. »Seit die Kinder aus dem Haus sind, fällt mir manchmal die Decke auf den Kopf. Du kommst immer so spät heim, bist müde, was ich verstehen kann, liest Zeitung und schläfst meistens dabei ein. Ich sitze vor dem Fernseher, obwohl mich das Zeug manchmal wirklich nicht interessiert …« Sie brach ab.

169

Wanner sah seine Frau nachdenklich an. Sie war mit ihren 43 Jahren eine attraktive Erscheinung, hatte eine sportliche Figur und konnte gut kochen. Sie war gescheit und brachte manches übriggebliebene Kreuzworträtsel ihres Mannes zu Ende. Theater und gesellschaftliche Anlässe liebte sie, anders als er.

»Ich habe einen verantwortungsvollen Beruf«, begann er vorsichtig, »der verlangt meinen ganzen Einsatz. Die gesetzlich festgelegte Arbeitszeit kann ich wirklich nur einhalten, wenn ich nicht gerade einen Fall bearbeite, der hat immer Vorrang.«

»Darüber mach ich dir auch keine Vorwürfe. Aber unser ganzes Zusammensein hat sich irgendwie geändert, ich spür das auch, wenn du zu Hause bist.«

Wanner schwieg eine Weile. »Du bist nicht mehr zufrieden?«, fragte er dann leise.

Seine Frau hob die Schultern. »Es ist einfach anders als früher. Ich weiß auch nicht, wie ich das Gefühl näher beschreiben soll. Wir leben zu sehr neben- als miteinander.«

»Was schlägst du vor?« Wanners Stimme hatte an Festigkeit verloren. Das, was er bisher immer vor sich hergeschoben hatte, war an diesem Abend an einen Widerstand gestoßen, an dem nichts mehr vorbeizuschieben war. Insgeheim hatte er sich davor gefürchtet, hatte um dieses Problem einen Bogen gemacht, ohne es wirklich lösen zu wollen.

Lisa blickte vor sich auf den Teller. Dann hob sie den Blick und sah ihren Mann an. »Du weißt, dass mich meine Eltern in Augsburg schon lange mal eingeladen haben, eine Zeit bei ihnen zu verbringen. Du selbst hast es auch bereits vorgeschlagen. Und Bernd und Karin studieren ja auch dort. Vielleicht freuen sich alle, wenn ich sie besuchen komme, ein paar Tage oder so …« Verunsichert hielt sie inne.

Paul Wanner starrte in sein Glas. Ein Lichtreflex der Lampe hellte den Rest des Weines auf. Die übriggebliebenen Maultaschen waren längst kalt geworden. Er wandte sich seiner Frau zu. »Augsburg ist eine schöne Stadt, da kann man sicher mehrere Tage mit Besichtigungen oder Theaterbesuchen verbringen.« Seine Stimme klang etwas heiser, und er räusperte sich. »Wenn deine Eltern dich eingeladen haben, freuen sie sich bestimmt, dass du kommst. Und Bernd und Karin werden dir ihre neue Umgebung auch gerne zeigen wollen. Ich werde schon solange zurechtkommen, im Gefrierschrank sind ja genügend Vorräte.«

Lisa nickte langsam. »Ich beschrifte noch alles, damit du dich auskennst, was zusammengehört. Mit der Mikrowelle kannst du ja umgehen.«

Wanner sah, dass schon alles entschieden war. Jetzt, wo es so weit war, spürte er sogar eine Art Erleichterung. Er erkannte, dass er im Unterbewusstsein schon lange dieses Problem mitgeschleppt hatte. Nun konnte er auch noch ein weiteres dazupacken. Er stocherte in seinen kalten Maultaschen herum und sagte: »Wenn du in Augsburg mal etwas Zeit für dich hast, vielleicht könntest du dir über den Hausbau Gedanken machen. Darüber haben wir ja auch noch nicht abschließend gesprochen. Mir gefällt es hier einfach nicht mehr.«

Lisa sah ihn an. »Gut, ich werde darüber nachdenken.« Ihre Stimme klang leise und traurig.

»Wann willst du fahren?«

»Am Dienstag, mit dem Zug.«

»Wir wollen nichts überstürzen«, sagte er dann, »lass uns beide die Zeit nutzen, um uns Gedanken über unsere Zukunft zu machen. Ich verspreche dir, dass ich genauso nach einer Lösung suchen werde.«

Ein Rauschen drang von draußen herein. Der Wind hatte wieder zugenommen. Viele Blätter würde er nicht mehr herunterreißen können, die meisten lagen bereits unten, wo sie herumwirbelten und dabei in kleine Teile zerbrachen.

23 Das Erste, was Wanner am Montag tat, war, nach dem Halter der Autonummer aus Rostock zu forschen. Eva Lang hatte sich angeboten, die Recherchen durchzuführen. Aber sie war nicht in ihrem Büro. Wanner legte den Hörer wieder auf und nahm seine nummerierten Zettel zur Hand. Erneut ging er alles durch, was sie bisher herausgefunden hatten. Er trat an das Flip-Chart und schrieb auf die rechte Seite »Rostock«, versah den Namen mit einem Fragezeichen und wählte Richard Meier an.

Der meldete sich sofort. Wanner informierte ihn über die neueste Entwicklung. »Habt ihr in der Szene je mit Leuten aus Rostock zu tun gehabt?«, hakte er nach.

Meier dachte einen Moment nach. »Rostock? Nicht dass ich mich erinnern könnte.«

»Oder Hamburg oder sonst eine Gegend in Norddeutschland?«

»Es ist nur allgemein bekannt, dass Stoff von Norden nach Süden gebracht wird. Aber wir haben keine Erkenntnisse darüber, woher er stammt, oder wo er über die Grenze nach Deutschland gebracht wird.«

»Vielleicht nimmst du mal Kontakt mit deinen Kollegen in Rostock auf und fragst sie, ob ihnen in letzter

Zeit etwas aufgefallen ist, neue Wege, neue Leute, Zunahme von Lieferungen.«

Meier versprach, dies so schnell wie möglich zu erledigen. Kaum hatte Wanner den Hörer aufgelegt, als Eva anrief. »Die Nummer gibt es in Rostock nicht, es muss sich um eine Fälschung handeln.«

Wanner fluchte halblaut vor sich hin. »Wäre ja auch zu schön gewesen.«

»Aber«, fuhr Eva unbeirrt fort, »es wurde vor einigen Wochen ein Auto gestohlen, das hatte die Nummer HRO-JI 90. Vielleicht sollte man es mal damit probieren.«

Wanner schrieb das Kennzeichen auf einen Zettel. »Diese Nummer könnte man leicht in die von Guggemos gesehene umfrisieren. Also schau mal, wer Halter des Wagens HRO-JI 90 ist beziehungsweise gewesen ist. Und lass dir die Umstände des Diebstahls schildern.«

Eva versprach es und legte auf.

Wanner dachte nach. War es nur ein Zufall, dass die Hansestadt Rostock hier ins Spiel gebracht wurde, und sei es auch nur mit einer Autonummer, oder musste man den Kreis bis Norddeutschland erweitern? Das machte die Sache auch nicht gerade einfacher.

Er rief im Labor an und erkundigte sich nach dem Ergebnis der Untersuchung der Zigarettenkippen vom Jägerdenkmal und nach dem Fleck auf dem Stein daneben. Sie hatten es eben fertig gemacht und wollten einen Boten damit herüberschicken.

Wanner schenkte sich die ganze Vorrede des Laborberichtes und las schnell die Zusammenfassung. Aus der ging eindeutig hervor, dass Kevin Rind die Zigaretten geraucht hatte. Der Blutfleck auf dem Stein stammte ebenfalls von ihm.

Der Hauptkommissar stellte sich ans Fenster und blickte hinaus. Nun galt es, die richtigen Schlüsse zu ziehen. Kevin Rind also hatte in der Tür des Jägerdenkmals gestanden und geraucht. Auch das Blut am Felsen stammte von ihm, zwischen den beiden Fundorten lagen aber etliche Meter Distanz. Man konnte davon ausgehen, dass Kevin Rind aus irgendeinem Grund am Grünten gewartet hatte. Vermutlich wurde er dort dann angeschossen. Dass am östlichen Abstieg wiederum sein Blut auf dem Felsen gewischt war, zeigte an, dass er von dort oben weggebracht worden war. Und zwar von bisher Unbekannten.

Wanner notierte seine Schlussfolgerungen. Möglich wäre es schon, dass es sich so abgespielt hat, aber wir wissen es noch nicht, dachte er. Er versuchte andere Versionen zusammenzubauen, aber keine hielt einem weiteren Nachdenken darüber stand. Blieb vor allem immer wieder die Frage: Warum am Grünten und warum am Gipfel?

Sie mussten jetzt vor allem herausfinden, welche Beziehungen zwischen den beiden Toten bestanden und wer es so eilig gehabt hatte, mit einem großen Rucksack, in dem eine größere Menge heißer Ware steckte, vom Parkplatz beim Gasthof *Alpenblick* zu verschwinden. Wanner glaubte immer mehr, dass die beiden Mordfälle nur mit Rauschgift in Zusammenhang stehen konnten und keine anderen Gründe dafür gesucht werden mussten. In diesem Falle musste es sich um eine größere Sache handeln, die das Allgäu betraf. Normalerweise hielten sich die Dealer mit Mordanschlägen zurück. Also, dachte Wanner weiter, musste etwas schiefgelaufen sein, dass es gleich zwei Tote gab!

Man konnte davon ausgehen, dass das Allgäu nicht mehr abseits des Blickfeldes von Gaunern lag, sondern mittendrin. Die gute Verkehrserschließung hatte wohl das Ihre dazu beigetragen, wobei Wanner die Meinung vertrat, dass sie für die wirtschaftliche und touristische Entwicklung des Allgäus notwendig sei. Das Allgäu war ein begehrter Lebensraum, daran gab es keinen Zweifel. Klar, dass dann auch zwielichtige Gestalten auftauchten, die sich einen Teil des Kuchens sichern wollten. Wanner hoffte, dass der Fall möglichst schnell gelöst werden konnte, um diesen Gangstern zu zeigen, dass sich Verbrechen im Allgäu überhaupt nicht lohnten. Er jedenfalls wollte das Seine zu einem sicheren Allgäu beitragen, und er wusste, dass auch seine Kollegen so dachten.

Wanner stand auf und trat ans Fenster. Welche Rolle spielte der Mann mit dem Auto aus Rostock? Und woher hatte er den Rucksack gebracht? Nicht aus dem Gasthaus *Alpenblick*, denn Guggemos hatte ihn ja von weiter oben kommen sehen. Woher holte er also den Rucksack, wenn man davon ausgehen durfte, dass alle Alphütten seit Ende September geschlossen hatten? Wo konnte man einen Rucksack verstecken, der nach Xaver Guggemos' Angaben wohl fünfzig Liter Inhalt hatte und so voll war, dass daraus ein Päckchen fallen konnte?

Gefühlsmäßig glaubte Wanner nicht, dass der Rucksack in einer Hütte versteckt gewesen war. Es musste ein anderes Versteck geben, das einerseits sicher, andererseits nicht zu schwierig zu erreichen war. Im Geist ging er alle Seiten des Grünten durch, wobei aufgrund des Weges, den der Mann mit dem Rucksack genommen hatte, eigentlich nur die Ostseite in Frage kam. Er beschloss, sich auf das Gebiet östlich des Grüntendenkmals zu konzentrieren.

Er rief das Team zusammen, um sich mit ihm zu besprechen. Hansen war noch unterwegs, aber Haug, Riedle und Eva Lang kamen innerhalb einiger Minuten in sein Büro.

Eva hatte ein drei Seiten langes Fax aus Rostock dabei. Wanner runzelte die Stirn und begann zu lesen. Die anderen unterhielten sich leise, wobei Haug mehrfach den Kopf schüttelte. Eva kicherte einmal, und Riedle nieste vernehmlich. Dies alles nahm Wanner in seinem Unterbewusstsein zur Kenntnis, obwohl er sich auf das Fax konzentrierte.

»Demnach sieht es wie folgt aus«, wandte er sich schließlich an seine Mitarbeiter. »Das Auto ist auf einen gewissen Hans Grobstern, Rostock, Krämerstraße 14, zugelassen. Es ist ein Audi Quattro Kombi, Baujahr 1999. Grobstern arbeitet bei der Stadtverwaltung in Rostock als Sachbearbeiter für Verkehrsdelikte, wie falsches Parken und so weiter. Er meldete seinen Wagen am 22. August als gestohlen. Grobstern hat keinerlei Eintrag, ist weder vorbestraft noch polizeibekannt, noch hat er Punkte in Flensburg. Scheint also ein unbeschriebenes Blatt zu sein, dem ganz einfach sein Auto gestohlen wurde. Die Autonummer war HRO-JI 90, das haben wir ja schon gewusst.« Wanner unterbrach sich und sah seine Kollegen an. »Alles klar soweit?« Sie nickten.

Riedle war es dann, der die Sprache auf das Rauschgift brachte. »Hat man im gleichen Zusammenhang auch nach dem Stoff gefragt?«

Wanner suchte auf der letzten Seite des Fax und nickte dann. »Sie möchten, dass wir mit ihnen persönlichen Kontakt aufnehmen, da es sich hier anscheinend um ein wichtiges Glied in ihrer Ermittlungskette handelt. Die Kollegen in Rostock sind mehr als erstaunt, dass bei uns ein Wagen mit Rostocker Nummer auftaucht, der mit Rauschgift in Verbindung gebracht wird. Sie möchten in diesem Zusammenhang allerdings weniger mit einer Mordkommission als vielmehr mit dem Rauschgiftkommissariat sprechen.«

»Schade«, sagte Eva Lang, »wir hätten mal eine Reise nach Rostock machen können.«

»Eine Reise dorthin kann dir niemand verwehren«, antwortete Wanner lächelnd, »du brauchst nur Urlaub zu nehmen.«

»Ja, ja, das schon, ich meinte aber eine Dienstreise!«, erwiderte Eva wenig begeistert.

»Sei es, wie es sei, ich werde Richard Meier unterrichten, er kann ja auf Staatskosten nach Rostock reisen und uns dann informieren. Habt ihr sonst noch was Neues rausbekommen?«

Haug hob wie gewöhnlich den Finger zentimeterbreit über die Tischkante. »Habt ihr schon mal darüber nachgedacht, wieso der zweite Tote keine Papiere bei sich hatte? Da er die steile Rinne hinuntergestürzt war, konnte sie ihm keiner mehr abgenommen haben, also muss er schon ohne Papiere auf den Grünten gegangen sein. Ich kann mir nämlich nicht vorstellen, dass er sie vor seinem Todessturz jemandem ausgehändigt hat.«

Eva nickte lebhaft. »Genau das ist mir auch schon aufgefallen! Seine Papiere müssen ja irgendwo sein.«

Haug warf einen finsteren Blick hinüber. Sich einfach so anzuhängen, das fand er wenig kollegial. Wanner sah diesen Blick wohl, er war aber der Meinung, dass Eva dies ehrlich gemeint hatte. »Gut, halten wir fest: Der Mann muss schon vor seinem Tod keine Papiere dabeigehabt haben. Vielleicht liegen diese in einem Hotelzimmer, einer Ferienwohnung oder in einem Privatquartier. Lasst uns auch danach suchen, Anton, übernimm das gleich.«

Der biss sich auf die Lippe und nickte ohne Begeisterung. Das hatte er jetzt davon! Wusste Wanner eigentlich, wie viele Quartiere es im Oberallgäu gab? Hunderte, Tausende? Herrgott noch mal, damit war er fast aus dem Fall raus. Er wollte einen Einspruch riskieren. »Ja, gut, ich kann das schon machen. Aber wäre es nicht gescheiter, du würdest diese Art der Ermittlungsarbeit einem jungen Kollegen oder einer Kollegin übergeben, die, sagen wir mal, noch Nachholbedarf im Ermitteln haben?«

Wanner sah seinen Stellvertreter an und wusste, dass er hier vorsichtig taktieren musste. Er überlegte und antwortete dann ruhig: »Okay, wir lassen das den Hansen machen, der hat auch noch Nachholbedarf im Verstehen von Allgäuerisch. Vielleicht kann er sich im Gespräch mit einigen Quartiergebern darin noch verbessern.«

Haug lehnte sich zufrieden zurück. Man konnte sich nicht alles bieten lassen, dachte er, das hätte ihn jetzt ja beinahe aufs Abstellgleis geführt.

Wanner schluckte seinen Ärger über den Widerspruch hinunter, blieb aber nach außen hin ruhig und gelassen wie immer. Doch er hatte ein sehr gutes Gedächtnis, dienstlich wie privat.

Eva Lang hatte dieses interne Duell mit einigem Erstaunen beobachtet. Sie sah mit einer gewissen Besorgnis, dass Wanner seit kurzem eine Störung in seiner Konzentrationsfähigkeit haben musste und brachte sie mit dem Privatleben des Hauptkommissars in Verbindung.

Sie meldete sich zu Wort. »Hast du Meier schon Bescheid gegeben?«

Wanner nickte. »Das meiste weiß er schon. Wir müssen jetzt versuchen, das Auto mit der frisierten Nummer zu finden.«

Riedle, der bisher recht schweigsam war, meldete sich zu Wort. »Wäre es von Vorteil, wenn auch du mit nach Rostock fahren würdest?«

Wanner schüttelte den Kopf. »Erstens würden wir nie zu zweit eine Dienstreise genehmigt bekommen, und zweitens ist meine Anwesenheit als Ermittlungsleiter hier notwendig. Haben wir noch Fragen? Nicht? Gut, dann treffen wir uns wieder, wenn's was Wichtiges gibt!« Wanner stand auf und begleitete seine Kollegen zur Tür.

Das Telefon klingelte, und Meier meldete sich.

»Hallo Paul! Wir haben inzwischen Beweise, dass sich eine größere Menge von Stoff aus Norddeutschland in den Süden ergießt und eine Welle davon auch ins Allgäu zu schwappen scheint. Noch kennen wir keine Namen, aber wir arbeiten daran.«

Wanner unterrichtete ihn vom Wunsch der Rostocker Kollegen und beglückwünschte ihn zu seiner Dienstfahrt in die Hansestadt.

»Halt! So weit ist es noch nicht, aber ich werde gleich Dienstreiseantrag stellen.«

»Uns eilt es sehr! Du solltest möglichst morgen schon auf dem Weg sein. Rostock hat einen Flughafen, du fliegst am besten und lässt dich von den Kollegen dort abholen. Vielleicht kannst du gleich einen Flieger von Stuttgart aus nehmen. Zuvor aber sollten wir uns noch unterhalten, damit du auch für uns gleich ein paar Fragen mit erledigen kannst.«

Richard Meier pfiff durch die Zähne. »Ob ich wohl so schnell meinen Koffer packen und vor allem den Dienstvorgesetzten überzeugen kann?«

Wanner riet ihm, sich auf ihn zu berufen und das Fax aus Rostock mitzunehmen.

Keine halbe Stunde später kam Meier ins Büro, und sie besprachen die bevorstehende Dienstfahrt. Einen Dienstreiseantrag hatte Meier schon abgegeben, er wartete auf den Rückruf des Vorgesetzten, der so sicher kommen würde wie das Amen in der Kirche.

Wanner ermunterte ihn. »Beim Staat gibt man viel mehr Geld für viel weniger wichtige Dinge aus. Außerdem sparst du einen Tag, mindestens.«

»Dein Wort in Gottes Ohr«, seufzte Meier. »Am liebsten würden die einen wohl zu Fuß losschicken, um Kosten zu sparen. Aber vielleicht überzeugt sie die Länge der Strecke«, setzte er grinsend hinzu und verabschiedete sich.

Wanner sah auf seine Uhr. Kurz vor acht. Wo war heute bloß die Putzfrau geblieben? Sonst war Camile Cirat immer pünktlich. Aber von ihr war weit und breit nichts zu hören. Gerade heute, wo er keinen »fertig« Apfel in den Papierkorb geworfen hatte.

Er griff sich seine Jacke und verließ das Büro, um sich auf den Heimweg zu machen. Da fiel ihm plötzlich ein, dass ja morgen Lisa nach Augsburg fahren wollte. Ein unbehagliches Gefühl beschlich ihn. Es würde das erste Mal sein, dass ihn seine Frau für einige Zeit verlassen würde. Für einige Zeit? Hoffentlich nur dafür! Was konnte er machen, damit sie bald wiederkäme, oder überhaupt wiederkäme?

Lisa war zu Hause. Im Flur standen zwei gepackte Koffer und eine schwarze Ledertasche.

Sie hatte diesmal mit dem Essen auf ihn gewartet, sah auch nicht demonstrativ auf die Uhr, sondern begrüßte ihn ernst, aber freundlich. Sie unterhielten sich diesen Abend über belanglose Sachen, deren Erörterung auch Zeit gehabt hätte. Aber jeder vermied, auf das Thema der Trennung zu kommen. Als Lisa fragte, ob er fernsehen wollte, schüttelte Wanner den Kopf. »Heute kommt sowieso nichts Gescheites. Lass uns noch einen Etschtaler trinken. Wann geht dein Zug morgen?«

»Kurz nach zehn. Kannst du mich zum Bahnhof fahren?«

»Klar, ist doch selbstverständlich! Weißt du schon ... wann du wieder zurückkommst?«

Lisa schüttelte den Kopf. »Nein, das wird sich ergeben, oder so.«

»Wirst du mich mal anrufen?« Wanners Stimme hatte

an Festigkeit verloren. Er räusperte sich und ging zum Fenster. Der Blick von hier war nicht gerade umwerfend, dachte er. Wie schön wäre jetzt ein Haus in Rettenberg am Südhang des Rottachberges, hoch über dem Illertal, mit einer prächtigen Aussicht!

»Du hast ja die Nummer meiner Eltern. Also kannst auch du *mich* anrufen, wenn dir danach ist.«

Wanner nickte. »Ganz bestimmt! Grüß deine Eltern und die Kinder von mir und lass es dir gutgehen.« Er schenkte noch mal ein, aber Lisa hielt die Hand über ihr Glas. »Für mich nichts mehr. Ich gehe jetzt schlafen.«

Der Hauptkommissar saß noch längere Zeit in seinem Sessel und dachte nach. Es war absolut still im Haus, so dass er den Wind hören konnte. Irgendwoher drang das Geräusch eines fahrenden Autos an sein Ohr. Das Ticken der Penduluhr fiel ihm plötzlich auf, sonst hatte er es seit langem nicht mehr wahrgenommen. Wanner kippte den Rest Wein mit einem Zug hinunter und schenkte sich noch mal ein. Soll ich würfeln, was zeitlichen Vorrang hat, Lisa oder die beiden Toten? Seine Gedanken begannen zu kreisen. Als er kurz vor Mitternacht aufstand, schwankte er ein wenig. Dann nahm er die leere Flasche mit in die Küche hinaus. Sollte doch alles laufen, wie es wollte! Hätte er nicht wenigstens privat einen freien Rücken behalten können, damit er Ruhe und Kraft hätte tanken können? Aber nein, jeder musste seinen Kopf durchsetzen. In dieser Stimmung war Wanner nicht mehr in der Lage, Realitäten wahrzunehmen. Er machte eine abwehrende Handbewegung, die er allerdings selbst nicht bemerkte, und ging ins Bad.

Als er am nächsten Morgen zum Präsidium fuhr, fühlte er sich hundeelend. Der Wein war zwar gut gewesen, aber offensichtlich hatte er zu viel getrunken. Er hatte Lisa versprochen, sie rechtzeitig zum Bahnhof zu bringen und sah auf die Uhr. Er konnte sich noch einen Kaffee vom Automaten holen und die Post durchsehen. Vielleicht hatte ja auch ein Engel heute Nacht die Lösung des Falles auf seinen Schreibtisch gelegt, und Lisa wollte gar nicht mehr wegfahren. Das wäre doch mal eine gute Nachricht!

Am Flur traf er Riedle und Haug, die sich unterhielten. »Gibt's was Neues?«, fragte er nach einem knappen Gruß. Doch keiner von ihnen war von einem Engel besucht worden, so dass er in seinem Büro alles so vorfand, wie er befürchtet hatte: Keine Lösung weit und breit. Auf einem Zettel fand er die Mitteilung, dass Meier zum Flughafen unterwegs sei.

Wenigstens das hatte geklappt. Er ging zum Automaten und holte sich zwei Becher Kaffee, wobei er es schaffte, dass einer nicht überschwappte. Nachdem er sie ausgetrunken hatte, wurde es ihm wohler und er begann wieder klarer zu denken. Reiß dich zusammen!, befahl er sich selbst, wenn die anderen etwas merken, bist du deine Autorität bald los. Er erledigte noch ein paar Sachen und meldete sich dann am Wachraum für eine Stunde ab.

Lisa wartete schon angezogen mit den beiden Koffern und der schwarzen Tasche im Flur auf ihn. Wanner verlud das Gepäck und fuhr zum Bahnhof, der nur wenige Minuten entfernt lag. Sie hatten noch eine Viertelstunde

Zeit, bis der Zug kam, aber es wollte kein Gespräch zwischen ihnen in Gang kommen. Wanner wies auf das Wetter hin, und Lisa zählte ihm noch einmal auf, wo er sein Essen in der Tiefkühltruhe finden konnte.

Als die Lautsprecherdurchsage den Regionalexpress ankündigte, waren beide froh, dass diese quälende Zeit verstrichen war. Wanner half seiner Frau, einen freien Platz zu finden, stellte die Koffer am Eingang des Waggons auf den dafür vorgesehenen Platz und hievte die Tasche auf die Gepäckablage. Dann umfing er Lisa mit einem herzlichen Druck und wünschte ihr eine gute Reise.

Der Zug verließ den Bahnhof und nahm Tempo auf. Über den östlichen Allgäuer Alpen öffnete sich die Wolkendecke, ein paar Sonnenstrahlen kamen zum Vorschein. Sie tauchten die Berge kurzfristig in einen goldenen Schimmer.

24 Jens Terhoven legte die Zeitung beiseite und trat ans Fenster. Sein Blick glitt über den Neuen Markt zur Marienkirche, die wieder renoviert worden war. Mit ihrem Bau war hier in Rostock vor 1260 begonnen worden. Die astronomische Uhr galt als Meisterwerk des 15. Jahrhunderts. Terhoven hatte sie sich schon einige Male angesehen, während er wartete. Er wohnte in einer unscheinbaren Pension und unterließ alles, was Aufsehen erregen konnte. Zu viel stand auf dem Spiel. Die Ladung, die er aus Polen erwartete, hatte einen beträchtlichen Wert. Es galt, sie nicht nur unbemerkt in Empfang zu nehmen, sondern danach zu verstecken und entsprechend zu verteilen. Zwei seiner Komplizen hatten schon das verabredete Zeichen gegeben, dass sie in Rostock waren, von zwei weiteren hoffte er, es an diesem Tag noch zu bekommen. Jan Malchewski, sein Ansprechpartner, war der Einzige, den er persönlich kannte. Sie hatten sich nahe der Grenze auf Usedom getroffen und den Deal vereinbart. Er bekam Stoff für Deutschland, Malchewski Euros für Polen. Viele Euros! Eine Million davon sollten den Besitzer wechseln, wenn der Stoff in Rostock übergeben war. Wo das Kokain ursprünglich herkam, war nicht auszumachen gewesen.

Letztendlich spielte es aber auch keine Rolle, Hauptsache, es war von guter Qualität. Proben davon hatte er bereits untersucht. Nun hieß es aufpassen, dass die Ware auch in ihrer Gesamtheit den Proben entsprach.

Terhoven hatte sich entsprechend vorbereitet. Er war auf seinem Fachgebiet Experte, so leicht betrog man ihn nicht. Allerdings würde es einige Zeit in Anspruch nehmen, die gesamte Lieferung durchzusehen. Dies war eine gewisse Schwachstelle bei der Übergabe. Sie hatten vereinbart, keine Waffen zu tragen. Aber er, Terhoven, und seine Leute würden sich um die Vereinbarung einen Teufel scheren. Wichtig war, dass sie den Stoff in der vereinbarten Qualität bekamen, und zwar die gesamte Lieferung. Das Geld, das sie im Gegenzug ablieferten, war ebenfalls von guter Qualität. So leicht würde die Fälschung der Scheine nicht zu sehen sein. Terhoven hatte da Fachmänner von europäischer Spitzenklasse bei der Hand. Sicher waren sie nicht ganz billig, und natürlich wollten sie echte Scheine als Bezahlung, aber das alles war für Terhoven kein Problem. Er hatte seine Quellen. Und die neue Methode, Euros zu fälschen, war beinahe hundertprozentig. Terhoven musste grinsen, wenn er an die Aussagen der Länder vor Einführung des Euro dachte: Als absolut fälschungssicher wurde das neue Geld angepriesen. Und was war das Ergebnis: Schon nach kurzer Zeit gab es so viele falsche Fünfziger, dass der Schaden in die Millionen ging. Heute war man zu größeren Scheinen übergegangen, das lohnte sich natürlich mehr. Euro und fälschungssicher, da lachten ja die Hühner. Fälschungssicheres Geld hatte es noch nie gegeben!

Die Geld-Proben, die Terhoven seinem Partner vorgezeigt hatte und die dieser gleich als Anzahlung behielt, hatten allen Untersuchungen standgehalten. Kein Wunder, dieses Geld war echt gewesen. Klar, er konnte nach diesem Geschäft nicht mehr damit rechnen, dass er weitere Lieferungen erhalten würde, und ganz ungefährlich war der Betrug auch nicht. Aber Terhoven hatte vorgesorgt. Er wusste eine andere Einkaufsquelle, und der Pass mit neuem Namen und ein neuer Wohnort waren ebenfalls schon bereit. Diesmal würde er sich zunächst nach Süddeutschland absetzen und eine Region mit seinem Stoff überziehen, die bisher weitgehend frei davon geblieben war: das Allgäu. Er hatte schon Kontakte dorthin aufgenommen und erhoffte sich ein dickes Geschäft. Vielleicht würde der Erlös sogar reichen, um für immer auf die Bahamas oder nach Tahiti zu verschwinden. Davor musste er nur noch schauen, dass seine Leute nicht Lunte rochen, denn es war klar für ihn, dass er sich erstens allein absetzen wollte und zweitens gar nicht daran dachte, ihnen den vereinbarten Anteil voll auszubezahlen. Alles musste daher genau geplant und zeitlich aufeinander abgestimmt sein.

Er schätzte, dass für ihn bis zu 800 000 Euro herausspringen könnten. Damit käme man in der Zukunft ziemlich weit. Vorausgesetzt, man behielt die Übersicht und warf das Geld nicht zum Fenster hinaus. Aber das hatte Terhoven nicht vor.

Malchewski würde, wie immer, pünktlich sein. Auf diesem Gebiet war er sehr zuverlässig. Der vereinbarte Treffpunkt lag an einer unbeleuchteten Stelle des Rostocker Stadthafens, dort, wo üblicherweise niemand hinkam. Malchewski würde mit seiner Jacht, die einen ziemlich starken Motor hatte, an Warnemünde vorbei den Unterlauf der Warnow aufwärtssegeln und außerhalb der üblichen Anlegestelle ankommen. Die Größe eines Kombis würde völlig ausreichen, das hochkonzentrierte Kokain aufzunehmen, was die ganze Angelegenheit erleichterte. Für den Fall, dass sie jemand beobachten sollte, hatten sie einen Wagen gestohlen, einen Audi Quattro Kombi, und dessen Kennzeichen frisiert, so dass es nunmehr nicht mehr HRO-JI 90 lautete, sondern HRO-JJ 99. Die Fälschung war meisterhaft gelungen und würde wohl eine Zeitlang die Verfolger ablenken, danach konnte man den Wagen ja irgendwo stehen lassen oder in einem See versenken. Terhoven war da nicht wählerisch.

Er sah auf seine Uhr: 17.35. Bis zum Treffen waren es noch rund viereinhalb Stunden. Zu spät wollten sie die Übergabe nicht riskieren, das würde vielleicht auffallen. Bis dahin musste er nochmals die Details durchgehen und diese mit seinen Leuten besprechen. Sie hatten einen Treffpunkt an der Kröpeliner Straße vereinbart, wo sie sich in einem Café treffen wollten. Die beiden, die schon in Rostock waren, wussten Bescheid. Von den beiden anderen erhoffte er sich eine baldige Nachricht. Einer von ihnen hatte den Wagen in der Krämerstraße gestohlen und dann Terhoven übergeben, der damit die Stadt in Richtung Lübeck verlassen hatte. Dabei hatte er im Zentrum eine Ampel überfahren, die gerade auf Rot gesprungen war. Er versteckte den Wagen außerhalb der Stadt in einem Wäldchen und war damit erst an diesem

Tag nach Rostock zurückgekommen. Natürlich dachte er daran, dass nach dem Wagen gefahndet wurde, aber er war sich mit der neuen Nummer relativ sicher. An dem Kombi gab es keine Auffälligkeiten, so dass es nicht einfach sein würde, ihn mit einer falschen Nummer wiederzuerkennen.

Kurz vor 18 Uhr kamen die beiden vereinbarten Erkennungszeichen per Handy. Terhoven dirigierte die Männer in das gleiche Café und teilte ihnen die Uhrzeit mit. Dann machte er sich zu Fuß auf den Weg, lief noch eine Runde durch die Altstadt und drehte sich einige Male verstohlen um. Ihm fiel jedoch niemand auf, der ihn zu beschatten schien. An der Kreuzung mit der Faulen Grube bog er von der Kröpeliner Straße rechts ab, folgte der Nebenstraße und kam über die Breite Straße wieder zurück. An jeder Ecke war er stehen geblieben und hatte unauffällig gewartet. Aber niemand schien von ihm Notiz zu nehmen. Vielleicht, dachte er, ist diese Heimlichtuerei überflüssig, aber er hatte bei seinem Job gelernt, dass es besser war, einmal zu viel als zu wenig vorsichtig zu sein. In der Nähe des Fünfgiebelhauses mit seinem Glockenspiel blieb er noch einmal stehen und sah sich einige Minuten lang um. Dann betrat er schnell das Café und verschwand im Nebenzimmer. Drei seiner Männer waren bereits da. Ein kurzer Gruß, dann ließ sich Terhoven so nieder, dass er die Tür im Auge behalten konnte. Unmittelbar nach ihm kam der vierte Mann herein und setzte sich zu ihnen. Auffallend an ihm war das Fehlen eines Fingers an seiner rechten Hand. Ihn hatte er bei einer Messerstecherei verloren, bei der es um seinen Anteil an einem Deal gegangen war. Er hatte dabei seinen Finger, der Kontrahent aber sein Leben verloren. Das war zwar nicht vorgesehen, aber auch nicht mehr rückgängig zu machen gewesen. Seit dieser Zeit musste der vierte Mann untergetaucht leben und war froh, wenn er ab und zu einen Job wie diesen hier in Rostock bekommen konnte. Schließlich musste er leben und seine Ersparnisse waren so gut wie aufgebraucht. Alle vier machten nicht gerade den Eindruck, als ob sie sich für die Titelseite eines Dress-Magazins bewerben konnten, aber Terhoven war das gleich. Er brauchte ihre Hilfe, nur das zählte. Den Rest würde er zum großen Teil selbst erledigen können.

In der nächsten Stunde ging er mit ihnen alle Einzelheiten durch und wies jedem seine Aufgabe zu. Es war wichtig, dass sie nicht übers Ohr gehauen werden konnten, wenn sie das Geld aus der Hand gaben, ohne die Echtheit des Stoffes geprüft und diesen verladen zu haben. Dazu war es notwendig, dass sie, anders als abgemacht war, bewaffnet auftraten. Terhoven wandte sich an Stig Hanussen und Otto Breuer, die sich als Erstes gemeldet hatten. »Habt ihr eure Spritzen dabei?«

Beide nickten und klopften an ihre Jacken, die im Brustbereich eine leichte Beule aufwiesen.

»Haltet sie bereit, aber bleibt so stehen, dass euch nicht ein Scheinwerfer von denen erwischen kann. Ich gehe davon aus, dass die Polen auch irgendetwas parat halten, so wie ich sie einschätze. Geschossen wird nur im Notfall, im äußersten Notfall, wenn ich mich klar genug ausgedrückt habe!«

»Geht klar«, sagte Stig Hanussen. »Trotzdem wollen

wir die Ersten sein, weil wir sonst nicht mehr dran kommen werden.« Er grinste. Otto Breuer nickte bestätigend. »Ich habe für Schalldämpfer gesorgt!«

Terhoven sah ihn scharf an. »Es geht hier nicht nur um Geräusche, sondern um die Tatsache, dass es hinterher Tote gibt, die mir überhaupt nicht ins Geschäft passen, und euch auch nicht.«

Max Klaub und Robert Werner, die anderen beiden, hatten mit einigem Unbehagen zugehört.

»Wir sollten bloß schauen, dass wir das Zeug kriegen und verladen, und dann nichts wie weg!« Max Klaub hatte eine Narbe über der Stirn, die von einem Streifschuss herrührte. Und Robert Werner, der mit den neun Fingern, bestätigte diese Auffassung. »Bloß keine Toten mehr. Du kriegst die Bullen dein Leben lang nicht mehr vom Hals!«

»So ist es!« Terhoven wusste, dass er sich bei vier Mittätern eine Menge Verantwortung und ein großes Risiko aufhalste, aber er brauchte sie zu seinem eigenen Schutz und zur Absicherung. Er traute den Polen alles zu und wollte ihnen mit seiner Mannschaft gleich von vornherein den Schneid abkaufen. Schließlich schleppte er eine Million Euro mit sich herum, wobei es nur eine untergeordnete Rolle spielte, dass das meiste davon gefälscht war. Die anderen wussten dies nicht und könnten in Versuchung geraten, ihm das Geld mit Gewalt abzunehmen. Und was bei ihnen Gewalt hieß, wusste Terhoven noch aus der Vergangenheit.

Sie verabredeten sich an der Petrikirche um halb zehn. Von dort würden sie zum vereinbarten Treffpunkt fahren. Terhoven bezahlte für alle und verließ das Café. Er bummelte über den Universitätsplatz zur Altbettelmönchstraße und kehrte über die Rostocker Heide und den Glatten Aal zum Neuen Markt zurück. Selbst er war gefesselt vom beleuchteten Rathaus, das in der Mitte des 13. Jahrhunderts erbaut und mit seiner Fassadenfront ein Wahrzeichen Rostocks war. Zwölf Spitzbogenfenster mit ihren sternförmigen Windöffnungen und den sieben Türmchen am First waren noch über dem barocken Vorbau mit seinem eleganten Festsaal aus dem Jahre 1735 sichtbar.

Terhoven kehrte in seine Pension zurück, holte sich ein paar belegte Brote und ein alkoholfreies Bier aus dem Kühlschrank in seinem Zimmer und überdachte noch einmal in aller Ruhe ihre Vorgehensweise.

Als es Zeit war aufzubrechen, versicherte er sich, dass er seine eigene Waffe geladen und eingesteckt hatte. Dann holte er den Wagen, der in der Johannisstraße geparkt war. Zur Sicherheit hatte er noch eine Plane über Dach und Scheiben gezogen. Über Seitenstraßen fuhr er zur Petrikirche und suchte sich dort einen Parkplatz. Kurz nach halb zehn kamen seine Leute aus verschiedenen Richtungen und stiegen schweigend ein.

Terhoven fuhr los und erreichte nach wenigen Minuten den vorgesehenen Platz östlich des Hanseatic Centers, wo er vor Tagen schon einen versteckten Zugang zur Warnow festgestellt hatte.

Um diese Zeit war es noch nicht dunkel, aber die Dämmerung verwischte bereits die Konturen der Stadt. Immer noch lastete die Hitze des Tages über Rostock, dieser Sommer würde wohl so schnell nicht wiederkommen. Eine Menge Touristen bevölkerten die Stadt, die mit ihrer Viertelmillion Einwohner die größte von Mecklenburg-Vorpommern war, gleichwohl aber nicht die Hauptstadt. Diesen Rang hatte ihr nach der Wiedervereinigung Schwerin abgelaufen. Wie alle Städte mit Backsteingotik entlang der Ostsee wurde auch Rostock in dem vergangenen Jahrzehnt erstaunlich schnell in seinem Altstadtkern erneuert und war für Touristen ein lohnendes Ziel.

Terhoven und seine vier Begleiter interessierten sich im Augenblick freilich nicht für die Schönheiten Rostocks, sondern schauten unauffällig auf die Warnow hinaus, wo jeden Moment die Jacht Malchewskis auftauchen musste. Doch die Zeit verrann, und sie war nicht zu entdecken. Terhoven blickte auf seine Armbanduhr und stellte eine Verspätung von bereits zwanzig Minuten fest. Nun, das war noch kein Beinbruch, es konnten Kleinigkeiten dazwischengekommen sein, die die Verzögerungen hervorgerufen hatten. Ihr Standort lag einigermaßen versteckt, so dass sie erst im letzten Augenblick gesehen werden konnten. Die Dämmerung wurde stärker, eine Reihe von Lichtern erleuchtete bereits die Stadtsilhouette. Terhoven wurde schließlich unruhig. Wenn es zu finster war, fand Malchewski vielleicht ihren Treffpunkt nicht.

Robert Werner war es, der den Mann als Erster entdeckte. »Dreht euch bitte nicht alle gleichzeitig um, etwa fünfzehn Meter hinter uns steht einer und raucht. Ich habe ihn im Rückspiegel schon vor ein paar Minuten am Glimmen seiner Zigarette entdeckt. Er muss uns beobachten.«

Terhoven fühlte nach seiner Waffe. »Haltet eure Spritzen bereit. Malchewski ist schlauer als ich dachte. Er hat vermutlich einen Mann in unserem Rücken postiert, das kann unangenehm werden. Otto, nimm das Nachtglas und such noch mal das Wasser ab, die Jacht muss ganz in der Nähe sein. Ich geh mal pinkeln.« Er stieg aus und ging in die Richtung, die Werner angedeutet hatte. Gegen den Hintergrund großer Gebäude war die Gegend fast dunkel. Terhoven zog seine Waffe und hielt sie bereit. Das Glimmen war nicht mehr zu sehen. Jetzt hieß es aufpassen. Terhoven trat vom Weg herunter und versuchte, seine Augen an die Dunkelheit zu gewöhnen. Irgendwo rollte ein Stein, und einige Schritte waren zu hören, die sich entfernten. Er bückte sich, um nicht ein Ziel gegen das beleuchtete Zentrum abzugeben. Aber es war weder etwas zu hören noch zu erkennen. Die Leuchtziffern seiner Uhr zeigten mittlerweile 22.40 Uhr. Eine Dreiviertelstunde Verspätung, das sah Malchewski nicht ähnlich. Was hatte das zu bedeuten? Plötzlich beschlich Terhoven ein ungutes Gefühl, verstärkte sich und signalisierte ihm äußerste Gefahr. Wie, wenn es nicht Malchewski war, der kommen würde, sondern ein anderer oder gar die Polizei. Vielleicht war ja schon der Zigarettenraucher hinter ihnen ein Bulle! Er kehrte vorsichtig zum Auto zurück.

»Gib mir mal das Nachtfernglas und die Taschenlampe«, sagte er leise, »wir haben ein Lichtzeichen vereinbart, falls es zu dunkel sein würde.«

Stig Hanussen reichte ihm beides. »Sei bloß vorsichtig mit Lichtzeichen! Die können auch andere auffangen!«

Terhoven knurrte Zustimmung und richtete das Nachtfernglas auf das Wasser. Langsam beschrieb er einen Bogen.

Da – da war ein dunkler Schatten, der auf sie zuglitt!

Offensichtlich hatte Malchewski das Segel eingeholt und kam mit dem Motor herein, der extrem leise lief. »Ich hab ihn«, raunte Terhoven seinen Leuten zu. »Otto, du sicherst uns nach hinten ab. Schau zu, dass der Kerl uns nicht in die Quere kommen kann. Aber nochmals: keine Schießerei, wenn es sich irgendwie vermeiden lässt.«

Der Angesprochene stieg leise aus, und Terhoven bemerkte, dass er seine Waffe aus der Jacke geholt hatte. »Geht klar!«, erwiderte er leise und verschwand in die Richtung, in der das Glimmen der Zigarette zu sehen gewesen war.

Terhoven folgte dem Schatten mit dem Fernglas. Es musste Malchewski sein. Die dunkle Masse war inzwischen als Jacht erkennbar und hielt direkt auf sie zu.

»Los raus, und jeder nimmt seinen Platz ein. Ich allein spreche, ihr passt nur höllisch auf, dass wir nicht überrascht werden.« Er nahm die Taschenlampe und blinkte dreimal kurz, zweimal lang und ein weiteres Mal nach zehn Sekunden. Dann hob er wieder das Fernglas an die Augen. Für einen Moment querte die Jacht in dem schwachen Widerschein der Lichter am Hafen, dann verschwand sie wieder im Dunkeln. Der kurze Augenblick hatte aber genügt, um sie erkennen zu können. Terhoven war sich jetzt sicher, er kannte das Schiff von früheren Lieferungen. Da blitzte es von der Jacht her:

zweimal lang, dreimal kurz und nach zehn Sekunden zweimal kurz. Es war das verabredete Signal. Terhoven atmete auf. Nun hieß es, vorsichtig zu sein. Die Jacht näherte sich ganz langsam dem Ufer, ein leises Knirschen zeigte ihre Landung an. Ein Mann sprang an Land. Terhoven rief ihn halblaut an: »Stopp! Was machen Sie hier?« Der Mann wandte sich ihm zu und deutete auf eine Leine, die er in Händen hielt. Dann sagte er etwas auf Polnisch, was Terhoven aber nicht verstand. Er befestigte die Leine und kletterte an Bord zurück.

»Malchewski!«, rief Terhoven halblaut.

»Terhoven?«, kam die Antwort.

»Ja, kommen Sie an Land!«

Sein Partner huschte über das Deck und sprang an Land. Sie begrüßten sich kurz und flüsterten einen Moment miteinander. Dann kehrte Malchewski auf das Boot zurück, während Terhoven ein paar Schritte zurücktrat und leise Stig Hanussen zu sich rief.

Der stand wie aus dem Boden gestampft neben ihm. »Steck deine Waffe so ein, dass man sie nicht sieht!«, flüsterte Terhoven, dann kletterten beide auf das Boot. Malchewski führte sie unter Deck. Dann schloss er alle Luken und machte Licht.

Er deutete auf einen Stapel in Plastiksäcken eingeschweißter Pakete von etwa einem Kilo Gewicht, wie Terhoven schnell abschätzte.

»Wo ist Geld?« Malcheswki sah auf die leeren Hände der beiden Männer.

»Ich möchte zuerst die Ware prüfen«, gab Terhoven zurück.

»Okay, Sie können herausnehmen Paket und öffnen.

Nicht mehr als drei, weil alle sind gleich.« Malchewski sprach das für einen Osteuropäer typisch hart klingende Deutsch. Er mochte Mitte fünfzig sein, hatte ein scharf geschnittenes Gesicht und eine vorspringende Nase. Er sah die beiden mit einem lauernden Blick an. Terhoven vergewisserte sich, dass Stig Hanussen sich so postiert hatte, dass sein Rücken durch die Wand geschützt war und er den ganzen Raum und den Niedergang beobachten konnte. Dann holte er ein Messer aus seiner Tasche und schnitt drei verschiedene Pakete an, nahm etwas vom Inhalt heraus, roch daran und leckte vorsichtig etwas davon. Das Zeug schien in Ordnung zu sein. Er wandte sich an Malchewski. »Ich möchte noch zwei Päckchen öffnen.«

Das Gesicht des Polen verfinsterte sich. »Du mir nix trauen? Bring deine Geld, ich kann prüfen. Dann noch zwei Pakete öffnen!«

Terhoven wandte sich um. Als er an Stig Hanussen vorbeiging, raunte er: »Pass auf alles auf!« Der nickte unmerklich.

Wie abgesprochen, hatte Robert Werner die große Tasche mit dem Geld etwas abseits des Autos bereitgehalten. Terhoven holte sie und beorderte Werner näher ans Schiff hin. »Hast du was vom Otto gehört?«, fragte er dann leise. Werner schüttelte den Kopf, ihm fiel aber gleichzeitig ein, dass dies Terhoven in der Finsternis wohl nicht sehen konnte und sagte schnell: »Nein, nix.«

»Pass bloß auf, dass keiner von hinten anschleicht«, mahnte ihn Terhoven und kehrte mit der Tasche an Deck zurück. Sie enthielt die Hälfte der ausgemachten Summe. Den Rest würde er auf die Jacht schicken, wenn die Ware im Kombi verladen war. Vertrauen gegen Vertrauen, dachte er und grinst vor sich hin.

In der Kajüte übergab er Malchewski die Tasche und sagte: »Hier sind 500000 Euro, den Rest gibt's, wenn ich die Ware habe.«

Der Pole sah ihn finster an. Terhoven hätte gar zu gerne gewusst, was er in diesem Moment dachte. Irgendeine Gaunerei war es sicher. Malchewski rief halblaut Namen, und plötzlich standen zwei Besatzungsmitglieder im Raum. Sie mussten nebenan schon gewartet haben. Sie sprachen polnisch miteinander und begannen das Geld zu zählen. Urplötzlich hatte Malchewski ein Gerät zum Prüfen der Echtheit von Geldscheinen in der Hand. Terhoven wurde es heiß, er sah zu Stig Hanussen und maß die Entfernung zur Treppe nach oben. Nun wird's knapp, dachte er, dass der Kerl ein solches Gerät haben wird war nicht vorherzusehen gewesen.

Malchewski steckte einen Hundert-Euro-Schein in den Apparat und drückte auf einen Knopf, doch nichts rührte sich. Er fummelte eine Zeitlang damit herum und fluchte halblaut auf Polnisch vor sich hin. Irgendetwas war wohl nicht in Ordnung, die Anzeige auf dem Display blieb leer. Mit einem Fluch warf Malchewski das Gerät in die Ecke und begann, einige Scheine wahllos aus der Menge zu überprüfen, in dem er sie gegen das Licht hielt. Aber die Fälscher hatten ganze Arbeit geleistet. Nicht einmal der Präsident der Europäischen Notenbank hätte mit bloßem Auge die Fälschung entdecken können.

Terhovens Gesicht blieb ungerührt.

Nach einiger Zeit sagte Malchewski: »Geld gut. Wenn nix gut, du hören von mir!« Das Letzte war eine deutliche Drohung.

Terhoven ließ sich nichts anmerken. »Mein Geld ist gut. Ist Ihre Ware auch in Ordnung?«

Der Pole sah beleidigt auf. »Ich immer gutte Ware!«

Terhoven ahmte ihn nach: »Wenn nix gut, du hören von mir!«

Malchewski fluchte auf Polnisch vor sich hin. Dann knurrte er: »Jetzt einladen, du holen Rest von Geld!«

Terhoven wandte sich an Hanussen. »Bleib hier und pass auf, dass nichts ausgewechselt wird.«

Dann verschwand er wieder an Land und holte Max Klaub und Robert Werner. Das Verladen dauerte nur wenige Minuten. Dann nahm Terhoven die zweite Tasche und brachte den Rest des Geldes auf die Jacht. Malchewski stand an der Reling und blickte in die Dunkelheit des Ufers. Er unterhielt sich leise mit einem Mann von der Besatzung, und sie schauten immer wieder an Land. Terhoven war schnell klar, was sie suchten, vielmehr, wen sie suchten. Doch er sagte nichts. Sie mussten ihren Mann schon länger vor der ausgemachten Zeit an Land gesetzt haben, zu gerne hätte Terhoven gewusst, was seine Aufgabe in diesem Spielchen war. Otto hatte ihn allem Anschein nach in Schach halten können.

Malchewski nahm auch aus der zweiten Tasche ein paar Stichproben, in dem er die Geldscheine gegen das Licht hielt, ihr Papier zwischen den Fingern rieb und das Wasserzeichen genau prüfte. Doch er konnte nichts entdecken, was auf falsches Geld gedeutet hätte. Schließlich nickte er, sein Raubvogelgesicht war ohne Ausdruck, als er sich an Terhoven wandte. »Geld jetzt gut, aber zu Hause mit Apparat prüfen!«

Der nickte gleichmütig. »In Ordnung! Ich melde mich wieder, wenn ich Ware brauche.«

Dann verließen er und Stig Hanussen die Kajüte und kehrten an Land zurück.

Den finsteren Blick, den ihnen Malchewski nachschickte, konnten beide nicht bemerken.

Sie waren bloß zu viert am Auto. Otto fehlte. »Los, helft mir, ihn zu verständigen. Wir müssen schleunigst verschwinden, das Ganze hat schon viel zu lange gedauert. Weiß der Kuckuck, was dem Malchewski alles einfällt.« Terhoven hatte es plötzlich eilig. Wer weiß, ob das Gerät zur Falschgelderkennung nicht auf einmal wieder funktionierte. Robert Werner blieb beim Kombi, die anderen drei schlichen vorsichtig zur der Stelle, wo sie Otto Breuer vermuteten.

Terhoven rief leise seinen Namen. Keine Antwort. Er rief etwas lauter – wieder nichts. Dann schaltete er seine Taschenlampe ein und deckte den Lichtkegel mit der Hand etwas ab. Einiges Gerümpel lag herum, leere Scheinwerfer eines ausgeschlachteten Pkw starrten sie an. Aber von Otto Breuer keine Spur. Sie folgten ein kurzes Stück einer mannshohen Mauer und suchten rechts und links eines Fußweges, der vom Wasser wegführte. Nichts. Terhoven sah nervös auf seine Uhr. Kurz vor Mitternacht. Der Himmel hatte sich bezogen, nur vereinzelt schauten Sterne aus den Wolkenlöchern, eine leichte Brise kräuselte das Wasser der Warnow. In einem

Bogen waren die drei wieder dort angelangt, von wo sie ausgegangen waren. Keine Spur von Otto Breuer. Das konnte nur etwas Schlechtes bedeuten.

»Verdammt noch mal, wo ist der Kerl bloß«, fluchte Terhoven halblaut vor sich hin. Robert Werner sprach es schließlich aus, was sie insgeheim befürchtet hatten.«Vielleicht hat ihn der andere erwischt?«

»Otto war gewitzt genug, um sich in Acht nehmen zu können. Schließlich wusste er, wo er ihn finden konnte, während der andere nicht ahnen konnte, dass wir ihn gesehen haben.« Max Klaub hatte schon einige Male mit Otto zusammengearbeitet.

»Wir geben noch eine Viertelstunde zu, dann müssen wir verschwinden!«, gab Terhoven zu verstehen. Sie suchten noch einmal den Platz in der Dunkelheit ab, wobei sie halblaut Ottos Namen riefen. Nach der vereinbarten Zeit trafen sie sich wieder am Wagen.

»Nichts! Es ist, als hätte ihn der Teufel persönlich geholt!« Terhoven überlegte. Dann sagte er: »Wir verschwinden jetzt! Sollte Otto wieder auftauchen, weiß er ja, wohin er sich wenden muss. Wir können hier nichts mehr gewinnen und sollten uns endlich davonmachen. Was dagegen?«

Keiner hatte etwas einzuwenden, schließlich war ihnen das Hemd näher als der Rock. Ihre Sicherheit war im Augenblick wichtiger. Sie verließen ihren Standort und fuhren vorsichtig zur Straße hinaus, die ein Stück östlicher verlief. In der Nähe des Kröpeliner Tores hielt Terhoven an. »Wir treffen uns, wie ausgemacht, morgen Abend 22 Uhr an der Fischerbastion. Dann kriegt ihr euer Geld!«

»Wo geht der Stoff eigentlich hin?«, wollte Robert Werner wissen.

»Das braucht euch nicht zu interessieren«, erwiderte Terhoven ärgerlich, »aber wenn ihr es schon wissen wollt: Es soll zum großen Teil in die Stuttgarter Gegend, der Rest ins Rheinland gehen.«

Was ging diese Leute an, wohin der Stoff kommen sollte? Ohne Zögern nannte er daher völlig falsche Zielgebiete. Wer weiß, was die sonst noch anstellten, wenn die Sache mit dem Anteil aufflog.

»Warum hast du unseren Anteil nicht gleich heute dabei?« Max Klaub war das Misstrauen in Person. Er traute niemanden, nur sich selbst, und das auch nur, wie er vor seinen Freunden grinsend angab, wenn er keine andere Möglichkeit sah.

»Ich habe es euch doch lang und breit erklärt.« Terhoven war gleichermaßen ärgerlich wie vorsichtig. »Euer Anteil hat mit dem Geld, das wir vorhin übergeben haben, nichts zu tun. Ihr wer…det aus einer anderen Quelle bezahlt, und die zahlt erst, wenn sie die Ware gesehen hat.«

»Was soll eigentlich dieser Schmarren«, knurrte Stig Hanussen. »Wir haben schließlich unsere Arbeit getan, uns steht der Anteil zu, und zwar sofort!«

Dies war einer der Augenblicke, in denen Jens Terhoven ins Schwitzen kam. Er hatte die ominöse Geldquelle genauso erfunden wie deren Überprüfung der Ware. Jetzt half nur noch die Flucht nach vorn.

»Was wollt ihr eigentlich? Haben wir nicht alles schon besprochen und ihr wart einverstanden? Traut ihr mir nicht mehr, oder was ist los?« Seine Stimme hatte an Schärfe zugelegt.

Max Klaub war der Erste, der einlenkte. »Spiel nicht gleich die beleidigte Leberwurst! Wir werden wohl noch unsere Interessen vertreten dürfen.«

»Ja, lassen wir es dabei, wie besprochen«, schloss sich auch Hanussen an, nur Werner blieb stumm.

»Okay, dann bis morgen!« Die drei stiegen aus, und Terhoven stellte den Wagen in der Tiefgarage ab, wo er sorgfältig Decken über die Ware legte. Dann suchte er sein Zimmer auf und bestellte eine Flasche Sekt beim Nachtportier. Alles war gutgegangen! Er hatte seine Ware, das Falschgeld war an den Mann gebracht, jetzt konnte er sich absetzen.

Jens Terhoven verließ Rostock im frühen Morgengrauen des 30. August.

Zu diesem Zeitpunkt wusste er zwei Dinge noch nicht: Erstens, dass am nächsten Tag eine Suchfahndung der Rostocker Polizei in der Zeitung stand, die einen aus der Warnow gezogenen unbekannten Toten betraf, der mehrere Stichwunden aufwies; zweitens, dass er Rostock nie wiedersehen würde.

25 Ramona Rind war nach der Beerdigung ihres Bruders mehrere Tage nicht ansprechbar. Für sie war eine Welt eingestürzt. Kevin, ihr Bruder, war tot! Sie konnte diesen Gedanken einfach nicht verdrängen. Gleichzeitig aber festigte sich die Erinnerung in ihrem Bewusstsein, dass ihr Bruder mit Rauschgift zu tun gehabt und dass er, wie man vermuten konnte, hohe Schulden gemacht und sich mit zwielichtigen Männern abgegeben hatte. Was würde jetzt mit Vaters Firma werden? Von den Banken war nichts mehr zu bekommen, sie selbst hatte den Versuch gemacht und bei zwei namhaften Geldinstituten in Kempten nachgefragt. Freundliches, aber bestimmtes Kopfschütteln in beiden Fällen. Die Firma Rind war gewissermaßen pleite, wer wollte jetzt da noch einen Cent investieren? Am politischen Himmel waren keinerlei entlastende Zeichen zu sehen, alles was man bisher unternommen hatte, war nur Flickschusterei ohne große Wirkung. Solange Aufträge ausblieben, gab es für die Baubranche kein Fortkommen mehr.

In dieser Zeit telefonierte sie mehrmals am Tag mit Susi Allger in Immenstadt. Ein paar Tage nach der Beerdigung Kevins konnte Susi Ramona zu einem Cafébesuch überreden. Sie fuhren nach Oberstaufen und schlenderten durch den Ort. Als sie neben der Kirche ein Café entdeckten, gingen sie hinein und bestellten sich Kaffee und Kuchen.

Beide Frauen hatten nicht bemerkt, dass ihnen seit Immenstadt ein Wagen gefolgt war. Dessen Fahrer betrat ebenfalls das Café und suchte sich einen leeren Tisch, von dem aus er die beiden sehen konnte. Er nahm ohne Eile die Speisenkarte und begann darin zu suchen, wobei er mehr an der Karte vorbei auf Ramona und Susi schaute als auf das Speisenangebot. Sein uneingeschränktes Interesse galt Ramona. Er bestellte eine Kleinigkeit und nahm die Zeitung vom Nachbartisch. Er war etwa Mitte dreißig, hatte dunkelblondes zurückgekämmtes Haar und trug Jeans und eine braune Lederjacke. Frauen würden ihn als sehr gut aussehend bezeichnet haben. Hätten sie allerdings in sein Inneres schauen können, wäre ihr Interesse schnell erloschen. Joe Marcus war sich seiner Wirkung auf Frauen bewusst, sie interessierten ihn aber bisher nur aus dem einen Grund: Wie konnte er sie so schnell wie möglich ins Bett und danach wieder loskriegen. Er verlor meist schnell das Interesse an ihnen, bis er wieder einmal Lust auf Beute bekam. Diesmal hatte er einen interessanten Tipp von seiner Tante aus Kempten bekommen. Sie war offensichtlich Insiderin, und ihr Hinweis war so präzise, dass er nur nach Immenstadt zu fahren und dort die Abfahrt der beiden jungen Frauen abzuwarten brauchte. Der Tipp ging noch viel weiter. Ramona Rind, er wusste auch ihren Namen, war Alleinerbin einer größeren Baufirma. Zwar steckte diese im Augenblick in finanziellen Schwierigkeiten, aber der Besitz an Immobilien war so groß, dass eine erkleckliche Summe nach Begleichung der Schulden übrigbleiben musste. Seine Tante wusste da genau Bescheid. Und noch etwas würde zu dieser neuen Affäre gut passen: Er hatte da über einige Umwege Bescheid bekommen, dass Stoff aus Norddeutschland aufgetaucht war, der Abnehmer brauchte und einen Dealer mit genauen Kenntnissen von Gegend und Leuten. Vielleicht konnte man ja diese marode Baufirma wieder flottmachen. Nicht dass er vorhatte, Bauunternehmer zu werden, nein, so weit ging seine Liebe nicht. Aber man könnte sich einen Geschäftsführer leisten, der die Arbeit abnahm und er, Joe Marcus, brauchte dann nur die Hand aufzuhalten und den Gewinn einzustreichen. Dass man nebenbei noch ein Rasseweib dazubekam, machte die Sache natürlich angenehmer. Und wenn er sie mal satthaben sollte, na ja, Joe Marcus grinste vor sich hin, in seinem geheimen Kalenderbüchlein standen einige Namen und Adressen, die es in sich hatten. Er musste jetzt nur den Anfang, die erste Bekanntschaft machen, alles Weitere würde sich finden. Schließlich war ihm noch keine Frau entkommen, die er haben wollte.

Heute war Joe Marcus erst mal hier, um sich Ramona anzuschauen. Irgendwo hatte er sie schon mal gesehen, aber es fiel ihm auch nach längerem Nachdenken nicht ein, wo das gewesen war. Man kann sich schließlich ein Gesicht nicht einbilden, dachte er, also wo war die erste Begegnung gewesen? Er sah Susi an, die bisher mit dem Rücken zu ihm saß, jetzt aber den Platz gewechselt hatte. Und plötzlich kam ihm die Erleuchtung: Waren das nicht die beiden Frauen, die er schon im Tannheimer Tal gesehen hatte? Wie Schuppen fiel es ihm von den Augen. Na klar, das waren sie! Er hatte sich dort mit Bruno Stängle getroffen, der allerdings nicht gesagt hatte, woher er kam oder wo er arbeitete. Er hatte sich nur merkwürdig benommen und sein Gesicht vor irgendjemand zu verbergen gesucht. Er, Joe Marcus, wollte damals nicht weiter danach fragen, das war schließlich Stängles Angelegenheit. Interessant, interessant, das waren also die beiden, die jetzt dort drüben am Tisch saßen und lebhaft schwatzten.

Das eine war Ramona Rind, und die andere? Was hatten die beiden damals am Haldensee gemacht? Joe Marcus' Jagdinstinkt war erwacht. Hier musste man ganz behutsam vorgehen, dass das kleine Fröschlein nicht davonhüpfte. Joe Marcus überlegte. In dieser Angelegenheit konnte man nicht auf den Zufall bauen, sondern musste diesem auf die Sprünge helfen. Nun, da er wusste, wer Ramona war und auch wo sie wohnte, sollte das kein größeres Problem sein. Er musste nur schauen, dass er ihre Freundin ausbooten konnte, denn die konnte er nicht brauchen. Er dachte daran, was ihm Bruno Stängle damals erzählt hatte. Sie kannten sich nicht, sondern waren über einen Dritten bekannt gemacht worden, wobei auch dieser nur per Telefon, und zwar als »Mister X«, mit ihm verkehrt hatte.

Joe Marcus stammte ursprünglich aus Füssen, war aber später nach Sonthofen und schließlich nach Kempten gezogen. Dort hatte er öfters Discos besucht und war dabei in eine Gesellschaft geraten, in der er sich ziemlich wohl fühlte. Als er merkte, dass diese neuen Bekannten mit Heroin und Kokain dealten, hatte er sich ihnen nach einigem Überlegen angeschlossen. Dabei war er so geschickt vorgegangen, dass die Polizei seiner nie habhaft werden konnte. Das hatte ihn nach oben hin empfohlen. Eines Tages wurde er von »Mister X« angerufen, der ihm mitteilte, dass er seinen Wirkungskreis wesentlich vergrößern und damit sein Einkommen erheblich steigern könne, wenn er in naher Zukunft etwas mehr Zeit als bisher aufbringen könnte. Dies war etwa Ende des Sommers gewesen, und er hatte zugestimmt. Als Nächstes hatte ihm »Mister X« einen gewissen Bruno Stängle avisiert, mit dem er sich im Tannheimer Tal getroffen hatte. Der war damals sehr zurückhaltend gewesen, nervös obendrein, und hatte immer wieder um sich geschaut. Das Einzige, was Stängle ihm mitgeteilt hatte, war, dass eine größere Sendung für das Allgäu angekündigt sei, die er, Marcus, entsprechend unterbringen sollte. Sein Anteil würde zwanzig Prozent betragen. Als er Stängle fragte, wie groß eine »größere« Sendung wäre, hatte dieser nur die Achseln gezuckt und gemeint: So genau sei er nicht informiert, aber wenn »die da oben« von einer größeren Sendung sprachen, dann sei wohl mit einem Millionengeschäft zu rechnen. Flugs hatte sich Marcus ausgerechnet, dass bei einer Million nicht weniger als 200 000 Euro auf sein Konto fließen würden. Das hatte ihn überzeugt. Klar, man musste verflucht aufpassen, dass einen die Bullen nicht erwischten, aber bisher war ja immer alles gutgegangen. Seither lag er in Wartestellung. Gestern hatte ein anonymer Anruf die Ladung für die nächste Zeit angekündigt.

Und jetzt saß er also hier in dem Café neben der Kirche in Oberstaufen und beobachtete verstohlen Ramona Rind. Er zerbrach sich den Kopf, wie er unauffällig an sie herankommen könnte. Es musste wirklich wie ein Zufall aussehen. Als sie einmal aufstand und nach draußen ging, wollte er ihr zuerst folgen, überlegte es sich aber und blieb sitzen. Nur nichts überstürzen, sagte er sich, auf einen Tag hin oder her kommt es wahrscheinlich nicht an.

»Mögen S' noch ebbes?« Die Stimme der Kellnerin brachte ihn in die Realität zurück.

»Ja, ein Wasser«

»Mit oder ohne?«

»Was mit oder ohne?«, fragte Marcus erstaunt.

»Kohlasäure«, die Kellnerin blickte ihn schmachtend an.

»Ohne bitte, sonst werd i kribbelig«, ging er auf ihren Dialekt ein.

Die Kellnerin nickte und wandte sich zum Tisch der beiden Frauen. Diese waren wohl gerade dabei zu zahlen, denn Marcus sah, wie die Kellnerin ihren Block hervorholte. Bevor sie aber zu schreiben begann, stieß Susi versehentlich die Blumenvase auf dem Tisch um, und alles Wasser sammelte sich auf Ramonas Schoß. Die sprang erschrocken auf und kippte dabei den Tisch, so dass Teller und Tassen mit einem riesigen Klirren am Boden landeten. Susi raufte sich die Haare, die Kellnerin rannte nach Wischtuch und Eimer, und Ramona stand mit ausgebreiteten Armen neben dem Tisch und wusste nicht, ob sie weinen oder lachen sollte. Das war *die* Gelegenheit! Joe Marcus sprang auf, lief zum Tisch der beiden Frauen und wandte sich an Ramona. »Kann ich Ihnen irgendwie helfen?« Er holte eine Packung Papiertaschentücher aus seiner Tasche, riss sie auf und gab sie Ramona. Die nahm sie dankbar lächelnd an und begann ihren Rock abzutupfen. Joe Marcus bückte sich und begann, die heil gebliebenen Stücke aufzusammeln und auf den Tisch zurückzustellen. Mittlerweile kam auch die Kellnerin mit Eimer, Besen und Schaufel und begann, die Scherben zusammenzukehren und in den Eimer zu kippen. Die übrigen Gäste, teils erschrocken, teils amüsiert, hatten sich wieder beruhigt. Joe wandte sich an Ramona. »Ist nichts weiter passiert? Ihr Rock wird wohl ein paar Flecken behalten?«

Ramona schüttelte den Kopf. »Ich werde ihn zur Reinigung geben, die lassen sich sicher wieder entfernen.«

Susi gewann ihre Fassung wieder. »So etwas Blödes ist mir auch noch nie passiert.«

Marcus sah sie an. »Aber, aber, das kann doch jedem mal passieren! Es war schließlich nur Wasser, wenigstens zuerst.«

Darüber mussten sie alle lachen, und die Verkrampfung bei den Damen löste sich. Joe Marcus packte die Gelegenheit beim Schopf. »Nachdem Ihr Tisch einem Schlachtfeld gleicht, darf ich mir erlauben, Sie an meinen Tisch einzuladen? Dort gibt es noch genügend Platz!« Er strahlte sie an. Das gab den Ausschlag.

»Vielen Dank, wenn es Ihnen nichts ausmacht. Sonst hätten wir schon noch einen Platz im Lokal gefunden, auch wenn es mittlerweile ziemlich voll geworden ist«, antwortete Ramona. Dann folgten sie Joe zu seinem Tisch und setzten sich.

»Eigentlich wollten wir ja gerade zahlen und gehen!«, erinnerte sich Susi.

»Aber, ich bitte Sie! Nach diesem Schreck müssen wir doch einen Beruhigungsschluck nehmen – ja ja, ich weiß«, unterbrach er sich, »Sie müssen noch fahren. Wir könnten ja auch etwas ohne Alkohol probieren, sie haben hier einen sehr guten Früchtecocktail, kann ich sehr empfehlen! Darf ich Sie dazu einladen?« Er hatte keine Ahnung, wie der schmeckte, zufällig hatte er ihn vorher auf der Getränkekarte entdeckt.

In der nächsten halben Stunde hatten sie einen Small Talk, der ohne Tiefgang blieb, aber die Beteiligten bei Laune hielt. Joe Marcus zog alle Register seines Könnens, erzählte, hörte aufmerksam zu, warf immer wieder ein »Ah!«, »O nein, das gibt es nicht!« oder ein »Donnerwetter, gut gemacht!« dazwischen, so dass Ramona und Susi ganz gerührt waren.

Bis Ramona plötzlich auf ihre Uhr blickte und erschrocken ausrief: »Was, schon so spät! Ich muss nach Hause!« Joe bedauerte sehr, die angenehme Gesellschaft, wie er sagte, aufgeben zu müssen und machte einen nach außen hin schüchternen Versuch, eine weitere Begegnung in Erwägung zu ziehen. Dabei sah er Ramona an, denn allmählich musste er eingleisig weiterfahren. Ihm nützte es gar nichts, wenn plötzlich Susi in seinem Schlepptau landete. Die hatte den Blick auf Ramona wohl gesehen und zog einen Schmollmund. Wieder mal Ramona, dachte sie, wann endlich spricht *mich* mal einer so an?

Ramona musste innerlich eingestehen, dass ihr der Mann imponierte. Nicht nur, dass er blendend aussah, er wusste sich gut auszudrücken, war unterhaltsam und offensichtlich auch klug. Sie konnte allerdings nicht ahnen, dass Joe ganz gezielt das Gespräch so geführt hatte, dass er bei seinen Lieblingsthemen blieb, mit denen er schon mehrfach Erfolge erzielt hatte. Sie gab ihm schließlich ihre Visitenkarte und überließ es ihm, sich mit ihr in Verbindung zu setzen. Worauf du dich verlassen kannst, dachte er und steckte die Karte erfreut ein. Von Susi, deren schmachtenden Blick er geflissentlich übersah, verabschiedete er sich mit einem Händedruck und wünschte ihnen eine gute Heimfahrt.

Er sah ihnen höhnisch hinterher und rieb sich die Hände. Das hatte geklappt, sein Glück war ihm hold gewesen. Dass er so schnell einen Kontakt herstellen konnte, hätte er sich nicht träumen lassen. Er bezahlte die Zeche und fragte diskret nach der Begleichung des Schadens, was seine Verursacher wohl vergessen hatten. Doch der Wirt winkte ab, er hatte dafür eine Versicherung.

Joe Marcus verließ das Café und ging zu seinem Auto zurück, das auf dem großen Parkplatz vor dem Bahnhof abgestellt war. Er war gut gelaunt. Jetzt musste er die Suppe am Kochen halten. Es wäre ja gelacht, wenn er bei Ramona nicht landen konnte.

Er sah auf die Datumsanzeige seiner Uhr. Es war der 5. Oktober, ein Sonntag.

26 Nach einem längeren Gespräch mit dem Staatsanwalt, dem er die bisherigen Erkenntnisse geschildert hatte, war Paul Wanner noch einmal zur Iller hinausgefahren und hatte den Fundort von Kevins Leiche aufgesucht. Hoffte er noch etwas zu finden oder eine Idee zu bekommen, wie der Fall weiterlief? Er wusste es nicht, und dies machte ihn wütend. Er setzte sich am Ufer der Iller ins Gras und sah auf das Wasser. Die Sonne hatte sich wieder einmal sehen lassen und zeigte immer noch Restwärme des vergangenen Jahrhundertsommers. Er nahm einen Stein und warf ihn in den Fluss. Man hörte nur ein Plopp, dann nichts mehr. Der Stein war verschwunden, das Wasser floss weiter, als hätte es diesen Wurf nie gegeben. Wanner geriet ins Grübeln. So ist unser ganzes Leben, dachte er. Irgendwo im Fluss unseres Lebens gibt es einmal ein Plopp, wenn wir eintauchen, danach ist nichts mehr von uns zu sehen. Gerade ein paar Menschen werden sich an uns erinnern, für die anderen sind wir aus dem Gedächtnis verschwunden. Wer kräht jemals nach uns? Keine Sau!

Wanner musste plötzlich laut auflachen, als er sich bewusst wurde, dass eine Sau ja wohl nicht krähen konnte. Er stand auf und ging zu seinem Wagen zurück. Seit

Lisa in Augsburg war, geriet sein Inneres immer mehr durcheinander. Er wollte sich dies nicht eingestehen, aber wenn er ehrlich darüber nachdachte, war es so. Lisa! Was sie wohl gerade machte?

Als er in sein Büro zurückkam, lagen einige Zettel auf seinem Schreibtisch. Eva Lang rief an und fragte, wo er gewesen sei, sie habe ihn gesucht. Haug rief an und teilte ihm mit, dass Richard Meier noch einen weiteren Tag in Rostock bleiben müsse, die ganze Angelegenheit sei wesentlich umfangreicher, als sie zuerst ausgesehen habe. Wanner kam nicht einmal dazu, seine Jacke an den Haken zu hängen, als es klopfte und Hansen seine Nase zur Tür hereinstreckte. »Hast du einen Moment Zeit für mich?«

Wanner verlor plötzlich seine Beherrschung, gab dem Papierkorb einen wütenden Tritt, dass dieser quer durchs Büro flog und seinen Inhalt säuberlich verteilte, und schrie: »Verdammt noch mal! Kann man nicht eine Minute weg sein, ohne dass der ganze Laden hier nicht mehr funktioniert?«

Hansen schloss erschrocken die Tür und ging in sein Büro zurück. So hatte er seinen Chef noch nie erlebt. Er musste mit den anderen bei nächster Gelegenheit darüber sprechen. Vielleicht brauchte Wanner ja Hilfe.

Der hatte seinen Wutanfall bereut und las die Zettel durch. Es war nichts Wichtiges dabei, vor allem nichts, was sie weitergebracht hätte. Er rief Haug zurück und fragte ihn, ob Meier sonst noch mehr gesagt habe als nur, dass er einen Tag später käme.

Doch Anton Haug wusste auch nicht mehr. »Wir

müssen wohl warten, bis er wieder zurück ist, auf einen Tag mehr oder weniger wird es wohl nicht ankommen.« Er schien auch nicht gerade bei bester Laune zu sein.

Dann rief er Hansen an und entschuldigte sich. »Du bist mir bloß gerade in die Quere gekommen, nimm's nicht persönlich!«

»Schon vergessen«, antwortete Hansen. »Ich wollte bloß noch mal über den Fall mit dir sprechen, mir ist da was aufgefallen.«

»Komm in einer halben Stunde, bis dahin habe ich die ganze Zettelwirtschaft hier durchgelesen.«

Hansen versprach es und legte auf.

Wanner suchte nach einem Apfel, doch die Schublade war leer. Dann ging er zum Kaffeeautomaten, doch der war auch leer. Wanner spürte, wie es ihm schon wieder hochkam. Er schluckte aber diesmal den Ärger hinunter und kehrte in sein Büro zurück. Er sah aus dem Fenster. Der Tag hatte keine besondere Farbe, nicht Sonne, nicht Wolken, es war einer jener Herbsttage, die man so schnell vergessen hatte, wie sie vergangen waren. Dann blieb er vor dem Foto mit Trettach und Mädelegabel stehen und studierte die kahlen Felswände. Er erinnerte sich noch genau an jenen Oktobertag, an dem er mit einem Freund die Trettach, das »Allgäuer Matterhorn«, erklommen hatte. Er hatte die Kletterei damals genossen. Die Trettachspitze war einer der wenigen namhaften Allgäuer Berge, die erstmals durch Einheimische erstiegen worden waren. Wenn man sich diese jähen, teilweise senkrechten Felswände ansieht und denkt, dass man das schon einmal geschafft hat, müsste man doch auch die Probleme des täglichen

216

Lebens meistern können, schoss es dem Hauptkommissar durch den Kopf.

Gerade als er sich wieder setzen wollte, klingelte das Telefon. Die Vermittlung kündigte ein Privatgespräch an. Aber es war nicht Lisa, wie er zuerst dachte, sondern sein Schulfreund Rudolf Schäfer, der an der Berufsschule in Kempten unterrichtete.

»Hallo Paul«, rief er ins Telefon, »alter Junge, wie geht's dir?«

Wanner war über den Anruf einigermaßen erstaunt. Sie hatten sich schon eine Ewigkeit nicht mehr gesehen oder gesprochen. »Hei Rudl, danke bestens. Und dir?« Er hatte schon lange nicht mehr so gelogen.

»Mir auch, mir auch.« Rudolf Schäfer wiederholte sich manchmal. Paul Wanner erinnerte sich an diese Marotte noch genau. »Mensch, wir haben uns doch schon lange nicht mehr gesehen. Hättest du keine Lust zu einem Besuch? So unter Männern, meine Frau ist nämlich für ein paar Tage nach München zu einer Schulfreundin gereist, und ich habe sturmfreie Bude!« Er kicherte vor sich hin.

Du lieber Gott, noch einer mit einem Moralischen, dachte Wanner. Laut aber sagte er: »Können wir gerne machen, meine Frau ist nämlich auch verreist, und zwar zu ihren Eltern nach Augsburg.«

»Na, wunderbar«, dröhnte Schäfer, so dass Wanner den Hörer weiter vom Ohr halten musste, »du weißt doch noch, ich lehre nicht nur kochen, sondern ich koche auch selber gerne. Ich habe mir schon ein Menü für dich ausgedacht, äh überlegt. Wie wäre es morgen Abend 19 Uhr?«

Wanner überlegte kurz, dann sagte er: »Würde mir passen. Aber du weißt, dass ich mitten unterm Essen gerufen werden kann, wenn sich was bei uns ereignet.«

Rudolf Schäfer lachte laut. »Dieses Risiko müssen wir eingehen. Sobald du bei mir bist, schalten wir einfach das Handy ab und schon bist du nicht mehr erreichbar.«

»Das geht leider nicht, aber wir wollen das Beste hoffen. Was gibt's denn?«

»Das verrate ich natürlich nicht, du musst dich schon überraschen lassen. Aber ich kann dir ankündigen, dass es ein Drei-Gänge-Menü sein wird. Bring also entsprechend Hunger mit, Hunger mit!«

Wanner versprach es und fügte an, dass er neben dem Hunger auch den Wein zum Essen mitbringen werde, dann legte er auf. So ganz war der geplante Abend zwar nicht nach seinem Geschmack, da Rudl einer jener Zeitgenossen war, die ständig reden mussten. Auf der anderen Seite brauchte man bloß zuzuhören, was ja auch ein Vorteil war. Schäfer wusste den ganzen Klatsch von Kempten und Umgebung. Nichts entging ihm, und wenn er nur Teile gehört hatte, so kombinierte er einfach den Rest dazu. Dann nannte er sich »Kommissar« Schäfer und lachte sein lautes Lachen, bei dessen Einsetzen Wanner jedes Mal erschrak. Wenigstens konnte man bei seinem Freund nicht einschlafen und ersparte sich so eine Peinlichkeit, dachte er.

Es klopfte und Hansen kam herein. Er hatte einen Becher Kaffee bei sich und stellte diesen vor Wanner auf den Schreibtisch. »Der Automat geht wieder«, meinte er grinsend, »und ich dachte, du könntest sicher einen Kaffee brauchen.«

Wanner dankte ihm erstaunt. Das war aufmerksam von seinem Kollegen.

»Was gibt's denn? Was ist dir aufgefallen?«

Uli Hansen zog einen Notizblock hervor und sah kurz darauf. »Hat mit den Schuhsohlen von Kevin Rind und dem Grünten zu tun. Wenn Rind keine extra Bergschuhe brauchte, ging er wohl selten in die Berge. Dadurch aber, dass er seine Halbschuhe besohlen ließ, sozusagen sprungbereit war, musste er damit gerechnet haben, schnell wohin gehen zu müssen, wozu er geeignete Sohlen brauchte, ohne dass er vorher auffällig die Schuhe wechseln musste. Nehmen wir an, er hielt sich bereit, auf den Grünten zu steigen. Warum wohl? Was wollte er dort oben?« Hansen hielt inne und sah Wanner an.

Der sagte lediglich: »Red weiter.«

»Wenn wir weiterhin davon ausgehen, dass Rind mit Drogen zu tun hatte, musste er ein Versteck haben, wo er die aufhob, bis er sie verscherbeln konnte. Wo konnte das Versteck sein? Wäre es im Tal, brauchte er keine Sonderschuhe, wäre es aber am Berg …« Er sah Wanner erwartungsvoll an.

»Meinst du nicht, dass es etwas umständlicher ist, Drogen auf einem Berg zu verstecken als irgendwo im Tal, wo man jederzeit hinkam?«

»Das habe ich mir auch schon gesagt. Aber wenn es ein Versteck sein soll, zu dem man nicht so oft Zugang braucht, so kann man es doch auf einem Berg anlegen, wo es niemand vermuten würde und auf dem man bis weit hinauf mit dem Auto fahren kann. Den Rest macht man dann als Wanderer getarnt mit dem Rucksack.« Hansen war ganz aufgeregt.

»Und wo am Grünten könnte so ein Versteck sein?«
Diese Frage stellte Wanner mehr an sich als an Hansen,
der den Berg ja nicht näher kannte.

Er trat an ein Foto des Grünten heran, das an der
Wand hing. Er studierte es aufmerksam, die Ansicht war
von Norden aufgenommen.

»Wir müssen noch mal hinauf und danach suchen«,
sagte er dann nachdenklich. »Aber ich glaube nicht, dass
es im Bereich des Denkmals zu finden ist. Entweder gibt
es irgendwo eine Höhle, oder wir müssen uns auf die
Ostseite des Berges konzentrieren. Das nächste Massiv
wäre der Gigglstein.«

Hansen war neben ihn getreten und hatte das Bild be-
trachtet. »Für mich ist da überhaupt nix herauszulesen«,
sagte er dann enttäuscht.

Wanner griff zum Hörer und bat Eva Lang, herüber-
zukommen. Ihr erklärte er dann kurz, was sie eben besprochen hatten. Eva Lang studierte das Foto ebenfalls,
dann meinte sie: »Wenn du schon glaubst, dass das Versteck nicht am Grünten liegt, dann muss es so liegen,
dass man mit dem Auto wenigstens bis in die Nähe
fahren kann. Die Straße endet an der Grüntenhütte.
Wohin könnte man von dort mit einem Rucksack gehen, ohne dass es mehr als etwa dreißig Minuten zu
Fuß sind?«

Wanner hatte sich eine Wanderkarte geholt und auf-
geschlagen. Ihr Maßstab von 1:30000 war günstig für
seine Zwecke. Er nahm einen Bleistift und fuhr einen
Kreis um die Grüntenhütte, der etwa die Entfernung einer halben Stunde andeutete. »Was liegt alles innerhalb?
Erstens die Hütte selbst, dann Jörgs Alpe, Kammeregg

Alpe, Bergstation Skilift, Gigglstein, Alpe Rossberg und etlicher Wald.«

Hansen und Eva sahen auf die Karte. »Wo kommt man am schnellsten mit dem Auto hin?«, fragte Hansen. »Grüntenhütte?«

»Richtig«, meinte Wanner, »aber ich glaube nicht, dass die Hütten selbst eine Rolle spielen. Die Gefahr, entdeckt zu werden, wäre viel zu groß. Wo sollte man außerdem unbemerkt Rucksäcke voller Drogen in den Hütten verstecken?«

»Gut«, pflichtete ihm Eva Lang bei. »So denke ich auch. Aber man könnte die Hütten als Anfahrtsziel wählen, und dann von ihnen aus das Versteck aufsuchen.«

Wanner grinste. »Jetzt sind wir wieder so weit wie vorhin, als wir den Kreis gezogen haben. Ich glaube, wir sollten mal an die Peripherie dieses Kreises gehen und dort schauen. Am Gigglstein haben vor gar nicht langer Zeit noch Adler gehorstet, so abgelegen ist er«, sagte Wanner nachdenklich. »Aber wie kommt man hin?« Er kaute auf dem Kugelschreiber herum. Eva stieß ihn an und machte ihn ironisch darauf aufmerksam, dass moderne Schreiber nicht mehr aus Holz waren wie früher, als sie sich noch viel besser zerbeißen ließen.

»Ich überdenke mir das noch mal und rufe euch dann.«

Als die beiden gegangen waren, verdeutlichte er sich den Gigglstein vor seinem inneren Auge. Er hatte ihn schon einmal vor ein paar Jahren bestiegen und konnte sich noch einigermaßen erinnern, dass der Aufstieg von der Ostseite durch eine enge, schluchtartige Vertiefung führte, die schräg zum Gipfel hinaufzog. Theoretisch war es natürlich möglich, dass dort irgendwo eine Höhle verborgen lag. Aber wer stieg schon auf diese Mauer? Höchstens ein paar Sportkletterer.

Der Hauptkommissar holte sich einen Becher Kaffee. Nichts passierte diesmal, Kaffee war da, die Maschine ging, der Becher schwappte nicht über. Also ein richtiger Volltreffer. Er ging deshalb so beschwingt zu seinem Büro zurück, dass er an der Ecke mit Camile Cirat zusammenstieß und ihr den Kaffee auf den unübersehbaren Busen goss. Sie stieß einen Schrei aus, ob aus Schreck über den Zusammenstoß oder weil der Kaffee heiß war, konnte nicht sofort ermittelt werden. Wanner trat erschrocken einen Schritt zurück und stammelte eine Entschuldigung. Dann aber sah er, dass er ordnungsgemäß die Ecke umrundet, während Camile Cirat offensichtlich die Kurve geschnitten hatte. Bevor er aber etwas in dieser Richtung sagen konnte, hatte Camile Cirat den Eimer hingestellt, die Arme in die Hüften gestemmt und zischte ihn an: »Du nix pass auf mit heiß Kaffe! Warum so rennen? Dann wieder müde und schlaf in Büro.« Wanner klappte seinen Mund zu und überlegte, dass er wohl keine Chance hatte, ihr die Regeln der Straßenverkehrsordnung klarzumachen. Er entschuldigte sich noch einmal und fragte, ob er etwa den Kaffee abputzen solle?

»Du nix anlangen Camile! Sonst meine Mann kommen, meine Sohn kommen, meine Schwagersohn kommen und …«

Wanner wartete nicht mehr weiter, wer aus ihrer Familie noch kommen würde, um ihn zur Rechenschaft zu ziehen. Er machte einen eleganten Bogen um die

Frau, die immer noch ihre Bluse abwischte, und kehrte schleunigst in sein Büro zurück.

Du sein blöd, Wanner!, dachte er. Du aufpassen, sonst türkisch Mann machen dich kalt. Er setzte sich in seinen Sessel und fing lauthals zu lachen an, lachte, bis ihm die Tränen über die Wangen liefen, und er spürte, wie dies seinem Inneren guttat.

27 Paul Wanner hatte am Freitag einen Zettel geschrieben und in fetten Buchstaben »Gutschein« darüber gesetzt. Es war ein Gutschein für die Reinigung einer Bluse, und er wollte ihn Camile Cirat übergeben. Man konnte es sich nicht leisten, mit einer Reinigungskraft über Kreuz zu kommen, sie war eine wichtige Person. Er hoffte, die Putzfrau heute zu treffen, allerdings nicht mehr so frontal wie am Tag zuvor.

Als das Telefon klingelte, nahm er schnell ab, aber es war nicht Lisa. Vielmehr kündigte Richard Meier seine Abreise aus Rostock und einige sehr brauchbare Hinweise an. Wanner, der an seine Einladung an diesem Abend bei Schäfer dachte, bat Meier, gleich am nächsten Tag bei ihm vorbeizukommen. »Man könnte durchaus noch ein paar Tage hierbleiben«, rief ihm Meier durch das Telefon zu. »Rostock ist eine sehenswerte Stadt, wenigstens im Zentrum. Und eine mit Polizisten, die auch bei Ampeln auf Zack sind!« Damit konnte nun Wanner nichts anfangen, und sie verabschiedeten sich. Bei Ampeln auf Zack, was sollte das denn nun wieder heißen?

Wanner holte seine nummerierten Zettel und legte auf seinem Schreibtisch einen neben dem anderen aus. Dann stellte er das Flip-Chart auf und ergänzte einige

Dinge, die er teilweise noch mit einem Fragezeichen versehen musste. Irgendetwas hatte er noch nicht beachtet. Ihm fehlte vielleicht eine Kleinigkeit, vielleicht mehr. Es war völlig richtig, und er stimmte seinen Mitarbeitern zu, dass man den Stoff nicht stundenlang auf einen Berg schleppte und dort in irgendeinem Loch versteckte. Ware, die vielleicht Millionen wert war. Also fuhr man mit dem Auto so weit es ging. Nun gab es auf der Ostseite des Grünten zwei Alpwege, die weit hinaufführten: den von Kranzegg und den über Kammeregg zur Grüntenhütte. Letzterer erreichte die höchste Stelle. Wanner tippte darauf, dass es dieser Weg sein müsse, der von den Gangstern benutzt wurde.

Und dann kam ihm die Erleuchtung! Mein Gott, warum war er da nicht früher draufgekommen! Er starrte auf den Weg, und jetzt sah er die beiden Striche, die den Weg oberhalb des Steinbruchs durchkreuzten. Natürlich, ich Rindvieh! Wanner wusste die beiden Striche, die sich im weiteren Verlauf des Weges wiederholten, sehr wohl zu deuten: Dieser Weg war für den öffentlichen Verkehr gesperrt. Gesperrt! Das heißt, hier durfte man nicht einfach hinauffahren, wie man wollte und irgendwo dort oben sein Rauschgift verstecken, hier brauchte man eine Genehmigung für die Benutzung des Weges. Dass er daran nicht schon früher gedacht hatte. Er suchte sich den Namen des Alpmeisters heraus. Als er diesen dann in der Leitung hatte, fragte er ihn, ob in den letzten vier Wochen auffällig viele Genehmigungen für ein- und dasselbe Auto ausgestellt worden waren.

Der Alpmeister nannte nach einigem Nachdenken das Kemptener Kennzeichen KE-K 800 und eine Nummer, die er aber auf einem anderen Block stehen hatte. Sie war, das wusste der Alpmeister, von auswärts. Er wollte ihn holen gehen, als ihn Wanner zurückhielt.

»War es zufällig die Nummer HRO-JJ 99?«

»Ja, genau! Woher wissen Sie denn das?« Der Alpmeister war ehrlich erstaunt.

»Das erzähle ich Ihnen später mal, im Moment sind wir noch mit Ermittlungen beschäftigt. In diesem Zusammenhang hätte ich eine Bitte an Sie. Könnten Sie uns eine Liste zusammenstellen, auf der, nach den beiden Autonummern getrennt, das Datum angegeben ist, wann diese Genehmigungen benutzt worden sind?«

Der Alpmeister versprach es zögernd, da er zurzeit bei den Herbstarbeiten sei und das schneefreie Wetter ausnützen müsse. Doch Wanner konnte ihn überreden, die Liste noch am gleichen Abend zu erstellen und ihm zuzufaxen.

Diesmal gelang es dem Hauptkommissar, sein Büro schon um 18 Uhr zu verlassen. Er schlich sich zu seinem Auto, nicht ohne vorher den Gutschein Camile Cirat übergeben zu haben, die Dienst hatte und ihm prompt über den Weg lief, als er aus dem Büro ging.

»Du heute schon fertig?«, hatte sie sich nicht verkneifen können zu fragen, und Wanner hatte etwas Undeutliches zur Antwort gegeben, was sie mit Sicherheit nicht verstand. Als sie den Sinn des Gutscheins verstanden hatte, erschien ein großes Lächeln auf ihrem Gesicht, und sie sagte: »Danke! Du gutter Mann! Ich gestern nix sage meine Mann.« Damit war sie Gutschein schwingend weitergeeilt.

Als Wanner nach Hause fuhr, begegneten ihm die beiden hübschen Schwestern aus der Nachbarschaft, die ihren Kuvasz spazieren führten. Paul trat auf die Bremse, kurbelte das Fenster herunter und rief den beiden Schwestern einen fröhlichen Gruß zu. »Wie geht's dem Arak heute?«, fragte er und sah bewundernd auf den gepflegten Hund.

»Danke, Herr Wanner. Uns dreien geht es prima.«

Wanner winkte und fuhr zu seiner Garage weiter.

Im Haus fand er erst einmal eine unaufgeräumte Wohnung vor. Natürlich, wer hätte sie denn auch aufräumen sollen? Lisa war ja nicht da. Er holte zwei Flaschen Rotwein aus dem Keller und stellte sie in einer Plastiktüte neben die Haustür, damit er sie nicht vergessen konnte. Dann duschte er und zog sich um.

Rudolf Schäfer wohnte im Stiftallmey im Westen von Kempten in einem Einfamilienhaus. Als Wanner um 19 Uhr klingelte, öffnete ihm ein schwer beschäftigter Freund, der in seiner weißen Küchenschürze eine gute Figur abgab. Die Begrüßung fiel so laut aus, wie sich Wanner das vorgestellt hatte. Er übergab die beiden Flaschen und fragte, ob er etwas helfen könne.

»Ja, klar«, meinte Schäfer strahlend. »Du kannst gleich die Flaschen aufmachen, Gläser stehen am Tisch.« Mehr durfte er nicht helfen.

Aus der Küche roch es ganz manierlich, und Wanner verspürte plötzlich einen richtigen Appetit, da er den ganzen Tag nichts Vernünftiges gegessen hatte. Schäfer verschwand wieder in der Küche, wo man ihn hantieren hörte. Wanner sah sich im Wohnzimmer um. Es mochte etwa 25 Quadratmeter groß sein und hatte an einer Seite eine Abtrennung mit einer Sitzecke. Deren Stühle waren Wanner gleich sympathisch, denn er hasste es, stundenlang auf ungepolsterten Stühlen verbringen zu müssen, die irgendein Designer entworfen hatte, der selbst nie darauf zu sitzen brauchte. Zwei moderne Gemälde stachen ihm ins Auge. Wanner mochte diese Art von Gemälden überhaupt nicht. Aber Kollege Anton Haug war ein Verehrer der modernen Kunst. Er konnte entrückt davorstehen und sich richtig hineinversetzen. Wanner hatte ihn einmal angesprochen und gefragt: »Sag bloß, das gefällt dir?«

Doch Haug hatte ihn nur angeschaut und geantwortet: »Diese Tiefe! Diese Farbkombination! Einfach genial.«

So auf den Inhalt des Bildes aufmerksam gemacht, hatte es sich Wanner noch einmal angesehen, er war sogar zwei Schritte zurückgetreten, um besser Tiefe und Farbkombination in sich aufnehmen zu können. Aber er sah nur Striche, Kreise und Dreiecke, wie er sie schon im Geometrieunterricht hatte zeichnen müssen.

Schäfer kam mit einer dampfenden Suppenterrine ins Zimmer, bat Platz zu nehmen und schöpfte Paul den Suppenteller voll. »Oha, beinahe zu viel«, murmelte er und nahm sich seinen Teller nur halb voll.

»Was ist denn das für eine gute Suppe?«, wollte Paul nach einigem Löffeln wissen. Das hätte er nicht fragen sollen. Nun hatte er seinen Freund in die richtige Ausgangslage gebracht. Der legte seinen Löffel beiseite und begann: »Also, das ist eine Spinatsuppe mit Lachsforellen-Rosette in der Mitte. Interessiert dich das Rezept?«

Noch bevor Wanner seinen Mund zu einer Erwiderung auch nur öffnen konnte, begann sein Freund das Rezept zu erklären: »Also pass auf, aber iss ruhig weiter, ich gebe dir dann alles schriftlich mit. Du brauchst für vier Personen eine Schalotte, Trockenerbsen, Gemüsebrühe, hundertfünfzig Gramm Spinat – ach, Trockenerbsen übrigens circa achtzig Gramm, hundertfünfzig Gramm Sauerrahm, vier Scheiben gebeizte Lachsforelle, Salz und Pfeffer, und wenn du magst eine Knoblauchzehe. Die Schalotte wird geschält, in feine Würfelchen geschnitten und mit der erhitzten Butter angedünstet. Dann Trockenerbsen dazugeben und mit der Gemüsebrühe auffüllen. Mit Salz und Pfeffer als Zugabe eine halbe Stunde köcheln lassen. Der Spinat muss in Salzwasser blanchiert werden, dann lässt man ihn abtropfen und gibt ihn zur Brühe. Mit einem Mixstab wird nun alles feinpüriert und der Sauerrahm dazugegeben. In die Mitte legst du jetzt eine Lachsforellenrosette. Und fertig ist diese Suppe!« Er atmete durch.

Wanner hatte mit wachsendem Staunen dieser Rezeptur gelauscht. Am Ende wusste er natürlich nicht mehr, wovon Rudl am Anfang gesprochen hatte, aber er war ja sicher, dass er das Rezept noch schriftlich bekam. Er lobte vor allem die überaus gelungene Ausführung.

»Das war erst der Anfang!«, verkündete Schäfer und räumte die leeren Suppenteller in die Küche. »Jetzt kommt was ganz Tolles!«

Gleich darauf servierte er auf einem großen flachen Teller den Hauptgang. »So, das sind gefüllte Kalbsmedaillons in Rahmsoße.«

Der Duft stieg so verlockend in Wanners Nase, dass er ohne große Zeremonie zu essen beginnen wollte.

»Halt, halt! Erst ein Schluck zum Willkommen«, rief Schäfer und prostete seinem Freund zu. Der murmelte eine Entschuldigung. »Das verspricht ja ein leckerer Abend zu werden!«, meinte er dann und schielte auf seinen Teller.

»Also dann, guten Appetit!« Rudl Schäfer sah stolz auf seine gefüllten Kalbsmedaillons. Sie begannen zu essen und stoppten die Unterhaltung. Wanner schmeckte es so gut, dass er einige Male ehrliches Lob spendete, was seinen Freund zum Erröten brachte.

Nach dem Essen stand Schäfer auf und holte ein kopiertes Blatt mit dem Rezept. »Ich hab das schon für dich vorbereitet und will es dir erklären. Aber lies bitte mit!«

Wanner rief schnell: »Das kann ich doch auch zu Hause tun!«

Schäfer sah den grinsenden Wanner streng an. Mit Erfolg, denn dieser hielt jetzt den Mund. Dann erklärte Rudl seinem Gast ungerührt weiter, woraus sich der Hauptgang zusammensetzte und wie er hergestellt worden war.

»Rudl, du bist der allerbeste Koch!«, sagte Wanner begeistert. »Woher hast du das Rezept denn?«

Schäfer war sichtlich geschmeichelt. »Das Rezept kommt von der Landesvereinigung der bayerischen Milchwirtschaft.«

Natürlich hatte Schäfer noch einen Nachtisch zubereitet, den er etwas später servierte. »Also pass mal auf: Du nimmst …«

»Halt, krieg ich auch davon das Rezept?«

Rudolf Schäfer war etwas irritiert. »Aber selbstverständlich!«

Paul Wanner prustete los. Der Wein machte sich doch allmählich bemerkbar. »Also Orangenfilet heißt das – mal was anderes!«

Schäfer hielt inne. Was war bloß mit seinem Freund los? So kannte er ihn ja gar nicht! Ein richtiger Kindskopf war er heute. Etwas ungewöhnlich, denn Wanner war eher der ruhige Typ, der nach außen hin ernst wirkte, auch wenn er insgeheim voller Humor steckte.

Der Abend wurde noch länger. Die beiden kramten in ihrer gemeinsamen Vergangenheit herum, und so manche Lachsalve drang durch die Wohnung. Auch Schäfer spürte den Wein, denn längst hatte er eine dritte Flasche dazugestellt, nachdem Wanners Flaschen schon leer in der Küche gelandet waren. Irgendwann ließ Paul dann ein paar vorsichtige Bemerkungen über die Abwesenheit von Lisa los, und trotz des gehobenen Alkoholspiegels verstand Schäfer jetzt, dass die ganze Lustigkeit seines Freundes nur gespielt war. Er sagte aber nichts, sondern bemühte sich, Paul abzulenken.

Es war kurz nach Mitternacht, als Wanner sich erhob. »So, jetzt muss ich aber gehen!«

»Lass dein Auto stehen. Kannst es ja morgen abholen.«

Dann griff Schäfer zum Telefon und bestellte ein Taxi, das zehn Minuten später vor der Tür stand.

Sie verabschiedeten sich unter Beteuerungen, wie schön dieser Abend gewesen sei, wie gut das Essen und wie wohlschmeckend der Wein. Das Letzte, was Wanner beim Wegfahren des Taxis noch hörte, war Rudls lautes

Organ, dem er entnehmen konnte, dass man sich doch öfters mal einen so harmonischen Abend machen könne und seine Rezeptauswahl unerschöpflich sei.

Er nickte vor sich hin. Ja, warum eigentlich nicht? Aber die nächste Einladung musste *er* aussprechen, damit das Gleichgewicht gewahrt blieb. Nur, was sollte er Rudl denn anbieten? Während er darüber nachdachte, schlief er ein und wurde erst wieder wach, als ihn der Taxifahrer an der Schulter schüttelte und sagte: »Ihre Hausnummer. Macht neun Euro!«

Wanner gab ihm einen Zehner und meinte: »Stimmt schon.« Dann kletterte er steif aus dem Taxi.

Du meine Güte, dachte er, als er in der Wohnung auf die Uhr sah, in fünf Stunden muss ich schon wieder aufstehen und jetzt liege ich noch nicht mal im Bett.

Entgegen seiner Erwartung konnte er dann doch nicht gleich einschlafen. Er grübelte noch über den Abend und überlegte wieder, was er denn seinem Gast beim nächsten Male anbieten konnte. Und genau darüber schlief er dann ein.

28 Am nächsten Morgen kämpfte sich der Hauptkommissar aus seinem Bett, nachdem der Radiowecker, den er auf »laut« gestellt hatte, mit Donnergetöse in Gang gekommen war. Ohne die Augen zu öffnen, tastete er sich zu dem Ungeheuer hin, schlug auf den Knopf und brachte es zum schweigen. Beim Weg ins Bad gelang es ihm, wenigstens ein Auge zu öffnen, während das zweite zugeklebt schien. Erst als er kaltes Wasser über seine Hände laufen ließ und sich das Gesicht wusch, konnte er sein normales Sehen wieder erlangen. Als er sich aber im Spiegel erblickte, schloss er schnell beide Augen wieder und tappte in die Küche. O Gott, was für ein schöner Abend gestern, aber was für Folgen.

Er setzte Kaffee auf und wollte den Tisch decken, fand jedoch weder Semmeln noch Butter, und auch das Brot war alle. Er ging daher wieder ins Bad zurück, rasierte sich und duschte ein paar Mal heiß und kalt, was ihn einigermaßen in einen normalen Zustand versetzte. Er beschloss, zu Schäfers Haus zu gehen und seinen Wagen zu holen, den er vielleicht in der Direktion brauchen würde. Der morgendliche Spaziergang tat ihm gut. Dieser Samstag lag noch etwas in den Anfängen, ein grauer Himmel überzog das Allgäu. Vom Buchenberg pfiff ein frischer Wind über die Stadt, so dass Wanner fröstelnd seinen Kragen hochschlug. Eine halbe Stunde hatte er für den Weg gerechnet, und ungefähr in dieser Zeit gelangte er zu Schäfer. Ohne zu läuten, schloss er sein Auto auf und fuhr zur Direktion. Auf dem Weg dorthin hielt er an einer Bäckerei und kaufte sich zwei große Butterbrezen. Als er sein Büro betrat, war er so wach wie immer.

Ich sollte jeden Tag einen Spaziergang machen, dachte er, Bewegung tut gut, vor allem, wenn man vom Schlaf her noch steif ist. Er warf einen Blick auf seinen Schreibtisch, auf dem überraschend wenige Nachrichten lagen. Dann machte er sich auf den Weg zum Kaffeeautomaten. Ihm gelang es, einen Becher heißen Kaffee unbeschadet ins Büro zu transportieren, wo er genussvoll seine Brezen dazu verspeiste.

Für neun Uhr hatte sich Meier angesagt. Zur gleichen Zeit sollte, trotz Samstag, auch sein Team erscheinen, wie er am Vortag noch hatte ausrichten lassen.

Sie trafen alle zusammen ein. Wanner begrüßte sie und nahm auf seinem Stuhl Platz, Meier ihm gegenüber. Ohne Umschweife wandte sich Wanner an ihn und forderte ihn auf, zu berichten.

»Also, die Sache ist die«, begann er und räusperte sich. »Man hat nicht nur in Rostock, sondern im norddeutschen Raum überhaupt eine Zunahme von Drogenkonsum festgestellt. Hauptlieferanten sind östliche Staaten. Dass wir hier im Allgäu einen Zusammenhang mit Drogen und einem Pkw aus Rostock festgestellt haben, hat die Kollegen zwar verwundert, aber letztendlich nicht aus der Fassung gebracht. Schließlich kann man ja nicht nur den norddeutschen Raum mit Drogen überschwemmen, was zu Preiseinbrüchen führen würde. Was unser Auto vom Parkplatz beim *Alpenblick* angeht, so ist einwandfrei festgestellt worden, dass der rechtmäßige Besitzer nichts mit Kriminalität zu tun hat. Er ist, wie wir wissen, bei der Stadt Rostock angestellt. Das Kennzeichen wurde auf eine Weise gefälscht, wie wir das schon vermutet haben. Mit diesem Auto ist mit größter Wahrscheinlichkeit Stoff ins Allgäu gebracht worden. Wo genau das Zentrum der Dealer liegt, müssen wir noch herausfinden. Allerdings ist es wohl kaum hier in Kempten zu suchen.«

»Na ja«, meinte Wanner und unterbrach den Redefluss seines Kollegen, »da ist fast nichts dabei, was wir nicht schon gewusst hätten. Hast du uns sonst nichts zu bieten?«

»Geduld, Geduld, meine Herren, Verzeihung, und meine Dame. Der Hammer kommt noch. Also wir haben dort zusammen mit einem Kollegen, der besonders für Autodiebstähle zuständig ist, gesprochen, sind aber zunächst nicht weitergekommen. Bis wir in einer Pause zufällig mit dem Besitzer des gestohlenen Wagens zusammengetroffen sind. Er heißt Hans Grobstern. Und er hat uns Folgendes berichtet: Im Zuge seiner Arbeit, die sich auch mit Verkehrssündern an Ampeln befasst, hatte er doch tatsächlich seinen eigenen Wagen wiedererkannt, wie der über eine rot geschaltete Ampel fuhr und automatisch geblitzt wurde. Und das Beste: Der Fahrer ist so gut zu sehen, dass man das Bild für eine Fahndung vergrößern könnte. Was sagt ihr jetzt?«

»Das ist aber 'ne Wucht«, ließ sich Uli Hansen als Erster vernehmen.

»Deine Dienstreise war ja ein voller Erfolg«, meinte

auch Riedle, während Haug anerkennend nickte und Eva Lang kurz in die Hände klatschte.

»Sehr gut!«, meinte auch Wanner. »Und haben die Rostocker schon den Namen ermittelt?«

»Wo denkst du hin! So schnell schießen die Preußen nicht.«

»Na gut, dann heißt es weiter warten, immerhin sind wir jetzt schon gut vorangekommen. Wenn wir den Namen kriegen, wird es nicht lange dauern und wir haben den Kerl. Und wenn das geschieht, wird er uns hoffentlich sagen, wie die ganze Geschichte zusammenhängt. Er ist also der Anfang des Knäuels, den wir jetzt wohl entwirren können.«

Wanner sah zum ersten Mal seit Tagen zufrieden aus. Er bedankte sich bei Richard Meier für dessen gute Arbeit und deutete an, dass er wohl auch zu einer Besprechung mit Gottlich und dem Staatsanwalt eingeladen würde.

Als Meier gegangen war, besprachen sie den weiteren Fortgang ihrer Ermittlungen, und Wanner teilte jedem einen Schwerpunkt zu.

»Wenn der zweite Tote bisher nicht identifiziert werden konnte«, meinte Anton Haug und sah Wanner an, »dann doch vielleicht deswegen, weil er nicht aus dieser Gegend stammt. Also könnte er doch zum Beispiel aus Rostock gekommen sein?«

»Du prellst aber ganz schön weit vor«, erwiderte Wanner und sah nachdenklich zum Fenster hinaus. »Aber wenn du recht hättest, könnten wir ja das Bild von der roten Verkehrsampel in Rostock mit dem Toten vergleichen, er liegt ja noch in der Gerichtsmedizin. Schau mal gleich, ob du ein brauchbares Bild kriegst und lass den Vergleich anstellen. Das können wir ja auch machen, ohne dass wir den Namen des Toten kennen.«

Haug nickte und verließ das Büro. Die anderen rätselten noch eine Weile herum, gingen dann aber in ihre Büros und ließen einen durchaus nicht unglücklichen Wanner zurück. Es geht vorwärts, dachte er, jetzt rührt sich endlich etwas!

Am frühen Nachmittag kamen eilige Schritte auf Wanners Bürotür zu. Ein kurzes Klopfen, dann wurde sie aufgerissen und der sonst eher lethargisch wirkende Anton Haug blickte triumphierend auf den Kommissar. »Es ist so weit – die beiden sind tatsächlich identisch.«

»Und der Name?« Wanner blieb cool, obwohl er innerlich frohlockte.

»Man hat ihn relativ schnell herausbekommen, weil er im Polizeicomputer war. Ein gewisser Jens Terhoven, zuletzt wohnhaft in Lübeck. Dort ist er aber schon längere Zeit nicht mehr von den Nachbarn gesehen worden.«

»Und das haben die Kollegen alles so schnell rausbekommen?«

»Ja, erstaunlich, nicht wahr?«

»Prima Zusammenarbeit«, brummte Wanner und deutete auf seinen Besucherstuhl. Haug setzte sich. »Jetzt will ich alles über den Terhoven wissen, und wenn ich sage alles, dann meine ich auch alles!« Haug versprach, sich darum zu kümmern.

»Ach, könntest du der Eva noch das Bild Terhovens geben und sie zu Willi Rind schicken. Sie soll ihn fragen, ob er den jemals gesehen hat, eventuell zusammen mit seinem Sohn.«

Haug nickte und verließ das Büro. Dann beauftragte Wanner Riedle damit, dem Ehepaar Guggemos das Bild Terhovens zu zeigen. Viel konnte nicht herausschauen, aber er wollte ganz sichergehen.

Als Nächstes stand ihm am Montag der Besuch bei seinem Vorgesetzten und dem Staatsanwalt bevor. Wie er vorausgesehen hatte, waren auch Meier und sein Chef anwesend. Sie berichteten über ihre Arbeit in den letzten Tagen.

Später, als Wanner und Meier das Zimmer von Gottlich wieder verlassen hatten und sich vor der Tür noch unterhielten, sagte Meier plötzlich: »Wir haben soeben ein Allgäuer Lob erhalten.«

Wanner war einen Augenblick irritiert und sah Meier fragend an.

»Nun, im Allgäu ist es doch üblich, ein Lob dadurch auszusprechen, dass man entweder gar nichts oder wenigstens nichts dagegen sagt«, sagte Meier grinsend.

Wanner machte eine wegwerfende Handbewegung. »Was soll's, wir machen unseren Job auch ohne Lob!«

Meier nickte. »War ja auch nur scherzhaft gemeint.«

Sie verabschiedeten sich und gingen in ihre Büros zurück.

Die Wolkendecke hatte sich über dem Allgäu verdichtet. Die Wettervorhersage hatte eine allgemeine Verschlechterung gemeldet, Regen eingeschlossen. Als Wanner aus seinem Fenster blickte, sah er die beiden Krähen wieder, die zu Stammgästen auf dem First des Nachbarhauses geworden waren.

29 Ramona Rind war glücklich. Entgegen ihren eigenen Vorstellungen hatte sie sich nun doch verliebt. Sie kannte Joe Marcus zwar erst seit kurzer Zeit, aber nicht zuletzt seinen intensiven Bemühungen war es zu verdanken, dass sie einige ihrer Hemmschwellen schneller überwand, als sie das je selbst gedacht hätte. Joe Marcus brillierte in seiner Rolle als aufmerksamer Verehrer, ohne aber aufdringlich zu werden. Diese Rolle hatte er schon mehrfach gespielt und immer waren die Frauen darauf hereingefallen. Bisher brauchte er sie stets nur, um sie ins Bett zu kriegen. Diesmal aber sollte am Ende eine Hochzeit stehen, die ihm eine Menge einbringen würde. Er musste Ramona so den Kopf verdrehen, dass sie gar nicht mehr anders konnte als ihn zu nehmen. Noch besser wäre es, sie hörig zu machen. Doch dazu kannte er sie noch zu wenig. Er sah nur, dass sie Feuer gefangen hatte, und das war der erste Schritt zu seinem Vorhaben. Sie trafen sich öfters in Kempten oder verabredeten sich in einem Café der Umgebung. Ramona wusste nicht, wie ihr geschah. Sie sah sich öfter im Spiegel an und dachte: Bin ich das wirklich? Wollte ich nicht einen gesellschaftlichen Aufstieg erheiraten? Sie wusste von Marcus nur, dass er angeblich einen wissenschaftlichen Auftrag im Allgäu angenommen hatte, den er in den nächsten Monaten erfüllen wollte. Sie konnte nicht ahnen, dass er sie belog, wann immer er von sich sprach.

Direkten Fragen nach seiner Arbeit wich er geschickt aus, seine geheimnisvolle Art machte ihn noch interessanter, und auch das wusste er. Susi Allger hatte sich in einen Schmollwinkel zurückgezogen. Zuerst war sie eifersüchtig gewesen, aber aus Ramonas Gesprächen über Joe Marcus entnahm sie, dass ihre Freundin blind geworden zu sein schien. Aus dem entstandenen Abstand heraus war Susi schneller zu den Realitäten zurückgekehrt und beurteilte nun Joe Marcus eher skeptisch. Als sie bei einer Gelegenheit einmal Ramona vorsichtig auf Marcus und seinen Job ansprach, erhielt sie eine Abfuhr. Ihr zufolge glaubte sie, dass Ramona einige ihrer Grundsätze, was Männer betraf, über Bord geworfen hatte. Sie nahm sich vor, aus der Ferne ein Auge auf die beiden zu haben. Keinesfalls sollte Joe Marcus ihre Freundin irgendwie hereinlegen. Ihre anfängliche Begeisterung für Joe Marcus war in eine distanzierte Beobachtung übergegangen. War sie nach dem Besuch in Oberstaufen noch eifersüchtig auf ihre Freundin, so hatte sich das Gefühl jetzt gewandelt und sie betrachtete ihn als Eindringling in ihre Freundschaft mit Ramona. Joe hatte den Fehler gemacht, zu wenig über die Zweierbeziehung der Frauen nachzudenken, hatte Susi zu schnell abgemeldet und sich Ramona zugewandt. Mit ein bisschen psychologischer Kenntnis hätte er diesen Fehler vermeiden können. Er konnte zu diesem Zeitpunkt nicht ahnen, wie sich diese Kleinigkeit auswirken würde.

Willi Rind blieb es nicht verborgen, dass ein Mann in das Leben seiner Tochter getreten war, der offensichtlich dort festen Fuß gefasst hatte. Das Misstrauen, das Rind bei allen Verehrern seiner Tochter stets befallen hatte, stellte sich wieder ein, und er beschloss, sie einfach mal darauf anzusprechen. Schließlich war sie jetzt Alleinerbin und bekam einmal den ganzen Betrieb. Willi Rind vermutete hinter jedem Mann, mit dem seine Tochter Umgang pflegte, einen Mitgiftjäger, und das beunruhigte ihn stets.

In den letzten Tagen hatte sich in ihm eine Wandlung vollzogen. Wollte er sich vorher noch mit seinem Vermögen aus Kempten absetzen und nach Mallorca oder in die Karibik ziehen, so verlockte ihn dieser Gedanke jetzt immer weniger. Was hatte er zu befürchten? Mit dem Rauschgift seines Sohnes hatte er nichts zu tun gehabt, und die Geldabhebungen waren seine private Angelegenheit. Allerdings musste er sich noch einen Plan zurechtlegen, was er damit gemacht hatte, falls ihn die Polizei hierzu befragen sollte. Und mit dem immer dichter werdenden Netz von Auslieferungsländern schwand die Hoffnung auf einen gemütlichen Lebensabend. In den meisten Ländern, die ihn nicht an Deutschland ausliefern würden, wollte er nicht leben. Er stand vor einer schweren Entscheidung. Vor zwei Tagen hatte er einen Auftrag angeboten bekommen, der zwar über eine Ausschreibung laufen, aber letztlich ihm zufallen sollte. Er hatte da seine Beziehungen und sie bisher immer genutzt. Noch hatte er Material und Leute, er konnte also sofort loslegen, wenn alles perfekt war. Und mit einem bisschen Glück setzte der Winter nicht gleich mit einer solchen Heftigkeit ein, dass man draußen gar nichts mehr machen konnte. Er musste umgehend einen Kostenvoranschlag fertigstellen und diesen einschicken, danach würde man sehen.

Er holte sich einen Allgäuer Enzian aus seiner gut bestückten Bar und kippte ihn in einem Zug hinunter. Der typische Geschmack war, wie er wusste, nicht jedermanns Sache, aber er liebte ihn. Er schaute auf das Etikett der Flasche und grinste beim Anblick des blauen Enzians, der darauf abgebildet war. Blanker Etikettenschwindel, dachte er, wenn auch ganz offiziell und von niemandem beanstandet. Schließlich wurde der Schnaps aus den Wurzeln des gelben Enzians gebrannt und hatte mit dem blauen Enzian gar nichts zu tun.

Rind ließ sich schwer in seinen Sessel fallen. Er fühlte sich eingekreist von einer Spirale des Bösen und der Hoffnungslosigkeit. Er wusste aber, dass er daran einen großen Teil der Schuld selbst trug. Er würde ein waches Auge auf seine Tochter haben müssen, damit sie keinen Unsinn machte. Bei nächster Gelegenheit würde er mit ihr über den Mann sprechen, der öfter ins Haus kam, sich aber noch nie vorgestellt hatte.

30 Jens Terhoven war das Absetzmanöver aus Rostock gelungen. Niemand bemerkte ihn, als er noch vorm Hellwerden die Stadt verließ und in dem vollgepackten Audi Richtung Süden fuhr. Er rechnete sich eine Gesamtfahrzeit ins Allgäu von rund elf bis zwölf Stunden aus, vorausgesetzt er käme in keinen Stau. Den größeren Rest des Geldes für seine Mannschaft hatte er selbst behalten. Die werden fluchen, dachte er grinsend, aber was geht das mich dann noch an? Ich verschwinde aus dem norddeutschen Raum und tauche erst mal im Allgäu unter, bringe meine Ware an den Mann, und je nachdem, was dabei herausspringt, hau ich aus Deutschland ab oder versuche über meine zweite Verbindung noch im Geschäft zu bleiben. Denn dass er Malchewski zukünftig aus dem Weg gehen musste, war ihm klar.

Als er auf der Autobahn westlich von Berlin war, dachte er an das neue Ziel. Er kannte das Allgäu von privaten Aufenthalten und kannte sich dort einigermaßen gut aus. Bisher hatte er stets in einer Pension in Fischen gewohnt und von dort aus Wanderungen und Bergtouren unternommen, die im Bereich seiner Möglichkeiten lagen.

Per Zufall hatte er einmal einen gewissen Bruno

Stängle kennengelernt, der ihm nach einigen Tagen, in denen sie mehrere Touren zusammen gemacht hatten, ganz vorsichtig andeutete, dass »Schnee im Allgäu« nicht immer nur zum Skifahren benutzt wurde und er, Stängle, da gewisse Beziehungen hätte. Terhoven zeigte sich vorsichtig desinteressiert, da er Stängle zu wenig kannte, ließ aber andererseits die Möglichkeit offen, sich darüber einmal zu unterhalten. Nun wussten sie beide, woran sie waren, und kurze Zeit später deckten sie ihre Karten auf.

Sie waren sich im Klaren darüber, dass es einige Zeit dauern würde, bis ihr gemeinsames Geschäft laufen würde, da sie äußerst vorsichtig ans Werk gehen mussten.

Der Organisation war Stängle später aber nicht gewachsen, weshalb er längere Zeit brauchte, geeignete Leute zu bekommen. Terhoven hatte Zeit. Er organisierte mittlerweile eine vergrößerte Lieferung, wobei er auf Malchewski stieß, mit dem er einen florierenden Handel aufzog. Da er immer pünktlich zahlte, gab es bei dem Polen kein Misstrauen.

Das Ganze war im Frühsommer abgelaufen. Stängle knüpfte inzwischen Kontakte, sah sich aber plötzlich nicht mehr in der ersten Reihe der Organisation. Er hatte sich austricksen lassen und begriff, dass es zu dieser Art von Geschäften einer Skrupellosigkeit bedurfte, die er noch nicht hatte. Außerdem musste er aufpassen, dass er seinen Job in der Firma GROSSBAU RIND & SOHN behielt. Bei einem eher harmlosen Gespräch mit dem Junior-Chef Kevin stellte Bruno Stängle fest, dass dieser Interesse an Drogen hatte. Dabei wusste er zu diesem

Zeitpunkt nicht, dass Kevin Rind bereits damit angefangen hatte.

Das erzählte Stängle Terhoven bei passender Gelegenheit. Seither beschäftigte sich Terhoven in Gedanken mit einem Plan, der ihn seit Juli des Jahres verfolgte und der langsam Gestalt annahm. Er wusste genau, dass er nicht ewig in diesem Geschäft bleiben konnte. Es war viel zu gefährlich, zum einen war die Polizei ziemlich auf Draht, zum anderen wuchs auf der Gegenseite der Neid, was tödliche Folgen haben konnte. Terhovens Plan war daher, einen großen Coup zu landen und sich dann spurlos aus dem Staub zu machen.

Eines Tages erhielt er von Stängle einen Anruf, der ihn beunruhigte. Stängle sprach von einem »Mister X«, der sich eingeschaltet habe und nun den großen Ton angab. Niemand habe ihn bisher gesehen, er verkehre nur per Telefon. Er habe ein erstaunliches Insiderwissen und erpresse Stängle und Kevin Rind damit. Dummerweise hatte Stängle von der Verbindung zu Terhoven geplaudert, und »Mister X« war sehr aufmerksam geworden. Es dauerte dann auch nur kurze Zeit und der Unbekannte verlangte, mit Terhoven ins Gespräch zu kommen. Dies ging natürlich nicht per Telefon, also trafen sie sich in einem Hotelzimmer in Nürnberg, das so ausgeleuchtet war, dass zwar Terhoven im Licht saß, nicht aber sein Gegenüber, von dem er praktisch nichts zu sehen bekam. Das Gespräch ergab den dringenden Wunsch des »Mister X«, dass *er* und nicht mehr Stängle der Ansprech- und Geschäftspartner für Terhoven sei. Nach einigem Hin und Her hatten sie sich auf Bedingungen geeinigt, die finanziell günstig für Terhoven waren. Der konnte aber nicht herausbekommen, warum es einen Wechsel in der Leitung der Organisation gegeben hatte. »Mister X« lachte nur lautlos, als ihn Terhoven darauf ansprach.

»Nehmen Sie zur Kenntnis, dass es so ist!«, war alles, was er sagte.

Als Terhoven über dieses Gespräch nachdachte, fiel ihm ein, dass ihn die ganze Zeit, die er »Mister X« gegenübergesessen hatte, etwas gestört hatte. Er grübelte darüber nach, kam aber nicht darauf. Er wusste nur, dass das Zimmer wohl längere Zeit nicht mehr gelüftet worden war, weil sich ein zwar schwacher, aber merkwürdiger Geruch darin war. Fast glaubte er einen Hauch von Käse gerochen zu haben.

Terhoven war wieder nach Rostock, wo er eine private Wohnung gemietet hatte, zurückgefahren, hatte mit Stängle telefoniert und ihn zu der neuen Situation befragt. Doch der hatte ihm nur bedeutet, dass er leider nicht mehr direkt mit ihm verhandeln könne und er, Terhoven, sich an die Anweisungen dieses »Mister X« halten müsse, wenn er im Allgäuer Geschäft bleiben wolle. Terhoven war die Entwicklung dieser Geschäftsbeziehung nicht geheuer. Irgendetwas stimmte da nicht! Er musste höllisch aufpassen, dass ihm niemand in seine Suppe spuckte und seine zukünftigen Geschäfte aus dem Ruder liefen. Eines Tages erhielt er einen anonymen Anruf, in dem ihm nur mitgeteilt wurde: »Rufen Sie folgende Nummer an …«, und dann kam die Durchsage einer Telefonnummer mit Kemptener Vorwahl. Terhoven sah verblüfft auf den Hörer, bevor er wieder auflegte. Alarm!, dachte er, Mensch, pass auf! Was, wenn dieser angebliche »Mister X« von der Polizei ist und dir schön langsam, aber sicher eine Falle baut? Und übrigens: Wer sagt mir, dass ich bei dieser neuen Konstellation mein Geld auch wirklich bekomme?

Terhoven rief die besagte Telefonnummer an. »Hier Terhoven.«

»Ich weiß, wer Sie sind«, klang es vom anderen Ende der Leitung. »Rufen Sie mich bitte heute Abend um 20.15 Uhr noch einmal an. Danke.« Dann knackte es in der Leitung.

Die Geheimniskrämerei gefiel Terhoven nicht. Aber wenn er ehrlich war, musste er zugestehen, dass in diesem Geschäft immer höchste Vorsicht angebracht war. Er war unschlüssig. Außer Stängle kannte er im Allgäu niemanden, und den hatte man offenbar ausgeschaltet. Genauer gesagt, hatte man ihn aus der Führung »herausgenommen«, dachte er. Es würde ihm wohl nichts anderes übrigbleiben, als am Abend noch einmal anzurufen.

Pünktlich zum angegebenen Zeitpunkt wählte Terhoven erneut die Nummer. Sofort wurde abgehoben und die gleiche Stimme sagte: »Ich habe Ihren Anruf erwartet. Unser Gespräch ist jetzt abhörsicher.«

»Und wer sagt mir, dass Sie nicht Kommissar X oder Y sind?«, ging Terhoven gleich aufs Ganze.

Der Mann am anderen Ende lachte. »Da haben Sie vollkommen richtig gedacht! Aber im Moment müssen Sie mir glauben, dass ich nicht von der Polizei bin. Vielleicht beruhigt es Sie zu hören, dass ich ein Bekannter von Bruno bin. Also passen Sie mal auf: Nennen Sie mich einfach Joe, wir werden in Zukunft öfters zusammenarbeiten und miteinander sprechen.« Das Gespräch war dann noch ein wenig hin und her gegangen, und schließlich war Terhoven einigermaßen überzeugt, dass es mit Joe seine Richtigkeit hatte. Aber er bestand auf einem Treffen, das sie in Nürnberg, etwa auf halber Strecke für beide liegend, ausmachten. Als Terhoven dann von dieser Begegnung nach Rostock zurückgefahren war, hatte er die Überzeugung gewonnen, Joe trauen zu können. Für den Fall weiterer Anrufe machten sie einen Geheimcode in Form eines Zahlwortes aus, das stets 55 Punkte über dem jeweiligen Tagesdatum liegen sollte.

Nun also war Terhoven mit Kokain im Wert von rund einer Million Euro von Rostock unterwegs ins Allgäu. Joe hatte ihm eine kleine Wohnung mit einer Einzelgarage in Kempten gemietet. Er gab sich dort völlig unauffällig, war freundlich zu den Nachbarn und unternahm Ausflüge in das südliche Oberallgäu. An der Garage hatte er unbemerkt ein Sicherheitsschloss angebracht und die Ware unter einem Stapel alter Säcke gelagert. Ganz zufrieden war er mit dem Versteck nicht. Eines Abends holte er die Hälfte davon in die Wohnung und legte sie nach einem kleinen Umbau des Gestelles so unters Bett, dass von außen nichts zu sehen war. Man hätte schon die Matratze heben müssen, um an die Ware heranzukommen. Dann ersetzte er auch das Schloss der Wohnungstür durch ein Sicherheitsschloss und befestigte noch eine Kette an der Innenseite. Mit Joe und später auch mit Stängle traf er sich einige Male, um den Absatz des Stoffes vorzubereiten. Wer der geheimnisvolle »Mister X« war, bekam er aber nicht heraus.

»Denk nicht daran«, sagte Joe eines Tages, als Terhoven wieder damit anfing, »es ist einfach so. Er hat nun mal das Sagen, und wir verdienen damit nicht schlecht.«

»Und du hast gar keine Ahnung, wer es sein könnte?« Joe schüttelte den Kopf. »Ehrlich nicht!«

»Ist es ein Mafioso, ein Holländer, ein Pole?«

»Mensch, jetzt hör damit auf! Soweit ich mir zusammenreimen kann, was er und wie er etwas sagt, glaube ich, dass er ein Hiesiger ist, daher auch sein Insiderwissen. Vielleicht brauchen wir gar nicht weit zu gehen.« Joe brach ab und sah sich um.

»Na schön, wir werden ja sehen, wie das Geschäft läuft!«

Damit wechselte Terhoven das Thema.

31 Wanner rief sein Team zu einer Besprechung. Er wollte mit ihm die bisherigen Erkenntnisse in den beiden Mordfällen nochmals diskutieren, die weitere Vorgehensweise abstecken und hatte das vervollständigte Flip-Chart bereitgestellt.

Er berichtete etwas weitausschweifend über die bisherigen Erkenntnisse, so dass Anton Haug seine Hand diskret vor den gähnenden Mund hielt. Er war es dann auch, der die Diskussion eröffnete. »Aufgrund unserer Erkenntnisse klingt deine Zusammenfassung logisch. Trotzdem sollten wir nicht leichtsinnig werden und auch die kleinsten Details, die noch ungesichert sind, nachprüfen.«

Wanner nickte. »Klar, das haben wir vor. Aber wir halten uns nicht mit Kleinigkeiten auf, die uns in dem Puzzle fehlen, sondern nehmen die Lösung so, wie sie sich abzuzeichnen beginnt.«

Eva meldete sich. »Ich war bei Willi Rind und habe ihm das Bild von Terhoven gezeigt. Er war sich nicht sicher, ob er den Mann schon mal gesehen hatte oder nicht. Ich weiß nicht recht, wie ich die Antwort deuten soll, könnte sein, dass er gelogen hat.«

»Noch was ist mir aufgefallen«, fuhr Eva Lang fort, »als

ich bei Rind einen Augenblick warten musste, habe ich es durch die nur angelehnte Tür im Vorzimmer tuscheln hören. Ich bin zwar nicht neugierig …«, sie räusperte sich und grinste.

»Nein, überhaupt nicht!«, hörte man Hansen sagen,

»Aber ich bin zufällig zu der Tür gegangen und habe durch den Spalt geschaut. Ratet mal, wen ich da miteinander reden sah?«

»Nun sag schon.« Alex Riedle beugte sich neugierig vor.

»Da war einer von den Angestellten von Rind, dessen Namen ich mit Bruno verstehen konnte, und die Hausangestellte Herz von Rind, die mich reingelassen hatte.«

»Und worüber haben sie geredet?«, wollte Haug wissen.

»Das war so gut wie gar nicht zu verstehen, ich musste ja in Deckung bleiben. Aber sie haben irgendwas vom Schnee gesagt.«

»Die sind aber früh dran«, ließ sich Uli Hansen hören, »der Winter kommt wohl noch nicht so schnell!«

Wanner horchte auf. Schnee? Klar, das konnte ein Wintergespräch gewesen sein. Aber irgendwo hatte er doch das Gleiche schon mal erlebt. Plötzlich fielen ihm sein Besuch bei Rind und die Gesprächsfetzen an der Haustür ein, bei denen auch das Wort »Schnee« gefallen war. Er wandte sich an Hansen. »Fällt dir bei Schnee noch was anderes ein?«

Uli stutzte. Wenn er so gefragt wurde, sollte er genau über eine Antwort nachdenken. »Na klar, Drogen werden so genannt.«

»Richtig! Ich habe ein ähnliches Gespräch dort mit-gekriegt, in dem ebenfalls von Schnee die Rede war. Ist ja interessant! Also die Hausdame redet von Schnee? Die sollten wir mal unter die Lupe nehmen, zunächst un-auffällig. Alex, schau mal im Polizeicomputer nach.«

Riedle machte sich eine Notiz.

»Und ein Angestellter namens Bruno?«, wandte sich Wanner wieder an Eva Lang. Die nickte. »Dann schau mal, dass du ebenfalls unauffällig eine Liste der Mit-arbeiter von Rind bekommst und such dort einen mit Vornamen Bruno.« Eva notierte sich den Auftrag.

Wanner blickte in die Runde. »Kann ein Zufall sein, kann aber auch mehr sein als wir ahnen.«

Alex Riedle meldete sich zu Wort. »Könnte doch sein, dass dieser Bruno, die Hausdame Herz und Kevin Rind gemeinsame Sache gemacht haben. Da hätten wir dann schon ein Nest, in dem wir weitersuchen sollten.«

Wanner nickte beifällig. »Richtig, das denke ich auch. Wir wollen also mal den Schwerpunkt auf das Haus Rind verlagern. Gibt es etwas Neues von der schönen Ramo-na?« Er blickte Eva Lang an, doch die schüttelte den Kopf. »Nicht dass ich wüsste! Ich halte sie für eher harmlos.«

Haug schaltete sich ein. »In *der* Familie ist offensicht-lich keiner harmlos. Übrigens fällt mir gerade ein: Ich habe das Foto von Terhoven dem Ehepaar Guggemos gezeigt, aber es war sich ausnahmsweise einig, dass es sich nicht um den Mann vom Gasthof *Alpenblick* han-delt. Beide hatten ihn noch nie gesehen.«

Wanner holte sein Taschentuch heraus und schnäuzte sich. »Na gut, war ja auch nur ein Versuch. Das bedeutet andererseits, dass die beiden Guggemos einen der anderen Beteiligten gesehen haben und wichtige Augenzeugen für uns sind.«

»Das nächste Mal, wenn diese beiden wieder das Polizeipräsidium Kempten betreten, melde ich mich akut krank oder springe aus dem hinteren Fenster in den Hof«, merkte Hansen schüchtern an.

Alle lachten.

Wanner sah seinen Kollegen schmunzelnd an. »Aber, aber, Herr Kollege! Wer wird denn so schnell aufgeben, nur weil er der deutschen Sprache, Zweig Allgäu, nicht mächtig ist. Wir alle müssen jeden Tag dazulernen in unserem Beruf. Bei dir ist es halt die Sprache, an der du noch feilen musst.«

»Feilen ist gut gesagt, ich muss daran, glaube ich, mit einer Motorsäge arbeiten.«

Wanners Telefon klingelte. Es war Staatsanwalt Max Riegert. Er sprach längere Zeit mit Wanner, der nur ab und zu einmal: »Ja«, »So geht das auch …« oder: »Haben wir schon veranlasst …« antwortete. Nachdem er wieder aufgelegt hatte, wandte er sich an sein Team. »Die Staatsanwaltschaft macht Druck, das heißt wohl, sie gibt den weiter, den sie von der Öffentlichkeit selber kriegt. Riegert will mich gleich zu einem Gespräch empfangen, in dem ich ihn genauestens informieren soll. Möchte jemand an meiner Stelle hingehen?«

Die Frage war zwar nur rein rhetorisch gemeint, aber alle Anwesenden beeilten sich, den Kopf zu schütteln. »Na schön, dann nicht!«, knurrte Wanner und verabschiedete seine Leute.

Er zog seine Schublade auf und holte einen frischen

Apfel hervor. »Na also, wer sagt's denn«, brummte er vor sich hin, »geht doch!« Ohne ihn zu schälen, biss er zufrieden hinein und trat ans Fenster.

Die beiden Krähen auf dem Dach gegenüber waren diesmal nicht zu sehen. Eine dunkle Wolke kam über den Buchenberg auf die Stadt zu. Es sah nach Regen aus. Wanner ließ das Fenster einen Spalt breit offen und ging zum Schreibtisch zurück. Seine nummerierten Zettel waren umfangreicher geworden. Auf dem Flip-Chart zogen etliche Pfeile kreuz und quer und Namen, Daten und Orte bildeten ein geordnetes Durcheinander. Auf seiner Allgäu-Karte war zu den ersten beiden roten Punkten mittlerweile noch ein halbes Dutzend dazugekommen. Wanner war ein visueller Typ. Am genauesten konnte er arbeiten und überlegen, wenn er etwas vor sich geschrieben oder gezeichnet sah.

Als er später von dem Gespräch mit Staatsanwalt Riegert zurückkam, holte er sich als Erstes einen Becher Kaffee, den er tropfenfrei ins Büro brachte. Er hatte Riegert überzeugen können, dass er auf der richtigen Spur sei und mit seinen Mitarbeitern unter Hochdruck arbeite, um die fehlenden Glieder in der Beweiskette zu finden. Riegert wollte bei der nächsten Pressekonferenz mit eindeutigen Ergebnissen und Erkenntnissen dastehen. Aber wer wollte das nicht? Wanner war zufrieden, dass er in der bisherigen Art weiterarbeiten konnte und durch Gottlich und den Staatsanwalt vor der Öffentlichkeit abgeschirmt wurde.

Er dachte noch einmal an das Ergebnis, das Richard Meier aus Rostock mitgebracht hatte. Jetzt wussten sie zwar den Namen des Toten, aber sie hatten noch keine

Verbindung zum Allgäu herstellen können. Seine Hoffnung ruhte auf den Rostocker Kollegen, die versprochen hatten, ihm alles, was über Terhoven herauszubekommen war, mitzuteilen. In der Zwischenzeit wollte er einen günstigen Tag dazu nutzen, zur Grüntenhütte zu fahren und von dort zum Gigglstein hinüberzuqueren, um diesen auf Spuren abzusuchen. Er konnte das Versteck für die Drogen sein, sie konnten sich aber auch täuschen und standen dann wieder ohne Ergebnis da. Er machte sich eine Notiz und sah Uli Hansen und Alex Riedle als Begleiter vor.

Der Aufstieg zum Gigglstein war nicht schwer. Trotzdem mussten sie natürlich aufpassen, weshalb Wanner beschloss, ein Seil mitzunehmen.

Für den nächsten Tag war stabileres Wetter angesagt. Nachts lagen die Temperaturen knapp über dem Gefrierpunkt, aber tagsüber war es sonnig. Möglicherweise drückte sogar der Föhn über die Alpen, und das bedeutete für das Allgäu immer schönes Wetter. Ideal also für ihr Vorhaben, wobei sie die größte Anstrengung mit dem Auto einsparten, das sie bis zur Grüntenhütte benutzen konnten.

Wanner teilte Hansen und Riedle seine Absicht mit, und sie verabredeten sich für Dienstag um neun Uhr. Falls es doch noch Nebel geben sollte, hätte der sich im Grüntengebiet bis zehn Uhr wohl verzogen.

»Vergiss deine neuen Schuhe nicht!«, mahnte Wanner seinen jungen Kollegen, und der konnte eine gewisse Ironie heraushören.

»Na klar, deshalb habe ich sie doch gekauft. Wie geht das Bergsteigen morgen vor sich? Wird es Nacht sein oder landen wir wieder auf einer Kufe auf irgendeinem Grat?«

Wanner lachte. »Dieses Mal werden wir hoffentlich einen ganz normalen Aufstieg haben. Es wird Tag sein, die Sonne scheinen und der Fußmarsch zum Berg nicht länger als eine halbe Stunde dauern.«

»Dann bin ich ja beruhigt.« Hansens Aufatmen war deutlich zu hören.

Im Verlaufe des Tages erledigte Wanner noch eine Reihe von Aufträgen, die liegengeblieben waren. Am späten Nachmittag hörte er das Reinigungspersonal kommen. Es klopfte, und ehe er antworten konnte, kam Camile Cirat herein. »Gute Abend, du fertig?«

Wanner schüttelte den Kopf. »Dauert noch eine halbe Stunde, vielleicht können Sie in einem anderen Büro anfangen.«

»Eine andere Büro? Welche andere Büro?«

»Nun, gleich anschließend den Gang entlang.«

»Dort auch nix fertig, ich schon schauen.«

Wanner sah auf seine Uhr. »Sie sind heute zu früh dran.«

»Meine Chef mich schicken, ich sollen putzen und schnell wieder gehen.«

»Wieso schnell wieder gehen?«

»Muss noch andere Haus putzen, dann heimgehen und kochen.«

Ach, so geht das, dachte Wanner, aber so geht das eben nicht. »Ihr Chef wird bezahlt, dass hier ordentlich geputzt wird, da kann man nicht einfach nur durchhuschen.«

»Was ist durrrchschussen?«

Wanner winkte ab. Wieso musste er aber auch ein so kompliziertes Wort verwenden, die Frau war sicher kaum ein paar Monate im Land.

»Also ich meine, man muss immer gut putzen«, versuchte er es einfach auszudrücken.

Camile Cirat sah ihn nachdenklich an. »Du nix zufrieden mit meine Putze?«

»Doch, doch, hier in meinem Büro ist immer alles in Ordnung«, beeilte sich Wanner zu erwidern.

»Warum du dann sagen, muss immer gut putzen?« Camile war sehr zielstrebig. Herrgott noch mal, was muss ich mich ausgerechnet mit einer Raumpflegerin, die mich nur halb versteht, auf eine Diskussion einlassen. Er beschloss ein sauberes Rückzugsgefecht auszuführen. »Also Sie putzen in meinem Büro immer gut, machen Sie weiter so!«

»Ich wissen, dass ich gut putzen, warum du sagen, ich muss gut putzen?«

Wanner wurde es langsam mulmig. Nichts lag ihm ferner, als Reinigungspersonal zu irritieren, das bisher zu keinen Klagen Anlass gegeben hatte. Er war ja nur darauf gekommen, weil Camile Cirat eben erklärt hatte, sie müsse hier schneller arbeiten, weil sie noch in einem weiteren Haus putzen solle. Es war wohl der bessere Weg, mit ihrem Chef zu sprechen.

Er stand auf und sagte: »Alles ist gut geputzt.«

Camile Cirat meinte nur noch: »Du nicht so viel reden! Ich mussen putzen und wieder gehen. Du mich aufhalten!«

Wanner verkniff sich daraufhin weitere Diskussionsbeiträge.

Er fuhr heim und nahm als Erstes seinen Kühlschrank unter die Lupe. Würde er es in Prozenten ausdrücken wollen, so waren darin etwa achtzig Prozent Luft. Der Rest reichte weder für ein Abendessen noch für ein Frühstück. Er sah auf die Uhr. Wo war jetzt noch ein Geschäft offen? Wahrscheinlich keins, zumindest fiel ihm keins ein. Wanner ging in den Keller und holte sich ein helles Weizenbier. Und weil er bei dieser Gelegenheit auch noch den Rotwein stehen sah, nahm er zwei Flaschen davon mit. Die zweite konnte ja bis zum nächsten Mal Raumtemperatur annehmen. Er blickte in die leere Mikrowelle und setzte sich in den weichen Sessel gegenüber dem Fernseher.

Ein paar Minuten später war er eingeschlafen. Das Weizenbier stand vor ihm und verlor seine schöne Blume.

32 Geschäftsführer Daniel Hollerer saß an diesem Herbsttag in seinem Büro und brütete finster vor sich hin. Zwar lief die Molkerei noch gut, aber es zeigten sich ein paar dunkle Konjunkturwolken am Horizont, und die gefielen ihm gar nicht. Der Absatz von Milch und Milchprodukten begann zu stocken, die Leute drehten ihre Euros dreimal um, bevor sie sie ausgaben. Qualität war nicht mehr so gefragt, die meisten wollten möglichst billig einkaufen und suchten dazu die entsprechenden Großmärkte und Handelsketten auf, die teilweise mit Dumping-Preisen die Kundschaft anlockten. Molkereien in der Größe, wie er sie führte, gerieten immer mehr in eine wirtschaftliche Schräglage, weil sie mit diesem Preisgefüge nicht Schritt halten konnten. Hollerer blickte zum Fenster hinaus. Verdammt noch mal, musste denn alles schiefgehen? Er hatte wieder ein paar Annäherungsversuche bei Ramona Rind gestartet, war aber in einer Weise abgeblitzt, die darauf schließen ließ, dass sie einen anderen hatte. Ein höhnischer Zug legte sich auf sein Gesicht. Wenn du dumme Gans wüsstest, dachte er, wie ich in Kürze dastehe, würdest du deine Wahl noch bereuen. Da würde er ihr mehr bieten können als jeder andere dieser jungen Schnösel! Aber es war noch nicht so weit. Er wollte ganz unauffällig seine Milch und Butter und seinen Käse verkaufen und sich dabei in Ruhe umsehen. Wenn er es für günstig ansah, würde er zuschlagen, und das geschah dann für einige sehr überraschend. Was interessierte ihn dann noch Milch- und Käseabsatz! Sollten die doch selber schauen, wie sie ihr Zeug loskriegten. An der allgemeinen Misere konnte er sowieso nichts ändern.

Dieser Rind! Er glaubte wohl, weil er seit Jahren mit Blaichach Geschäfte machte, müsste das bis in alle Ewigkeit so weitergehen? Der würde sich noch umschauen! Und seine Chefsekretärin dazu. Wütend starrte er aus dem Fenster, ohne den schönen Herbsttag zu sehen, der das Allgäu verzauberte und die Menschen noch einmal hinauslockte. Dann wandte er sich wieder seinem Schreibtisch zu und sortierte seine Post, die ihm die Sekretärin vorhin gebracht hatte. Ein Drittel davon flog gleich in den Papierkorb. Da hatte unter anderem eine Schule um eine Spende für ihren Klassenausflug zur Molkereibesichtigung gebeten. Es wäre ein Klacks gewesen, ihr fünfzig Euro zu überweisen, doch Hollerer lehnte Wohltätigkeit grundsätzlich ab. Was bildeten sich die Leute eigentlich ein! Jeder muss schauen, wie er zurechtkommt, war einer seiner Sprüche. Und wenn er das nicht kann, muss er eben eine Stufe zurücktreten.

Er dachte gerade über eine neue Entwicklung in seinem Leben nach, als das Telefon klingelte und seine Sekretärin ihm Walter Rind ankündigte.

»Hollerer«, schnarrte er in die Muschel.

»Grüß Sie, Herr Hollerer, hier Walter Rind. Haben Sie einen Augenblick Zeit für mich?«

»Nun, wenn es nicht zu lange dauert, ich bin ziemlich unter Druck, Sie wissen schon …«

»Wird nicht lange dauern …«

»Na gut. Womit kann ich dienen?« Hollerers Stimme klang nicht gerade einladend.

»Ich wollte noch einmal auf unser letztes Gespräch über unsere Geschäftsbeziehungen zurückkommen. Wie Sie wissen, bestehen solche schon seit vielen Jahren in bestem Einvernehmen …«

Ja, von wegen, grinste Hollerer in sich hinein.

»… und ich wäre natürlich sehr an einem Fortbestehen interessiert.«

Hollerer unterbrach ihn. »Haben Sie Anlass, daran zu zweifeln?«

»Nun, ich glaube, sie könnten noch etwas intensiviert werden. Wie Sie wissen, ist unsere Milch nicht nur von hervorragender Qualität, da sie nur aus bergbäuerlichen Betrieben stammt, und sie übertrifft sogar den gesetzlichen Reinheitsgrad …«

Hollerer unterbrach ihn wieder. »Daran haben wir niemals gezweifelt, nur können wir jetzt Milch aus einer anderen Bezugsquelle kriegen, die preislich für uns interessanter ist.«

Rind schluckte. »Vielleicht sollten nicht nur die wirtschaftlichen Momente eine Rolle spielen …«

»Welche denn sonst? Sie wissen doch als Geschäftsmann selbst, dass man sich keine Gefühlsduselei erlauben kann, sonst ist man weg vom Fenster. Ich habe konkrete Angebote erhalten, die einfach günstiger als die Ihren sind. Daran muss ich mich halten und auch gegenüber dem Vorstand rechtfertigen.« Hollerer hatte schon lange nicht mehr in dieser glatten Weise gelogen. Von einem günstigeren Angebot war weit und breit nichts zu sehen. Er spielte dieses miese Spiel nur, um Rind noch einmal im Preis drücken zu können. Sollte der doch schauen, wie er zurechtkam.

»Ist das Ihr letztes Wort?«, fragte Rind mit unsicherer Stimme.

»Nun ja, was heißt letztes Wort! Was wäre denn Ihr finales Angebot?«, wollte Hollerer wissen.

»Das kann ich Ihnen im Augenblick und am Telefon nicht sagen. Hier muss nochmals eine Kalkulation erstellt werden, die ich mit Ihnen in zwei Tagen besprechen könnte. Einverstanden?«

Aha, dachte Hollerer, jetzt haben wir dich bald! »Also gut, in zwei Tagen, aber denken Sie daran, gegenüber der letzten Preisabsprache muss eine spürbare Differenz liegen!«

»Mal sehen, was sich machen lässt«, knurrte Rind wütend, und sie verabschiedeten sich. Jeder hielt in diesem Moment den anderen für den größeren Gauner.

Als Hollerer zu seinen Gedanken vor diesem Gespräch zurückkehrte, versuchte er mit einigen Dingen und zeitlichen Abfolgen ins Reine zu kommen. Er holte sein privates Notizbuch aus der Tasche und schlug es auf. Nach einigem Blättern hatte er den Namen gefunden, den er suchte. Er wählte die dahinterstehende Nummer und wartete. Aber es meldete sich niemand. Hollerer verzog das Gesicht. Dass der auch nie da ist, wenn man ihn braucht! Mit dem Burschen wird er wohl ein ernstes Gespräch führen müssen. Sie hatten bestimmte Zeiten ausgemacht, in denen sie erreichbar sein sollten, aber es klappte nicht so recht damit. Er wollte es zu einem späteren Zeitpunkt noch einmal versuchen, sein Anliegen war nicht so brandeilig.

Trotzdem wäre es besser gewesen, er hätte seinen Gesprächspartner erreicht, manches wäre dann später anders verlaufen. Aber so spielt das Leben. Oft sind es nur Kleinigkeiten, die den zukünftigen Weg bestimmen.

33 In der Wohnung von Terhoven brannten schon seit einer Stunde zwei Lampen. Die drei Männer saßen über den Tisch gebeugt und brauchten das Licht dringend. Vor ihnen lagen Kilo-Päckchen mit hochkonzentrierten Drogen, die sie vorsichtig geöffnet hatten und nun auf ihre Qualität hin untersuchten. Terhoven, der sie aus Garage und Bettkasten geholt hatte, war über die Entwicklung der Dinge nicht glücklich. Warum nur dieses dauernde Misstrauen? Schließlich war sein Stoff von bester Güte, das hatte er ja schon einmal festgestellt.

»Ein paar Stichproben müssen wir danach auch noch chemisch untersuchen lassen«, meinte Joe Marcus, und Bruno Stängle nickte.

»Von mir aus könnt ihr das gerne machen«, erwiderte Terhoven und bemühte sich erst gar nicht, seinen Unmut zu verbergen. »Aber ich kann euch jetzt schon sagen, dass der Stoff einwandfrei ist.«

»Mag schon sein«, mischte sich Stängle ein, »aber sicher ist sicher, schließlich geht es hier um einen Haufen Kohle.«

»Dann kann ich ja auch meinen Preis erhöhen«, versuchte Terhoven zu scherzen und füllte Marcus' untersuchte Menge wieder in den Beutel zurück.

»Das mach du nur mal schön mit ›Mister X‹ aus, er hat jetzt die finanziellen Hosen an. Aber erfreut wäre er sicher nicht, wenn du mit einer Preiserhöhung daherkommst.« Joe Marcus war sich seiner Sache da ziemlich sicher.

Sie füllten die Kilo-Päckchen in 250-Gramm-Beutel um, wobei sehr genau gewogen wurde. Diese waren einfacher zu transportieren und besser aufzuteilen.

Bruno Stängle hielt kurz inne. »Woher stammt das Zeug eigentlich?«, wollte er wissen.

»Das ist nun wiederum meine Sache«, meinte Terhoven und wurde hellhörig. »Im Moment geht das nur mich was an.«

»Dein Wagen hat eine Rostocker Nummer, bringst du die Ware von dort oben?« Joe Marcus war hartnäckig.

Terhoven wurde ungeduldig. »Hab ich mich nicht deutlich genug ausgedrückt?« Seine Stimme klang unwirsch. Was wollten die beiden Heinis eigentlich? Sein Misstrauen war erwacht. Hier hieß es, mit aller Vorsicht weiterzumachen.

Stängle warf Marcus einen warnenden Blick zu. Der zuckte mit den Schultern und arbeitete schweigend weiter. Aber Terhoven war gewarnt. Nachdem die beiden jetzt wussten, wo er die Drogen verborgen hatte, beschloss er, sich um ein anderes Versteck umzusehen. Das sollte sicher und so abgelegen sein, dass es praktisch unauffindbar war.

Sie arbeiteten weiter, aber es gab jetzt eine Spannung zwischen ihnen, die nicht weichen wollte.

Zwei Tage später fuhr Terhoven durch Burgberg. Er hielt an der Gäste-Information und fragte dort nach Info-Material über den Ort und seine Sehenswürdigkeiten. Er hatte ihn sich ausgesucht, weil er abseits der Hauptroute und heimelig in den Winkel geschmiegt lag, den der Grünten dort bildete. Burgberg war ihm schon früher beim Vorbeifahren auf der Schnellstraße Sonthofen-Immenstadt aufgefallen. Er wollte von Kempten wegziehen und suchte sich nun eine Ferienwohnung und natürlich ein neues Versteck für seine heiße Ware. Er bekam eine Liste mit den Unterkünften und einige Broschüren mit den empfohlenen Sehenswürdigkeiten, darunter auch über den Erzlehrpfad auf der Südseite des Grünten. Terhoven unterhielt sich eine Weile mit der Dame und versuchte, sie über eine passende Wohnung auszufragen. Allerdings wurde ihm freundlich, aber bestimmt gesagt, dass die neutrale Gäste-Information keine wertbestimmenden Aussagen machen dürfe. Durch geschickte Fragen erfuhr Terhoven schließlich von einer Ferienwohnung in der Straße »An der Halde«, die zum Gasthof *Alpenblick* hinaufführte. Zu der Wohnung gehörte auch noch eine Einzelgarage. Er fuhr dorthin und sah sie sich an. Die Aussicht ins Dorf und auf die jenseits des Illertales liegende Hörnerkette war bezaubernd, was den Ausschlag gab. Terhoven zahlte freiwillig gleich hundert Euro an, und der Handel war perfekt.

Am Abend studierte er die Broschüren, die er aus Burgberg mitbekommen hatte. Besonders der Lehrpfad »Wald, Moos und Eisenerz« samt Begleitbroschüre begann ihn während des Lesens zu interessieren. Plötzlich kam ihm eine Idee. Er dachte eine Zeitlang darüber nach und glaubte die Lösung gefunden zu haben. Gleich am nächsten Tag wollte er in das Grüntengebiet und etwas nachschauen. Er rieb sich die Hände.

Das war genau das, was er suchte!

34 Paul Wanner war mit Riedle und Hansen unterwegs zum Gigglstein. Sie hatten ihr Fahrzeug bei der Grüntenhütte stehen lassen, waren ein Stück aufgestiegen und dann unter Wanners Führung in die Mulde abgestiegen, die zwischen ihrem Höhenrücken und dem Gigglstein lag. Einige Fußspuren führten zu der hellen Kalkmauer hinüber, die wie der Rücken eines Urtieres aus den Bäumen emporragte. Ohne Schwierigkeiten gelangten sie zum Fuß der Wand und dort entlang auf die östliche Seite. Hier führte eine sehr schmale Kluft zwischen steilen Platten nach oben.

Wanner wandte sich an seine Begleiter. »Wir wollen erst einmal gemeinsam zum Grat hinaufsteigen, der den eigentlichen Gipfel bildet. Von dort haben wir eine bessere Übersicht und können das weitere Vorgehen besprechen. Zunächst einmal brauchen wir für diesen Aufstieg kein Seil, aber bitte aufpassen! Zum späteren Abstieg kann ich euch dann sichern. Keine Angst«, setzte er noch hinzu, als er den skeptischen Blick Hansens auffing, »hier kommt die erste Schulklasse hoch.«

»Ich gehe aber noch nicht zur Schule«, meinte Hansen und blickte nach oben.

»Dann bist du hiermit in die erste Klasse aufgenommen. Möchtest du deine Schultüte gleich oder reicht es noch, wenn wir sie dir im Präsidium übergeben?«

Sie machten sich lachend an den relativ kurzen, steilen Aufstieg und standen zwanzig Minuten später auf dem schmalen Grat, der stellenweise nur Schuhbreite hatte. Auf dem Weg hatten sie keinerlei Spuren entdecken können, die auf ein Versteck für Drogen hätten schließen lassen. Auch im Gipfelbereich und den anschließenden Wänden, so weit sie einsehbar waren, gab es nichts zu sehen.

Nachdem sie noch eine Weile gesucht, aber nichts gefunden hatten, was auf ein Versteck hätte hinweisen können, machten sie sich wieder an den Abstieg, wobei Wanner seine Kollegen ans Seil nahm. Verschiedene Male verließ er auf diesem Abstieg die Route und suchte nach Versteckhinweisen in Höhlen, Rissen oder in Felsformationen, aber es war nichts zu sehen. Nach einer Stunde brach Wanner die Suche ab, und sie kehrten zur Grüntenhütte zurück.

Sie tranken dort jeder eine Radlerhalbe und fuhren anschließend den steilen Weg zur Staatsstraße hinunter. Unterwegs brach Wanner das Schweigen.

»Sieht so aus, als hätten wir hier eine Luftnummer abgezogen.«

Riedle beugte sich vor. »Eigentlich sind wir auf den Gigglstein ja nur gekommen, weil Rind und Terhoven auf dem Gipfel des Grünten waren, und bei einem Ostabstieg hätte sich diese Felsenmauer angeboten. Was bleibt uns eigentlich jetzt noch übrig?«

Wanner fuhr die steilen Serpentinen hinunter zur Liftstation. Dort hielt er an und stellte den Motor ab.

»Lasst uns hier im Angesicht des Grünten noch einmal nachdenken! Wenn kein Versteck auf der Ostseite ist, wo könnte eins auf der Westseite sein?«

Riedle kratzte sich am Kopf. »Hast du schon mal an die Stuhlwand gedacht?«

»Ja, hab ich. Aber ich kenne die, sie ist zu schmal und insgesamt zu klein, um als Versteck zu dienen. Außerdem kommt man dort nur zu Fuß hin, was viel zu umständlich wäre. Nein, ich bleibe dabei. Unser Rätsel löst sich hier auf der Ostseite des Berges.«

Hansen hatte schweigend zum Fenster hinausgeschaut. Er kannte die Gegend nicht näher, deshalb ließ er die beiden Einheimischen diskutieren.

»Gibt es vielleicht eine Höhle in der Gegend?«, fragte er dennoch vorsichtig, um sich nicht zu blamieren.

Wanner dachte nach. »Nein, mir fällt keine ein. Die meisten Höhlen liegen um das Gottesackerplateau, aber das ist ja ein ganzes Ende weg von hier.«

Hansen hatte sich diesen seltsamen Namen gemerkt und meinte, aufmerksam geworden: »Hattest du nicht dieses Gottesackerplateau auch im Sinn, als es um die Helvetische Kreide in den Schuhsohlen von Kevin Rind ging?«

Wanner machte eine abweisende Handbewegung. »Nur am Anfang. Aber mittlerweile wissen wir ja, dass das Drama am Grünten stattgefunden hat. Nein, die ganze Geschichte muss sich hier um den Grünten abgespielt haben, da bin ich mir sicher. Falls wir überhaupt das Versteck je finden! Wer sagt uns, dass es nicht irgendwo im Tal, in einem Haus oder sonst wo angelegt wurde?«

Die drei Männer dachten nach. Dann startete Wanner

den Motor und fuhr vorsichtig ins Tal hinunter. Als er den kleinen Parkplatz unterhalb der Kammeregg-Hütte passieren wollte, stieg er mit einem lauten Ausruf so plötzlich auf die Bremse, dass die beiden anderen nach vorn gerissen wurden.

»Herrgott«, rief Riedle und zog an seinem Sicherheitsgurt, um ihn wieder lockerer zu machen, »was ist denn jetzt los?«

»Entschuldigung! Ich wollte euch nicht umbringen. Aber mir ist etwas eingefallen. Vorhin, als Hansen von einer Höhle sprach, war es für mich klar, es gibt hier keine, die in Frage käme. Aber es gibt etwas ganz anderes, das sich wunderbar eignen würde, geradezu klassisch für ein Versteck.«

Seine beiden Kollegen schauten ihn aufmerksam an. »Was meinst du?«, fragte Riedle, deutlich neugierig geworden.

Wanner grinste. »Mir ist da etwas eingefallen, das ein Treffer sein könnte. Dazu müssten wir aber auf die andere Seite des Grünten fahren.« Er sah auf die Uhr. »Die Tageszeit wäre günstig, das Licht hält noch ein paar Stunden, die uns reichen müssten, weil wir mit dem Auto fast bis an die Stelle fahren können.«

Er fuhr ohne weitere Erklärungen weiter bergab. Riedle und Hansen sahen sich vielsagend an und zuckten gleichzeitig mit den Schultern. Weiß der Kuckuck, was dem Chef wieder eingefallen ist! Aber sie kannten ihn, wenn er etwas nicht preisgeben wollte, dann war da keiner, der ihn dazu bringen konnte.

Wanner fuhr durch Rettenberg. Am Goimoos-Kreisverkehr bog er Richtung Burgberg ab und suchte dort

die Gemeinde auf. Er ließ sich einige Schlüssel aus-
händigen, und sie setzten die Fahrt über die Grüntenstraße hinauf zum Gasthaus *Alpenblick* fort. Dort sah
er den Parkplatz, auf dem Xaver Guggemos und seine
Frau Josefa das Päckchen mit dem Rauschgift gefunden
hatten. Er fuhr weiter, durchquerte einen kleinen Wald
und kam an eine Weggabelung. Dort bog er links ab.
Nach einiger Zeit hielt er an und wandte sich an Riedle:
»Merkst du jetzt etwas?« Der sah sich um. Links zogen
steile Bergwiesen aufwärts, unterbrochen von kleineren
Waldstücken, rechts fielen Hänge zum Königssträßle ab.
Ein kleiner Wegweiser zeigte aufwärts. Da fiel es ihm wie
ein Blitz ein. »Du meinst die ehemaligen Erzgruben?«

»Genau die!«

»Einfach genial«, murmelte Riedle, wobei er offen
ließ, ob er nun Wanners Ratekunst oder die Erzgruben
als Versteck meinte.

Wanner zog eine kleine Broschüre aus der Tasche.
»Die hat mir die Dame in der Gemeinde gegeben. Es
ist die Begleitbroschüre zum Lehrpfad ›Wald, Moos und
Eisenerz‹. Außerdem habe ich die Schlüssel der Absperr-
gitter und Türen für Gruben, in die man wenigstens ein
Stück hineingehen kann. Schaut her!«

Hansen sah seinen Chef voll Bewunderung an. Donnerwetter noch eins, das hätte er ihm nicht zugetraut!
Er fing an, sich in diesem Team sehr wohlzufühlen. Solange Wanner Chef war, brauchte er sich nicht um einen
anderen Posten zu bewerben.

Wanner sah sich die Schlüssel an. Dann nahm er einen
mit dem Schildchen »Annagrube neu« und sagte: »Lasst
uns einfach mal dort schauen!« Sie stiegen aus und waren

nach einigem Suchen fündig geworden. Wanner sperrte das Gitter auf und warnte seine beiden Kollegen, auf ihre Köpfe aufzupassen. Doch so sehr sie mit einer Taschenlampe, die Wanner aus dem Auto mitgenommen hatte, auch den Gang bis zum Ende absuchten, es war absolut nichts zu sehen.

»Okay, dann die nächste!« Sie versuchten ihr Glück in den beiden nur kurzen Zugängen der Karl-Ludwig- und Max-Josef-Gruben. Ohne Erfolg. Den gleichen Misserfolg hatten sie in der Theresiengrube, obwohl dort die Suche länger dauerte.

»Na schön, wir haben ja noch die Wassergrube, vielleicht ist dort was zu finden. Wenn nicht, geht unser Denken wieder von vorn an, oder wir untersuchen die Tagebaugruben, die man eine Zeitlang auch untertage ausgebeutet hat.« Wanner sprach gleichmütig und ließ sich seine Enttäuschung nicht anmerken. Sie stiegen steil hinunter und stießen auf die Tür des Stollenmundes. Als Wanner den Schlüssel ansetzen wollte, sah er, dass das Schloss aufgebrochen war. Er pfiff durch die Zähne. Riedle, der hinter ihm stand, fragte nach dem Grund. »Ich habe eine interessante Entdeckung gemacht«, sagte Wanner etwas theatralisch und zeigte Riedle das Schloss. Der bekam glänzende Augen. »Mensch, hier könnten wir Glück haben! Die Zuständigen waren wohl seit Monaten nicht mehr hier. Und so was kann man auskundschaften.«

Vorsichtig zogen sie die Tür auf. Wanner holte seine Taschenlampe, und sie gingen dicht hintereinander in den dunklen Gang. Der schien kein Ende zu nehmen, gabelte sich schließlich und führte mit seinem rechten Ast nochmals weiter. Aber sie fanden nichts, was irgendwie auf ein Versteck hingedeutet hätte. Der Hauptkommissar ließ den Strahl der Taschenlampe über Wände und Decke gleiten, dann sagte er: »Wieder nichts! Schade, hätte so prima gepasst.«

Uli Hansen, der beim Hinausgehen Erster war, blieb stehen und wandte sich um. »Und trotzdem hätte der Stoff ja hier versteckt sein können, nur hat man ihn geholt und keine Spuren zurückgelassen.«

Wanner stimmte ihm grunzend zu. »Darauf bin ich auch schon gekommen. Aber es hätte ja sein können, dass wir *irgendetwas* gefunden hätten!« Bei der Gabelung blieb er instinktiv noch einmal stehen und ließ den Lichtstrahl in die teilweise verschüttete und eingestürzte linke Abzweigung fallen. Langsam wanderte der Lichtkegel durch den Raum.

Und da sah er es.

35 Am Abend des 19. September hatte Bruno Stängle einen Anruf bekommen. Der Unbekannte fragte kurz nach den umgepackten Drogen, von denen er wusste. Der Kuckuck mochte wissen woher, dachte Stängle. Er berichtete kurz. Dann erhielt er den Auftrag, Terhoven möglichst nicht mehr aus den Augen zu verlieren, da dieser wahrscheinlich seine Wohnung wechseln würde. Stängle wies auf seinen Arbeitsplatz hin, den er noch immer ausfüllen musste, da ihn sonst Willi Rind feuern könnte.

»Willi Rind feuert niemanden«, erklang es am anderen Ende der Leitung. »Dazu ist er zu schlau! Wer so viel von ihm und seinen Machenschaften weiß wie du, kann nicht zum Gegner gemacht werden. Und diese Gefahr besteht ja wohl, wenn jemand entlassen wird, oder?« Stängle nickte, dann fiel ihm ein, dass der andere das ja nicht sehen konnte, und er gab ein mürrisches Ja von sich.

»Was macht Joe Marcus?«

»Ich bin nicht meines Bruders Hüter«, antwortete Stängle mit einem Bibelspruch, der so oder ein bisschen anders lautete, aber das kam nicht so genau darauf an.

»Es wäre gut, wenn ihr eine knappe, aber dauernde

Verbindung halten könntet. Wir müssen damit rechnen, dass unsere Hilfe schnell gebraucht wird.« Er kicherte und betonte das Wort Hilfe besonders.

»Okay, ich werd's versuchen!« Stängle war überhaupt nicht begeistert.

»Mister X« verabschiedete sich sehr schnell und legte auf.

Der Dealer-Kreis im Allgäu war relativ klein. Nur wenige kannten sich persönlich, die meisten wurden stets so beliefert, dass sie nie wussten, woher der Stoff stammte und wer ihn diesmal brachte. Bruno Stängle und Joe Marcus gehörten zu den wenigen, die offen miteinander arbeiteten. Aber auch sie bekamen die Order, wohin welcher Stoff zu bringen sei.

Stängle rief Marcus auf dessen Handy an und sprach auf die Mailbox, als der sich nicht meldete. Er wollte ihm die Mitteilung betreffs Terhoven persönlich zukommenlassen und bat um Rückruf. Dann überlegte er, wie er das Geschäft mit dem Rauschgift und die Angelegenheit mit Willi Rind parallel zueinander erledigen könnte, ohne dass er in zeitliche oder andere Schwierigkeiten geriet.

Aber noch etwas anderes beschäftigte Stängle seit ein paar Tagen. Er hatte beobachtet, wie Joe Marcus mit Elvira Herz gesprochen hatte. Zwar konnte er nichts verstehen, aber offensichtlich kannten sich die beiden schon länger, das war der ganzen Art der Unterhaltung zu entnehmen. Dass sich die beiden einige Male verstohlen umblickten, machte die Geschichte noch geheimnisvoller. Woher kannten sie sich? Nachdem Elvira Herz direkten Zugang zu Willi Rind hatte, musste sie sowohl über dessen privates als auch sein geschäftliches Leben gut unterrichtet sein. Vor allem, wenn man bedachte, dass sie sich Zugang zu wichtigen Papieren oder Gesprächsnotizen verschaffen oder auch Gespräche belauschen konnte. Da war doch etwas im Gange! Stängle beschloss, der Sache auf den Grund zu gehen und die beiden im Auge zu behalten. Hier hieß es aufpassen! Bruno Stängle war froh, dass er diese Zufallsbeobachtung gemacht hatte und wandte sich wieder seiner Arbeit zu.

Drei Tage danach sah er Elvira Herz in ihrem Golf am späten Vormittag wegfahren. Da seine Neugier einmal erwacht war, beschloss Stängle, ihr zu folgen. Er blieb im gebührenden Abstand hinter ihr und so weit zurück, dass er gerade noch sehen konnte, wohin sie fuhr. Sie hielt am Parkplatz vor dem Cambodunum Park, ohne auszusteigen. Nach etwa fünf Minuten sah Stängle einen Mann auf ihr Auto zusteuern und erkannte bei genauerem Hinsehen Joe Marcus. Kurz darauf stieg Joe wieder aus und verschwand hinter der nächsten Straßenecke. Gleich darauf setzte sich der Golf in Bewegung und kehrte zur Firma GROSSBAU RIND & SOHN zurück. Bruno Stängle folgte ihm, parkte auf seinem Platz und ging ins Gebäude. Jetzt war klar: Die beiden kannten sich und irgendetwas war im Gange, sonst würden sie sich nicht in so kurzen Abständen treffen. Dass die beiden etwas Intimes miteinander verband, war aufgrund der Beobachtungen nicht anzunehmen, vor allem, weil Elvira Herz auch wesentlich älter als Marcus war. Stängle überlegte: Sollte er Joe Marcus einfach darauf ansprechen oder so tun, als ob er die beiden Treffen nicht gesehen hätte?

Er entschloss sich zunächst abzuwarten, aber seine Augen weit offen zu halten.

36 Ramona Rind erlebte eine glückliche Zeit.
Seit sie Joe Marcus kannte, verlief ihr Leben anders, als sie sich das vorgestellt hatte. Aber sie akzeptierte es auch in dieser neuen Weise. Sie war richtig verliebt in diesen geheimnisvollen, gutaussehenden Mann, der sie nach Strich und Faden verwöhnte. Das gefiel ihr am meisten an ihm. Bisher hatte sie noch keinen Fehler an ihm entdecken können, der sie besonders gestört hätte. Natürlich war sie nach wie vor neugierig, was er beruflich wirklich tat, denn aus seinen Bemerkungen hierüber war sie nie recht schlau geworden. Er hatte irgendeine wichtige Arbeit hier im Allgäu zu erledigen und konnte nicht sagen, ob er danach hierblieb oder wegging. Bei diesem Gedanken wurde es ihr weh ums Herz, denn aus ihrem geliebten Allgäu wegzuziehen und Joe Marcus zu folgen, konnte sie sich eigentlich nicht vorstellen. Noch kämpften ihre Liebe zu Marcus und ihre Liebe zum Allgäu einen heftigen Kampf in ihrem Inneren, und sie wusste nicht, wie dieser wohl ausgehen würde.

Sie saß in ihrer Wohnung auf der Couch und hatte ein heißes Zitronengetränk vor sich. Um ihren Hals war ein dicker Wollschal gewickelt und eine Decke lag auf ihren

Beinen. Irgendwo hatte sie sich eine starke Erkältung zugezogen und laborierte jetzt daran. Walter Rind war nicht begeistert gewesen, als er von ihrer Krankheit erfuhr, fehlte ihm doch die Chefsekretärin und ein Haufen Arbeit würde sich ansammeln, bevor sie wiederkam. Aber er hatte am Telefon gemerkt, dass Ramona nicht schwindelte. Ihre Stimme klang eher wie das Krächzen eines Raben.

Ramona hatte jetzt Zeit, über ihre Situation nachzudenken. Joe Marcus war sicherlich ein gutaussehender Mann mit Manieren und offensichtlich auch Geld. Denn wie er sie großzügig bei ihren Ausflügen einlud, verriet finanzielle Unabhängigkeit. Zwar hatte sie sich stets erboten, ihren Teil der Zeche oder anderer Ausgaben selbst zu übernehmen, aber Joe hatte lächelnd abgewinkt und alles bezahlt.

Plötzlich klopfte es an ihre Tür, und bevor sie noch antworten konnte, erschien ihr Vater.

»Störe ich dich?«, fragte er und schloss die Tür.

»Nein, komm nur herein!«, krächzte sie und deutete auf einen Stuhl.

»Entschuldige, dass ich hier so reinplatze, aber ich wusste nicht, dass es dich so stark erwischt hat«, sagte er dann und setzte sich.

Ramona zog ihren Schal fester um den Hals. »Ich kann fast nicht reden«, flüsterte sie und trank einen Schluck der heißen Zitrone.

Willi Rind überlegte kurz, dann stand er wieder auf. »Ich wollte mit dir mal reden wegen dieses, dieses …«, er zögerte und wusste nicht, wie er sich ausdrücken sollte.

Ramona lächelte. »Er heißt Joe Marcus.«

»Ja, also wegen dieses Joe Marcus. Er geht zwar in meinem Haus aus und ein, aber niemand hat ihn mir bisher vorgestellt. Wenn du mal wieder bei besserer Stimme bist, sollten wir darüber reden.« Er wünschte ihr gute Besserung und wandte sich zur Tür. Dort drehte er sich noch einmal um und sagte: »Ramona, pass bitte auf! Besser keinen Mann als einen falschen!«

Ramona antwortete nichts, nickte aber lächelnd. Ihr Vater! Es war ganz selten, dass er sie in ihrer Wohnung aufsuchte, also musste es ihn mächtig beschäftigen, dass jetzt ein Mann öfter bei seiner Tochter zu finden war. Aber das war ja wohl zunächst ihre eigene Angelegenheit.

Sie stand auf und durchsuchte ihre Schallplatten, für die sie schon lange keine Zeit mehr gehabt hatte. Sie blätterte die Alben durch und blieb an einer LP mit dem Titel »Die schönsten Melodien zwischen Tag und Traum« hängen. Sie legte die Scheibe auf und drückte den Startknopf. Bald umfingen sie zärtliche Violinen, Klavierstücke und Akkordeonweisen. Sie legte sich wieder auf die Couch und schloss die Augen. Aber schon nach einer halben Stunde wurde sie durch das Klingeln des Telefons aus ihren Träumereien gerissen. Sie hob ab und krächzte ein »Hallo!«.

»O weh, da habe ich ja eine wirklich Kranke erwischt!«, ertönte es vom anderen Ende der Leitung. »Hallo Ramona, hier Susi! Wie geht's dir denn?«

Ramona versuchte ein »Geht schon!«, aber Susi ließ sich nicht beirren.

»Seit wann hast du denn diese Erkältung? Ist doch noch gar nicht die Zeit dafür.«

»Vor drei Tagen hat's mich so richtig erwischt«, flüsterte Ramona und räusperte sich.

»Du meine Güte aber auch! Warst du schon beim Arzt?«

Als Ramona das verneinte, sagte Susi: »Also, so geht das nicht! Ich werde gleich heute nach Dienstschluss vorbeikommen und nach dir sehen. Was hast du denn bisher dagegen unternommen?«

Als Ramona ihr das heiße Zitronengetränk genannt hatte, meinte Susi besorgt: »Du meinst doch nicht im Ernst, dass das alles war? Mit dem bisschen Zitrone kann man doch keine Erkältung in diesem Ausmaß kurieren. Da gehören richtige Mittel her. Ich fahr gleich noch an einer Apotheke vorbei und besorg dir was. Und dann ab unter die Bettdecke, aber allein!« Susi versuchte einen Scherz, aber er gelang nicht so recht.

Ramona krächzte einen Dank und eine Beteuerung der Freude über den Besuch ihrer Freundin, dann legten sie auf.

Sie stand auf und ging in ihren leichten Hausschuhen zur Wohnungstür, um sich in der Hausapotheke im Erdgeschoss nach etwas Brauchbarem umzusehen. Ihre Schritte auf der Treppe waren nicht zu hören. Bevor sie den unteren Treppenabsatz erreicht hatte, hörte sie plötzlich leise Stimmen aus dem Flur. Sie blieb stehen. Wer unterhielt sich denn da?

Ohne Argwohn wollte sie weitergehen, als sie plötzlich einen Satz mit dem Wort »Schnee« hörte.

Sie blieb wie angewurzelt stehen. Es war weniger der Satz selbst als vielmehr die Aussprache, denn die gehörte einwandfrei … Joe Marcus! Was aber machte Joe in ihrem Haus? Er hatte ihr doch gestern am Telefon erklärt, dass er einige Tage aus geschäftlichen Gründen nicht erreichbar sei. Sie wollte schon weitergehen, als sie die weibliche Stimme erkannte, die sich an der Diskussion beteiligte: Es war die von Elvira Herz! Joe und Elvira? Was hatte das zu bedeuten? Ramona lehnte sich ans Geländer und versuchte gegen einen Schwächeanfall anzukämpfen. Verdammte Grippe, dachte sie und strengte sich an, um noch besser lauschen zu können. Aber sie konnte nur wenige Worte wirklich verstehen, entweder redeten die beiden so leise, oder ihre Ohren waren durch die Erkältung beeinträchtigt. Aber das Entscheidende hörte sie.

Völlig benommen schlich sie die Treppe zu ihrer Wohnung wieder hoch und zog leise die Tür hinter sich zu. Dann lehnte sie sich an die Wand und schloss die Augen. Was sie da gerade mitgekriegt hat, war ungeheuerlich! Wenn sie das Gehörte sinngemäß zusammensetzte, kam etwas mit Drogen heraus, in deren Handel die beiden verstrickt zu sein schienen. Sie wankte zu einem Stuhl und ließ sich dararaffallen. Joe Marcus und Elvira Herz und Rauschgift! Das konnte doch nicht wahr sein. Doch dann kreisten ihre Gedanken um ihren Bruder Kevin und dessen Kontakte mit Drogen, und sie begann zu ahnen, dass in diesem Haus mehr Böses war, als sie sich jemals hätte denken können. Zuerst Kevin, und jetzt Elvira Herz, die seit vielen Jahren im Haushalt lebte und praktisch Zugang zu allem hatte, was es in diesem Haus gab. Und Joe Marcus! In Ramona brach eine Welt zusammen. Wie konnte er nur so gemein sein, sie so hinters Licht zu führen. Drogendealer war er, nicht wissenschaftlicher Assistent oder was er sonst noch gefaselt hatte. Nun verstand sie, dass er mit Geld nicht kleinlich zu sein brauchte, mit Drogen war mehr zu verdienen als auf ehrliche Weise.

Ein ohnmächtiger Zorn überkam sie, und wäre Joe Marcus jetzt in ihre Reichweite gekommen, hätte er einiges einstecken müssen. Und Elvira Herz? Was hatte sie mit der ganzen Sache zu tun? Wie viele Jahre war sie schon im Haus und hatte eine Vertrauensstellung inne, wie sie selten vergeben wurde. Diese Verräterin!

Plötzlich fiel Ramona ihr Vater ein. Ob er davon etwas wusste? Ob er etwa selbst? … Ramona stockte der Atem. Bloß das nicht! Er war in letzter Zeit manchmal etwas seltsam gewesen, aber sie hatte dies auf den Tod von Kevin zurückgeführt. Jetzt erschien plötzlich alles in einem anderen Licht. Rauschgift in der Firma Rind. Wenn das an die Öffentlichkeit kam, war alles aus. Plötzlich sah Ramona auch das Gespräch mit ihrem Vater unter einem anderen Aspekt. Und fast glaubte sie, dass er etwas wusste. Und sie sollte die Firma weiterführen! Wie war dieses Angebot jetzt zu sehen? Ramona war ratlos. Mit wem konnte sie darüber sprechen? Es ging über ihre Kräfte, damit allein fertig zu werden.

Sie saß noch eine Weile auf dem Stuhl, und Tränen liefen ihr über die Wangen. Alles, wovon sie geträumt hatte, war kaputt. Der Mann, den sie zu lieben begonnen hatte, ein Lump, ein Dealer, ein Rauschgifthändler! Die Firma am Rande des Bankrotts, ihr Bruder tot, ihr Vater undurchschaubar. Was kam denn noch alles? Sie ließ sich auf die Couch sinken und starrte an die Decke. Wie soll das bloß weitergehen? Und was mache ich, wenn Joe Marcus wieder anruft? Am liebsten würde ich mit Susi Allger darüber sprechen, einen anderen Vertrauten habe ich ja nicht, überlegte sie.

Ramona war über alldem eingeschlafen. Plötzlich schrak sie hoch. Im Zimmer war es dämmerig, und sie stellte fest, dass es bereits auf den Abend zuging. Sie hatte fast zwei Stunden geschlafen und fühlte sich etwas besser. Auch ihre Stimme gehorchte ihr einigermaßen, also war die heiße Zitrone doch nicht so schlecht! Sie sah auf die Uhr, Susi musste wohl bald kommen. Sie stand auf und räumte das Zimmer auf. Dann trat sie vor den Spiegel im Bad und sah sich prüfend an. Du meine Güte, dachte sie erschrocken, jetzt muss ich erst mal mein Gesicht wieder aufbauen. Sie suchte die entsprechenden Kosmetikartikel heraus und begann, die Spuren der Erkältung zu überdecken.

Als Ramona die Klingel hörte, hatte sie gerade die letzte Tube wieder zugeschraubt und weggestellt. Sie öffnete die Tür, um Susi zu begrüßen und stand – Joe Marcus gegenüber.

»Hallo Ramona, Liebling! Ich bin schon eher zurückgekommen und wollte dich besuchen.« Er strahlte über das ganze Gesicht. Plötzlich zog er hinter dem Rücken einen Strauß Rosen hervor und reichte ihn ihr. »Für dich, mein Herz!«

Es war wohl der Kosename, der Ramona aus ihrer Erstarrung löste. Du verdammter Lügner, dachte sie erbittert, willst mir schon wieder den Kopf verdrehen. Aber sie musste an das Gespräch denken, dessen unfreiwillige Zeugin sie geworden war, und an ihren Bruder, der jetzt am Friedhof lag. Eine unheimliche Wut stieg in ihr hoch, sie wollte etwas sagen, brachte aber keinen Ton heraus. Joe Marcus sah sie erstaunt an.

»Was ist los mit dir?«, fragte er und sah über ihre Schulter hinweg in die Wohnung. »Darf ich nicht reinkommen?«

Ohne die Rosen in seiner Hand zu beachten, schüttelte sie den Kopf. »Ich bin krank«, flüsterte sie endlich.

»Krank? Hast du dich erkältet?« Joes Stimme klang ehrlich besorgt, und das war er auch.

Ramona kämpfte mit ihrer Stimme. »Geh!«, brach es endlich aus ihr heraus, und sie sah ihn mit funkelnden Augen wütend an. Dann langte sie nach der Tür und wollte sie schließen, doch Marcus hatte blitzschnell seinen Fuß dazwischengeschoben. Instinktiv merkte er, dass hier mehr als eine Erkältung am Verhalten Ramonas schuld war. Er streckte seinen Arm aus, um sie zu berühren, doch sie wich zurück. »Geh!«, wiederholte sie noch einmal und drückte die Tür gegen seinen Fuß. Joe überlegte. Dann wollte er ihr noch einmal den Rosenstrauß geben und zog seinen Fuß zurück. Diese Situation musste er erst überdenken, sie war zu überraschend gekommen.

Ramona aber schlug die Tür zu und drehte den Schlüssel um. Dann lehnte sie sich an die Wand und begann zu weinen. Sie zitterte am ganzen Körper und fühlte sich plötzlich so schlapp, dass sie ins Wohnzimmer wankte.

Als sie später in den Spiegel schaute, sah sie, dass die ganze aufgewendete Mühe umsonst gewesen war und sie schlimmer aussah als vorher. Sie wusch ihr Gesicht und massierte es leicht, dann legte sie einfach etwas Rouge auf. Susi würde sie sowieso nichts vormachen können. Und mittlerweile war es ihr auch egal, wie sie aussah. Gerade als sie zur Uhr blickte, hörte sie die Klingel. Diesmal fragte sie erst durch die geschlossene Tür, wer da sei und hörte zu ihrer Erleichterung die Stimme ihrer Freundin. Sie öffnete und ließ Susi herein. Dann sah sie schnell in den Flur hinaus und zog hastig die Tür wieder zu.

Susi Allger hatte das erstaunt mitverfolgt, sagte aber nichts, sondern begrüßte ihre Freundin, wobei diese sie auf Distanz hielt und auf ihren Hals zeigte. Susi lächelte und zog ihre Jacke aus, dann folgte sie Ramona ins Wohnzimmer. Aus einer Tüte holte sie einige Medikamente und Vitaminpräparate und legte diese und einige Orangen auf den Tisch.

Ramona sah sie dankbar an. Seit Susi in der Wohnung war, spürte sie Optimismus in sich aufsteigen, der das Tief des Tages etwas zu überdecken begann. Sie bot ihrer Freundin Platz an und begab sich wieder auf ihre Couch. Susi sah sie fragend an. Das Aussehen von Ramona gefiel ihr gar nicht. Das kam bestimmt nicht nur von der Erkältung, sie wirkte ja richtig verstört.

Im Verlauf der nächsten zwei Stunden brachte Susi so nach und nach die ganze Wahrheit aus ihrer Freundin heraus. Zum Schluss war sie genauso bleich wie Ramona. Empörung stand in ihrem Gesicht, und zunächst war sie sprachlos.

Dann nahm sie die Hand der Freundin und flüsterte: »Das ist ja furchtbar! Arme Ramona, was musst du alles erdulden. Und dieser Joe Marcus! Ich habe ihn von Anfang an nicht leiden können«, hier schwindelte sie ein wenig, »aber dass er so ein Gauner ist, hätte ich nie gedacht. Wie man sich doch in einem Menschen täuschen kann. Was wirst du jetzt machen? Ich meine in der Beziehung zu Joe?«

Ramona zuckte mit den Schultern. »Das bin ich gerade am Überlegen und hatte gehofft, dass du mir raten könntest. Wie soll ich mich verhalten? Wenn ich einfach Schluss mache mit ihm, wird er den Grund dafür erfahren wollen. Und wenn ich ihm den nenne, dann sieht er, dass ich Bescheid weiß, und ich glaube, das ist nicht gut für mich.«

Susi nickte. »Welchen anderen Grund könntest du denn sonst vorbringen?«

»Das ist es ja eben. Immerhin waren wir schon ziemlich weit …«, sie hielt inne und errötete, »… da wird er sich nicht mit einer Kleinigkeit zufriedengeben. Ich hätte wirklich große Lust, ihm die Wahrheit ins Gesicht zu sagen, damit er weiß, dass seine Gaunereien nicht länger unentdeckt sind.«

Susi wiegte den Kopf hin und her. »Vielleicht hast du recht! Er kann dich schließlich nicht umbringen. Wie wäre es übrigens, wenn du dich an die Polizei wendest und ihr das erzählst, was du hier gehört und gesehen hast?«

»Daran habe ich auch schon gedacht«, erwiderte Ramona und goss sich Kaffee nach, »aber ich bin mir einfach noch nicht schlüssig geworden. Schließlich ist das Ganze ja erst heute passiert.«

»Ich meine, er braucht ja nicht zu wissen, dass du ihn

verpfiffen hast. Du könntest eine anonyme Nachricht weitergeben.«

»Ich weiß nicht«, Ramona war unschlüssig, »irgendwie liegt mir das nicht. Andererseits, wenn ich bedenke, was man mit den Drogen für Elend anrichten kann, darf ich eigentlich nicht zögern, sonst mache ich mich als Mitwisserin schuldig.« Sie sah traurig zu Boden, und Tränen liefen ihr übers Gesicht.

»Wenn ich es genau bedenke, dann würde ich auf jeden Fall der Polizei eine Mitteilung machen. Du kannst dich sowieso nicht mehr mit Joe treffen, jetzt wo du weißt, was er für ein Gangster ist«, riet Susi ihrer Freundin.

Ramona nickte geistesabwesend. »Dazu wird es wohl kommen«, sagte sie leise und ging zum Fenster. Die schönen Herbsttage waren am Verklingen. Es würde nicht mehr lange dauern und das Allgäu läge unter einer weißen Decke.

Susi stand ebenfalls auf. »Soll ich mit dir kommen?«

»Du meinst zur Polizei?«

»Ja, denn ich glaube, der ist mehr geholfen, wenn sie einen Zeugen hat als eine anonyme Nachricht.«

»Das ist lieb von dir, aber ich schaff das schon allein. Ich schlafe noch mal drüber. Jetzt ist es sowieso zu spät. Bis morgen früh habe ich einen Entschluss gefasst, aber ich glaube jetzt schon, dass es der einzig richtige Weg ist. Ich muss die Polizei verständigen!«

Sie besprachen noch eine Weile das Ganze, dann verabschiedete sich Susi. Ramona begleitete sie zur Haustür.

»Also denk dran. Du musst der Polizei alles sagen!«, beharrte Susi in normaler Lautstärke.

Beide Frauen bemerkten nicht, dass sich die Tür in der unteren Wohnung leicht hin und her bewegte. Sie konnten deshalb auch das Gesicht nicht erkennen, das an den Türspalt gedrückt war.

Ramona schloss die Tür und ging wieder die Treppe zu ihrer Wohnung hinauf. Das leise Einschnappen eines Türschlosses entging ihr, sie war in Gedanken schon beim nächsten Tag.

37 Paul Wanner starrte im stark verfallenen Gang der Wassergrube in eine schräge Spalte, die etwa einen halben Meter tief war. Sie wurde von einem herabziehenden Felsstück so überlappt, dass sie kaum sichtbar war, erschien aber als dunkler Streifen kurz oberhalb des Bodens.

»Moment mal!«, rief er seinen Kollegen nach, die weitergegangen waren. »Ich glaube, ich sollte hier mal etwas genauer schauen.«

Er bückte sich und leuchtete die Spalte aus. Sie war tiefer, als es zunächst den Anschein gehabt hatte. Wanner langte mit der Lampe so weit hinein, wie es sein Arm zuließ. Er kippte und drehte die Lampe nach allen Seiten und versuchte den Lichtstrahl zu verfolgen. Da – ziemlich am Ende sah er etwas Weißes, Pulvriges am Boden glitzern. Er reichte mit seinem Arm nicht ganz bis hin.

»Haben wir irgendeinen Stock oder was Ähnliches, mit dem ich weiter in diesen Spalt langen kann?«, fragte er nach hinten, wo inzwischen Riedle und Hansen warteten.

»Willst du jetzt Erz schürfen, oder was?« Alex und Uli kicherten.

»Herrgott noch mal, ich meine es ernst! Sucht mal

irgendein Stück Holz, das etwa vierzig Zentimeter lang ist!«

Uli Hansen und Alex Riedle verließen den Gang und suchten die nähere Umgebung ab. Schließlich fand Riedle den abgesplitterten Teil eines Astes, der etwa die angegebene Länge hatte, und brachte ihn Wanner. Der kniete sich hin und leuchtete mit der Taschenlampe in den Spalt, während er mit dem Holz vorsichtig hinein-stocherte. Er konnte nicht so gut sehen, weil sich Lam-pe und Holz im Weg umgingen, und es dauerte, bis er hinter das weißliche Pulver kam. Dann scharrte er es vorsichtig näher zu sich heran. Als er es mit den Fingern erreichen konnte, zog er das Aststück heraus und langte mit beiden Händen in die Öffnung. Dann holte er eine Handvoll Erde vermischt mit dem weißen Pulver heraus und hielt sie ins Licht der Lampe.

»Auf den ersten Blick möchte ich kein Urteil abge-ben«, wandte er sich an seine Kollegen, »und probieren möchte ich das verdreckte Zeug auch nicht. Wir nehmen alles in einem Plastikbeutel mit und lassen es im Labor untersuchen. Aber«, er hob die Stimme deutlich an, »ich bin mir sicher, dass es ein Volltreffer ist.«

Hansen hielt einen Plastikbeutel auf, und Wanner schüttete das Erd-Pulvergemisch hinein. Dann putzte er sich die Hände ab und leuchtete noch einmal in den Spalt, konnte aber nichts mehr entdecken. Sie verließen die Wassergrube, stiegen zur Straße hoch und fuhren nach Burgberg, wo Wanner die Schlüssel zurückgab und das aufgebrochene Schloss erwähnte. Dann machten sie sich auf den Heimweg nach Kempten.

Unterwegs unterhielten sie sich über den Fund, und alle waren überzeugt, dass sie das Versteck für das Rauschgift vom Grünten gefunden hatten.

»Das passt auch sehr gut zu der Aussage vom Xaver Guggemos«, meinte Riedle, »denn der Mann mit dem Rucksack kam wohl schnurgerade von der Grube zu dem Parkplatz. Man müsste noch herausfinden, warum er dorthin zu Fuß ging und nicht mit dem Auto so weit fuhr wie wir.«

Wanner nickte. »Irgendwann werden wir auch das erfahren«, sagte er.

»Wenn herauskommt, dass das Ehepaar Guggemos den Mann mit dem Rucksack gesehen hat, könnte es dann nicht selbst in Gefahr geraten?«, gab Hansen zu bedenken.

Riedle nickte zustimmend. »Daran habe ich auch schon gedacht.«

Wanner bestätigte diesen Gedankengang. »Wir werden uns morgen zusammensetzen und besprechen. Sagen wir: zehn Uhr. Gebt bitte an Eva und Anton Bescheid.«

Hansen wollte das übernehmen.

Eine Viertelstunde später bog Wanner in den Hof des Präsidiums ein und stellte den Wagen ab. Er verabschiedete die beiden und ging noch einmal in sein Büro. Wanner setzte sich und dachte nach.

Sie waren heute wieder einen Schritt weitergekommen, das Netz wurde enger, aber es fehlten noch entscheidende Fäden darin. Wenn man davon ausgehen konnte, dass in der Erzgrube Drogen gelagert worden sind, die später mit einem Kombi mit Rostocker Nummer abtransportiert wurden, konnte man doch annehmen, dass es dieser Terhoven war, der sie dort versteckt hatte. Wenn der aber von dem Versteck oder der Möglichkeit dazu gewusst hatte, mochte er auch nicht weit entfernt sein, vielleicht sogar in der Nähe wohnen. Möglicherweise in Burgberg. Aber wie sollte man das rauskriegen? Ob die Gäste-Information eine Namensmeldung von den Vermietern bekam? Er konnte morgen ja mal anrufen und danach fragen. Aber es waren noch mehr Personen in diese ganze Angelegenheit verstrickt.

Hinter deren Namen konnte man kommen, wenn man den ersten aus diesem Ring geschnappt hatte. Man konnte vielleicht mit der Staatsanwaltschaft einen Deal machen und auf Strafmilderung plädieren, wenn dieser Erste die Namen seiner Komplizen preisgab. Einen Versuch wäre es auf jeden Fall wert.

Das Klingeln seines Telefons riss ihn aus seinen Gedanken. Erstaunt sah er auf den Apparat und dann auf seine Uhr. Es war schon nach halb neun, wer wollte so spät noch etwas von ihm? Er hob ab und meldete sich. Es war die Wachstube, die ihm eine Dame ankündigte, die ihren Namen nicht nennen wollte.

»Wanner, guten Abend!«

Am anderen Ende der Leitung hörte er ein lautes Schnaufen, oder war es ein Schluchzen? »Herr Wanner, darf ich Sie noch stören?«, erklang es dann mit einer wenig festen Stimme.

»Ja bitte! Aber mit wem spreche ich denn?«

»Hier ist Ramona Rind. Erinnern Sie sich noch an mich?«

»Ja, natürlich, Frau Rind. Wie geht es Ihnen denn

jetzt, nach dem … tragischen Tod Ihres Bruders?« Wanner war aufmerksam geworden. Irgendetwas in Ramona Rinds Stimme hatte ihn hellhörig gemacht.

»Ich bin noch lange nicht darüber hinweg, das können Sie sich sicher denken«, erklang es im Hörer. »Aber ich möchte … ich muss heute wegen etwas anderem mit Ihnen sprechen, das für mich sehr, sehr schwer ist …«

Wanner hörte die Zwangslage heraus, in der sich Ramona Rind offensichtlich befand.

»Möchten Sie nicht lieber persönlich mit mir sprechen statt hier am Telefon?«

»Was, jetzt noch?«, fragte Ramona erstaunt.

»Ja, ich bin noch im Büro, mir macht es nichts aus zu warten, bis Sie kommen.«

Er spürte das Zögern am anderen Ende der Leitung. Nach einer Weile erklang Ramonas unschlüssige Stimme. »Ich weiß nicht so recht, eigentlich habe ich vorhin nur aufs Geratewohl probiert, ob ich Sie noch erreichen kann. Aber ich glaube, dass wir uns vielleicht morgen treffen könnten, wenn es ginge.«

Wanner überlegte kurz. »Gegen 13 Uhr wäre ich frei für Sie. Würde Ihnen das passen?«

Er hörte Ramona aufatmen. Dann sagte sie: »Ja, das passt fein. Allerdings bin ich erkältet, ich hoffe, dass ich Sie damit nicht anstecke!«

»Nun, das werden wir wohl vermeiden können.«

Ramona Rind verabschiedete sich und Wanner legte auf. Dann sah er nachdenklich vor sich hin. Was stimmt hier nicht?, sinnierte er. Irgendwie steckte mehr dahinter, das war zu spüren. Wanner sah wieder auf seine Uhr. Jetzt wurde es auch für ihn Zeit, heimzufahren, Müdigkeit stieg in ihm hoch und er gähnte. Dann machte er sich auf den Heimweg.

Als er die leere und kalte Wohnung betrat, spürte er plötzlich die Abwesenheit von Lisa fast körperlich. Niemand war da, der mit ihm essen wollte, niemand hatte die Wohnung geheizt, keine Lichter brannten, und im Kühlschrank wartete vielleicht auch nichts Essbares mehr auf ihn. Wanner zog Mantel und Schuhe aus und drehte im Wohnzimmer die Zentralheizung voll auf. Dann sah er in den Kühlschrank. Er fand darin doch noch einen Allgäuer Emmentaler, zwei gebratene Hähnchenhälften und ein halbes Stück Bergbauernbutter. Er holte sich zwei Scheiben von dem Holzofenbrot und eine Flasche Pils und machte es sich bequem. Jetzt erst merkte er, dass er hungrig war, und so verschwanden die beiden Brote und ein halbes Hähnchen in kürzester Zeit, hinuntergespült vom Pils, in seinem Magen. Danach fühlte er sich sofort besser, und die leichte Depression, die sich beim Heimkommen eingeschlichen hatte, verschwand wieder.

Er sah auf das Telefon. Es wäre nur ein kurzer Schritt bis dahin, ein kurzes Wählen und er könnte mit Lisa sprechen. Warum tat er es nicht? Und er dachte: Warum tut sie es nicht? Warum tue ich es nicht, warum tut sie es nicht, wie um Himmels willen sollen wir dann je wieder zu einem normalen Ablauf in unserem Leben kommen?

Er räumte den Tisch ab und brachte alles in die Küche. Dann spülte er ab und trug die leere Flasche in den Keller. Er hatte sich geschworen, keine Verwahrlosung seines Haushaltes zu dulden und es bisher auch gut durchgehalten.

Am nächsten Morgen bereitete er das Gespräch mit seinen Kollegen vor, telefonierte länger mit Präsident Gottlich und dem Staatsanwalt und unterrichtete sie über den Fortgang der Ermittlungen. Beide wären bei der Konferenz gerne dabei gewesen und bedauerten ihre kurzfristige Ankündigung. Sie konnten deshalb auch ihre anderen Terminen nicht absagen, wollten aber ein ausführliches Protokoll der Besprechung haben. Außerdem sollte der Pressesprecher daran teilnehmen. Wanner beeilte sich, zuzusagen und legte dann auf.

Pünktlich kamen seine Leute und Pressesprecher Wolf ins Büro und nahmen ihre gewohnten Plätze ein.

Wanner fasste das bisherige Ergebnis unter Zuhilfenahme von Flip-Chart und Zettel zusammen. »Ich gehe davon aus, dass ich den Anfang dieses Falles nicht mehr zu wiederholen brauche. Wir haben also zwei Tote, deren Namen mit Kevin Rind und Jens Terhoven bekannt sind. Beide haben mit Drogenkonsum und Drogenverteilung im Allgäu zu tun gehabt. Sie sind sich auf dem Gipfel des Grünten begegnet und haben sich gegenseitig angeschossen, wodurch beide dann ums Leben kamen. Allen bisherigen Erkenntnissen nach hat Terhoven Drogen in größerem Umfang ins Allgäu gebracht und sie, mindestens zum Schluss, in einer Erzgrube am Grünten versteckt gehalten. Das hat uns die dringend angeforderte chemische Analyse inzwischen eindeutig bestätigt. Nicht bekannt sind uns noch die Zusammenhänge des bestehenden Drogenringes. Wir müssen versuchen, weitere Personen zu finden, die beteiligt sind, den Ring also an einer Stelle aufbrechen, um von dort aus die anderen festzustellen. Eine Stelle dafür könnte die Familie Rind sein. Erstens ist der Sohn Kevin einer der Toten, zweitens scheint mir der Vater Willi nicht unwissend, und drittens gibt es da noch Tochter Ramona, die wir zwar schon unter die Lupe genommen haben ...«, Wanner blickte dabei kurz zu Eva Lang, die nickte, »... aber bis gestern Abend waren wir der Meinung, dass sie nicht direkt beteiligt ist.« Er betonte »bis gestern Abend« so, dass sein Team aufmerksam wurde. »Gestern Abend also rief sie mich in einem offenbar desolaten seelischen Zustand hier an und wollte mir etwas mitteilen, gleichzeitig aber tat sie sich schwer damit. Wir haben deshalb für heute 13 Uhr einen Gesprächstermin bei mir vereinbart. Ich bin sehr neugierig, was dabei herauskommt. Zunächst möchte ich mit ihr allein sprechen, es wird sich zeigen, inwieweit wir das Gehörte dann zusammen verarbeiten können.«

Eva Lang meldete sich kurz. »Sollte ich nicht eventuell ...?«

Wanner schüttelte den Kopf. »Nein, ich will erst mal sehen, worum es überhaupt geht. Ich hatte den Eindruck, dass sie mit mir allein sprechen will.« Dann wandte er sich an Haug.

»Hast du schon etwas über Terhoven herausgebracht, wie wir es das letzte Mal besprochen haben?«

Anton Haug blätterte in seinen Notizen. »Da war ich natürlich ganz auf die Kollegen von Rostock angewiesen. Sie waren aber sehr hilfsbereit und haben mir das gefaxt, was sie über Terhoven herausbekommen haben. Demnach stammte er aus Lübeck, wo er lange gelebt hat. Plötzlich ist er dann vor etwa einem Jahr in Rostock aufgetaucht, wo er unter seinem richtigen Namen gemeldet war. Was er dort wirklich tat, konnte nicht einwandfrei festgestellt werden. Gerüchteweise erhielten die Kollegen bei Nachfragen in der Unterwelt die Auskunft, dass er mit Stoff aus Osteuropa, wahrscheinlich Polen, handelte. In diesem Zusammenhang ist es vielleicht wichtig, dass man aus dem Rostocker Hafen unlängst einen Toten mit mehreren Stichwunden gefischt hat, der als Otto Breuer identifiziert werden konnte. Von ihm war bekannt, dass er im Milieu verkehrte. Die Kollegen konnten sogar eine Verbindung zu Terhoven nachweisen. Insofern würde das in unsere Überlegungen passen«, schloss er und sah auf.

»Gut«, meinte Wanner. Dann wandte er sich an Alex Riedle. »Und wie steht es mit Elvira Herz? Du wolltest nachschauen?«

Alex holte ein Blatt Papier heraus und las vor: »Elvira Herz, geborene Marcus, geboren in Kempten, fünfzig Jahre alt, verwitwet, keine Kinder, seit sechs Jahren als Hausdame bei Willi Rind angestellt. Bisher nur zwei Einträge wegen Verkehrsdelikten. Sonst nicht auffällig.«

Wanner schaute Eva Lang an. »Du wolltest eine Liste mit allen Mitarbeitern der Firma Rind besorgen, ging das schon?«

Eva nickte und zog die Liste sofort hervor, was Wanner anerkennend lobte.

»Hier stehen vierzig Namen von Festangestellten und sechzehn von Gelegenheitsarbeitern drauf. Ich habe sie alle überprüft und nichts gefunden, was uns direkt betrifft. Die meisten arbeiten schon seit einigen Jahren bei Rind, nur sechs von den Gelegenheitsarbeitern kamen erst dieses Jahr zur Firma. Ein Vorarbeiter namens Stängle ist dort der älteste Mitarbeiter. Er scheint sich in der

Firma bestens auszukennen. Wenigstens hat mir das einer gesteckt, der ihn, scheint's, weniger leiden kann. Nach dessen Aussage sind Stängle und Rind sehr vertraut im Umgang. Aber bekannt ist über ihn auch nichts.« Eva legte die Liste wieder auf den Tisch.

»Okay, dann wissen wir dieses«, meinte Wanner und sah Hansen an. »Bist du irgendwo fündig geworden mit den Papieren von Terhoven? Du wolltest da doch mal nachschauen.«

Der schüttelte den Kopf. »Ich habe bei verschiedenen Fundbüros nachgefragt, aber nirgends sind Papiere abgegeben worden. Auch habe ich den Jäger noch mal gefragt, ob er zufällig in der Nähe des Toten herumgeschaut hat. Hat er zwar, aber nichts gefunden.«

»Na schön, wir wissen ja, wie er hieß.« Wanner war mit den Ergebnissen nicht unzufrieden. Sie saßen noch etwa eine Stunde zusammen und besprachen den Fall aufgrund der neuesten Erkenntnisse und steckten das Vorgehen für die nächsten Ermittlungen ab. Irgendwo mussten da noch ein paar Figuren in diesem Spiel sein, die sie noch nicht kannten, die aber zur Lösung beitragen würden. Es war schon nach zwölf Uhr, als die Sitzung endlich zu Ende war.

Wanner holte sich ein alkoholfreies Bier und zwei mit Allgäuer Bergkäse belegte Semmeln und ging in sein Büro zurück, wo er beim Essen noch einmal das Besprochene Revue passieren ließ. Er hatte das untrügliche Gefühl, dass sie nahe an der Lösung waren, aber er hatte den Schlüssel noch nicht gefunden, der die letzte Tür dazu aufsperrte. Wir kriegen den auch noch, dachte er und war auf den Besuch von Ramona Rind richtig neugierig.

Aber sie erschien weder zur ausgemachten Zeit noch danach. Zuerst dachte sich der Hauptkommissar nichts, man konnte ja mal aufgehalten sein. Aber um 14 Uhr hielt er es nicht mehr aus. Er griff zum Telefon und ließ sich mit der Villa Rind verbinden.

»Hier bei Rind, mein Name ist Elvira Herz«, erklang eine kühle Stimme.

»Grüß Gott, hier Wanner von der Kripo Kempten. Ich möchte gerne mit Ramona Rind sprechen.«

Nach einer kurzen Pause sagte Elvira Herz: »Tut mir leid, Frau Rind ist nicht zu sprechen, sie ist krank.«

»Ist denn die Erkältung so schlimm geworden?«, fragte Wanner teilnahmsvoll.

Wieder eine kurze Pause. »Es liegt nicht an der Erkältung. Frau Rind hatte heute Nacht einen Zusammenbruch und musste dringend ins Krankenhaus gebracht werden.«

»Oh, das tut mir aber leid! Äh … wo liegt sie denn?«

»Im Klinikum an der Memminger Straße.«

»Und in welcher Abteilung?« Wanner wunderte sich über die knappen Antworten.

»Das kann ich Ihnen leider nicht sagen. Wahrscheinlich auf der Inneren.«

Wanner bedankte sich und legte auf. Dann dachte er nach. Gestern Abend rief ihn Ramona Rind in einer deutlich negativen seelischen Stimmung an und wollte heute mit ihm über etwas offenbar Wichtiges sprechen. Bevor sie aber kommen konnte, hatte sie einen Zusammenbruch, was auch immer man darunter verstehen mochte, und lag nun im Krankenhaus. Konnte alles sein, musste aber nicht! Irgendetwas stimmte da nicht, das innere Gefühl regte sich in Wanner, und er wusste, dass er sich darauf verlassen konnte.

Er nahm seine Jacke und fuhr in die Memminger Straße. Wie üblich war es ein Kunststück, einen Parkplatz in der Nähe der Klinik zu bekommen. So parkte er nebenan auf einem Platz des dortigen Blumengeschäftes und kaufte schnell ein paar Blumen als Parkgebühr. Bei dieser Gelegenheit hatte er auch gleich ein Mitbringsel für Ramona Rind.

Wanner erkundigte sich an der Pforte nach dem Zimmer von Ramona Rind, erhielt aber erst nach einer Rückfrage des Pförtners die Auskunft, dass die Patientin auf der Intensivstation läge. Er fand sie am hinteren Ende des Ganges, ein Schild klebte an der Tür: »Eintritt verboten. Bitte im Stationszimmer melden!« Wanner blieb unschlüssig stehen. Was war denn hier los? In diesem Moment öffnete sich die Tür und eine Schwester kam heraus. Er stellte sich vor und fragte nach Ramona Rind. »Haben Sie einen Ausweis dabei?«, meinte die Schwester und blieb stehen. Verwundert zeigte er ihn, dann musste er einen Kittel überziehen und wurde ins Zimmer gelassen. Es stand nur ein Bett darin und eine Reihe von Apparaturen, Schläuchen und Flaschen waren mit der Patientin verbunden. Eine Ärztin beugte sich gerade über die Kranke und kontrollierte ihre Augen. Ramona lag totenbleich da und atmete kaum noch sichtbar. Wanner wollte etwas sagen, aber die Ärztin winkte ab. »Bitte einen Moment noch!«

Nachdem sie ihre Untersuchung beendet hatte, kam sie zu Wanner und fragte, wer er sei. Er erzählte ihr rasch, worum es ging. »Was fehlt ihr eigentlich? Gestern

Abend machte sie noch einen relativ gesunden, wenn auch erkälteten Eindruck.«

Die Ärztin dachte kurz nach. »Eigentlich dürfte ich nichts sagen, aber in diesem Fall schade ich wohl meiner ärztlichen Schweigepflicht nicht. Ramona Rind hat eine sehr starke Vergiftung erlitten, deren Ursache wir noch nicht feststellen konnten. Sie muss etwas zu sich genommen haben, was sie an den Rand des Exitus gebracht hat.«

»O Gott! Glauben Sie versehentlich oder mit Absicht?«

Die Ärztin zuckte mit den Schultern. »Das kann man mit Gewissheit nicht beantworten, beides ist möglich. Mir ist aber schleierhaft, wie sie zu so einem Mittel überhaupt gekommen ist. Das kann man nicht einfach in der Apotheke kaufen, auch nicht auf Rezept. Es schaut nach einem eher ungewöhnlichen Gift aus.«

Wanner, der immer noch die Blumen in der Hand hielt, bedankte sich und wollte gehen. Die Ärztin sah ihn lächelnd an und zeigte darauf. »Sie können sie schon hier lassen. Die Schwester wird sie allerdings auf den Gang stellen müssen, weil wir in der Intensivstation keine Blumen haben dürfen.«

Er gab den kleinen Strauß der Schwester und ging. Verschiedene Gedanken schossen ihm durch den Kopf. Ramona mit einer schweren Vergiftung im Krankenhaus, nachdem sie zu ihm kommen und etwas aussagen wollte. Merkwürdig! Sie würde sich doch nicht anmelden und dann einen Selbstmordversuch unternehmen. Danach hatte ihre Stimme auch wieder nicht geklungen. Und wie käme sie dazu, ein solch starkes und, wie die

Ärztin angedeutet hatte, giftiges Mittel versehentlich zu nehmen? Hier stimmte schon wieder etwas nicht!

Er ging zu seinem Wagen und kehrte zum Präsidium zurück.

Die Person, die hinter dem Krankenhauseingang stand und ihn beobachtet hatte, bemerkte er nicht. Elvira Herz folgte ihm, fuhr dann aber an der Polizei vorbei zur Villa zurück.

38 Wanner dachte an Ramona Rind. Sie lag auf Leben und Tod im Krankenhaus. Vermutlich weil sie ihm etwas erzählen wollte, wovon ein anderer Wind bekommen und sie ausgeschaltet hatte. Genau so war es! Anders konnte es fast nicht sein, der Zufall wäre zu groß. Wann hatte sie ihn angerufen? Es musste so gegen 20.45 Uhr gewesen sein, und sie hatte von zu Hause aus telefoniert. Wer kam um diese Zeit noch mit ihr in Berührung? Das Mittel hatte sie wahrscheinlich getrunken. War sie noch mal ausgegangen? Kaum anzunehmen, das Gespräch mit ihr hatte auch nicht darauf hingedeutet. Wer konnte sich dort aufgehalten haben? Er glaubte nicht, dass sich im gleichen Zimmer, in dem Ramona mit ihm telefoniert hatte, noch jemand gewesen war. Dazu hatte sie zu offen geredet. Wer aber war im Hause Rind noch alles? Ihr Vater Willi Rind. Kaum anzunehmen, dass er seine Tochter vergiften wollte. Kevin war tot, seine Wohnung stand leer. Blieb noch die Hausdame übrig, Elvira Herz. Wer war sie wirklich? Ihr Geburtsname Marcus sagte ihm nichts. Diesen Gedanken hätte Wanner allerdings nicht gehabt, wenn es Ramona gelungen wäre, wie vereinbart zu ihm zu kommen. Aber das wusste der Hauptkommissar zu diesem Zeitpunkt noch nicht. Er beschloss, mit Elvira Herz selbst zu reden. Dann rief er bei seinem Team an, erreichte aber Eva Lang und Hansen nicht. Er berichtete Anton Haug und Alex Riedle kurz von den neuesten Ereignissen und bat sie, die neue Situation in ihre Gedanken einzubeziehen.

Zu Alex sagte er: »Versuch nochmals etwas über die Hausdame rauszukriegen. Vor allem, ob es in ihrer Verwandtschaft, aus welchem Grund auch immer, andere Namen gegeben hat, wo sie vor Rind war, einfach alles.«

Riedle versprach, das schnell zu erledigen und legte auf.

Anton Haug war der gleichen Meinung wie Wanner. Auch er hielt es für wahrscheinlich, dass jemand die Absicht von Ramona, bei der Polizei auszupacken, erfahren hatte und sie unschädlich machen wollte. Er empfahl, die nächste Umgebung von Ramona zu durchleuchten und bekam den Auftrag dazu.

Am Tag danach rief Chefarzt Dr. Keßler von der Inneren Abteilung der Klinik in der Memminger Straße an und teilte ihm mit, dass Ramona Rind offenbar über dem Berg wäre und Wanner sie am nächsten Tag kurz sprechen könne. Er bedankte sich für den Anruf und fragte: »Haben Sie schon herausgefunden, womit sie vergiftet wurde?«

Dr. Keßler verneinte, meinte aber, dass dies wahrscheinlich bis zum nächsten Tag möglich sein würde.

Wanner war erleichtert. Gott sei Dank würde Ramona Rind überleben. In erster Linie gut für sie, in zweiter aber auch für ihn, denn dadurch konnte er Licht in die Angelegenheit bringen. Sie würde ihm sicher erzählen können, wie sie an das Mittel gekommen war. Seine Stimmung wurde augenblicklich besser und die düsteren Bilder verschwanden.

Als er abends in seine Wohnung am Vicariweg kam, drehte er wie immer als Erstes die Heizung auf und machte sich etwas zu essen. Er hatte noch vom Vortag ein halbes Hähnchen. Zusammen mit einer Scheibe Brot und einem Weizenbier reichte es ihm für diesen Abend. Dann rief er die Augsburger Nummer seiner Schwiegereltern an. Er konnte nicht verhindern, dass er Herzklopfen hatte. Aber nach dem vierten Freizeichen ertönte der Anrufbeantworter, demzufolge im Moment niemand zu Hause sei und man nach dem Piepton eine Nachricht hinterlassen könne. Ohne etwas zu sagen, legte Wanner wieder auf. Schade, dass er Lisa nicht angetroffen hatte. Morgen würde er es noch mal versuchen.

Er wollte gerade am Rotwein nippen, als ein ungeheures Klirren ihn fast zu Tode erschreckte. Eins der Fenster war gesplittert und ein Stein bis fast zur Couch gerollt. Blitzschnell löschte Wanner das Licht und ließ sich zu Boden fallen. Automatisch wollte er nach seiner Dienstwaffe greifen, aber die war im Büro. Er presste sich auf den Fußboden und hielt sich einen Arm über den Kopf, ohne dass ihm diese sinnlose Geste bewusst wurde. Dann lauschte er. Nichts war zu hören. Durch die zerbrochene Fensterscheibe blies der Wind die Vorhänge zurück. Nichts rührte sich mehr. Er schob sich langsam aus der Sicht des Fensters, kam auf die Knie und hielt den Blick starr auf das Fenster gerichtet. Dann tastete er sich zur Tür, öffnete sie leise und schloss sie hinter sich. Im Flur brannte eine Niedervoltlampe, die als Hilfsleuchte diente. Wanner löschte auch diese Lampe, so dass es im Haus dunkel war. Verdammter Mist, dass ich die Waffe nicht hier habe, schoss es ihm durch den Kopf. Dann robbte er in die Küche und holte ein Messer aus der Schublade, wobei er sich im Dunkeln beinahe in den Finger geschnitten hätte. Vorsichtig öffnete er die Haustür und sah durch einen Spalt hinaus. Die Straßenbeleuchtung nebenan spendete so viel Licht, dass er ein Stück des Vicariweges überschauen konnte. Er war leer. Ein paar Autos waren an der Seite geparkt, aber Menschen waren keine zu sehen. Wanner zog die Tür zu und nahm den Schlüssel mit. Dann schlich er vorsichtig in den Garten, spähte um die Hausecke und hielt den Atem an, als sich der nächste Strauch verdächtig bewegte. Gleich darauf sprang dort die Katze der Nachbarin heraus und verschwand durch den Zaun.

Der Hauptkommissar überlegte. Hätte ihn einer umbringen wollen, so wäre das im beleuchteten Wohnzimmer ein Leichtes gewesen. Offensichtlich wollte ihm der Unbekannte nur eine Nachricht übermitteln, allerdings in einer ungewöhnlichen, lauten und teuren Art und Weise. Wanner suchte vorsichtig den ganzen Garten ab und kehrte dann ins Haus zurück. Er knipste im Wohnzimmer die große Deckenbeleuchtung an und ließ vor dem kaputten Fenster den Rollladen herunter, ebenso beim zweiten Fenster. Jetzt fühlte er sich einigermaßen sicher und suchte nach dem Wurfgeschoss. Er fand einen mehr als faustgroßen Stein neben der Couch, um den ein Stückchen Papier gewickelt und festgebunden war. Er entfernte den Strick und rollte den Zettel auf. In ausgeschnittenen Zeitungsbuchstaben war zu lesen: »Wanner, halte Dich aus dem Fall heraus, oder Du musst sterben.«

Wanner starrte auf den Zettel. Dann ließ er sich in den Sessel fallen und dachte nach. Erst jetzt wurde ihm bewusst, dass seine Hände leicht zitterten. Wer wusste, dass er der Leiter der Ermittlungskommission war? Welcher Fall gemeint war, dürfte auch klar sein. Die erste Warnung hatte bereits Ramona beinahe mit dem Leben bezahlen müssen. Diese hier hätte tödlich enden können, hätte der Angreifer dies wirklich gewollt. Wanner stand auf, holte Besen und Schaufel und kehrte die Scherben zusammen.

Mittlerweile war es fast Mitternacht. Die geschlossenen Rollläden begannen zu klappern, offenbar war der Wind stärker geworden. Wanner stand auf und sah nach, ob sie ganz heruntergelassen waren, erst danach war er beruhigt. Er kehrte zum Sessel zurück und studierte nochmals den Zettel mit der Drohung. Aus den Buchstaben konnte er keine weiteren Erkenntnisse gewinnen. Am nächsten Tag würde er allerdings die Spurensicherung einschalten.

Der Hauptkommissar starrte vor sich hin. Wer konnte das gewesen sein? Zum ersten Mal wurde ihm bewusst, dass auch auf der anderen Seite gearbeitet wurde und man die Polizei durchaus nicht fürchtete. Mittlerweile war also bekannt, dass *er* die Ermittlungen leitete, und man genierte sich durchaus nicht, ihm zu drohen. Wie weit sind diese Burschen schon mit ihren Gegenmaßnahmen?, dachte Wanner. Er würde aufpassen müssen! Die Drohung nahm er ernst. Wo es um Drogen ging, verstanden die Ganoven keinen Spaß. Ab morgen wollte er seine Dienstwaffe bei sich tragen, bis der Fall abgeschlossen war. Damit war er bisher viel zu leichtsinnig umgegangen. Mit dem Küchenmesser vorher hatte er eigentlich mehr sich selbst beruhigt, als eine wirksame Waffe gegen eine Handfeuerwaffe zu haben. Er sah nach dem Messer, um es wieder in die Schublade zurückzulegen. Es war das Käsemesser mit der durchbrochenen Schneide gewesen. Damit hätte ich nicht mal Nachbars schwarze Katze erschrecken können, dachte er und musste plötzlich laut auflachen. Er trank sein Glas leer und ging ins Bad. Heute würde wohl nichts mehr passieren.

Tags darauf trommelte er sein Team zusammen und berichtete von dem nächtlichen Vorfall. Wie er nicht anders erwartet hatte, zogen seine Mitarbeiter die Stirnen in Falten und beschworen ihn, Personenschutz für sich anzufordern. Nach einigem Hin und Her lehnte er dies ab. Aber er versprach, auf sich aufzupassen.

»Wer es wagt, einem Kommissar die Scheibe einzuwerfen, um ihm persönlich eine Drohung zu übermitteln, schreckt auch vor anderen Angriffen nicht zurück!«, warf Eva ein.

Aber für Wanner war der Fall erledigt.

»Wir machen in der besprochenen Weise weiter. Ich schau mal bei Ramona Rind vorbei. Sie müsste uns einen entscheidenden Tipp geben können.«

Wanner holte sich einen Kaffee am Automaten, leider gab es im Sozialraum nichts mehr zu essen. Die Kässpatzen eines Gasthauses waren ihm das letzte Mal den ganzen Nachmittag aufgestoßen, so dass er sich, obwohl er im Dienst grundsätzlich keinen Alkohol zu sich nahm, in dieser Notsituation einen Kräuterschnaps genehmigte, der das Übel dann zum Abklingen gebracht hatte.

Als er zur Intensivstation kam, musste er sich bei einer neuen Stationsschwester ausweisen, danach bekam er wieder einen Kittel und durfte dann Ramonas Zimmer betreten.

Die Ärztin vom letzten Mal begrüßte ihn und bat ihn, sich nur kurz mit Ramona zu unterhalten, da diese noch sehr geschwächt sei. Wanner versprach es und wandte sich zu Ramonas Bett, in dem sie mit bleichem Gesicht lag, das von ihrem blonden Haar umrahmt wurde. Sie hatte die Augen offen und versuchte ein mühsames Lächeln. Im rechten Arm hatte sie eine Infusionsnadel stecken, aus einer Flasche tropfte unaufhörlich eine Lösung in ihre Vene.

Wanner beugte sich über sie. »Hallo Frau Rind, wie geht es Ihnen?«

»Danke! Es geht schon wieder aufwärts«, erwiderte sie noch etwas mühsam.

Wanner nickte freundlich »Das wollen wir doch auch hoffen! Sind Sie in der Lage, mir ein paar Fragen zu beantworten?«

Ramona nickte leicht. »Ich habe schon damit gerechnet, dass Sie kommen werden. Eigentlich wollte ich ja zu Ihnen kommen, aber daraus ist nun nichts geworden.«

»Frau Rind, ich will Sie nicht zu lange beanspruchen, das musste ich auch der Ärztin versprechen. Daher ganz kurz: Haben Sie eine Erklärung, wie Sie an diese Vergiftung gekommen sind?«

»Ich habe mir schon stundenlang den Kopf zerbrochen, aber keine Antwort gefunden.« Ramonas Antwort kam leise und stockend.

»Nachdem Sie mit mir telefoniert hatten, haben Sie da noch etwas gegessen oder getrunken? War jemand an diesem Abend bei Ihnen?« Die bekannte wanner'sche Doppelfrage kam mal wieder zum Einsatz.

»Nein, ich war allein. Ich habe auch nichts mehr gegessen und nur, wie jeden Abend, ein großes Glas heiße Milch getrunken.«

»Heiße Milch? Haben Sie sich die selbst geholt und heiß gemacht?«

Ramona dachte kurz nach. »Nein, Elvira Herz, unsere Hausdame, hat sie mir gebracht. Sie war ganz besorgt, wegen meiner Erkältung.«

»Und Sie haben das ganze Glas ausgetrunken?«

»Ja, aber geschmeckt hat es mir nicht. Wahrscheinlich lag das an meiner Erkältung, die hat sich wohl auf die Geschmacksnerven gelegt.« Ramona Rind versuchte ein Lächeln.

»Also Elvira Herz hat Ihnen die Milch gebracht? Tut sie das öfter?«

Ramona schüttelte den Kopf. »Nein, ich hole sie mir immer selbst in der Küche. Aber dieses Mal wollte mir Elvira einen Gefallen tun, weil ich doch so erkältet war.« Sie hustete und hielt sich den Bauch dabei. Wanner sah, dass sie offensichtlich Schmerzen hatte und dachte kurz nach. »Ich möchte Sie nicht unnötig belasten. Aber weswegen wollten Sie mit mir sprechen?«

Ramona Rind sah ihn starr an. Dann liefen ihr plötzlich Tränen über die Wangen. »Es ist wegen Kevin«, flüsterte sie dann, »vielleicht könnte er noch leben!«

Wanner wurde aufmerksam. »Was meinen Sie damit?«

Ramona richtete sich leicht auf, schaute Wanner ins Gesicht und sagte mit klarer Stimme: »Mein Freund Joe handelt mit Drogen. Er ist in eine größere Sache verwickelt, über die ich aber nicht Bescheid weiß.« Jetzt, wo es endlich heraus war, was sie so sehr bedrückt hatte, sah man ihr die Erleichterung an. Sie sank aufs Kissen zurück und begann wieder zu weinen. Wanner ergriff ihre Hand und drückte sie beruhigend. »Geht es noch ein paar Minuten? Bitte erzählen Sie mir, wer Ihr Freund ist und wo er wohnt.«

Ramona schloss die Augen. Dann flüsterte sie wieder: »Er heißt Joe Marcus. Seine Handynummer ist 0175 4 55 66 77. Er hat sich mir gegenüber als so eine Art wissenschaftlicher Assistent ausgegeben, der im Allgäu zu tun hat.«

Wanner hatte betroffen das Notizbuch sinken lassen, als Ramona den Namen Marcus erwähnte. Wer hatte den unlängst genannt? Ach ja, das war doch Alex Riedle, den er mit Beschaffung von Informationen über Elvira Herz beauftragt hatte. Elvira Herz, geborene Marcus! Joe Marcus! Blitzartig passten zwei Puzzleteile zusammen.

»Wissen Sie, ob Elvira Herz früher anders hieß?«, fragte er wie nebenbei.

Ramona verneinte. Darum hatte sie sich nie gekümmert. »Warum fragen Sie?« Ihre Neugier war erwacht.

»Eine reine Routinefrage.« Dann stand Wanner unvermittelt auf. »Jetzt habe ich Sie …«

Er wurde durch die Ärztin unterbrochen, die hereinkam und demonstrativ auf ihre Uhr tippte. »Das muss für heute reichen!«, erklärte sie streng, »Sie haben Ihre Zeit weit überschritten.«

Wanner spielte den Reumütigen. »Ich war gerade beim Verabschieden.« Er wandte sich noch einmal an Ramona Rind. »Entschuldigen Sie, wenn es etwas länger gedauert hat, aber Sie haben mir wertvolle Hinweise gegeben. Ich wünsche Ihnen gute Besserung und eine baldige Genesung. Und trinken Sie mir eine Zeitlang keine Milch mehr, die komisch schmeckt!«

Er drohte scherzhaft mit dem Zeigefinger und ging zur Tür. Die Ärztin folgte ihm. »Konnten Sie etwas in Erfahrung bringen?«

Wanner lächelte. »Ich habe zwar keine ärztliche, aber eine dienstliche Schweigepflicht. Aber weil Sie so nett zu mir waren, kann ich Ihnen auch entgegenkommen: Ja, das konnte ich.«

Die Ärztin sah ihn an. »Sie sind mir ja einer! Aber ich verstehe Ihre mehr als diplomatische Antwort natürlich.« Sie wandte sich zur Zimmertür zurück, als Wanner sie noch einmal aufhielt. »Weiß man bereits, welches Mittel zu Ramona Rinds Vergiftung geführt hat?«

Die Ärztin grinste. »Jetzt könnte ich natürlich auch sagen: Jawohl, man weiß es. Aber weil Sie es sind: Es ist ein neues, künstlich hergestelltes Toxin, das in Milch aufgelöst dort kaum Geschmacksveränderungen hervorruft und sich in Minutenschnelle über den Magen in die Blutbahnen verbreitet. Es wirkt selten tödlich, kann aber zu zeitweisen Lähmungen im Körper führen.«

»Also Milch mit Schuss?« Wanner lächelte, wurde aber sogleich wieder ernst. »… 'tschuldigung, da gibt's natürlich nix zu lachen.«

Sie verabschiedeten sich und Wanner ging langsam zu seinem Wagen zurück. Was ich heute erfahren habe, müsste reichen, um einen Riesenschritt weiterzukommen, dachte er. Vielleicht war es sogar der Durchbruch. Er konnte Ramonas Zögern nachvollziehen. Offensichtlich war Joe Marcus ihr Liebhaber. Den zu verraten, musste ihr ziemlich schwergefallen sein. Aber nun hatte sie sich dazu entschlossen, und das war für den Fall »Grünten-Mord« entscheidend. Jetzt konnten sie endlich gezielt auf Verbrecher losgehen, die Namen und Gesichter hatten. Für die Polizeiarbeit bedeutete dies mehr als die halbe Miete.

39 Wanner berief eine Besprechung mit seinem Team ein und bat sowohl Polizeipräsident Gottlich, als auch Staatsanwalt Max Riegert sowie Richard Meier vom Rauschgiftkommissariat und PR-Sprecher Wolf dazu. Dies klappte auch, obwohl es Samstag war. Sie trafen sich im Konferenzzimmer, in dem Wanner das Flip-Chart aufgestellt hatte. Vor ihm lagen seine Unterlagen, darunter eine ganze Reihe nummerierter Zettel, in denen er während seines folgenden Vortrags nachsah. Er informierte die Anwesenden umfangreich über die bisherigen Ermittlungen und zog seine Schlüsse daraus. Richard Meier ergänzte laufend seine Unterlagen und schrieb sich Fragen auf. Als Wanner schließlich geendet hatte, füllte er sein Glas mit Mineralwasser und nahm einen tiefen Schluck.

Einen Moment war Schweigen im Raum, dann ergriff Hans-Joachim Gottlich als Erster das Wort. »Respekt, Wanner! Gute Arbeit, die Sie und Ihr Team geleistet haben. Jetzt müssen wir uns aber mal an die Presse wenden, die Damen und Herren dort werden jeden Tag ungeduldiger und würden am liebsten selbst zu recherchieren beginnen ...«

Wanner winkte heftig ab. »In diesem Stadium der Ermittlungen würden wir uns selbst ein Bein stellen, wenn wir alles an die Öffentlichkeit geben. Der Fall mit der Steinwurf-Drohung zeigt doch deutlich, dass die andere Seite auf dem Laufenden ist und Maßnahmen gegen unsere Ermittlungen eingeleitet hat. Aber sie weiß nicht genau, *wie* weit wir sind. Diesen Vorsprung müssen wir uns bewahren. Geben Sie der Presse allgemeine Hinweise, aber bitte keine Einzelheiten! Die Öffentlichkeit hat zwar das Recht auf Information, aber hier hat die Aufklärung des Falles absoluten Vorrang.«

Gottlich blickte den Staatsanwalt an, der eine zweifelnde Kopfbewegung machte.

Richard Meier, der dies sah, wandte sich schnell an ihn. »Herr Staatsanwalt, ich muss Hauptkommissar Wanner voll und ganz beipflichten. Wir stehen im Allgäu offensichtlich vor einem größeren Problem mit Drogen und müssen unter allen Umständen vermeiden, dass die Öffentlichkeit, und damit auch die Gangster, vom Stand der Ermittlungen informiert werden. Wir bekämpfen das Verbrechen mit rechtsstaatlichen Mitteln, diese müssen hier aber in Bezug auf die Information zeitlich ausgedehnt werden. Das ist keinesfalls illegal. Es wäre eine Katastrophe, wenn es uns nicht gelänge, das Verbreiten des Stoffes zu verhindern.«

Die Augen der Mitarbeiter waren auf den Staatsanwalt gerichtet. Ihre Mienen drückten volles Einverständnis mit Richard Meier aus. Auch Gottlich nickte zustimmend. Riegert dachte kurz nach, dann sagte er: »Gut, wir machen es, wie Sie vorgeschlagen haben. Versuchen Sie aber, den Fall so schnell wie möglich über die Bühne zu kriegen, irgendwann wird die Presse sonst nicht mehr mitmachen. Ich erkenne an, dass Sie und Ihr Team bisher gute Arbeit geleistet haben, die wir auch so zum Abschluss bringen wollen. Aber halten Sie mich bitte täglich auf dem Laufenden.«

Ein allgemeines Aufatmen ging durch den Raum. Wanner bedankte sich und begleitete Gottlich, Riegert, Meier und Wolf zur Tür. Dort klopfte er schnell und heimlich Meier auf die Schulter, was dieser mit einem Grinsen beantwortete. Dann wandte er sich an sein Team und sie besprachen noch Einzelheiten der kommenden Arbeit.

Als Wanner allein war, überdachte er das gerade beendete Gespräch und suchte nach Anhaltspunkten, die er übersehen haben konnte. Doch er fand keine. Trotz des Fortschrittes in seinen Ermittlungen umfing ihn plötzlich eine depressive Stimmung. Er hatte immer noch nicht mit Lisa telefoniert. Heute Abend, nahm er sich endgültig vor, heute Abend telefoniere ich oder ich fahre zur Strafe nach Augsburg.

Dann rief er Eva Lang zu sich und fuhr mit ihr zur Villa Rind. Elvira Herz öffnete ihnen. Sie sah bleich und hohlwangig aus, ihre Gesichtszüge traten stärker ausgeprägt hervor, als es Wanner in Erinnerung hatte. Sie trug einen grauen Rock und einen hochgeschlossenen dunklen Pullover mit einer kleinen Brosche. Ihre Schuhe hatten flache Absätze, wodurch sie kleiner wirkte.

»Grüß Gott Frau Herz! Sie kennen uns beide ja schon. Wir hätten gerne mit Ihnen gesprochen, dürfen wir hereinkommen?«

Elvira Herz räusperte sich und gab die Tür frei. »Bitte!« Ihre Stimme klang unsicher.

Sie führte die beiden in ein kleines Zimmer im Erdgeschoss, in dem ein Tisch, vier Stühle und eine größere Kommode standen.

Das Fenster ging zum Garten hinaus, in dem man eine Baumgruppe und einen runden Brunnen erkennen konnte, in dessen Mitte eine weibliche Figur eine Schüssel hochhielt. Wanner hatte dies alles mit einem schnellen Blick erfasst. Elvira Herz deutete auf zwei Stühle und nahm selbst Platz.

»Womit kann ich Ihnen dienen?«, fragte sie, sichtlich um Fassung bemüht, was der Kommissar sich merkte.

»Wir wollen auf die plötzliche Erkrankung von Frau Rind zu sprechen kommen«, begann Wanner. »Können Sie sich einen Reim darauf machen?«

Elvira Herz sah an Wanner vorbei. »Wieso kommt ein Kommissar der Kriminalpolizei und fragt nach der Erkrankung einer jungen Frau?«

Hoppla! Wanner wurde hellhörig. Da war offenbar eine Änderung in der Taktik erfolgt.

»Wenn Sie erlauben, stelle ich hier die Fragen. Bitte antworten Sie einfach!«

»Was wollen Sie wissen?« Elvira Herz' Widerwillen war deutlich zu spüren.

»Ich hatte Sie soeben bereits gefragt, ob Sie sich auf die Erkrankung von Ramona Rind einen Reim machen können?«

»Nein, überhaupt nicht! Sie war stark erkältet, vielleicht hing das ja damit zusammen.«

»Nein, hing es nicht«, die Stimme des Hauptkommissars hatte eine fast unmerkliche Nuance an Lautstärke angenommen.

Elvira Herz zuckte mit den Schultern. »Ich kenne mich in der Medizin nicht aus, bin ja keine Ärztin.«

Paul Wanner schaute der Hausdame in die Augen. »Sie haben Frau Rind an diesem Abend ein Glas mit heißer Milch gebracht. Ist das richtig?«

Sie nickte.

»Bringen Sie Frau Rind öfter Milch hinauf?«

»Gelegentlich. Aber da Ramona krank war, wollte ich ihr den Weg ersparen.«

»Woher nahmen Sie die Milch?«

»Aus dem Kühlschrank. Und dann in der Mikrowelle heiß gemacht. Danach habe ich sie Ramona gebracht.« Ihre Stimme gewann an Sicherheit.

»Konnte außer Ihnen noch jemand anderer an die Milch heran? Haben Sie also irgendwann und irgendwie die Milch unbeaufsichtigt gelassen?«

Elvira Herz war aufmerksam geworden, das konnte Wanner sehen. Und vorsichtig.

»Der Kühlschrank ist ja nicht versperrt, es konnten also auch andere an die Milch. Ich nahm die Flasche aus dem Kühlschrank, schüttete das Glas voll und stellte es in die Mikrowelle. Dann trug ich es nach oben.«

»Wer hat eigentlich alles Zutritt zu diesem Haus? Ich meine mit oder ohne eigenen Schlüssel.«

»Einen Schlüssel haben unsere Putzfrau und der Vorarbeiter. Ansonsten nur Herr Rind, seine Tochter, ich selbst und früher noch Sohn Kevin.«

Wanner sah sie erstaunt an. »Der Vorarbeiter hat einen Schlüssel für das Wohnhaus?«

»Ja, so ist es. Herr Rind hatte ihm vor längerer Zeit einen gegeben, die Gründe sind mir unbekannt.«

»Ist Herr Rind zu Hause?«

»Nein, er ist heute früh weggefahren und wollte gegen Abend zurück sein.«

Wanner wandte sich an Eva Lang. »Schreib dir mal die Adressen von diesem Vorarbeiter und der Putzfrau auf.«

Während Eva Lang die Angaben notierte, die sie von Elvira Herz bekam, dachte Wanner kurz über die neue Situation nach. Wenn noch mehr Leute Zutritt zum Haus und damit zum Kühlschrank in der Küche hatten, konnte das Gift auch durch jemand anderen in die Milch gekommen sein. Hier hieß es jetzt aufpassen.

Er ging zum Tisch zurück und setzte sich wieder. »Sie heißen Elvira Herz, nicht wahr?«

Sie bestätigte das erstaunt.

»Sind Sie auch eine geborene Herz?«

Ein Ausdruck von Unsicherheit huschte über das Gesicht der Frau.

»Nein. Meine Eltern hießen Marcus«, sagte sie dann langsam.

»Kennen Sie einen Joe Marcus?« Die Frage kam schnell und unerwartet.

Elvira Herz wurde bleich. Sie wischte sich einen imaginären Krümel vom Ärmel. »Joe Marcus? Wer soll das sein?«

Eva Lang mischte sich nun ins Gespräch, nachdem sie einen Blick des Kommissars aufgefangen hatte. »Herr Wanner hatte vorhin bereits gesagt, dass wir hier die Fragen stellen. Also, kennen Sie einen Joe Marcus? Er muss hier irgendwo in der Nähe wohnen.«

Wanner beobachtete den Gesichtsausdruck der Hausdame genau.

Sie schüttelte langsam den Kopf. »Nicht dass ich wüsste! Vielleicht schreibt er sich ja mit einem ›k‹ in der Mitte.«

Eva Lang beugte sich vor. »Er schreibt sich genauso wie Sie mit einem ›c‹ in der Mitte! Also, kennen Sie nun Joe Marcus oder nicht?«

»Ich sagte doch schon, dass ich keinen kenne.« Elviras Stimme klang ärgerlich.

»Frau Herz, ich mache Sie darauf aufmerksam, dass wir Sie aufs Präsidium mitnehmen und dort weiterbefragen können, und zwar so lange, bis Sie uns die Wahrheit sagen!«

»Ich sage die Wahrheit …«

Wanner unterbrach sie. »Kommen Sie bitte morgen um zehn Uhr auf das Polizeipräsidium! Wir haben dann noch weitere Fragen an Sie. Lass uns gehen!«, wandte er sich an Eva Lang und stand auf.

»Ich kann Ihnen morgen auch nichts anderes sagen als jetzt«, rief Elvira Herz ihnen hinterher.

Wanner drehte sich noch einmal zu ihr um, denn ihm war etwas eingefallen. »Würden Sie uns das Zimmer von Frau Rind zeigen, in dem sie lag?«

»Haben Sie denn einen Durchsuchungsbeschluss?« Die Stimme von Elvira Herz klang trotzig.

Auf Wanners Stirn bildete sich eine steile Falte. »Ich kann den innerhalb von zwanzig Minuten herbringen, wenn Sie das wollen, aber solange bleibt einer von uns beiden bei Ihnen hier. Also, dürfen wir jetzt das Zimmer sehen?«

Elvira erhob sich wortlos und ging die Treppe voran ins Obergeschoss. Dort öffnete sie eine Türe und sagte knapp: »Bitte!«

Sie befanden sich im Schlafzimmer von Ramona Rind. Das Bett war ordentlich gemacht, die Vorhänge boten, halbzugezogen, dem Tageslicht etwas Einhalt. Während die Hausdame an der Türe stehen geblieben war und ihr Tun beobachtete, gingen Wanner und Eva Lang durch den Raum und sahen sich um, ohne etwas anzufassen. Dann kam Wanner eine Idee.

»Darf ich auch noch in die Küche schauen?«

Elvira Herz zuckte missbilligend mit den Schultern. »Bitte, wenn Sie unbedingt wollen!«

Die Küche war mittelgroß, gemütlich eingerichtet und mit einer Sitzecke versehen.

Schon wollte Wanner zur Tür zurück, als er plötzlich das bemerkte, was eigentlich nicht mehr zu erwarten gewesen war.

Er wandte sich an Elvira Herz, die ihm von der Tür aus zugesehen hatte, und bat sie, ihm das im Flur hängende Foto zu holen, auf dem Ramona und Kevin Rind zu sehen waren. Wortlos verschwand sie. Im selben Augenblick machte der Kommissar zwei lautlose Sätze durch den Raum, riss sein Taschentuch heraus, packte blitzschnell einen Gegenstand, der unter der Kommode lag, mit dem Tuch und steckte ihn in seine Jackentasche. Im gleichen Augenblick kam Elvira mit dem Bild zurück und reichte es ihm. Wanner betrachtete es eine Weile uninteressiert, gab es ihr zurück und murmelte: »Nein, doch nicht. Ich habe mich wohl getäuscht.« Dabei ließ er alles offen. Eva Lang starrte ihn ebenso überrascht an wie

Elvira Herz, sagte aber nichts. Sie kannte ihren Chef, er würde das Rätsel lösen – wenn es ihm passte.

An der Haustür drehte sich Wanner noch einmal um. »Wo haben Sie die Milchflasche, aus der Sie die Milch genommen haben?«

»Die habe ich schon ins Geschäft zurückgebracht.«

»Na gut. Also vergessen Sie nicht: morgen um zehn!«

Elvira Herz nickte lediglich und schloss vernehmbar die Tür hinter ihnen.

Als sie zum Präsidium zurückfuhren, knurrte der Kommissar: »Leider ging's nicht beim ersten Anlauf. Aber wir kriegen die! Sie und keine andere hat Ramona das Gift in die Milch getan.«

»Und wie wollen wir ihr das nachweisen?«, fragte Eva Lang. »Jetzt könnte es ja auch die Putzfrau oder der Vorarbeiter gewesen sein.«

»Ja, könnte, sie waren es aber nicht. Und den Beweis hab ich hier!« Er klopfte auf seine Jackentasche.

»Was hast du da vorhin eigentlich mitgehen lassen?«

»Ich habe nichts mitgehen lassen, ich habe nur Beweismaterial sichergestellt!« Wanner bremste scharf vor einer roten Ampel und fluchte vor sich hin. »Beinahe übersehen!«

Den Rest des Weges legten sie schweigend zurück.

Als Wanner den Wagen geparkt hatte, sagte er wie nebenbei: »Ich gebe dir jetzt das Fläschle, aus dem das Gift in die Milch geschüttet wurde. Wenigstens vermute ich das. Lass es auf Fingerabdrücke und Inhaltsreste untersuchen, damit wir Beweise haben. Ergebnis: morgen vor zehn!« Er holte eine kleine Flasche aus der Jacke und gab sie Eva. »Bis morgen also, macht's gut!« Dann verschwand er Richtung Büro, während die sprachlose Eva Lang noch den eingewickelten Gegenstand in ihrer Hand anstarrte. Dann stieg sie schnell aus, um die Untersuchungen zu veranlassen.

Paul Wanner fand an diesem Abend zu Hause noch ein paar Reste von Mahlzeiten, die er in aller Eile aß. Dann nahm er den Hörer ab und wählte die Augsburger Nummer.

Sein Schwiegervater hob ab. »Hallo August! Hier Paul. Ist Lisa in der Nähe?«

»Hallo Paul! Lange nichts mehr gehört von dir! Lisa? Ja, ich glaube, die ist in der Küche. Wir erwarten nämlich Besuch. Moment mal, ich sehe nach …«

Wanner hörte ihn nach Lisa rufen. Kurz danach vernahm er ihre Stimme. »Hallo Paul, schön dass du dich mal rührst.«

»Hallo Lisa! Wie geht's dir?«

»Danke, gut. Ich bin viel mit den Eltern unterwegs, um das wunderschöne Augsburg zu erkunden.«

»Ja, das lohnt einen Besuch. Ich kenne Augsburg noch von früher, es hat mir immer gefallen.«

»Was macht dein Mordfall? Kommst du weiter?«

»Ja, danke, gerade in den letzten zwei Tagen haben wir einen Durchbruch erzielt. Vielleicht ist er bald abgeschlossen.«

»Schön für dich. Gratuliere! Wie ist bei euch das Wetter?«

»Ach, ganz ordentlich, halt herbstlich, aber trocken, und bei euch?«

»In der Früh hat es immer Nebel, aber nur bis gegen elf, dann kommt meistens die Sonne durch.«

»Hast du die Kinder schon mal besucht?«

»Ja, vorgestern haben wir zusammen einen Bummel gemacht und waren anschließend in einem Café. Ich soll dich schön grüßen von ihnen. Sie sind fest am studieren.«

»Schön zu hören, grüße sie von mir. Sie sollen sich doch mal wieder bei mir melden.«

»Ja, ich werd's ausrichten. Ah, jetzt kommt unser Besuch. Paul, ich muss Schluss machen, danke für den Anruf. Tschüs!«

Paul Wanner starrte den Hörer an, dann legte er ihn langsam auf. Das also war das so lange hinausgeschobene Gespräch mit seiner Frau! Er wusste nun, wie das Wetter in Augsburg war und dass es dort eine schöne Altstadt gab. Andererseits kannte Lisa das Wetter im Allgäu und freute sich, dass er in seinem Mordfall ein Stück weitergekommen war. Da mussten sie wohl noch ein hartes Stück Arbeit leisten, bis alles wieder im Lot war. Paul Wanner nahm sich vor, bald wieder anzurufen und dann nicht nach dem Wetter zu fragen, sondern gezielt nach dem Befinden seiner Frau.

Er legte sich auf die Couch und dachte nach. Ab morgen würden sie die Zügel kürzer fassen, ihre Ermittlungen reichten seiner Meinung nach aus, um die Täter einzukreisen, vielleicht sogar zu fassen. Mit dem Fläschchen und dem vorhergesagten Ergebnis war er sicherlich ein wenig vorgeprescht. Aber er glaubte ganz fest daran, dass er sich nicht täuschte und alles so war, wie er seit kurzem vermutete. Die gesuchten Personen mussten

Schlag auf Schlag festgenommen werden, damit sie sich nicht gegenseitig warnen und verschwinden konnten. Falls das nicht schon geschehen war. Immerhin war Elvira Herz noch da. Wanner hatte einen Beamten in der Nähe der Villa postiert, der ihm Bescheid geben sollte, sobald Elvira Herz das Haus verließ. Bisher hatte er noch keinen Anruf erhalten. Sein Team arbeitete fieberhaft an der Suche nach Joe Marcus, es war nur eine Frage der Zeit, bis er ihnen ins Netz ging. Aber außer den beiden, Elvira Herz und Joe Marcus, waren sicher noch mehr Personen in diesen Fall verwickelt. Richard Meier hatte recht, wenn er von einer größeren Sache sprach. Wahrscheinlich ging es um Millionen, die hier umgesetzt werden sollten. Sie mussten unter allen Umständen vermeiden, dass der Stoff unter die Leute kam. Schrecklich genug, wenn man Bilder von Rauschgiftsüchtigen zu Gesicht bekam und an das unendliche Leid ihrer Familien dachte.

Schließlich machte sich die Anstrengung des Tages bemerkbar und Wanner schlief ein. Rückensteif erwachte er kurz nach Mitternacht und schleppte sich ins Bad, danach fiel er in sein Bett und konnte die nächste Stunde nicht mehr einschlafen. Wütend darüber stand er wieder auf und holte sich eine der Einschlafpillen, die am nächsten Tag keine Nachwirkungen zeigten. Als sie endlich wirkte, war es kurz vor halb drei.

Gut, dass der nächste Tag ein Sonntag war.

40

Robert Werner, der Mann mit den neun Fingern aus Rostock, hatte nach dem Verschwinden von Jens Terhoven tagelang gewütet. Als ihm klargeworden war, dass Terhoven sie hereingelegt hatte und mit ihrem Geldanteil verschwunden war, setzte er Himmel und Hölle in Bewegung, um Terhoven ausfindig zu machen. Seine Beziehungen in der Szene reichten weit, und so war es ihm nach zwei Wochen gelungen, ein Gerücht aufzuschnappen, dass im Allgäu ein größerer Drogen-coup gelandet werden sollte. Er war der Sache nach-gegangen und hatte festgestellt, dass der vermutliche Hauptdealer aus dem Norden ins Allgäu gereist war. Robert Werner war sich sicher, dass dies nur Terhoven sein konnte. Er hatte sich sogleich ins Allgäu aufgemacht und in Kempten Quartier bezogen. Vorsichtig begann er seine Fühler auszustrecken. Auf Umwegen gelang es ihm, Kontakt zu Bruno Stängle aufzunehmen, der ihn schließlich mit Joe Marcus bekannt machte. Werner gab sich als Kaufinteressent größerer Mengen aus, was die beiden aus der Reserve lockte. Als Werner genug erfah-ren hatte, machte er sich auf die Suche nach Terhoven, fand ihn aber zunächst nicht, da dieser seine Wohnung in Kempten mit unbekanntem Ziel verlassen hatte. Werner ging davon aus, dass sich Terhoven mit Marcus und Stängle in Verbindung setzen würde und nahm wieder Kontakt mit den beiden auf. Ihm gelang es, Stängle in ein Gespräch über die Ermittlungsarbeit der Polizei zu verwickeln. Er bekam von ihm den Namen des Ermittlungsleiters genannt.

Es war einer jener unglaublichen Zufälle, die dann den Stein ins Rollen brachten.

Als Robert Werner eines Tages an der Tankstelle am Schumacherring seinen Tank füllte, sah er Terhoven vorbeifahren, der ihn nicht bemerkte. Blitzschnell steckte er die Zapfpistole in die Säule zurück, raste an die Kasse, warf einen viel zu großen Schein hin und hetzte zu seinem Wagen zurück. Mit einem Kavalierstart schoss Werner aus der Tankstelle und nahm die Verfolgung von Terhoven auf, der nichtsahnend Richtung Süden fuhr. Als er Terhoven vor sich sah, nahm Werner das Gas weg und folgte dem Verhassten in gebührendem Abstand bis Burgberg. Als Robert Werner dort sah, dass Terhoven an einem Haus hielt, seinen Wagen verschloss und in der Haustür verschwand, ging ein böses Leuchten über sein Gesicht. Hab ich dich, Bursche, dachte er, den Rest kriegen wir demnächst! Er merkte sich Hausnummer und Straße und fuhr nach Kempten zurück.

Dort überdachte er in seinem Zimmer erst einmal die neue Situation und legte sich einen Plan zurecht. Er wollte Terhoven nicht allein zur Strecke bringen, es durfte nichts schiefgehen. Also beschloss er, Stängle und Marcus ins Vertrauen zu ziehen und mit ihnen das weitere Vorgehen abzustimmen. Die ganze Zeit musste er dabei auch an die große Menge an Rauschgift denken, die Terhoven in Rostock übernommen und nun sicher hier in Burgberg oder in der Nähe versteckt hatte. An sie wollte er nach der Erledigung der Angelegenheit Terhoven herankommen.

Zu diesem Zeitpunkt wusste Robert Werner noch nicht, dass längst ein anderer seine Aufmerksamkeit auf die Drogen gerichtet hatte.

Sie trafen sich bei Bruno Stängle in der Wohnung. Der stellte ihnen ein paar Flaschen Bier auf den Tisch, und sie nahmen Platz. Stängle sah Werner an. »Du wolltest mit uns sprechen? Schieß los!«

Werner berichtete in kurzen Zügen von der Drogenübernahme im Rostocker Hafen und den folgenden Geschehnissen. Gleichzeitig stellte er richtig, dass er nicht Kaufinteressent war, wie er das vorgegeben hatte, sondern damit erst einmal ihr Vertrauen hatte erringen wollen.

Joe Marcus war vorsichtig. »Und wer garantiert uns, dass es so abgelaufen ist und du nicht ein Spitzel von der Rauschgiftpolente bist?«

Werner nickte bedächtig. »Du musst so fragen! Aber ich habe meinerseits auch keine Garantie, dass du nicht der Chefermittler der Allgäuer Drogenfahndung bist. Also Vertrauen gegen Vertrauen. Außerdem hätte niemand so wie ich die Details schildern können, wenn ich nicht selbst dabei gewesen wäre.«

Marcus sah Stängle an. Der zuckte mit den Schultern und trank einen Schluck aus der Flasche. Dann sagte er, ohne einen der beiden anzusehen: »Das kann so gewesen sein, muss es aber nicht. Gehen wir aber mal davon aus, dass es so ist. Du willst also diesen Terhoven für dich und einen Anteil an der Ware. Wie viel ist es denn überhaupt? Bisher war immer nur von einer ›größeren Menge‹ die Rede.«

Werner blickte von einem zum anderen. »Ich bringe hier die Sache ins Rollen, mir steht also auch ein entsprechender Anteil zu. Wie groß die Menge ist, lassen wir zunächst einmal dahingestellt. Jedenfalls ist sie so groß, dass eure zwanzig Prozent für einen verdammt langen Urlaub reichen dürften.«

Marcus verbesserte sofort: »Du meinst, eure vierzig Prozent. Schließlich sind wir zu zweit!«

Robert Werner hob die Schultern. »Ohne mich kommt ihr an gar nichts ran! Ich weiß, wo Terhoven sich versteckt hält …«

»Aber du kennst das Versteck der Drogen auch nicht, oder?«, warf Stängle dazwischen.

»Noch nicht. Aber das ist nur eine Frage der Zeit. Entweder wir quetschen es aus ihm heraus, oder wir beobachten jeden seiner Schritte. Früher oder später wird er uns zu seinem Versteck führen.«

»Was willst du eigentlich mit ihm machen, wenn du ihn hast?« Marcus sah Werner neugierig an.

»Das soll im Moment keine Rolle spielen …«

»Spielt es aber! Wir haben kein Interesse an einer Auseinandersetzung, die uns in die Öffentlichkeit bringt. Also sei vorsichtig!« Joe Marcus stand die Drohung ins Gesicht geschrieben.

Robert Werner bemerkte dies wohl, sagte aber nichts weiter.

Bruno Stängle hatte in der Zwischenzeit überlegt, ob

er »Mister X« ins Gespräch bringen sollte oder nicht. Schließlich entschloss er sich und wandte sich an Werner, der sich abwartend zurückgelehnt hatte.

»Wir haben da noch ein Problem. Vermutlich ist es gleich, um welche Prozente wir hier verhandeln. Es gibt da jemanden, der Anspruch auf den ganzen Stoff erheben wird, zumindest auf den Hauptanteil.« Dann erzählte er Robert Werner, der aus allen Wolken fiel, von dem unbekannten »Mister X«, der das Ruder im Allgäu übernommen hatte.

Werner sah einen Moment geschockt aus, dann brauste er auf: »Was für ein Zeug erzählst du mir da? Du denkst doch nicht etwa, dass ich dir das glaube? Du willst mich nur um meinen Anteil bringen, aber das wird dir nicht gelingen!« Er wandte sich wütend zu Joe Marcus um, der zwar von Stängles Vorstoß überrascht war, aber jetzt bestätigend nickte. »Es ist so, wie Bruno sagt! Wir kommen nicht darum herum.«

»Verfluchter Mist! Warum fällt euch das erst jetzt ein?« Werner stellte seine Flasche so heftig auf den Tisch ab, dass Bier herausspritzte.

»Wir wollten erst mal sehen, wer du überhaupt bist, bevor wir über Personen diskutieren.«

Werner dachte nach. Das ergab ja ein völlig neues Bild. Er wandte sich abrupt an die beiden anderen. »Was ist, wenn es diesen »Mister X« nicht mehr gäbe?«, fragte er lauernd.

»Dazu müssten wir ihn erst kennen. Leider hat er es bisher fertiggebracht, unerkannt zu bleiben.«

»Du sagst ›leider‹? Soll das heißen, dass du … äh … auch schon ähnliche Gedanken gehabt hast?«, fragte Stängle.

Werner beugte sich leicht vor. »Man muss stets an alles denken, wenn man ins Geschäft kommen und dort bleiben will, vor allem in dieser Branche.« Stängle blickte Marcus an, doch der schwieg.

Sie redeten noch eine Weile, ohne dass viel dabei herauskam. In Werner kam der Gedanke auf, es doch lieber allein zu probieren, ehe ihn dieser »Mister X« noch um seinen Anteil betrügen konnte. Dann brauchte er auch nichts abzugeben. Allerdings stieg damit sein Risiko erheblich. Terhoven war nicht der Mann, der sich Stoff für eine Million oder mehr so ohne Weiteres abnehmen ließ.

Bruno Stängle musste wohl ahnen, was im Kopf von Robert Werner vor sich ging, denn er sagte plötzlich in scharfem Ton: »Lass dir bloß nicht einfallen, es allein zu probieren! Wir werden dir auf die Finger schauen, wo immer du bist. Der Stoff ist im Allgäu und soll auch hier bleiben.«

»Okay, okay, ist ja gut«, wurde er beschwichtigt, »man wird ja wohl noch über eine neue Situation nachdenken dürfen.«

»Da wäre noch etwas«, ließ sich plötzlich Joe Marcus hören. »Wir zwei sind nicht die Einzigen, die hier mitsprechen. Wir haben noch einen Kumpel im Boot.«

Werner, der sich gerade erheben wollte, setzte sich wieder. »Verdammte Salamitaktik«, wetterte er. »Wer ist nun das schon wieder?«

Marcus sah Stängle an, der nickte fast unmerklich. »Es ist der Sohn eines hiesigen Bauunternehmers, der seit einem halben Jahr mitmischt. Zuverlässig und skrupellos.«

»Was soll der letzte Hinweis bedeuten?«, fragte Werner, aufmerksam geworden.

»Nichts weiter. Er kann bloß gut mit Schusswaffen umgehen.«

Robert Werner war unschlüssig geworden. Wie immer in einer solchen Situation sah er seine Hände an und zählte automatisch die Finger, obwohl er wusste, dass er nur bis neun kommen würde. Verdammt, hier schien eine Überraschung nach der anderen zu kommen.

»Ich werde noch mal darüber schlafen«, sagte er dann und erhob sich, »aber lasst mich mal ganz allgemein wissen: Seid ihr nicht auch der Meinung, dass wir das Geschäft ohne weitere Personen abwickeln sollten?« Er vermied jede Anspielung.

Marcus und Stängle sahen sich an. Vielleicht konnten sie das mit Hilfe von Werner tatsächlich?

»Wir wollen auch darüber schlafen«, antwortete Stängle mit sanfter Stimme, »und dir beim nächsten Mal Bescheid geben.«

Werner und Marcus verließen Stängle und fuhren heim. In den Köpfen der drei Männer begann ein Plan zu reifen, der tödliche Folgen nach sich ziehen sollte.

41 Kevin Rind war zu jener Zeit öfters mit Joe Marcus zusammen gewesen, während er Stängle tunlichst aus dem Weg ging. Ihm war es nicht recht, dass dieser in der gleichen Firma arbeitete wie er, und vermied jede Anspielung auf ihre gemeinsamen Geschäfte. Nach außen hin übertrieb er sogar seine Abneigung gegen Stängle deutlich, so dass niemand auf die Idee kommen sollte, sie hätten eine Verbindung, die außerhalb der Firma lag. Andererseits war er so gut innerhalb der Szene bekannt, dass Stängle nicht auf ihn verzichten wollte. So kam es, dass Kevin Rind immer tiefer in die Machenschaften des Drogenringes Allgäu verstrickt wurde. Was er damals nicht wusste, war das Zusammenspiel von Joe Marcus und der Hausdame Elvira Herz, hinter das er erst später kam.

Aber da war es bereits zu spät.

Das Gespräch zwischen Bruno Stängle, Joe Marcus und Robert Werner hatte relativ schnell Folgen gezeigt. Alle drei hatten sich unabhängig voneinander entschlossen, den Stoff von Terhoven untereinander aufzuteilen und dann aus dem Allgäu zu verschwinden. Es blieb zunächst offen, was mit Jens Terhoven selbst geschehen sollte.

Keiner der drei war aber daran interessiert, dass er ihnen nachjagen würde, so wie dies Werner seinerseits mit Terhoven getan hatte. Sie wollten nach dem Coup den Stoff verkaufen und danach mit dem Geld verschwinden. Mittlerweile hatte Werner auch angedeutet, dass es sich um Rauschgift in Höhe von rund einer Million Euro handelte. Damit konnten sie eine gute Zeitlang leben.

Kevin Rind hatten sie in ihre Pläne eingeweiht. Er galt ihnen als brutal und fähig, den schmutzigen Teil ihres Planes zu übernehmen. Kevin war in schwere Geldnöte gekommen und leicht erpressbar. Sie hatten ihm allerdings nur gesagt, dass sie Terhoven stellen und von ihm das Versteck wissen wollten. Und da dieser bewaffnet war, beschafften sie sich ebenfalls Waffen, die sie auf der Jagd nach Terhoven bei sich trugen.

Jens Terhoven war unruhig geworden. Nichts ging mehr vorwärts, keiner nahm mit ihm Kontakt über sein Handy auf, obwohl er seine Nummer damals weitergegeben hatte. Er wusste nicht so recht, was er davon halten sollte. Natürlich war er nicht scharf darauf, seine Beute teilen zu müssen, aber er brauchte einige Kontakte zu Dealern aus der Gegend. Den Stoff hatte er in der Wassergrube am Grünten versteckt, nachdem er mehrere Stollen ausgekundschaftet hatte. Dort lag er zunächst sicher, denn im Moment war der Stollen absolut unbenutzt und wurde von niemandem betreten, wie er durch geschicktes Fragen in der Gäste-Information herausgefunden hatte. Er hatte eine Telefonadresse in Reutte ausfindig gemacht und wartete auf einen Rückruf. Einen Teil des Stoffes konnte er ebenso gut in Tirol absetzen. Mit Bregenz stand dasselbe bevor, nur war es ihm noch nicht gelungen, dort einen Partner ausfindig zu machen. Aber noch hatte er Zeit!

Terhoven beschloss, ein gutes Frühstück einzunehmen und ging ins Dorf hinunter, um sich in der Bäckerei mit Brot und Semmeln zu versorgen. Danach holte er sich nebenan verschiedene Wurstsorten, Allgäuer Bergkäse, zwei Flaschen Milch, ein Stück Butter und eine Packung Kaffee.

Als er den Supermarkt verließ, blieb er wie angewurzelt stehen. Auf dem Gehsteig der gegenüberliegenden Seite sah er Bruno Stängle, der aber nicht in seine Richtung schaute. Terhoven trat blitzschnell in den Eingangsbereich des Marktes zurück und wartete einen Augenblick. Dann sah er vorsichtig um die Ecke. Stängle war weitergegangen und verschwand gerade hinter der Apotheke. Terhoven ging schnell zu seinem Auto und fuhr einen Umweg über die Heimenhofenstraße zu seiner Mietwohnung zurück. Verflucht noch mal, das war knapp! Wenn mich Stängle gesehen hätte, wäre das absolut schlecht gewesen, dachte er. Ob das nur ein Zufall war? Oder hatten sie ihn aufgespürt?

Terhoven wusste zu diesem Zeitpunkt noch nicht, dass er nicht nur von Stängle entdeckt, sondern auch von Werner beobachtet worden war, der in seinem Auto am Straßenrand saß und sich bückte, als Terhoven an ihm vorbeifuhr. Werner folgte ihm nicht, er kannte ja Terhovens Unterkunft. Vielmehr fuhr er zum Parkplatz gegenüber dem Gasthof Kreuz, wo Stängle zustieg.

»Hat er dich gesehen?«, war dessen erste Frage.

Werner schüttelte den Kopf. »Nein, und dich?«

»Auch nicht! Wir sollten jetzt Rind und Marcus herkommen lassen und den weiteren Ablauf besprechen. Nachdem Terhoven heute hier ist, könnten wir gleich die Treibjagd beginnen.«

Er grinste hämisch. Dann holte er sein Handy heraus und rief Joe Marcus an, danach Kevin Rind. Sie verabredeten sich in zwei Stunden an der Einmündung der Heimenhofenstraße in die Edelweißstraße, was weit genug weg von Terhovens Wohnung schien. Bis dahin wollten sich Stängle und Werner an der Mündung der Straße An der Halde in die Grüntenstraße versteckt so postieren, dass sie Terhoven bemerken mussten, wenn dieser Burgberg verlassen wollte. Nun rächte sich die Wohnungswahl Terhovens, denn nur eine Straße führte von dort weg.

Doch Terhoven war nicht so leicht zu übertölpeln. Seit er Stängle gesehen hatte, ging ihm das durch den Kopf. Er holte mehrmals sein Fernglas und schaute vom Fenster aus, so weit es ihm möglich war, die Straße entlang. Obwohl er nichts Verdächtiges sehen konnte, verließ er gegen Mittag seine Wohnung mit dem Fernglas und ging zur Grüntenstraße hinüber.

Und da bemerkte er das Auto, das er kannte. Und entdeckte Robert Werner, den Mann mit den neun Fingern aus Rostock. In Terhoven begannen alle Alarmglocken zu schrillen. Verdammt, wie kam Werner hierher nach Burgberg? Wie konnte er überhaupt wissen, dass er, Terhoven, sich ins Allgäu abgesetzt hatte? Und wie kam er mit Stängle zusammen, den er inzwischen mit seinem Fernglas im Auto erkannt hatte. Fragen über

Fragen! Aber von deren Beantwortung konnte sein Leben abhängen, so viel war ihm in den letzten Minuten klar geworden. Terhoven überlegte blitzschnell. Wenn die an dieser Stelle standen, so wussten sie auch, wo seine Wohnung lag. Und wenn Stängle hier dabei war, musste auch Joe Marcus davon wissen. Also waren sie schon drei gegen einen. Wer weiß, auf wen noch sie warteten!

Jens Terhoven schlich in seine Wohnung zurück und holte unter der Matratze seinen breiten Ledergürtel hervor, in dem er immer seinen Pass, einige wichtige Papiere, Schlüssel und Geld für eine sofortige Flucht aufbewahrte. Er schnallte ihn sich um und zog seine neuen Wanderschuhe an. Er wollte seine Verfolger in die Irre führen. Nach einigem Nachdenken wusste er dann auch wie. Aus dem Schrank nahm er seinen großen Rucksack, leerte ihn vollständig und stellte ihn neben die Tür. Dann legte er einen Betrag auf den Tisch, der in etwa die Kosten für die Wohnung abzüglich des Hundert-Euro-Vorschusses ausmachen mochte.

Er sah auf die Uhr. Es war kurz nach eins. So leicht sollten sie ihn nicht kriegen! Zunächst würde er ein Ablenkungsmanöver versuchen, vielleicht entkam er ihnen ja dabei schon. Und wenn nicht, dann wollte er sie auf den Grünten jagen und sie dort abhängen. Eine bessere Möglichkeit gab es nicht. Ihm war klargeworden, dass sie nicht nur hinter ihm, sondern vor allem wohl hinter seiner Beute her waren.

Terhoven sah sich noch einmal im Zimmer um. Er hatte nichts vergessen, was wichtig war. Fast überkam ihn

Bedauern, dass er nun dieses Stück heile Welt verlassen musste.

Er holte seinen Wagen und fuhr langsam ins Dorf hinunter. Das Auto, das er vorhin gesehen hatte, stand nicht mehr dort. Was konnte das nun wieder bedeuten? Einer plötzlichen Eingebung folgend, bog er in die Bergstraße ein und dann in die Heimenhofenstraße, die parallel zur Sonthofenerstraße nach Süden führte. Vielleicht konnte er über die Edelweißstraße nach Sonthofen entkommen. Doch kurz vor der Abzweigung zur Edelweißstraße passierte es. Zwei dunkle Pkw kamen ihm entgegen, und als sie aneinander vorbeifuhren, erkannte Terhoven im ersten Wagen Stängle und Werner, gleich darauf im zweiten Marcus und einen weiteren, ihm unbekannten Mann.

Schon glaubte er, dass er unerkannt geblieben war, als er im Rückspiegel die Bremslichter der beiden Autos sah und die eingeleiteten Wendemanöver. Er gab Gas, raste am alten Friedhof vorbei, bog mit quietschenden Reifen in die Edelweißstraße ab und beschleunigte noch einmal bis zur Sonthofenerstraße. Dort bremste er ab, riss den Wagen, als er die Spur nach Sonthofen besetzt sah, rechts herum und fuhr in die Ortsmitte zurück. Im Rückspiegel sah er einen der beiden Wagen kurz hinter sich, der andere war nicht zu sehen. Er beschleunigte auf der engen Straße bis siebzig Stundenkilometer, so dass er die leichte Linkskurve an der Apotheke fast nicht bekam. Danach bremste er beim Modegeschäft rücksichtslos auf dreißig Stundenkilometer herunter, entging nur hauchdünn einem Zusammenstoß mit einem entgegenkommenden Traktor und sah beim Gasthof Löwen plötzlich das große Gefährt der Müllabfuhr, das den Weg versperrte. Er riss vor dem Marktgebäude das Steuer Richtung Kirche, quetschte sich an einigen Radfahrern vorbei, die ihm wütend hinterherschrien, und bog gleich wieder am Rathaus vorbei in die Grüntenstraße ein. Ein blitzschneller Blick in den Rückspiegel zeigte ihm, dass er die Verfolger abgeschüttelt hatte. Er raste die Grüntenstraße hoch und versteckte seinen Wagen so gut es ging bei der alten Turnhalle. Dann sprang er aus dem Auto, ließ aber seinen Rucksack zurück, der ihn bei der weiteren Flucht nur stören würde. Ein schneller Blick zurück zeigte ihm, dass von den Verfolgern noch nichts zu sehen war. Verfluchte Berge, dachte Terhoven, hier hat die Flucht mit dem Auto ein Ende, es geht nicht mehr weiter. Das Königssträßchen um den Grünten war seit zwei Wochen wegen Bauarbeiten gesperrt, das hatte Terhoven herausbekommen. Er keuchte den Abhang zur Steinebichlkapelle hinauf. Hier kam ihm blitzschnell eine Idee. Er riss sich den Ledergürtel vom Leib, öffnete die Tür zur Kapelle und versteckte ihn hinter einer dort abgestellten Bank. Später würde er ihn sich wieder holen, jetzt aber hinderte er ihn bei der Flucht bergauf. Dann wandte er sich auf dem alten Fahrweg aufwärts. Bevor er im Wald verschwand, warf er einen Blick zurück. Er konnte niemanden sehen. Aber er wusste nicht, dass er bereits entdeckt worden war.

Jens Terhoven war in guter körperlicher Form. Seine Wanderungen in der letzten Zeit hatten mit dazu beigetragen, dass er jetzt schnell höher kam.

Seinen ursprünglichen Plan, die Wassergrube aufzusuchen, gab er im selben Augenblick auf, als er die Straße zum Gasthaus *Alpenblick* erreichte und von unten einen der beiden Wagen kommen sah. Er lief in den Wald und begann schnell durch den dicht stehenden Bestand der Bäume nach oben zu steigen, bis er auf den Weg zum Grüntenhaus traf, dem er folgte. Weiß der Teufel, wieso sie mich so schnell gefunden haben, dachte er und wischte sich zum wiederholten Mal den Schweiß von der Stirn. Nun galt es: er oder sie. Er mäßigte sein Tempo und versuchte, seinen Herzschlag zu beruhigen. Das bisherige Tempo hätte ihn nicht einmal halbwegs zum Gipfel gebracht. Er hoffte, dass die anderen nicht für eine Bergtour ausgerüstet waren und er ihnen auf diese Weise entkommen konnte. Was er aber nicht wusste, war, dass Kevin Rind den versnobten Einfall gehabt hatte, sich auf normale Schuhe Wandersohlen aufziehen zu lassen, um für alle Fälle gerüstet zu sein. Und noch etwas ahnte Terhoven zu diesem Zeitpunkt nicht: Das zweite Auto war weiter nach Rettenberg und von dort zur Grüntenhütte gerast. Joe Marcus war, als sich herausgestellt hatte, dass Terhoven den Weg zum Grünten einschlug, auf die Idee gekommen, ihm von der anderen Seite entgegenzukommen und so von zwei Seiten in die Zange zu nehmen. Es war einfach ein Versuch, nachdem ihnen Terhoven in Burgberg entwischt war.

Kevin Rind sprang an der Grüntenhütte aus dem Wagen und begann den Aufstieg zum Gipfel, der ihn etwa vierzig Minuten kosten würde. Er würde auf jeden Fall vor Terhoven dort sein, und wenn nicht, spielte es auch keine Rolle: Irgendwo mussten sie sich begegnen, es gab keine Ausweichmöglichkeit. Rind konnte allein die ganze Ostseite des Berges absichern, und das wollte er tun. Er griff in die Tasche und fühlte das Gewicht seiner Waffe. Notfalls konnte man ja damit umgehen, dachte er grimmig.

Damit nahm das Schicksal seinen Lauf.

42 Stängle und Werner waren keine guten Bergsteiger. Sie mussten immer wieder stehen bleiben und verschnaufen. Sie hatten Terhoven gerade noch im Wald verschwinden sehen und versuchten ihm nun zu folgen, aber weder ihre Schuhe noch ihre Kondition waren für eine schnelle Verfolgung geeignet. So kämpften sie sich in der allmählich hereinbrechenden Dämmerung den Berg hoch. Der Wald stand dicht, von Terhoven hatten sie zunächst keine Spur mehr entdecken können. Sie folgten ihrer Eingebung und keuchten weiter den Pfad bergauf. Es war Terhovens Pech, dass sie ihn für einen kurzen Augenblick auf einem freien Teil des Weges ein ganzes Stück weiter oberhalb zu Gesicht bekamen, was ihren Bemühungen neuen Auftrieb verschaffte. Der Fehler, den Jens Terhoven in seinem Bestreben machte, seine Verfolger durch bessere Kondition abzuhängen, sollte ihm das Leben kosten. Auf dem Weg zum Gipfel hätte er genug Möglichkeiten gehabt, die beiden an sich vorbei ins Leere laufen zu lassen.

Aber darauf kam er nicht.

Es war dunkel, als Stängle und Werner den Gipfel erreichten und schwer atmend gegen das Fundament des

Denkmals stolperten. Für einige Augenblicke hörte man nur ihren pfeifenden Atem, und Werners Lunge röchelte bedenklich. Sie warfen sich auf den Boden, unfähig, auch nur einen Schritt weiterzugehen. Kein Gedanke an Terhoven, nur nach Luft und Ruhe. Es dauerte lange, bis sie sich wieder aufsetzen konnten. Der Föhn pfiff ihnen um die Ohren und ließ sie frösteln, ihre verschwitzten Kleider kühlten immer mehr aus.

»Und jetzt?«, fragte Werner, immer noch schwer atmend.

Nach kurzem Nachdenken antwortete Stängle: »Wir haben keine Taschenlampe dabei. Gut, dass wenigstens das Sternenlicht allmählich den Himmel aufhellt. Ich kenne mich hier oben nicht besonders gut aus, weiß nur, dass man auf der anderen Seite zur Grüntenhütte absteigen kann. Dauert eine halbe Stunde. Wir müssen auf jeden Fall dorthin, denn Terhoven ist uns ja nicht entgegengekommen. Wo also ist er? … Horch! War da nicht etwas?« Er senkte seine Stimme zu einem Flüstern ab. Werner drehte den Kopf in die angedeutete Richtung und lauschte.

»Ich kann nichts hören!«, flüsterte er leise zurück, so dass ihn Stängle im Wind fast nicht verstehen konnte. Der legte ihm die Hand auf den Mund. »Sssssst – da ist jemand!«

Als der Föhn eine kurze Pause einlegte, konnten sie deutlich ein Stöhnen hören, das aus der Dunkelheit zu ihnen drang. Sie richteten sich vorsichtig auf und entsicherten ihre Waffen.

Dann rief Stängle: »Hallo?«

Einen Augenblick war Ruhe, dann kam eine Stimme

aus der Dunkelheit: »Hallo … Hilfe … wer … ist … da?«

War das nicht die Stimme von Kevin Rind?

»Hallo Kevin, bist du es?« Stängles Ruf war lauter geworden.

»Ja …«

»Bist du allein?«

»Ja …«

»Bist du verletzt?« Stängle war inzwischen aufgestanden und versuchte, in der Dunkelheit vor sich etwas auszumachen.

Da blitzte es ein Stück weiter auf und Stängle ließ sich schnell zu Boden fallen. Aber es war nur eine Taschenlampe. »Ja … Hilfe! Ich blute …«

Die beiden gingen vorsichtig auf den Schein der Lampe zu und sahen Kevin Rind am Boden liegen.

»Pass du auf«, zischte Stängle und steckte seine Waffe ein. Werner sah sich um. Verdammt noch mal, da stand er jetzt im Dunkeln auf einem unbekannten Berg, und jeden Moment konnte Terhoven ihn über den Haufen knallen.

Stängle hatte die Lampe genommen und Kevin Rind abgeleuchtet. Er fand zwar die Einschuss-, aber keine Austrittstelle. »Was ist passiert? Wo ist Terhoven?«

Rind winkte in die Dunkelheit des Abgrunds. »Der liegt dort unten … und hat keine solchen Schmerzen wie ich«, stöhnte er.

»Hat er dich erwischt? Und dann du ihn?« Stängle brachte allmählich Ordnung in seine Gedanken.

Kevin Rind nickte. Dann krümmte er sich zusammen und begann zu stöhnen.

»Steck deine Kanone weg«, rief Stängle Werner zu, »und hilf mir. Wir müssen Kevin schleunigst ins Tal bringen, sonst stirbt er uns noch unter den Händen.«

»Wie willst du denn das machen?«, fragte Stängle giftig zurück. »Jetzt mitten in der Nacht. Der macht's doch sowieso nicht mehr lange. Lass ihn liegen, und wir verschwinden schleunigst, bevor der ganze Trubel losgeht.«

Stängle stand ruhig auf und trat auf Werner zu. »Du hilfst mir jetzt, Kevin Rind zur Grüntenhütte zu transportieren, oder du fliegst den gleichen Abgrund runter wie Terhoven!«

Robert Werner wusste sehr wohl, dass er ohne die Ortskenntnisse von Stängle hier niemals in der Nacht absteigen konnte, und murmelte wütend seine Zustimmung. Sie fassten Kevin unter und begannen, ihn vorsichtig über die ersten Felsstufen des Ostweges hinabzuziehen.

Nach Mitternacht kamen sie völlig erschöpft am Alpweg an und ließen den bewusstlosen Kevin Rind ins Gras sinken. Stängle suchte den Weg aufwärts ab und fand den Wagen von Marcus und diesen schlafend hinter dem Steuer.

Sie luden Kevin Rind ein und Stängle nahm seinen Kopf in den Schoß. Dann fuhren sie vorsichtig die vielen Kurven ins Tal. Sie hatten ausgemacht, dass sie Kevin in die Klinik nach Immenstadt bringen und dort an der Pforte abliefern wollten. Als sie die Alpe Kammeregg passiert hatten, wachte Kevin Rind auf und stammelte einige Worte. Marcus hielt an und stellte den Motor ab. »Was hat er gesagt?« Er wandte sich um.

Bevor Stängle antworten konnte, kam die Stimme Kevins plötzlich laut und deutlich: »Wasser … habt ihr Wasser? Ich habe so einen Durst …«

»Wir haben kein Wasser«, knurrte Werner, »du musst es schon noch bis ins Krankenhaus aushalten.«

Kevin Rind versuchte sich aufzurichten. »Wo … ist … Ramona? Ich … habe … sie … doch … gerade … noch … gesehen …« Dann fiel sein Kopf auf die Seite, und sein Körper sackte zusammen.

Bruno Stängle schüttelte ihn sacht. »Hallo, Kevin?« Aber er wusste, dass er nie wieder eine Antwort bekommen würde.

Joe Marcus drehte sich wieder um. Sein Kopf sank auf das Lenkrad.

Robert Werner sah auf den Toten. »Und jetzt? Hab ich nicht gleich gesagt, wir sollen ihn dort oben lassen? Die ganze Schinderei umsonst …«

»Halt die Schnauze, verdammt noch mal!«, schrie Stängle. »Fällt dir nix anderes ein? Er war der Sohn meines Chefs.«

»Deswegen können wir hier auch nicht übernachten«, giftete Werner zurück. »Wohin willst du ihn jetzt bringen?«

Stängle kannte von früheren Angeltouren einen abgelegenen Platz an der Iller bei Martinszell. Und sie brachten ihn dorthin.

43 Wie ausgemacht, trafen sich Wanner und seine Mitarbeiter am 20. Oktober um zehn Uhr. Es war ein Tag, der kalt begann, und erst gegen Mittag wurde es etwas wärmer. Entgegen der Wettervorhersage ließ sich die Sonne nur kurz sehen, dann wurde sie von Wolken eingehüllt und blieb verschwunden.

Paul Wanner war schon zeitig im Büro und überdachte alles noch einmal. Ungeduldig wartete er auf das Ergebnis der Fläschchen-Untersuchung, das gegen 9.30 Uhr eintraf. Wanner stürzte sich auf den Befund und las ihn zweimal durch. Auf dem Glas fanden sich nur ein und dieselben Fingerabdrücke, für die aber eine Vergleichsperson fehlte. Aus den spärlichen Resten im Glas konnte eindeutig das synthetische Gift festgestellt werden, von dem schon die Rede gewesen war. So weit, so gut. Nun mussten sie nur noch Elvira Herz' Fingerabdrücke haben und zum Vergleich einsenden, dann musste dieses Kapitel beendet sein. Und dann war sie dran: die Hausdame, die Zugang zum ganzen Haus Rind hatte und eine Menge Informationen mitbekam, die nicht für sie bestimmt waren.

Das Läuten des Telefons riss ihn aus seinen Gedanken. Es war der Beamte, der Elvira Herz beschattete. »Herr

Hauptkommissar, die fragliche Person verlässt soeben das Haus. Sie hat zwei Koffer bei sich und geht auf die Garage zu.«

Ohne zu überlegen, rief Wanner ins Telefon: »Zugriff, verhaften Sie die Frau!« Das würde ihr so passen, jetzt zu verschwinden! Er rief den Staatsanwalt an und unterrichtete ihn, zugleich bat er um Ausstellung eines Haftbefehles. Jetzt musste es Schlag auf Schlag gehen, dachte Wanner und wartete ungeduldig auf sein Team. Kurz nach der ausgemachten Zeit saß jeder auf seinem gewohnten Platz.

Wanner unterrichtete alle hastig. »Es darf uns niemand durch die Lappen gehen. Wir brauchen dringend den Marcus, vielleicht kann der uns etwas über das Drogenversteck sagen. Moment mal!« Er griff zum Telefon und rief Richard Meier an. Dann wandte er sich wieder an seine Leute. »Sie sind ziemlich nahe am Objekt Joe Marcus dran, seine Wohnung wird schon beobachtet. Sobald sie ihn festgenommen haben, verständigen sie uns. Dann geht es in die Verhöre: Elvira Herz haben wir schon, ihr Neffe oder wer immer das sein mag, wird bald dingfest sein. Und damit greifen wir uns auch die anderen. Wir müssen schnell herauskriegen, wo der Stoff sich befindet. Seinen Abtransport haben ja damals Xaver Guggemos und seine Frau am Parkplatz unterhalb des Gasthofes *Alpenblick* gesehen. Also: Wer holte das Zeug, und wohin wurde es gebracht?«

Sie einigten sich darauf, dass Wanner zunächst mit Eva Lang Elvira Herz verhören sollte. Anton Haug wurde die zentrale Vermittlung in der Abwesenheit Wanners übertragen, da sie davon ausgingen, dass der Hauptkommissar öfter weg sein würde. Alex Riedle und Uli Hansen waren das mobile Einsatzkommando, gleichzeitig sollten sie in der Wartezeit eingehende Unterlagen und Berichte sichten, ordnen und mit einem Kommentar versehen an Anton Haug weiterleiten, der sie seinerseits für Wanner zusammenfassen wollte.

Das Telefon klingelte, und es wurde mitgeteilt, dass Elvira Herz in Untersuchungshaft saß.

»Wir kommen sofort!«, erwiderte Wanner und legte auf.

Kurze Zeit später saßen sie Elvira Herz gegenüber. Per Handy hatte Wanner noch erfahren, dass die inzwischen bei Elvira Herz abgenommenen Fingerabdrücke mit denen auf dem Giftfläschchen identisch waren. Volltreffer, dachte er, und jetzt bist du dran!

»Frau Herz, Sie wollten verreisen, wohin denn, wenn ich fragen darf?«

Die Hausdame sah mitleiderregend aus. Bleich, mit spitzem Gesicht, gealtert und nervös, saß sie am Tisch und starrte vor sich hin. Sie antwortete nicht.

Wanners Ton wurde eine Nuance schärfer. »Frau Herz, ich habe Sie etwas gefragt, und Sie haben mich sehr wohl verstanden, also antworten Sie!« Die Angesprochene sah auf, aber sie schwieg weiter.

Eva Lang wandte sich an die Frau, die immer mehr in sich zusammensank, aber keinen Ton von sich gab.

»Frau Herz! Es geht uns heute um zwei Dinge, bei denen Sie uns helfen können. Zum einen ist es der Anschlag auf Ramona Rind und zum anderen die Aufklärung von zwei Morden, die mit einer Rauschgiftbande hier im Allgäu zusammenhängen. Wollen Sie denn wirklich, dass die Kinder hier demnächst süchtig werden? »

Elvira Herz starrte aus dem Fenster, dann sagte sie leise: »Was wollen Sie wissen?«

Eva Lang stellte ein Aufnahmegerät auf den Tisch und zeigte darauf.

»Wir wissen inzwischen von den Fingerabdrücken, dass nur Sie das Giftfläschchen angerührt haben. Haben Sie das Gift in die Milch getan?«

Unvermittelt brach Elvira Herz zusammen und begann zu schluchzen. Sie sah auf den Boden und Tränen liefen ihr über die Wangen. Ihre Schultern bebten, und die Hände zitterten so heftig, dass sie das Glas Wasser, das man ihr gereicht hatte, nicht mehr halten konnte. Sie hob ihr tränennasses Gesicht und sagte so leise »Ja«, dass es kaum zu verstehen war.

Wanner beugte sich vor. »Warum haben Sie das getan? Was hatte Ramona Rind vor, dass Sie es verhindern wollten?«

Elvira Herz kämpfte mit sich. Wanner, der dies bemerkte, setzte schnell hinzu: »Wenn Sie uns durch eine Aussage helfen, den Rest der Bande dingfest zu machen, wird sich das positiv auf Ihr Strafmaß auswirken, dafür setze ich mich ein!«

Die Frau schien am Ende ihrer Kräfte zu sein. Eva Lang ließ ihr einen Kaffee bringen, und sie warteten.

Und dann begann Elvira Herz zu erzählen.

Ja, sie hatte das Gift in die Milch getan. Aber sie war dazu erpresst worden und hatte auch das Gift von dritter Seite erhalten. Den Namen des Erpressers gab sie nach weiterem Zögern bekannt. Es war einer, der bestens Bescheid wusste. Sein Name lautete Daniel Hollerer, und er war Geschäftsführer einer Großmolkerei. Seine Kenntnisse hatte er hauptsächlich durch sie bezogen.

»Und warum das?«, fragte Wanner dazwischen.

Elvira Herz errötete. »Wir waren eine längere Zeit zusammen«, erwiderte sie dann leise, »und er hatte mich in der Hand. Eine alte Geschichte, die nichts mit dem aktuellen Fall zu tun hat.«

»Und damit hat er sie erpresst?«

»Ja, damit, aber das war nur der Anfang. Später, als ich ihm dann Informationen aus dem Hause und der Firma Rind lieferte, bekam er mehr gegen mich in die Hand, und ich verstrickte mich immer tiefer.«

»Wer ist Joe Marcus? Er trägt doch den gleichen Namen, wie Ihr Geburtsname war?«, wandte sich Eva Lang an die Hausdame.

»Ja, er ist mein Neffe, Sohn meines verstorbenen Bruders. Er lebt allein, da seine geschiedene Mutter mit einem anderen Mann nach Amerika gegangen ist, so haben wir uns öfter getroffen. Aber er war früher schon in diesen Kreis hineingekommen und fand nicht mehr den Absprung.«

»Sie haben demnach einen Herz geheiratet. Wo ist Ihr Mann jetzt?«, wollte Wanner wissen.

»Der lebt schon lange nicht mehr, er kam bei einem Verkehrsunfall ums Leben. Wir waren nur drei Jahre verheiratet und hatten keine Kinder.«

Wanners Handy klingelte. »Ja, Wanner!« Dann erhellte sich seine Miene, und er rief: »Na also, sehr gut. Wann dürfen wir dazukommen?« Eine kleine Pause entstand, dann beendete er mit einem: »Gut, ich rufe zurück« das Gespräch. Er nahm einen Zettel, schrieb »Marcus gefasst« darauf und hielt ihn Eva hin. Die las, nickte und sagte nichts dazu, wie Wanner das ja offensichtlich wollte.

Elvira Herz wurde unsicher. »Hat sich was ereignet?«, fragte sie und sah den Kommissar an.

Ohne auf die Frage einzugehen, bat Wanner sie, weiterzuberichten.

»Was hat Willi Rind mit der ganzen Sache zu tun?«, fragte er als Nächstes.

»An sich nichts, er ist ein … ein … anderer Gauner, mehr mit Steuerhinterziehung, Schwarzarbeit und so, wenn Sie wissen, was ich meine. Aber mit Rauschgift hatte er nie etwas zu tun, das war sein Sohn Kevin. Der geriet ebenfalls in den Kreis und kam nicht mehr heraus. Und er beging den Fehler, selbst zu fixen.«

»Wer war noch in diesem Drogenkreis, können Sie uns Namen nennen?«

Elvira Herz schüttelte den Kopf. »Weiter weiß ich nichts mehr, höchstens, dass sich Hollerer auch »Mister X« nannte.«

Nachdem sie noch eine Zeitlang versucht hatten, mehr aus der Hausdame herauszubekommen, fuhren Wanner und Eva Lang zum Präsidium zurück.

»Ich werde gleich Richard Meier anrufen und mit ihm wegen Joe Marcus und Hollerer sprechen. Die müssen uns weiter in den Ring hineinführen. Erkundige dich indessen, wie es Ramona Rind geht und ruf mich an.«

Eva nickte, und sie gingen in ihre Büros.

Wanner setzte sich und dachte über das Gespräch mit

Elvira Herz nach. Endlich waren sie in das Innere des Kreises eingedrungen. Das Dunkel des Falles begann sich rasend schnell zu lichten. Nun war unbedingt der Stoff zu finden, bevor er verschwand. Und dieser Hollerer musste sofort verhaftet werden. Wenn er Lunte roch und verschwand, wäre dies ein ziemlicher Rückschlag. Er gab telefonisch entsprechende Anweisungen. Elvira Herz hatte sich bereiterklärt, als Kronzeugin vor Gericht auszusagen. Damit war ein entscheidender Durchbruch gelungen. »Mister X«, dachte Wanner, deine letzte Stunde in der Molkerei hat geschlagen!

Eva Lang verständigte ihn, dass es Ramona schon viel besser ginge und sie nur noch zwei bis drei Tage im Krankenhaus bleiben müsse. Wanner bedankte sich. Noch eine gute Nachricht, dachte er dann und freute sich für die junge Frau. Er geriet in eine Hochstimmung, wie er sie schon lange nicht mehr gehabt hatte. Und dann dachte er an Lisa. Nach Dienstschluss werde ich sie anrufen und ihr erzählen, was sich hier inzwischen ereignet hat, dann werde ich sie erzählen lassen, ohne nach dem Wetter zu fragen. Und er hoffte, dass ihn nichts von einem rechtzeitigen Nach-Hause-Kommen abhalten würde.

Doch da hatte er sich getäuscht.

Kaum hatte sich Wanner am Nachmittag einen Becher Kaffee geholt und ihn sicher in sein Büro gebracht, als er mehrere Anrufe nacheinander bekam. Sein Team erstattete ihm Bericht, Richard Meier machte einen gemeinsamen Verhörtermin mit Joe Marcus aus, der Staatsanwalt wollte Näheres über die Festnahmen erfahren, Polizeipräsident Gottlich brauchte unbedingt einen Bericht für die Presse, und obendrein kam Camile Cirat früher und fragte, ob er denn noch nicht fertig sei.

»Nein, heute dauert es länger«, erklärte Wanner ihr.

Camile Cirat schüttelte den Kopf. »Eine Tag fertig, eine Tag nicht fertig! Putzen für mich eine Problem, kann nix Einteilung mache mit andere Büro!«

Wanner nickte teilnahmsvoll.

»Ich sprechen mit Ihre Chef«, sagte er dann freundlich und ärgerte sich im gleichen Augenblick darüber, dass er in dieses Deutsch verfallen war. »Also morgen spreche ich mit Ihrem Chef«, wiederholte er dann korrekt, »und der wird Ihnen alles erklären!«

Camile Cirat, die nur die Hälfte verstanden hatte, aber mit Sicherheit »Chef«, nickte und sagte: »Is gutt.« Dann verließ sie wieder das Büro.

Mit der Auswertung der Telefonate hatte der Hauptkommissar dann länger zu tun. Er wartete ungeduldig auf den Anruf, dass Hollerer festgenommen sei. Sie brauchten unbedingt Auskünfte über den Verbleib des Rauschgiftes. Außerdem wussten sie immer noch nicht, wen Xaver Guggemos und seine Frau damals am Parkplatz wirklich gesehen hatten. Sie mussten ihnen sofort Bilder von Joe Marcus und Daniel Hollerer vorlegen, vielleicht war es ja einer von den beiden gewesen. Wanner rief Uli Hansen an und beauftragte ihn damit.

Und dann geschah etwas, was Hauptkommissar Paul Wanner sein Leben lang nicht mehr vergessen würde.

Seine Bürotür wurde aufgerissen und ein Mann mit einer vorgehaltenen Pistole kam herein und schloss die Tür. Er richtete die Waffe auf Wanners Kopf und sagte in ganz normalem Tonfall: »Hände hoch und kein Laut, sonst knallt's!«

Jetzt erst sah der Kommissar den Schalldämpfer auf dem Lauf. Er war von dem Überfall so erschrocken, dass er einen Moment vergaß, Luft zu holen. Er starrte den Mann an, als wäre dieser ein Gespenst, und brachte keinen Ton heraus.

»Mach deinen Mund wieder zu«, zischte ihn dieser an und sah sich blitzschnell im Büro um.

Wanner fing sich. »Was wollen Sie von mir? Wissen Sie nicht, dass Sie in einem Polizeipräsidium sind und hier niemals mehr herauskommen werden?«

Der andere grinste höhnisch. »Das werden wir sehen, wie deine Kollegen reagieren, wenn ich dir meine Knarre an den Kopf halte und wir zusammen ganz ruhig das Haus verlassen werden.«

»Und dann? Was haben Sie mit mir vor?« Wanner ließ schnell seinen Blick durch das Büro gleiten und suchte fieberhaft nach einem Ausweg.

»Gib dir keine Mühe!« Der Mann hob die Waffe wieder und zielte genau auf die Stirn des Hauptkommissars. »Du weißt zu viel, und du ärgerst uns! Wir wollen dich mal schön aus dem Verkehr ziehen!«

»Aha, dann gehe ich wohl recht in der Annahme, dass Sie zu diesen Gangstern gehören, die Rauschgift ins Allgäu schleusen und Menschen ermorden?«

»Ich habe niemanden ermordet, du wirst der Erste sein!« Der Mann lächelte, aber seine Augen blickten eiskalt. Er holte sein Taschentuch heraus und wischte sich über die Stirn, dabei hatte er die Waffe in die andere Hand genommen. In diesem kurzen Moment hatte der Kommissar den fehlenden Finger an einer Hand entdeckt. Er registrierte dies automatisch.

»Und wie soll es jetzt weitergehen?«, fragte er und merkte, dass der Wind sein angelehntes Fenster aufgedrückt hatte und es kühl hereinzog.

Der Mann sah auf seine Uhr. »Wir warten jetzt noch etwas, dann gehen wir zusammen schön ruhig nach draußen. Den Rest erfährst du noch!«

Plötzlich klopfte es an der Tür. Der Mann sprang auf und stellte sich dahinter. Er legte den Finger an die Lippen und hielt die Pistole weiter auf Wanner gerichtet. Dann nickte er in Richtung Tür.

»Herein!«, rief Wanner.

Es war Camile Cirat. »Ich haben vorher meine Bese vergesse, kann ich hole?« Wanner hätte in diesem Augenblick allerdings lieber einen Kollegen gesehen.

»Nein, nein, nicht jetzt, ich habe viel Arbeit, kommen Sie später wieder. Bitte gehen Sie!«

Camile Cirat sah das offene Fenster und wollte schon einen Schritt machen, um es zu schließen. Doch plötzlich schien sie es sich zu überlegen und verschwand wortlos aus dem Zimmer.

»Gut«, zischte der Mann und setzte sich auf einen Stuhl. Nach einem weiteren Blick auf seine Uhr murmelte er dann: »Jetzt wird es aber höchste Zeit, noch drei Minuten, dann gehen wir!«

Plötzlich klopfte es an der Tür und Camile Cirat kam nochmals herein, wobei sie die Tür ganz öffnete und davor stehen blieb. Der Mann mit den neun Fingern war wie der Blitz dahinter verschwunden. Sie sah Wanner bedeutungsvoll an und sagte: »Ich brauche meine Bese jetzt gleich …«

Und dann kamen drei Beamte mit gezückten Waffen ins Zimmer gestürmt, zogen blitzschnell die Tür auf, von der Camile Cirat von einem weiteren Polizisten weggerissen worden war, und richteten ihre Pistolen auf Robert Werner, der so überrascht war, dass er sich widerstandslos festnehmen ließ.

Der Hauptkommissar war gleichermaßen überrascht wie erleichtert. Er stieß die Luft laut aus und stand ziemlich unsicher auf. Mittlerweile waren Eva Lang, Alex Riedle und Anton Haug ins Zimmer gekommen. Ihnen war die Erleichterung über den Ausgang dieses Anschlages deutlich ins Gesicht geschrieben. Sie bestürmten Wanner mit Fragen, bis der endlich abwinkte und sagte: »Leute, beruhigt euch doch! Schließlich ist nichts passiert. Aber eins würde mich interessieren: Wie ist man darauf gekommen, dass ich hier festgehalten werde?«

Eva brach in ein lautes Kichern aus, die beiden anderen grinsten breit. Eva Lang ahmte die Putzfrau nach: »Wenn du hören wie, du nix glauben!«

Wanners Gesicht war ein einziges Fragezeichen.

Dann erzählte Eva die ganze Geschichte. »Frau Cirat war doch vorher bei dir und wollte den vergessenen Besen holen, aber du hast sie wieder fortgeschickt. Dann wollte sie das Fenster schließen. Und genau in dessen Scheibe hat sie den Mann hinter der Tür mit der Pistole im Anschlag sich spiegeln sehen und war schnell wieder gegangen, und zwar schnurstracks zu mir. Und der Rest war reine Routine!«

Wanner setzte sich noch einmal in seinen Sessel. Und dann brachen alle vier in ein schallendes Gelächter aus, in dem sich die ganze Anspannung der letzten halben Stunde löste.

»Mein Gott, mein Gott«, stöhnte Paul Wanner, und die Erleichterung brach heraus, »Hauptkommissar Wanner wird vom Scharfblick seiner türkischen Putzfrau gerettet. Warum haben wir sie bloß nicht bei unseren Ermittlungen eingeschaltet?« Auf sein Geheiß holte man Camile Cirat, die schon wieder bei ihrer Arbeit war. Wanner bedankte sich herzlich und fragte, ob er ihr etwas zum Trinken anbieten dürfe. Die anderen hatten nämlich inzwischen zwei Flaschen Piccolo geöffnet und in Gläser geschenkt. Camile Cirat sagte abwehrend: »Ich nix trinken Alkohol, ich Muslim. Außerdem ich im Dienst!« Für das folgende Gelächter der anderen konnte sie keine rechte Erklärung finden. Plötzlich sah Wanner, dass ihre Bluse an einer Stelle zerrissen war. Daraufhin angesprochen, antwortete sie schulterzuckend: »Mann reißen mich von Tür, Bluse gehen kaputt.«

Paul Wanner bot ihr daraufhin an, sich eine neue zu kaufen und ihm die Rechnung zu geben.

Dagegen hatte Camile Cirat nichts einzuwenden und verließ freudestrahlend wieder das Zimmer. Zu der Bluse bekam sie von Wanner einen Tag später auch noch einen Blumenstrauß.

Wanner wandte sich nun wieder an die anderen. »So, zurück zum Geschehen! Mit dem Neunfingerigen haben wir jetzt vier Leute geschnappt, vorausgesetzt, wir haben den Hollerer schon.«

Anton Haug nickte. »Vorhin gerade eingegangen: Hollerer festgenommen!«

»Gut so! Sofort ein Bild von dem Burschen von vorhin machen und Hansen geben. Er muss damit noch mal zur Familie Guggemos hinaus und sie befragen. Vorausgesetzt, er ist schon von der ersten Befragung zurück, oder steckt er noch mittendrin im Lexikon für Allgäuer Sprache?« Er grinste vor sich hin, und auch die anderen feixten. Sie wussten, dass ihr Chef manchmal ein klein bisschen boshaft sein konnte.

44 Am nächsten Tag wurden Elvira Herz, Robert Werner, Joe Marcus und Daniel Hollerer pausenlos verhört. Dabei verriet Letzterer, ohne mit der Wimper zu zucken, auch Bruno Stängle, der ebenfalls sofort verhaftet wurde. Nach längerer und teilweise zäh verlaufender Befragung bezüglich des versteckten Rauschgiftes gab schließlich Stängle zu, es in der Wassergrube gefunden und abgeholt zu haben. Er hatte dazu zweimal mit dem Rucksack gehen müssen, das zweite Mal war er dann von Xaver und Josefa Guggemos beobachtet worden. Die beiden identifizierten Stängle auch auf Anhieb als denjenigen, der neben ihrem Auto geparkt und mit dem Rucksack angekommen war.

Auf eine Frage von Wanner, woher er wusste, dass der Stoff in der Wassergrube versteckt gewesen war, meinte Stängle: »Es musste ja irgendwo in der Nähe gewesen sein, und zwar dort, wo man es auch leicht erreichen konnte. Deshalb habe ich nie daran geglaubt, dass Terhoven es auf dem Grünten versteckt hatte, sondern beim Grünten. Ich bin deshalb auf die Gästeämter in Burgberg und Rettenberg gegangen und habe dort nach meinem ›Freund Terhoven‹ gefragt. Während die Rettenberger sich nicht an einen Mann dieses Namens erinnern konnten, wusste die Dame in Burgberg gleich Bescheid, um wen es sich handelte. Denn Terhoven hatte sie doch relativ auffällig befragt, vor allem war er an den aufgelassenen Erzgruben interessiert gewesen. Als ich das erfahren hatte, suchte ich so lange in den Stollen, bis ich das Versteck in der Wassergrube gefunden und danach ausgeräumt hatte.«

»Und nun die Millionenfrage: Wo ist das Rauschgift jetzt? Wenn Sie das verraten, sind Ihnen ein paar Jahre weniger gewiss.« Wanner sah ihn eindringlich an.

»Versprochen?«

»Versprochen!«

Bruno Stängle grinste. »Sie werden es nicht glauben: Ich habe es bei mir im Keller unter einer Lage von Kisten und Kartons versteckt.« Dann wurde er ernst. »Vielleicht ist es am besten so, wie es gekommen ist. Drogen sind doch ein Teufelszeug!«

Wanner sah auf. »Allein für diese Erkenntnis könnte man Ihnen zwei Jahre abziehen!«

Doch Stängle seufzte. »Ihr Wort in Gottes und des Richters Ohr.«

45 Als Wanner an diesem Abend nach Hause fuhr, fühlte er sich müde, schlapp und ausgelaugt. Der Fall »Grünten-Mord« war gelöst, dachte er, und das in einer durchaus angemessenen Zeit. Ich habe ein gutes Team, und unsere Polizei in Kempten kann sich sehen lassen. Prima Kollegen und einsichtige Vorgesetzte, was will man mehr. Wanner gähnte. Jetzt, nachdem die ganze Spannung der letzten Wochen abgefallen war, kroch die Müdigkeit in alle Glieder. Und er wünschte sich zwei Wochen Urlaub im Süden, wo es warm und sonnig war und man vielleicht sogar noch im Meer baden konnte.

Wanner bog in den Vicariweg ein und hielt vor dem Haus. Als Erstes würde er die Heizung aufdrehen und danach etwas zu essen suchen. Und dann würde er in Augsburg anrufen und Lisa vom Ende dieses Mordfalles berichten.

Er gähnte wieder, verschloss den Wagen und öffnete die Haustür.

Wärme schlug ihm entgegen. Verdammt, hatte er vergessen, die Heizung zurückzudrehen? Er legte seine Aktentasche in die Garderobe, zog die Schuhe aus und öffnete die Wohnzimmertür.

Geblendet blieb er stehen.

Der Esstisch war festlich gedeckt, zwei Kerzen brannten und ein kleiner Blumenstrauß zierte seine Mitte. Eine bereits geöffnete Flasche Etschtaler Rot stand neben seinem Teller, und eine wunderschön hergerichtete Platte mit Allgäuer Spezialitäten ließ dem Korb mit dem Holzofenbrot fast keinen Platz mehr.

Wanner stand stocksteif, dann fuhr er sich über die Augen, aber das Bild verschwand nicht. Es blieb, und eine Person, die wie Lisa aussah, kam auf ihn zu. Seine Lisa, die doch in Augsburg bei ihren Eltern war. Aber diese hier begann plötzlich zu sprechen.

»Hallo Paul. Grüß dich! Wie geht's dir? Willst du nicht zum Abendessen kommen?«

Das war doch ihre Stimme, Paul Wanner riss die Augen auf.

Es *war* Lisa! Sie sahen sich einen Augenblick wortlos in die Augen, dann fielen sie sich in die Arme und ließen sich nicht mehr los. Wortlos, glücklich. Lisa, dachte er, meine Lisa ist wieder zurück. Und jetzt lasse ich sie nicht mehr los.

Danach dauerte es etwas länger, bis sie zum Abendessen kamen. Und dieses wiederum dauerte ziemlich lange, weil sie sich mehr erzählten als aßen. Und Lisa sah ihn immer wieder ganz verliebt an. Ja, ihr Paul! Wie hatte sie ihn doch in Augsburg vermisst.

Nach dem Essen schenkte Paul ein zweites Mal Rotwein nach. Dann sagte er feierlich: »Mir ist in den vergangenen Wochen so manches klar geworden. Ich will mich in Zukunft anders verhalten und mehr mit dir unternehmen. Und das mit dem Haus und dem Garten, tja, das lassen wir mal lieber sein, das wird sowieso zu teuer.«

Lisa lächelte. »Schön, dass du das sagst. Aber mir blieb in Augsburg auch genügend Zeit zum Nachdenken. Also ich denke, dass ich in einer Entfernung von fünfundzwanzig Kilometern südlich von Kempten auch ganz gut leben könnte, dass ich trotzdem ab und zu einmal in die Stadt zum Bummeln, Einkaufen und Ratschen fahren kann. Ich habe es mir nämlich überlegt: Ich glaube, ein eigenes Häusle mit Bergsicht und einem Garten wäre doch ganz schön. Lass uns also in dieser Richtung weiterdenken.«

Paul Wanner ergriff die Hand seiner Frau. »Lisa, du bist die Allergrößte!«

In dieser Nacht träumte Paul Merkwürdiges von einem Urlaub im Süden. Darin lag Antalya an der Algarve und diese auf Madeira. Dort wiederum gab es einen Ort namens Rettenberg, in dem sein neues Haus mit Blick auf den Kilimandscharo inmitten eines Gartens voller blühender Kirschbäume stand. Er hörte das Meer rauschen und wollte gerade hineinspringen, als ihn jemand zurückhielt. Er versuchte sich loszureißen, aber das gelang ihm nicht. Dabei hörte er immer seinen Namen rufen, bis er aufwachte.

Vor ihm stand Lisa im Morgenmantel und hielt ein kleines silbernes Tablett mit zwei Gläsern Sekt in der Hand. Sie lächelte und sagte: »Es ist zwar wunderschön, wieder zu Hause zu sein und dich in den Armen halten zu können, aber ich glaube, du solltest jetzt lieber aufstehen und dich anziehen, es ist nämlich gleich halb acht. Du musst ins Büro.«

Dann nahm sie eins der Sektgläser und reichte es ihm. Dann stießen sie beide an, und Lisa sagte leise: »Auf uns!«

Der Sturm über dem Allgäu hatte sich über Nacht gelegt. Ein einzelner Sonnenstrahl stahl sich durch die Wolkendecke, erreichte die Kuppel von Sankt Lorenz und ließ sie golden aufleuchten. Die Menschen schlugen ihre Mantelkrägen hoch und eilten zu ihrer Arbeit, wie sie dies immer getan haben.

Gisa Klönne
Der Wald ist Schweigen

Kriminalroman

ISBN 978-3-548-26334-2
www.ullstein-buchverlage.de

Ein Mädchen verschwindet. Eine entstellte Leiche wird gefunden. Eine Försterin fühlt sich bedroht. Eine große Liebe geht zu Ende. Und eine Kommissarin bekommt ihre letzte Chance.

Gisa Klönne hat einen außergewöhnlichen Kriminalroman geschrieben und drei starke, eindringliche Frauenfiguren geschaffen, die in ihrer Komplexität den Leser tief berühren.

»Großartig geschrieben, ein Debüt mit Paukenschlag.« *Celebrity*

»Ein Thriller, der Sie noch lange berühren wird.« *Welt am Sonntag*

»Bitte mehr von dieser Autorin.« *Für Sie*

UB359